태항산록

김학철 문학 전집 제5권

태항산록

보리

일러두기

1. '김학철 문학 전집'은 김학철이 남과 북, 그리고 중국에서 쓴 글을 모두 모아 보리출판사에서 전집으로 다시 펴내는 것입니다.

2. 작가가 살았던 광복 초기 서울, 북녘과 중국에서 쓰이던 말, 비표준어들을 원전에 따라 그대로 표기했습니다. 현행 한글 맞춤법과 다른 부분이 있지만 우리말이 지역과 시대에 따라 다양하게 쓰이는 모습을 볼 수 있도록 했습니다.

   예) 고르롭다, 낙자없다, 내리꼰지다, 때벗이, 말째다, 맥살, 생일빠낙, 권연(궐련), 말라꽹이(말라깽이), 안해 (아내), 엉뎅이(엉덩이), 우습강스럽다(우스꽝스럽다), 장졸임(장조림), 쪼각(조각), 네(네), 반가와서(반가워서)

3. 독자들이 읽기 쉽도록 한글 맞춤법에 따라 고친 것도 있습니다.
   ㉠ 한자말은 두음법칙을 적용했습니다.

   예) 란리→난리, 래일→내일, 력사→역사
   단, 인명 표기와 고유명사는 두음법칙을 적용하지 않고 원전을 따랐습니다.

   예) 이→리, 유→류, 임→림, 인→린
   ㉡ 사이시옷, 된소리 따위도 적용했습니다.

   예) 바줄→밧줄, 혼자말→혼잣말, 배군→배꾼, 잠간→잠깐, 되였다→되었다
   ㉢ 외국에서 들어온 말은 외래어 표기법을 따랐습니다.

   예) 그로뽀뜨낀→크로폿킨, 뽀트→보트, 라지오→라디오, 뻐스→버스, 샴팡→샴페인, 씨비리→시베리아,
   단, 중국 고유 인명과 지명은 외래어 표기법을 따르지 않고 한자음대로 표기했습니다.

   예) 모택동(마오쩌둥), 장개석(장제스), 북경(베이징), 연안(옌안), 태항산(타이항산)

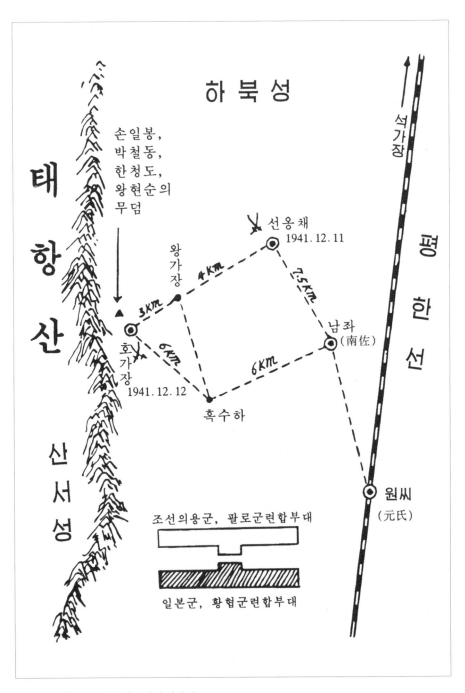

하 북 성

태 항 산

산 서 성

손일봉,
박철동,
한청도,
왕현순의
무덤

선옹채
1941. 12. 11

왕가장

4Km

7.5Km

3Km

호가장
1941. 12. 12

6Km

남좌
(南佐)

6Km

흑수하

석가장

평 한 선

원씨
(元氏)

조선의용군, 팔로군련합부대

일본군, 황협군련합부대

김학철이 직접 그린 호가장 전투 당시 상황 지도.
1941년 12월 12일 새벽 호가장에 일본군이 기습하여 조선의용대 전우 네 명이 전사하고,
김학철은 다리에 총상을 입은 채 일본으로 압송된다.

호가장 전투에서 희생된 네 전우와 작별인사를 하는 조선의용대 대원들.
태극기가 선명하게 보인다.

태항산 항일 근거지로 조선의용대가 주둔했던 동욕 마을.

태항산 호가장에서 조선의용대 전사들이 사용하던 기물.

1946년 〈신천지〉 5월호에 실린 〈아아, 호가장〉.

1946년 〈문학〉 창간호에 실린 〈담뱃국〉.

태항산 기슭에 우뚝 서 있는 김학철 항일 문학비. 오른편에 전우 김사량 항일 문학비가 나란히 서 있다.
이 항일 문학비는 항전 마당에서 휘날리던 깃발을 상징한다. 가운데 한반도 모양의 표지석에는
조국을 그리워하는 마음을 담았다.

1946년 서울에서 열린 조선문학가동맹 합평회.
이원조, 김남천, 채만식 등이 모여 김학철 소설 〈균열〉을 평의하였다. 앞줄 가운데 앉은 이가 김학철.

추천사

혁명적 낙관주의자 김학철

신경림 시인

김학철 선생은 정통 사회주의자이고 인류가 가야 할 길은 사회주의라는 생각을 한 번도 버린 적 없다. 끝내 권력과 타협하지 않고 자신의길을 꿋꿋이 걸어간 사람이다.

내가 이런 김학철 선생의 작품을 처음 읽은 것은 1948년 〈담뱃국〉이라는 소설이었다. 김학철 선생은 사회주의자이지만 그가 쓴 소설에서는 인간의 여러 가지 모습, 사람 사는 기쁨이 고스란히 담겨 있었다. 그 뒤 그 작품에 대해 서평을 쓴 인연으로 연변에서 김학철 선생을 여러 차례 만나게 되었다. 내가 본 김학철은 정직하고 겸손한 사람이었다. 또 소설 쓰는 것을 매우 즐겨했다.

김학철 선생의 글은 한국 문학을 매우 풍부하게 만드는 중요한 한국문학의 한 갈래라고 본다. 그가 쓴 글들이 〈김학철 문학 전집〉으로 나온다니 참으로 기쁘다. 혁명적 낙관주의자 김학철 선생을 다시 만나게되었다.

〈김학철 문학 전집〉 발간을 축하하며

오무라 마스오 와세다 대학 명예교수

한국의 보리출판사에서 〈김학철 문학 전집〉 전 12권이 출판된다고 합니다. 정말 반갑습니다.

김학철은 불요불굴의 사회주의자였습니다. 그가 평생 지향한 것은, 그의 말을 빌리면 '인간의 얼굴을 한 사회주의'였습니다. 그것은 어려움 속에서도 마음은 넉넉했던 팔로군 생활에서 나온 것입니다. 그에게는 인간의 얼굴을 하지 않은 사회주의는 있을 수 없고, 사회주의가 되려면 인간적이어야만 하는 것이었지요.

2001년, 김학철의 유해는 태어난 고향인 원산에 닿도록 두만강에 띄워 보내졌습니다. 원산에 닿은 유해는 한국에 와서 〈김학철 문학 전집〉으로 태어났고, 동해를 건너 일본으로 가서 〈김학철 선집〉이 되었습니다. 이제 더 나아가 태평양, 대서양, 인도양을 건너 전 세계로 퍼져 나갈 것입니다.

김학철 선생을 기리며

이종찬 우당교육문화재단 이사장

김학철 선생이란 어른의 성함을 처음 들은 것은 1980년대이다. 내가 국회에서 선배로 모신 송지영 선생이 "김학철이란 분이 계시는데 그분이야말로 진정한 휴머니스트이고 오염되지 않은 순수한 공산주의자이시지. 그분은 한 번도 지조를 꺾지 않으셨고 올곧은 그대로 삶을 사셨다."고 소개했다.

최후의 독립군 분대장 김학철 선생은 일찍부터 독립운동에 가담해 태항산에서 일본군과 전투 중 총격을 당해 다리를 다치고 일본군에 붙잡혔다. 일본에 협조했다면 치료라도 제대로 받았을 테지만, 그것도 거부하여 평생 다리 하나가 없는 불구가 된 채 일본 감옥에서 해방을 맞이했다.

김학철 선생은 전 생애를 레지스탕스로 일관하셨다. 그분이 누리고 바라는 삶은 간단하다. 필수품으로 원고지와 펜, 그리고 간단한 옷가지, 누울 자리만 있으면 그것으로 족했을 것이다. 왜 우리는 마하트마 간디를 찾아야 하나? 우리의 스승은 바로 김학철 선생인데!

이제라도 김학철 선생의 작품을 모아 전집을 낸다고 하니 매우 반갑다. 김학철 선생의 해학과 유머가 있는 여유로운 필체를 독자들도 함께 느끼길 바란다.

혁혁한 투사, 진솔한 문인 김학철

김학철이 없었다면 우리의 굴욕적인 식민지사의 한 부분은 어찌 되었을까. 그 굴욕이 한결 비참하고 수치스럽지 않았을까. 우리의 독립투쟁사 말기에 '조선의용대(군)'라는 다섯 글자가 박혀 있다. 그런데 그 독립군이 어떻게 결성되고, 어디서, 어떻게 싸웠는지 실체적인 명확한 기록이 없었다. 그 역사 망실의 위기를 막아낸 사람이 바로 김학철이다.

김학철은 바로 조선의용군의 '최후의 분대장'으로 싸우다가 왼쪽다리에 총상을 입었고, 치료를 받지 못해 상처가 썩어 들어가다가, 일본의 나가사키 형무소까지 끌려가 결국 절단당하고 말았다.

그 후 그는 불편하기 짝이 없는 '외다리 인생'을 살아 내면서 총 대신 펜을 들고 문인의 삶을 개척했다. 그리고 소설을 창작하기 시작했다. 그의 고결한 영혼 속에서 탄생한 진솔한 작품이 바로 《격정시대》이다. 그는 그 소설을 통해 작가의 진정한 소임이 무엇인지를 보여 주었다. 작가는 민족사에 기여하고, 인류사를 보존해 가는 존재다.

이제 그분의 모든 작품들이 전집으로 묶여 우리 문학사에 크게 자리 잡으며 많은 독자들을 만나게 되었다. 기쁘고 보람스러운 일이다. 선생께서도 특유의 잔잔한 미소를 지으실 것이다.

한국판에 부쳐

〈김학철 문학 전집〉이 드디어 고국에서 출판된다. 김학철은 이 땅의 자유와 독립을 위하여 피 흘리며 싸웠고 다리 한쪽을 이국땅인 일본의 나가사키 형무소 무연고 묘지에 파묻었다. 그리고 평생을 쌍지팡이(목발)에 의지해 살아야 했다. 그러나 그는 행복했다. 그의 피 흘림이 고국의 독립과 자유를, 동아시아의 평화를 가져왔고 고국의 번영과 민주주의 실현을 보았다. 그러나 아픔도 안고 갔다. 고국의 분단이, 고향 동포의 배고픔과 신음 소리가 그를 평생 괴롭혔다. 그 땅에서도 자유와 민주를 실현하기 위하여, 권력에 아부하는 타락한 좌익 위선자들과는 달리 일생을 몸과 붓으로 독재 권력과 싸우며 고군분투했다. 그의 호소와 날카로운 비판이 이 〈김학철 문학 전집〉에 고스란히 스며 있다.

김학철은 《격정시대》에서 어린 시절 본 충격적인 사건을 신나게 서술하였다. 20세기 초 고향 원산대파업이다. 그 당시 어린 김학철이 이해할 수 없는 것은 조선 부두 노동자들의 대파업에, 원산항에 정박한 일본 선박들이 일제히 고동을 울리며 성원을 하는 것이다. 이것이 인류의 공동체 의식이, 세계 각국의 노동자들이 같은 정의의 가치를 공유함을 어린 김학철은 알 리가 없었다.

그러나 훗날 김학철은 평생을 이 공통된 정의의 가치관을 위하여 피 흘려 싸웠다. 그 흔적은 중국 대륙의 치열한 항일 전장에, 일본 감옥에, 조선 반도 남과 북에 어려 있다. 그것은 조선 민족의, 일본 민족의, 중국 민족의, 동아시아 모든 민족의 자유와 독립과 민주주의 권리를 위하여, 모든 피압박 민중과 약자의 권리를 위하여, 정의와 자유를 갈망하는 투사들과 함께 파쇼와 전제주의를 향해 싸우고 피 흘리며 돌진하였다. 그의 사상과 작품은 그 어느 한 민족의 것이 아니고 자유와 정의를 위한 모든 분들께 속한다. 이것이 한국에서 〈김학철 문학 전집〉 출판이 가지는 의미라고 본다.

이번 출판을 위하여 여러 한국 학자, 지성인들이 심혈을 경주하였다. 보리출판사와 유문숙 대표님, 윤구병, 신경림, 김경택, 김영현 등 선생님들과 편집인 여러분께, 또한 수년간 지원을 아끼지 않은 한국문화예술위원회에 감사드린다. 그리고 그동안 김학철 작품을 한국에서 출판한 창작과비평사, 실천문학사, 문학과지성사, 풀빛출판사 등 출판 부문 여러 선생님들께 다시 한번 충심으로 감사드린다.

우리 세대가 만든 분열과 아픔의 벽을 넘어 동아시아 여러 민족의 정상적인 교류와 공동 번영을 위하여 〈김학철 문학 전집〉 한국판 출판이 기여하기 바란다.

마지막으로 이 〈김학철 문학 전집〉 한국판을 치열한 항일 전장에서 희생된 김학철의 친근한 전우들인 석정, 김학무, 마덕산 등 수십 명 전사자들께 삼가 드린다.

김해양
2022년 8월 중국 연길에서

저자의 말

나의 한 졸저에 다음과 같은 단락이 있다.

　나는 중학생 시절에 난생처음 공기총으로 참새 한 마리를 쏴 떨궜
는데 그 할딱할딱하다 죽는 모습을 지켜보고는 양심의 가책을 받았다.
양심의 가책을 받은 나머지 소나무 밑에다 구덩이를 파고 내 손에 죽
은 그 참새를 고이 묻어 준 다음 공기총으로 조총(弔銃)을 쏘고 '영원히
다시 이런 살생을 않겠다'고 굳게 다짐을 했다. 그리고 낚시질을 하다
가도 이와 비슷한 일에 부닥쳤다. 처음으로 낚아 올린 빙어 새끼가 파
드닥거리며 모지름을 쓰다가 죽어 가는 것을 보고 충격을 받아 다시는
낚싯대에 손을 대지 않은 것이다. 이러한 내가 자란 뒤에 산 사람을 겨
냥하고 총을 쏘기에 이르렀으니 ―그도 기를 써 가며 쏘기에 이르렀으
니― 내 일생은 참으로 들쭉날쭉이랄밖에 없다. 그런데 나는 지금도 역
시 누가 닭의 목을 비트는 것만 봐도 끔찍해서 얼른 고개를 외치고 도
망질을 쳐 버린다. 그러니까 이 '자서전'은 독립군 출신인 한 지방 작가
의 우글쭈글한 '자화상'쯤 되잖을까 싶다.

　나의 소년 시절에는 우리 원산에 전기가 아직 들어오지 않아 (내가 열
두 살 되던 해에 처음 들어왔다) 어느 집에서나 다 석유램프를 썼다. 그러므
로 삼노끈으로 목을 동여맨 빈 맥주병을 들고 구멍가게에 석유를 사러
가는 심부름은 대개 우리 또래 아이들의 소임이었다. 한데 심부름을

시킬 적마다 어머니는 내게다 당부를 하시는 것이었다.

"석교다리집엘랑 가지 마라. 그 집 석유는 물을 타서 못쓰겠다."

자연 나도 석교다리집을 괘씸히 여기게 된지라 꼭 50미터나 더 먼 꼽추네 집에 가 사 오곤 했다.

몇 해 후 '물리'니 '화학'이니 하는 것들을 배우면서 나는 비로소 제 잘못을 깨닫고 (어머니의 잘못도 대신 깨닫고) 뒤늦게나마 뉘우쳤다.

'이거 내가 석교다리집에 미안한 짓을 했구나.'

이로써도 대강 짐작을 할 수가 있겠듯이, 나의 인생 역정은 거의 다 뒤죽박죽─착오투성이, 정상적인 삶과는 거리가 멀어도 한참 멀었다. 하긴 지금도 거의 마찬가지. 연륜(나이테) 80여를 헤아리는 노목(老木). 그 노목에도 바람 잘 날이 별로 없는 게 실정이니 이 아니 답답하랴.

당시는 한껏 잘한답시고 한 노릇이, 잘못도 이만저만한 잘못이 아니었음을 뒤늦게야 깨닫고, 후회와 자책감에 고뇌의 밤을 지새운 일들이 부지기수다.

10여 년 전에 쓴 글들을 다시 찍어내는 이 마당에, 나의 마음은 어쩐지 내키지를 아니하고 자꾸 무겁기만 하다.─지금 같으면 이렇게까지 어설프게는 쓰지를 않았을 텐데. 사회인이 된 뒤에, 어떡하다 서랍 밑에서 들추어낸 중학교 때 필기장을, 웃음을 머금고 한번 펼쳐 보는 것 같은 그런 가뿐한 심정과는 거리가 멀어도 까맣게 멀다.

오직 참괴무면(慙愧無面)─부끄러워 볼 낯이 없다는 느낌만이 짙은 안개처럼 서려서 가셔 주지를 않을 뿐이다.

김학철

1998년 5월

차례

추천사   10

한국판에 부쳐   14

저자의 말   16

소설

균열   25

담뱃국   52

구두의 역사   75

괴상한 휴가   82

우정   85

고뇌의 표준   99

네 번째 총각   111

죄수 의사   129

문학도   148

전란 속의 여인들   167

짓밟힌 정조   176

이런 여자가 있었다   206

열병   225

태항산록   247

산문

생각이 나는 대로   269

형상성과 유머   273

위덕이 엄마   281

전적지에 얽힌 사연   286

한담설화   290

궁녀   295

또 뒷걸음질?   303

간판왕   307

작가수업   311

주덕해의 프로필   332

원쑤와 벗   337

극단 예술   356

인육 병풍   360

나의 양력설   364

나의 처녀작   369

강낭떡에 얽힌 사연   373

불합격 남편   379

세 악마의 죽음   384

죄수복에 얽힌 사연　　　　　　　　389

나의 무대 생활　　　　　　　　397

변천의 35년　　　　　　　　402

한 여류작가　　　　　　　　405

맛이 문제　　　　　　　　410

민족의 얼　　　　　　　　414

경사로운 날에　　　　　　　　418

나의 동범　　　　　　　　420

발가락이 닮았다　　　　　　　　426

역시 아편　　　　　　　　430

연극에 얽힌 사연　　　　　　　　435

아름다운 우리말　　　　　　　　440

부록

김학철 연보　　　　　　　　447

김학철 작품 연보　　　　　　　　458

소설

소설

균열

1

누런 털이 보수수 난 송아지가 왼몸에 하나 가득 따스한 햇빛을 받고 누워 가지고 등어리에서 아지랑이가 뭉게뭉게 피어오르는 것도 모르고 까무락까무락 졸고 있다.

못은 말간 하늘과 솜과자보다도 더 하얗고 더 가벼워 보이는 구름을 반영하고, 그리고 고요하다. 저쪽 밭 사잇길을 괭이를 메고 건드적건드적 걷고 있는 농부의 그림자가 아주 짧다. 언덕 밑 집에서 닭이 울었다.

기지개를 쓰고 하품을 하고 싶은 것을 그렇게 하는 것조차도 노력이 들어서 못 하겠다는 듯싶은 게슴츠레한 눈을 반쯤이나 감은 게으름보 머슴이 양지바른 돌각담 밑에 지직을 펴놓고 앉아서 이를 잡다 말고 끄덕끄덕하면서 고무풍선 같은 콧방울을 불었다 쭈그렸다 하고 있다.

바람은 없다. 그러나 복숭아 꽃이파리는 파리파리한 잔디 위에 소리도 없이 지고 있다. 그 분홍색 꽃이파리가 아까운 기색도 없이 담뿍 뿌려진 못가 잔디밭에 정성들여 깨끗이 빤 빨래를 널어놓고 그것이 마르는 동안—여기저기서 여러가지 빛의 꽃을 꺾어다가 그 옷임자에게 주고 싶은 꽃다발을 만들고 있는 처녀는 얼마 전에 '친(琴)'이라고 부르라고 그 옷임자(김학천, 조선의용군 제×지대 제×대 대장)에게 말한 일이 있다.

꽃다발을 다 만들어 가지고 들었다 놨다 하면서 모로 옆으로 위로 아래로 앞으로 뒤로 고개를 갸웃갸웃해 가며 보고 난 친의 두 뺨에는 방싯 웃음이 떠올랐다. 그는 꽃다발을 잔디 위에 살며시 내려놓고 일어나 가서 널어놓은 빨래를 만져 보았다.

옷은 아직 채 마르지 않았다. 그는 도로 돌아와 앉았다. 그리고는 꽃다발을 만들고 남은 꽃 가운데서 손 닿는 대로 한 송이를 집어서 못 푸른 물 위에 던져 주었다. 못은 가느다란 파문을 일으켰다. 수면에 비친 하늘도 구름도 쭈글쭈글하게 주름이 잡혔다. 꽃을 둥둥 띄우고 동요하다가 도로 조용해졌다.

친은 또 한 송이 꽃을 던져 주었다.

그 순간 "쿵 우루룽—" 하고 지진같이 땅을 흔들며 멀지 않은 곳에 포탄이 날아와 터졌다.

못은 커다란 파문을 일으키고 말았다.

졸고 있던 송아지가 놀라서 "메—" 하고 울며 뛰어 일어났다.

친은 두 손바닥으로 귀를 가리고 잔디 위에 폭 엎드렸다.

"쿵 우루룽—" 또 터졌다.

못의 물이 출렁하고 파도를 일으키고 둥둥 떠 있는 두 송이의 빨간 꽃이 그 위를 데굴데굴 굴렀다.

송아지가 "메—" 소리를 지르며 밭 가운데로 뛰어 달아났다.

그리고는 그만 조용해졌다.

벌이 한 마리 "윙—" 하고 가는 날개 소리를 내며 날아와서 꽃다발

위에 앉았다가 그 속으로 파고들어 갔다.

친은 살며시 일어서 하늘을 쳐다보았다. 파란 하늘은 여전히 맑았다.

복숭아 꽃이파리가 또 팔팔 날아와 흩어졌다.

친은 꽃을 또 한 송이 집어서 못 위에 던졌다.

그때 누가 발자취도 없어 살짝 뒤로 와서 그의 두 눈을 꼭 가렸다.

친은 조용히 두 손으로 자기의 눈을 가린 손을 만져 보았다. 그것은 꺼칠꺼칠한 나무끌커리 같은 손이었다.

"알었어요, 누군지……."

친은 눈 가린 두 팔목을 꼭 잡으며 낮게 말했다.

"……."

등 뒤에서는 말이 없다. 그러나 숨소리가 들렸다.

"학천."

친의 입 가장자리에 웃음이 스쳐갔다.

"아냐."

등 뒤의 사나이가 말했다.

"그럼 누구?"

"맞춰 봐, 어디."

"맞췄는데 뭘."

"정말?"

"정말."

"틀리문 어떡헐래?"

"안 틀려."

"그래두 틀렸으문."

"그럼 맘대루 해."

하고 사나이가 다짐을 받았다.

"아."

하고 친이 승낙을 하니까 그제서야 눈을 가렸던 손이 스르르 풀렸다.

친이 돌아다보았다. 거기에는 회색 군복의 청년 사관(士官)이 눈에 가득히 웃음을 띠우고 말없이 내려다보고 서 있었다.

김학천이었다.

조선의용군 제×지대가 주방(駐防)하고 있는 남령(南嶺)은 적진을 떨어지기로 5킬로 약(弱). 산지와 평야가 많다는 곳이다.

적아(敵我)의 진지 사이에 전답이 있고 거기에서는 역시 농부들이 일하는 것을 볼 수 있었다. 농민들은 포탄 같은 것에는 무관심하게 되어 버렸다. 그것은 뉘 집 어린아이가 유리병을 깨뜨린 것만큼도 자극을 주지 못했다. 전쟁은 그들의 정상적 신경과 평상 상태의 심리를 마비시켰던 것이다.

항일 전쟁은 지구전의 양상을 그대로 드러냈다. 이따금 포탄이 날아와 터져서 여기저기 밭 가운데 커단 구뎅이를 파 놓고는 했다. 그러면 구뎅이는 처음에는 우물을 자주 팔 때같이 흐린 물이 고였다가 그것이 맑아지면 거마리도 생겼고 물뱀도 떠돌아다녔다. 밤이 되면 달도 비치고 더운 때가 되면 개구리도 울었다.

학천이 숙영하고 있는 조그마한 농가의 주인 노양(老楊)은 귀밑에 흰 머리털이 드문드문하고 허리가 굽은 순박한 농부였다. 그는 자기 집에 들어 있는 이 외국 사람 군대의 젊은 사관에게 모든 일에 있어서 거짓 없는 친절을 보여 주었다. 그 딸 친도 그러했다.

전장(戰場)은 이따금씩 날아오고 날아오고 하는 포탄과 부분적이고 극히 적은 충돌을 제외하면 이렇듯 평화스러워 보였다.

2

정면(正面) 적의 거점에 병력이 집결된다는 경보가 들어왔다.

전선은 갑자기 긴장했다.

비상경계가 발령되고 좌우 양익(兩翼)의 우군 진지와 긴밀한 연락을 취해 놓고 지대부(支隊部)에서는 작전회의가 열렸다.

적이 말하는 춘계공세(春季攻勢)가 막 시작되려는 것이었다.

우군은 만반의 반격 준비를 다 갖추고 대기했다.

적진을 정찰하고 돌아오는 정찰대는 시시각각으로 익어 가는 전기(戰機)를 알리었다.

이리하여 늦어도 내일 저녁까지는 공격이 개시되리라고 추단(推斷)을 내린 날 밤 캄캄하고 흐린 하늘에는 별 그림자조차 보이지 않았다.

오전 0시 5분이 조금 지났을 즈음, 우군 경계 구역을 순찰하고 있던 이동 보초가 작전 지휘부 뒷산 서낭당에서 훅 하고 별안간 불길이 솟아오르는 것을 발견했다.

적에게 포격 목표를 줄 것을 염려해서 담배를 함부로 피질 못하는 긴장된 전선의 밤이었다.

깜짝 놀란 이동 보초가 멈칫 서서 바라보려니까 불은 또 이어서 훅훅 하고 타올랐다. 이동 보초는 당장에 그 불길이 솟아오르는 현장으로 몰켜갔다.

그러나 그들이 미처 그곳에 가닿기도 전에 적의 포탄이 날아와 터졌다. 우뢰 같은 포성과 함께 검붉은 화약 연기를 안은 화광이 번뜩하고 일어서 어둠 속에 잠겼던 불꽃으로 물들어서 눈앞에 드러냈다.

한 발 또 한 발, 60초씩의 정확한 사이를 두고 열두 발의 포탄이 그 부근에 날아와 터졌다. 이 적의 포격은 우군 진지에 적지 않은 손실을 주었다.

포격이 끝나기를 기다려서 서낭당으로 쫓아간 이동 보초는 거기에 얼빠진 사람같이 멍하니 뻐까르고 서 있는 늙은 농부 하나를 발견했다. 그의 주위에는 타다 남은 지푸래기가 어수선하게 흩어져 있었다. 그것은 친의 아버지 노양이었다.

이동 보초는 이 군령의 위반자를 체포해 가지고 끌고 내려왔다.

다음 날 작전 지휘부에서 노양은, "……그래 그 밀정도 다 불었으니까 똑바른 대로 숨김없이 자세하게 다 말을 해 봐. 어디 어떻게 된 일이야? 대체……." 하는 심문에 대해서, "네! 숨기다니요, 원 무슨 말씀입니까? 죄다 말씀드립죠." 하고 머리를 숙이고 한숨을 섞어 가며 토막토막 끊어서 이야기했다.

"이 늙은 놈이 아마 죽을 때가 됐나 봅니다. 그렇잖구야 어디 이런—아니 그런데 어제저녁 때 말씀입니다. 제가 밭에서 일을 마치구 집으로 돌아오려니까 저 건넛마을에 살던 그 노름꾼, 아 이름이 뭐랬더라요. 도무지 생각이 나야죠. 여하튼 그 곰보 녀석 말씀입니다. 아 그 녀석이 저를 붙잡구 '제 어머니 병환이 중한데 복술(卜術)에게 물어보니까 저 그 산 서낭당에 밤중 자정 때 가서 앓는 사람의 손톱허구 머리카락을 백지에 꼭꼭 싸서 볏짚단 속에 넣어 살르문 병이 낫는다구 해서 지금 이렇게 영감님을 찾아왔는데—단 두 식구에 제가 밤중에 없으면 누가 앓는 이의 병구완을 할 사람이 있어야죠. 그러니 어려우신 대루 영감님께서 오늘 밤 좀 수고를 해 주시우. 이건 변변치 못한 겁니다만' 허면서 양(洋)비단으로 만든 담배쌈지를 하나 내주겠죠. 그래 저는 그 효성이 하두 기특해서, '아니 이건 뭘 이러시우. 그렇게 자당께서 병환이라시니 사람의 정으루 으레껏 도와드려야 헐 건데. 어서 그걸랑 염려 말구 돌아가서 병구완이나 잘 허시우. 내 오늘 자정 때 꼭 정성을 드려서 그렇게 해 올리리다' 허구 사양을 했습니다만 하두 그러기에 '정 그렇다면' 허구 그만 그 담배쌈지를 받았습니다그려. 원 천만뜻밖에 이런 일을 저질러 놓을 줄야 어떻게 알았겠습니까. 그만 깜빡 그놈한테 속았습니다그려. 그놈이 일본허구 내통을 헌 줄 알기만 했더문야 어디 그냥…… 원 이 일을 어쩝니까?"

하고, 이 선량하고도 어리석은 농부는 땅이 꺼지게 한숨을 쉬며 "이게 그 담배쌈집니다." 하고 자줏빛 양비단으로 만든 예쁘장스러운 담배쌈지를 꺼내서 원망스럽게 들여다보았다.

이리하여 이 사건은 즉시 임시 군법회의에 회부되었다.

3

"……아니 이것은 일종의 과실입니다. 과실과 고의와 그 사이에는 엄격한 구별이 있어야 할 것이라고 생각합니다. 무지한 농민들의 민심을 수습하기 위해서도 이번 사건은 관대한 조처를 해야 하리라고 생각합니다."

하고 학천은 말을 끊었다.

"농민들의 그 무지가 무엇보다도 무서운 것입니다. 나는 아까도 말한 것같이 학천 동지의 의견과는 정반대의 의견을 가졌습니다."

하고 김시광(제×대 대장)이 반대 의사를 표명했다.

임시 군법회의는 이 두 개 정반대의 주장이 대립되어서 끌어 내려갔다. 간부들은 묵묵히 두 사람 사이에 벌어진 불꽃이 툭툭 튀는 듯한 논쟁을 듣고 있었다.

학천의 주장하는 것은 고의가 아니고 모르고 한 것이니까 관대한 처분을 해야 한다는 것이었고, 시광이 주장하는 것은 모르고 한 것이라고 해서 관대한 처단을 내린다면 이 모르는 것뿐만인 농민들 틈에서 군대가 그 작전 임무를 다할 수 없다는 것이며 또 이 사건의 결과는 막대한 피해로 보아서나 민중에게 교훈을 주기 위한 것으로 보아서나 엄중한 처치를 해야만 한다는 것이었다.

회의를 하는 동안 학천의 머릿속에는 불쌍한 늙은 위법자의 실신한 것 같은 쭈글쭈글한 얼굴과 친이 애타게 옷자락을 쥐어뜯으며 울던 눈물에 어지러워진 얼굴이 겹쳐서 나타나서 사라지지 않고 핑글핑글 돌았다.

학천은 열(熱)에 떴다. 시광의 이지(理智)는 점점 더 싸늘하게 식어 갔다.

"학천 동무의 주장은 단적으로 말하자면 소자본계급적 감상에서 오는 것이라고 규정할 수 있는 것입니다. 그것은 철두철미 소부르주아적 인도주의적 극히 값싼 동정인 것입니다. 만약 이것을 부정한다고 하면 그럼 그 밖에 반드시 또 다른 어떤 원인이, 즉 사적 감정 같은 것이 그 이면에 잠재해서 활동하고 있지나 않은가 의심하지 않을 수 없는 것입니다."

시광의 이 한마디는 상대자를 침묵시키기 충분하다.

회의는 급전직하로 위법자의 사형을 결정하고 그리고 끝이 났다.

회의실에서 일어나 밖으로 나가는 학천의 눈은 빨갛게 충혈했다.

시광이 그 늘씬한 몸집에 긴 다리로 침착하게 저벅저벅 걸어가는 것이 보였다.

학천은 뚫어지게 그 뒷모양을 쏘아보고 서 있었다. 그리고 속으로 이렇게 외쳤다.

"이 냉혈의 짐승, 말뚝, 제국주의 관료, 공식주의자."

4

여름이 왔다. 우거진 녹음이 방어(防禦) 공사를 뒤덮었다.

적의 정찰기는 우군 진지 상공을 헛되이 비잉잉 비잉잉 선회하다가는 얻는 것 없이 그냥 날아 달아나 버리거나 혹 그렇잖으면 이따금씩 시탐(試探)의 폭탄을 얼토당토않은 곳에 두어 개씩 던져 보기도 하고 기관총을 소사(掃射)해 보기도 했다.

군복 저고리를 벗어서 나뭇가지에 걸어 놓고 새파란 이파리가 겹치고 겹치고 해서 뜨거운 광선을 가리고 있는 그 나무 그늘에 비스듬히 누워서 오카리나를 불고 있는 것은 학천이었다.

서늘한 바람이 불어왔다. 많은 사람들이 모여서 속삭이는 것 같은 소리를 내며 나뭇잎이 흔들리고 가지에 걸린 군복 저고리가 펄렁했다. 그림자도 따라서 움직였다.

피리 바람 소리 같은 오카리나가 엘레지의 애조를 연거퍼 두 번 불렀다. 그러나 주위의 생물이 모두 다 그 슬픈 곡조에 취해서 잠잠해진 것 같던 그것도 잠시…… 별안간 가까운 곳에서 수풍금(手風琴)이 베이스를 넣어 대군행진곡(그레이트 솔저스 마치)을 소란하게 떠댔다.

학천은 입에서 악기를 뚝 떼고 벌떡 일어났다. 그리고 그 소리 나는 곳을 노려보았다. 그것은 보지 않아도 시광일 것을 그는 잘 알고 있었다.

지난봄…… 군법회의에서 충돌한 이래 두 사람의 사이는 극도로 나빠졌다. 대립과 마찰이 그들 사이에 끊임없이 계속됐다.

시광은 학천의 오카리나를 귀신 우는 소리, 계집아이 취미, 소극적, 감상적, 이런 말로 배격했다.

학천은 시광의 수풍금을 칠그릇 깨지는 소리, 마차가 자갈밭을 가는 소리, 미친놈 취미, 저돌적, 이런 문구로 비난했다.

시광이 오리알을 맛있다고 하면 학천은 "그것도 입이냐? 저급 취미." 이렇게 타기(唾棄)했고, 학천이 짜장면이 맛있다고 하면 "그것도 입이냐? 이단 경향." 하고 시광이 반격했다.

변증유물적 세계관만을 제외하면 기타의 모든 것은 모조리 정반대의 대립 상태였다.

대장들의 사이가 그러니까 그 부하들도 자연히 그것을 본받아서 매사에 대립 형세를 이루었다.

제×대와 제×대는 부득이한 공사(公事)를 제외하고는 완전히 절교 상태가 되어 버렸다.

딴 지대에서는 이 지대를 불러서 대립물의 통일 지대라고 했다. 그래서 이것이 지대 내의 합동 동작과 단결에 지장이 될까 염려한 간부들은 여러 번 중간에 나서서 두 대립된 대 사이에 협조를 알선했다. 그러나 두 대는 동시에 똑같은 성명을 발표했다.

"이러한 대립 상태는 사석(私席)에 한해서만 있는 것이다. 이상의 이유로써 우리는 중간에 제3자가 출마해서 협조 전선을 할 필요가 있음을 인정하지 않는다."

각 대 대항의 실탄 사격, 총검술, 풍물, 기타의 운동 경기 같은 것이 있을 때마다 그 대립은 점점 더 격화해 갔다.

각 대의 대원들은 그 음악에 대한 취미도 자기 대 대장의 그것에 공명했다. 시광이 거느린 대의 대원들은 수풍금이 아니면 악기가 아니라고까지 극언했고, 학천의 부하들은 오카리나밖에는 사람의 가슴을 울리는 악기가 없다고 절찬했다.

반목 대립한 두 대는 서로 상대편을 골려 주려고 기회를 노렸다. 그리고 터럭만 한 기회라도 있기만 있으면 서슴지 않고 진공(進攻)을 하는 것이었다. 그래서 그것이 성공하면 쾌재를 불렀다. 그러면 패배한 편은 후일의 보복을 맹세했다. 골리고 곯고 하면서도 그들은 공동의 적 일본 군대와 항쟁하는 것만은 잊지 않았다.

그날 밤 학천은 기회를 엿보고 몰래 시광의 침실에 들어가서 테이블 위에 치장 삼아 놓여 있는 시광이 '나의 유일한 애인'이라고 이름 지은 수풍금을 단도로 푹푹 찢어서 완전히 못쓰게 만들어 놓고 살짝 자기 침실로 돌아와서 너털웃음을 웃으며 혼자서 한참 동안 엉덩춤을 추고 돌아갔다.

그러나 다음 날 "이번에야 어디 맘 푹 놓고 한번 본때 있게 불어 봐야지." 하고 싱긋 웃으며 오카리나가 들어 있는 상자갑을 연 그는 "앗" 소리를 지르고는 그만 벌린 입을 다물지 못했다. 상자갑 속에서 그 보중(寶重)한 악기는 산산이 조각이 나서 가루가 되다시피 돼 있었다.

시광도 수풍금에 대해서는 입을 봉하고 말이 없었다.

학천도 가루가 돼 버린 오카리나에 관해서는 아무 내색도 보이지 않았다.

5

8월 13일 상해사변 기념일 오전 0시 30분을 기해서 항일군의 전 전선은 일제히 공격을 개시하게 되어 있었다.

그 바로 전날 제×지대 최 부지대장이 말에서 떨어져서 팔을 다치고 후방 의원에 입원을 하게 되었다.

석차(席次) 대로 노간부인 제×대 대장 김시광이 그 뒤를 이어 승급해서 부지대장의 직권을 시행하게 되었다. 그러나 간부의 결원으로 원대의 제×대 대장을 당분간은 겸임하게 되었다.

진지에서는 비밀리에 그러나 아무래도 어딘지 좀 어수선하게 모두들 공격 준비에 바빴다. 이런 때면 언제나 이발병이 제일 녹아났다.

"내일 아침엔 시체가 돼서 적의 진지에 가 드러누워 있을는지두 모르니까 예쁘게 수염이나 좀 깎구."

하는 것을,

"이 녀석 죽을 놈이 얼굴 단장은 웬 얼굴 단장이야."

하고 옆에 섰던 딴 한 병정이 가로막으니까,

"내버려 둬……. 지옥에 가서나 한번 연애를 해 보려나 봐. 그렇지?"

하고 또 딴 병정이 말리니까,

"하하하하……."

"하하하……."

면도칼을 든 채 이발병까지도 따라서 웃었다.

학천이 군수처에 갔다 오다가 이 부하들이 웃고 지껄이고 하는 소리를 듣고 혼자 비죽이 웃으며 발걸음을 돌리려 할 때 "보고! 김 대장 동지." 전령병이 거수경례를 하고 "지대부에서 곧 오시랍니다." 했다.

"나를?"

하고 학천이 물었다.

"옛."

"무슨 일이야?"

"모르겠습니다."

"?"

학천은 전령병을 따라서 지대부로 갔다.

그러나 거기에는 빨간 연필 자국이 헝클어진 실 뭉테기같이 얽혀져 있는 군용지도를 펴놓고 시광이 기다리고 있었다.

"?"

"앉우."

거기에는 응하지 않고 학천은 선 채 "지대장 동무는?" 하고 물었다.

"진지 시찰." 하고 시광이 짤막하게 대답했다.

"나를 오란 것은?" 하고 학천이 또 물었다.

시광이 대답했다.

"작전 임무 전달."

"어떤?"

"김학천 대장은 제×대를 인솔하고 선발(先發)하야 적전 좌익 소고지(小高地)를 기습 공격할 것."

"?"

"출발 시간은 오늘 밤 열한 시 정각. 이 작전의 임무는 적의 주의를 한곳에 집중시키기 위한 양동전(陽動戰)."

"게이 거우 츠더!(給狗吃的, 개가 물어갈 것.)"

학천은 이렇게 외치며 구둣발로 '탁' 걸상을 걷어찼다. 걸상이 나가 떨어지며 들창 옆에 놓여 있는 조그만 탁자를 쓰러뜨렸다. 탁자 위의 근무병이 꽃을 꺾어다 꽂아 놓은 꽃병이 마룻바닥에 철컥하고 떨어져 깨져서 물이 좌르르 쏟아지고 그 위에 꽃잎이 뜨고 버물리고 했다.

시광이 벌떡 일어나며 "무슨 폭행이야?" 했다.

"어쨌든."

학천은 손바닥으로 군용지도를 '탁' 때리며 "난 안 간다." 하고 잘라서 말했다.

적진의 좌익 소고지는 적의 포병 진지였다. 그것은 막기는 쉽고 뺏기는 어려운 곳이었다. 자연의 지형도 그렇고 방어 공사도 그랬다. 그것은 제일 뚫기 어려운 요점이었다.

학천은 그것을 잘 알고 있었다. 게다가 더구나 양동전이라는 것은 적에게 우군의 정말 기도(企圖)하는 공격 목표를 알리지 않기 위해서 딴 곳으로 그 주의를 끌어모은 작전이다. 양동하는 부대는 전 작전의 이익을 위해서 희생되는 부대다.

시광이 지금 자기에게 그 희생의 임무를 둘러씌우려는 데 대해서 학천은 이렇게 반항했다.

"안 가?"

시광은 물었다.

"그래 안 가."

학천은 대답했다.

"왜?"

시광이 또 물었다.

"왜?"

하고 학천이 반문했다.

"왜 안 가?"

"그렇게 가구 싶거든 네가 가라!"

"내가?"

"그래."

"안 된다. 그건 네가, 반드시 네가 가야 한다."

"뭐야? 건방지게 네가 뭔데 날더러."

하고 학천이 한 걸음 앞으로 다가섰다. 시광이 천천히 말했다.

"나는 너의 상사다."

"……."

학천이 주춤했다.

"나는."

하고 시광이 엄숙하게 말을 이었다.

"부지대장 김시광 그리고 아까 전달한 것은 상사의 명령."

학천은 하는 수 없이 발뒤꿈치를 모아서 억지로 부동자세를 취했다.

시광이 위엄 있게 불렀다.

"김 대장."

"넷."

이렇게 대답한 학천의 가슴속에서는 이글이글하는 시뻘건 분노의
불덩어리가 쿡 치밀어 올랐다.

"이놈의 자식 어데 두고 보자."

그는 속으로 이렇게 외치며 이를 악물었다.

"지금 전달한 명령을 충실히 집행할 것. 그만 물러가."

하고 시광이 의자에 가 걸터앉았다.

"넷."

학천이 경례를 했다. 그러나 시광은 고개만 끄덕여 보이고는 테이블 위의 지도를 들여다보았다.

학천은 한참 그 옆얼굴을 노려보다가 그만 돌아서 나가 버렸다.

학천의 저벅저벅하는 성난 구두 소리가 차차 멀어져서 들리지 않게 되었을 때 "흥!"하고 시광은 코웃음을 치고 의자 등받이에 반듯이 나 자빠져 기대고 두 다리를 들어서 테이블 위에 얹고 군복 바지 주머니 에서 화성탕(花生糖, 콩엿의 일종)을 한 조각 꺼내서 입에 넣고 "와지직" 소리를 내며 깨물었다. 그리고 만족한 듯이 또 웃었다.

6

총공격이 개시되었다.

적은 중포(重炮)의 일제사격으로 이것을 맞이했다.

적과 우군 사이에 서로 주고받고 하는 중포탄이 공기를 가르고 지나 갈 때는 마치 기차가 지나갈 때 내는 것 같은 소리를 냈다.

기관총이 매초 열한 발 이상의 속도로 간단없이 불을 뿜었다. 총구 에서는 독사의 혓바닥 같은 불길이 날름거렸다.

방어군의 진지 위에, 공격군의 머리 위에, 곳을 가리지 않고 날아와 터지는 포탄의 화광, 번쩍할 때마다 굵게 높게 자줏빛 섞인 검붉은 연 기와 불길이 맹렬한 속도로 솟아오르고는 했다.

연기와 불길은 방어 공사의 부서진 조각과 파손된 무기와 찢겨진 사 람의 몸뚱이의 각 부분을 안고 올라갔다가 공중에서 흩어져 버렸다.

전장은 초연(硝煙)이 자욱하게 끼어서 호흡이 곤란해졌다. 달도 흐려졌다.

오전 네 시. 전장은 혼란 상태에 빠졌다. 적진의 몇 부분이 돌파되어 공격군이 그 돌파구로 조수같이 밀려들어 간 것이다.

우군이 적을 포위하면 또 딴 적이 우군을 포위했다. 서로 에워싸이고 앞에도 적, 뒤에도 적, 갈피를 찾을 수 없게 되었다.

어두운 전야(戰野)에는 혼전 난투가 벌어졌다. 도처에서 처참한 백병전이 일어났다. 이리하여 날 샐녘까지 맹렬한 싸움은 계속되었다.

동이 텄다. 포성이 차츰 가고 기관총이 입을 다물었다.

격전이 끝났다. 여기저기서 부상당한 전사들의 신음하는 소리가 들리었다. 상처의 고통을 못 이겨서인지 우는 소리도 들렸다.

아직도 채 개이지 않고 낮게 전장 위에 떠돌고 있는 초연을 뚫고 햇살이 뻗쳐 왔다.

검붉은 피에 끈적끈적하게 젖은 풀잎에 메뚜기가 툭툭 튀어 다녔다.

땅이 여기저기 거북 잔등같이 금이 가서 쩍쩍 갈라져 있었다. 마치 맹렬한 지진이 지나간 때와 같았다. 중포탄이 땅속 깊이 파고들어 가서 터질 때 생기는 균열이었다. 그것은 임시 참호 대신으로도 쓸 수 있는 것이고 교통호(交通壕) 대신으로도 쓸 수 있는 것이었다.

학천은 난투 속에서 전부 흩어져 버리고 겨우 여섯 명밖에 남지 않은 부하를 데리고 있던 균열 속으로 적의 눈을 피해서 기어들어 갔다. 거기에는 벌써 칠팔 명의 군인이 들어 있었다. 우군의 병정들이다. 그러나 선두의 학천은 주춤했다. 그것은 그 병정들이 제×대의, 즉 시광의 부하들이었던 것이며 또 현재 거기에 그 대 대장 시광이 섞여 있었기 때문이었다.

두 대장의 시선이 부딪쳤다. 잠시 그렇게 서로 마주 쳐다보고 있다가 시광이 저쪽으로 고개를 돌려 버렸다. 학천은 말없이 기어들어 갔다.

앞에서도 뒤에서도 기관총 방아쇠에 손가락을 걸고 서로 노리고 있는 이러한 경우에는 날이 밝아서 시야가 열리면 목표가 드러나서 꼼짝도 할 수 없는 것이었다.

학천은 옆의 부하가 가진 총을 달래서 받아 가지고 그 총 끝에 자기가 쓰고 있는 강모(鋼帽)를 벗어서 씌웠다. 그리고 그것을 삐죽 균열 위로 내밀었다. "뺑" 하고, 내밀기 무섭게 어디서 탄환이 날아와서 강모에 들어맞았다.

"이크."

그는 목을 움츠러뜨리고 엉덩방아를 찧었다. 그리고 강모를 조사해 보았다. 구멍이 하나 빼꼼하게 뚫려져 있다. 그는 고개를 흔들며 "당최 어림도 없다." 하고, 부하들을 바라보았다.

학천은 시광과 같이 한곳에 있기는 무엇보다도 싫었지만 하는 수 없었다. 시광도 학천과 같이 있기 싫은 것은 역시 마찬가지였다.

부하들끼리 서로 말없이 노려보고 있다. 그 좁은 균열 속에서도 두 대 사이의 간격은 가능한 범위 내에서 최대한도의 공간을 이루었다.

오월동주(吳越同舟). 머리 위로는 탄환이 "위잉위잉" 날카롭게 공기를 가르며 지나갔다. 균열 밖에 나가 볼 수가 없으니 적정(敵情) 판단을 할 수가 없다.

우군도 그랬고 적도 그랬고 서로 구멍 속에들 처박혀서 날이 어두워지기만 기다리고 있는 것 같았다. 그러나 아직도 때는 해가 땅 위에서 겨우 한 뼘이나 기어올라 왔을까 말까 할 때였다.

대륙의 살인적 혹서—해가 하늘 복판에 거의 오니까 그렇지 않아도 채 식지 않았던 땅이 후끈 화덕같이 달기 시작했다.

풀 한 포기 그늘도 없는 땡볕 아래서 군인들은 마치 뭍에 끌려 나온 메기 모양으로 늘어져서 헐떡거렸다. 땅 갈라진 좁은 틈바구니에 여럿이 겹쳐서 쪼그라뜨리고 있으니까 땀냄새, 흙냄새가 질식할 지경으로 호흡을 압박했다. 강모 속의 머리는 흡사 뜨끈뜨끈한 떡시루를 들쓴 것 같았다. 입술이 바작바작 탔다. 그러나 바람은 없다.

그때 정면의 적이 어떠한 기도 밑에서인지 갑자기 균열을 향하여 공격을 개시했다.

균열 속의 열세 명은 즉시 화망(火網)을 구성하고 그것에 응전했다.

실상 이 균열은 적의 연락선을 차단하는 위치에 가로놓여 있었던 것이다. 그래서 적은 이 지점을 탈회(奪回)하려고 맹렬한 공격을 반복한 것이었으나 균열 속에서는 시광도 학천도 그 부하들도 그 당시에는 자기네가 점령하고 있는 위치가 그런 중요한, 그리고 그렇게 위험한 곳인 것을 알지 못했던 것이다.

적의 공격은 기관총의 엄호 사격을 받아 가지고 돌격으로 옮겨졌다.

눈이 부신 여름 한낮 햇볕 아래 총칼이 번쩍번쩍 빛났다. 위협하는 고함소리가 이어서 일어났다.

한 줄로 가로 흩어져서 엎드렸다가는 일어나서 뛰고 엎드렸다가는 뛰고 하며 적이 점점 가까이 몰려들어 왔다.

균열 속의 열세 사람은 기관총과 소총과 권총으로 전력을 다해서 적의 돌격을 저지하려 했다.

죽음에 직면했을 때 사람은 엄숙해지고 진지해지는 것이다. 그들은 더운 것과 목마른 것을 잊어버렸다. 두 대 사이의 공간이 어느 틈에 메꿔졌는지 알지도 못했다.

적의 잔인스러운 눈깔과 이빨이 눈앞에 다닥쳤다. 고함소리가 고막을 때렸다.

균열 속에서 기관총수가 "악!" 하고 뒤로 나가떨어졌다. 적탄을 맞은 두 눈 사이에서 시커먼 피가 쏟아져 나왔다. 즉사였다.

"오!" 하고 시광이 사수가 없어진 기관총으로 달겨들었다.

"아니 그건 내가." 하고 학천이 손에 들었던 권총을 집어던지고 그것을 뺏으며 "동무는 전체의 지휘를……." 하고는 일 초의 지체도 없이 몰려드는 적에게 탄환의 우박을 퍼부었다.

시광은 원래 위치에 돌아가자마자 벼락같은 소리를 질러서 호령했다.

"제일 기관총ㅡ목표ㅡ좌전방ㅡ."

비록 적은 병력이지만 통일된 지휘 아래 쇳덩어리같이 뭉쳐진 그 힘은 무서운 것이었다.

적이 물러가기 시작했다. 도저히 이 지점을 탈회할 가능성이 없는 것을 깨달은 것이다.

달아나는 놈의 뒷잔등은 좋은 과녁이었다. 꽁무니를 쫓아가는 탄환에 픽픽 나가쓰러지는 것이 마치 활동사진을 보는 것 같다.

단결ㅡ단결이 적을 물리쳤다.

초약(硝藥) 냄새가 코를 찌르는 균열 속에서 사람들은 "후유ㅡ" 하고 숨을 내뿜었다. 그리고 땀과 흙에 짓이겨져서 새까맣게 된 얼굴을 서로들 쳐다보고 빙그레 웃었다.

학천과 시광도 서로 쳐다보고 말없이 빙그레 웃었다.

부하들은 그 대장들이 웃는 것을 보고 따라서 또 한번 서로들 마주 쳐다보고 웃었다.

시광이 허리에 찼던 수건을 뽑아서 전사자의 얼굴을 덮어 주었다. 그리고 머리를 숙이고 묵도(默禱)를 했다. 학천도 병정들도 따라서 머리를 숙였다. 아무도 말하는 사람은 없다.

머리 위에는 싸움터에 늘비한 시체를 파먹으려는 까마귀 떼가 날아가고 날아오고 한다.

구름 한 점 없는 하늘에는 한낮 조금 지난 해가 이글이글 타고 있다.

누가 "후" 하고 한숨을 쉬고 입맛을 쩍쩍 다시었다.

사람들은 펄석펄석 주저앉아 버렸다. 잊어버렸던 기갈이 또다시 더욱 맹렬하게 목구멍을 조이고 찌르고 했다.

7

적의 공격은 또 언제 있을는지 모른다. 그러나 균열 속의 열두 사람은 다 쓰러져서 헐떡헐떡하고 있다.

물은 한 방울도 남지 않았다. 그러나 목구멍은 화젓가락으로 쑤시는 것같이 아프다.

해는 쨍쨍 내리쪼였다.

학천이 문득 죽은 사람의 허리에 매달려 있는 물통을 생각했다. 그는 슬그머니 기어가서 시체의 허리를 더듬어서 물통을 찾았다. 그는 떨리는 손으로 그것을 흔들어 보았다. "찰랑찰랑" 소리가 났다.

"오! 물, 물이다."

하고 그는 기쁨에 넘치는 소리를 쳤다.

누웠던 사람들이 벌떡 일어났다.

"물?"

"어? 물!"

"어디?"

"여기!"

하고 학천이 눈앞의 물통을 내들었다. 통 속에서 "출랑출랑" 소리가 났다.

"오!"

열한 사람이 감격에 넘치는 소리를 질렀다.

"자! 돌아가며 한 모금씩." 하며 학천이 물통의 마개를 "풍" 하고 잡아 뽑았다.

목젖을 울리고 입술을 핥으며 열한 사람이 그리로 시선을 집중했다.

물통 아구리에 입을 대고 물을 들이켜려던 학천이 멈칫했다. 그는 속으로 생각했다.

"반 통도 못 되는 물. 혼자 다 마셔도 시원치 않을 것을…… 열두 사람이…… ."

그러나 목젖은 타는 것같이 아프다.

"그래도 나는 참을 수 있다."

그는 목이 말라서 헐떡이고 있는 전우들의 얼굴을 또 한번 다시 쳐다보았다. 그는 눈을 딱 감고 그리고 슬며시 물통을 옆에 있는 부하에게 내주었다.

물통은 한 사람 차례로 한 모금씩 돌아서 마지막으로 시광에게까지 갔다. 그리고 시광의 손에서 다시 학천에게로 돌아왔다. 학천이 그 물통을 받았다.

햇빛은 점점 더 뜨겁게 내리쪼였다. 그러나 사람들은 말이 없다. 헐떡거리지도 않았다. 쓰러지지 않았다.

학천의 손에서 텅 비었을 물통이 "출랑출랑" 소리를 냈다. 물통 속의 물은 단 한 모금도 없어지지 않고 그대로 남아 있었던 것이다.

머리 위에서는 까마귀 떼가 시끄럽게 "까욱까욱"거리며 몰켜서 날으고 있다.

이런 채로 밤이 되었다.

우군이 엊저녁에 하다가 날이 밝아서 중단했던 공격을 다시 계속했다.

전장은 다시 혼란을 일으켰다.

균열 속의 열두 사람도 밖으로 뛰어나왔다. 그리하여 그 지점까지 진출한 우군 부대에 합류하려 했다.

벌써 어떤 곳에서는 백병전이 벌어졌다.

"앗!" 하고 앞서서 총을 놓으며 뛰어가던 학천이 활같이 휘어지며 쓰러졌다.

"여!" 하고 시광이 쫓아가서 안아 일으키며 급하게 물었다.

"어디야?"

"다리 대퇴부."

학천이 대답했다.

"좀 참어, 아퍼두."

하고 시광이 부상자를 어깨에 둘러멨다.

"아! 으―음."

학천이 고통을 참느라고 이를 악물며 "가만, 좀 가만있어." 했다.

"뭐야?"

"좀 가만…… 음―난 괜찮으니 내버려 두구 동무나 어서 무사히……."

"무슨 미친 소리야. 좀 참어, 아퍼두."

이렇게 말하고 학천을 둘러업은 채 몇 걸음 앞으로 걸어 나가던 시광이 "앗! 응…….." 하고 왼팔을 내려뜨리웠다.

누릇누릇하게 마른 잔디 위에 빨갛고 노랗고 한 나뭇잎들이 바삭바삭 소리를 내며 날아와 떨어졌다.

해말간 하늘은 무던히도 높아 보였다.

소리개가 한 마리 유유히 공중에 커―단 원을 그리며 떠돌고 있다.

봄볕같이 따뜻한 햇볕이 내리쪼이는 잔디 위에 두 젊은 사람이 비스듬히 누워 있다. 한 사람은 팔이 하나 없었다.

"어 이럴 때 수풍금이 있었으면 좋겠는걸."

이렇게 말을 건넨 것은 다리가 없어진 학천이었다.

"음 그렇지. 오카리나가 더 좋지."

이렇게 대답한 것은 팔이 떨어진 시광이었다.

"허, 내가 잘못한걸."

학천이 탄식하며 사죄하듯 말했다.

"뭘 피차일반이야."

시광이 뉘우치듯이 말을 받았다.

두 사람은 잠잠했다. 생각하면 감회가 깊은 일이었다.

"여, 인젠 이인삼각일세."

하고 학천이 또 말을 건넸다.

"아니, 이인삼완(二人三腕)일세."

하고 시광이 받았다.

"삼각이지."

"삼완이래두."

"허― 이 사람 또 우기나?"

하고 학천이 옆에 놓여 있는 지패막대를 끌어 잡아들이니까, "임자 고

집은?" 하고 시광이 막는 형용을 했다.

두 사람은 위로 얼굴을 마주 쳐다보았다. 그리고 "아하하", "어허허" 하고 한바탕 크게 웃었다.

공중에서 빙— 빙— 떠돌고 있던 소리개가 무엇을 발견했는지 갑자기 홱 하고 몸을 제치더니 쏜살같이 저편 숲속으로 떨어져 갔다.

"어, 시광, 아니 김시광 동지, 우리 불구자 동맹을 결성하는 게 어떻소? 단, 이것은 정식으로 제의함이요."

하고 학천이 제의했다.

"좋지, 김학천 동지 제의에 정식으로 찬동함—. 어때?"

하고 시광이 찬동했다.

"하하하……."

"허허허……."

두 사람은 마주 쳐다보고는 소리를 높이며 또 한바탕 웃어 제쳤다.

그들의 가슴은 희망으로 불룩해졌다.

등어리에 내리쪼이는 햇볕은 여전히 뜨거웠다.

〈신문학〉 1946년 4월

부록

창작 합평회 _〈신문학〉 1946년 6월 1권 제 2호에 실림

때 4월 20일 오후 6시

곳 취산장(翠山莊)

송영, 윤세중, 채만식, 본사

김남천, 리흡, 리원조, 박영준.

리흡 8.15 이후의 창작에 대해서 될 수 있는 대로 작자를 중심한 작품 평을 말씀해 주셨으면 고맙겠습니다. 특히 작가 여러분을 오시라고 한 것은 작가의 입장에서 본 진지한 작품 평을 원했기 때문입니다.

〈균열〉(〈신문학〉1호) 김학철 작

채만식 나는 〈과정〉을 읽지 못했습니다만 그것은 그만하고 김학철 씨의 〈균열〉을 이야기합시다. 내가 이 작품을 읽을 때 순수문학이니 통속소설이니 하던 일인(日人)의 작품과 꼭같은 감을 줍디다.

김남천 일인의 아무개가 쓴 것이란 생각과 달리 의용군의 한 사람으로 일본과 싸우다 다리 하나까지 잃고 돌아온 작가를 생각한다면 보는 면이 넓어질 것입니다. 의용군이 썼다는 것이 중대한 문제라고 생각합니다.

리원조 그것은 작품 평이 아닙니다. 작품은 어디까지나 작품을 보고 평해야 할 것입니다. 전번 문학가동맹 소설부 간담회 때에도 이 작품이 논의되었는데 그때 리태준 씨는 이 작품을 작가의 손아귀에 넘어가지 않은 작품이란 말을 했습니다. 즉 르포르타주라고 했습니다. 그 반면 김남천 씨는 너무 째였다고, 즉 너무 작위적이란 말을 했습니다. 나는 두 분의 말이 다 정당하다고 생각합니다. 이유는 리태준 씨가 한 말은 상반부를 보고 한 말이요, 김남천 씨는 하반부를 보고 한 말이라 생각하기 때문입니다.

그리고 나는 이 작품의 중심이 처음과 마지막에 있는 것이 아니라 가운데 있다고 봅니다. 즉 시광과 학천 두 지대장이 싸우는 장면이 이 작품의 생명이라고 봅니다. 물론 작품의 계기는 '친'이란 여자로부터 시작되는데 그 장면은 문장도 서툴지만 '친'의 소행을 구명시키지 않았는데 리태준 씨로 하여금 르포르타주란 말을 하게 한 것입니다.

김남천 씨가 작위적이라고 한 것은 그 반대로 마지막 장면을 말함이라고 생각하는데 나는 어디까지나 이 작품의 중간에 중점을 두고 또 그 장면을 좋게 봅니다.

소설이란 언제 끝났는지를 모르고 읽을 수 있도록 써야 합니다. 읽다가 싫증이 나서 맨 마지막 장면을 들쳐 보고 읽게 하는 소설은 좋은 소설이 아닙니다. 나는 이 작품을 언제 끝났는지 모르고 읽었습니다. 이 작품 가운데서 두드러진 장면이란 이제 말한 것처럼 두 지대장이 싸우는 것, 그리고 균열 속에서 물을 나누어 먹는 곳입니다. 그러나 물 나누어 먹는 장면은 조금 과장한 듯했습니다. 전쟁 의식과 산 개성을 좀 더 그리었더면 아래위가 없어도 좋을 작품이라고 생각합니다.

채만식 나는 이 작품이 인간성을 떠난 인간을 그린 것처럼 느껴집니다.

김남천 포탄이 터지는 장면은 아름다왔습니다. 마치 내 고향에 포탄이 떨어지는 듯한 느낌을 줍디다.

리원조 전번 간담회 때 이 소설 평이 있은 뒤 작가가 문학하는 이유를 일장 연설했으나 그때 나는 그를 작가라기보다 의용군의 한 사람이라는 느낌을 가지었습니다. 그러나 작품을 읽어 보니 작가는 확실히 작가로서의 역량을 가지려고 노력한 흔적이 보입니다. 목가적인 맛도 있기는 합디다.

송영 작가 자신은 허구가 아니라 생각할는지 모르나 나오는 현실은 목가적인 듯한 데가 많습니다.

리원조 르포르타주는 아닙니다.

담뱃국

1

'전쟁할 때'라는 별명을 가진 문정삼이는 조선의용군 제×지대에서 소문난 느리배기이며 또 게으름뱅이였다. 그는 일일 열여섯 시간 수면 제의 제창자였다. 그가 입을 열어서 말을 하는 것은 막부득이한, 정 할 수 없는 경우에 한해서였는데 그 말하는 속도는 흡사 태엽이 거의 다 풀린 축음기와도 같았다.

군관학교 시절의 일이다. 일요일날 외출을 하기 전에 복장 검사를 하고 있던 소대장—직일관(直日官)이 그의 때가 다닥다닥한 얼굴을 들여다보며 "도대체 얼굴은 씻는가, 안 씻는가? 아주 안 씻고 사는 거 아니야?" 한즉, "천만에 말씀. 달마다 빼놓잖고 꼭꼭 씻는걸요." 하고 그는 태연스레 대답을 하는 것이었다.

군사 교련의 강도가 너무 높아서 받아 내기가 힘이 드니까 그는 학교 병원에 입원을 좀 해 볼 생각으로 (입원만 하면 하루 종일 침대에 누워서 뒹굴어도 되므로) 꾀병을 앓았다가 군의에게 간파되어 피마주기름 한 고뿌를 선 자리에서 들내게 되는 바람에 혼쌀을 먹고 병이 전쾌(全快)했다고 즉석에 선언을 한 적도 있었다.

그에게 영예로운 칭호—'전쟁할 때'가 수여된 역사를 더듬어 보면 다음과 같다.

역시 군관학교 시절. 야외 연습에서 분대 단위의 공격이 시행되었는데 그날의 과목은 '산병반군(散兵半群)의 형성'이었다. 교실에서 교관이 한 번, 교련장에서 중대장이 한 번, 그리고 소대장이 되풀이해서 또 한 번 떠먹듯이 설명해 들리기를,

"적전 200미터 거리에까지 박근(迫近)하면 각 분대는 대형을 이내 산병반군으로 변환하고 기관총 조와 보총 조가 엇갈아 엄호하며 전진하다가 일제히 수류탄을 투척하고 그것이 작렬하는 틈을 타서 적진에 돌입하여 백열전(白熱戰)을 벌인다."

연습이 무사히 끝이 나서 전 중대 3개 소대를 강화 대형, 즉 한쪽이 트인 입구자 형으로 정렬시켜 놓고 중대장이 강평을 하게 되었다. 한데, 이것은 잘되었으나 그것은 잘못되었다, 이것은 이렇게 해야지 그렇게 해서는 아니 된다……, 하는 식으로 분석, 비평, 훈시를 하던 중대장이 별안간 "제2소대 전열…… 끝으로 세 번째!" 하고 소리를 질렀다. 지적을 받은 것은 바로 문정삼이가 점령하고 있는 위치였다.

불시에 기습을 당한 그 위치의 점유자는 깜짝 놀라서 "아, 네?" 하고 눈이 휘둥그래졌다.

"어때, 대답을 할 만한가?"

"?"

"산병반군은 어떤 때 쓰는 거지?"

중대장은 강평을 하면서도 문정삼이가 한눈을 팔며, 강평을 귓전으로 흘려들으며 무슨 딴생각을 하고 있는 것을 보아 내었던 것이다.

"?"

총을 잡고 차렷 자세를 한 문정삼이는 입을 함봉하고 두 눈으로 중대장을 주시한 채 장승같이 서 있기만 하였다.

"어째 대답이 없지?"

전 중대의 시선을 햇살같이 한몸에 받으며 문제의 주인공은 초인적인 속도로 기억의 창고를 아래위로 발깍 다 뒤집어 보았으나 그 가장 절박하고 가장 요긴한 '산병반군'이란 물건은 종시 나타나 주지를 않았다.

그도 그럴 것이 벌써 여러 달 전부터, 찍어서 말하면 일본 공군 폭격기 편대의 남경 공습에 크게 자극을 받은 그때로부터, 그는 장갑 항공기를 발명하려고 연구에 골몰하고 있었던 것이다. 한데 불행하게도 99퍼센트 완성이 된 지난밤부터 그 괘씸한 장애물을 제거하려고 온갖 정신을 다 거기에 집중시키고 있었던 것이다. 그것은 지난 몇 달 동안의 고심참담한 노력이 수포로 돌아가느냐 안 돌아가느냐 하는 요긴목인 동시에 또 발전하는 현대 과학의 정수를 모아서 입체화한, 항일 전쟁의 승패에 관계되는 문제라고 생각되었기 때문이다.

7.9밀리 강철판으로 장갑된 그 항공기는 어떠한 고사포탄이나 속사(速射) 기관포에도 끄떡 안 하는 공중의 요새였다. 그리고 그 비행 속도와 항속력(航續力)과 적재량은 단연 전 세계에서 그 유례를 볼 수 없는 최첨단의 것이었다. 하기에 바로 그 점이 그의 발명의 열정을 맹렬히 불러일으킨 원인이었던 것이다. 그 완성을 목전에 두고 그는 거의 침식을 잊다시피 하였다. 그러던 것이 이런 난관에 부닥치다니—하늘도 무심하지—그는 눈앞이 다 캄캄하였다.

한데 그 난관이란 무슨 별다른 게 아니었다. 그 완전무결한 초특급 공중요새의 완성품이 자체의 중량이 원인이 되어 단 1센티도 땅에서 뜰 수가 없는 것이었다.

'어떻게 하면 뜰 수가 있을까?'

이 한 가지 일만을 골똘히 생각하다나니 그는 눈으로 무엇을 보아도 보이지를 않고 귀로 무엇을 들어도 들리지를 않을 그런 정도였다. 하니 그따위 산병반군쯤이야 애당초에 문제도 될 리가 없었다.

"어째서 대답이 없지? 말이 들리지를 않는가?"

중대장이 다시 한번 이렇게 채근을 하자 이 수산의 발명가는 비장한 결심을 내린 듯 눈을 내리깔고 느릿느릿 대답을 하였다.

"산병반군 말입니까? 그건…… 전쟁할 때 쓰는 겁니다."

이 엉뚱한 대답을 듣고 중대장은 웃음보가 터지려는 것을 겨우 참으며 짐짓 율기(律己)를 하고 다시 묻기를 "밥 먹을 때 쓰는 건 아니구?" 한즉, 문정삼이는 내리깔았던 눈을 바로 뜨며 정색을 하고 "천만에 말씀. 틀림없이 전쟁할 때 쓰는 겁니다." 하고 천연덕스럽게 대답을 하였다.

이 명답을 듣자 전 중대가 일시에 폭소를 터뜨렸다, 정제하게 줄지어 섰던 대열이 다 꿈틀거릴 지경으로.

장갑 항공기의 연구는 여기에 이르러 땅뜀 한번 못 해 보고 그만 책장을 덮고 말았다. 문정삼이는 여러 달 밀리고 쌓인 수면 부족과 과로가 일시에 덮치는 바람에 그날 밤부터 아주 몸져누워 버렸다.

2

'전쟁할 때' 문정삼이가 조선의용군 제×지대에서 치중(輜重), 즉 수

송을 맡아보게 된 이유는 다음과 같다.

그는 눈을 감지 못한다는 특이한 생리적인 결함을 가지고 있었다. 두 짝 눈을 다 감지 못하는 것이 아니라 한 짝 눈만을 감지 못하는 것이다. 눈을 감으려면 두 짝 눈이 다 감기고 눈을 뜨려면 두 짝 눈이 다 뜨이는 것이다. 하지만 그것은 일상적인 생활을 영위하는 데는 별로 불편할 것이 없는 결함이었다. 물론 불구자는 아니었다. 하나 그는 혁명을 하는 사람이었다. 더구나 전쟁을 하는 사람이었다. 아무 때고 수시로 총을 쏘아야 하는 사람이었다. 한데 총이란 그저 탄약을 재워서 방아쇠를 당기기만 하면 되는 것은 아니다. 멀든 가깝든 간에, 크든 작든 간에…… 목표를 들어맞혀야 한다. 총을 쏘는 의의가 바로 거기에 있는 것이다. 한데 목표에 명중을 시키려면 총을 겨누어야 한다. 겨누려면 한쪽 눈을 감아야 한다. 해도 두 눈을 다 감아서는 아니 된다. 물론 두 눈을 다 떠도 아니 된다. 이 점에서, 가장 요긴한 이 점에서, 그는 불행하게도 그 불구 아닌 불구로 하여 적임자로는 되지를 못하였다. 하나 군인이란 반드시 총을 쏘아야만 되는 것은 아니다. 총을 못 쏘아도 얼마든지 군인으로 될 수는 있다. 예컨대 치중 따위, 찍어서 말하면 말몰이 따위, 이런 건 소경만 아니면 누구나 다 할 수 있는 것이다.

문정삼이는 타고난 천성으로 하여 모든 동작이 매우 느리기는 하였으나 그래도 열성을 다하여 맡은 바 직무에 충실하려고 애를 썼다. 하긴 때로는 엄청난 연착 사고를 빚어내서 전대(全隊)의 행동 계획을 뒤죽박죽을 만드는 일이 있기는 하였지만.

어느 별빛 하나 보이지 않는 흐린 날씨의 침침칠야의 일이다. 이날 전대는 야행군에다 강행군까지 겹친 긴급하고도 먼 장거리 행군을 하게 되었다. 하여 문정삼이는 군량 실은 마바리를 몰고 대열의 꽁무니를 청처짐하게 따라갔다. 산길에 접어들면서부터 마바리의 걸음이 더욱 더디어져서 처음에는 10미터, 20미터…… 조금씩 사이가 벌어지던 것이 나중에는 아주 동떨어져서 대오는 대오대로 저는 저대로 따로따로 길을 가게 되었다. 샐녘에 그는 방광에서 보내오는 방수 신호를 받았다. 하여 고삐를 말 잔등에 뿌려얹어서 말을 앞세워 놓고 저는 혼자 뒤에 떨어져서 잠깐 볼일을 보았다. 연후에 슬렁슬렁 걸어서 그 뒤를 따라갔다. 이때였다. 앞서가던 말이 험한 비탈길에서 갑자기 발이 미끄러지며 한쪽으로 휘뚝하는 것 같더니 이어 "히힝!" 소리를 지르며 걷잡을 새 없이 낭떠러지 아래로 굴러떨어져 내려갔다. 크게 놀란 '전쟁할 때'가 달아가서 아래를 내려다보니 밀가루 포대를 거의 만부하(滿負荷)로 짊은 말은 그리 높지 않은 낭 아래 좁은 골짜기에 벌렁 나자빠져서 네 다리를 버둥거리고 있었다. 워낙 직무에 충실한 그는 위험을 무릅쓰고 비탈을 타고 내려가서 가엾은 짐승에게 서슴없이 구원의 손길을 뻗쳤다. 젖 먹은 힘을 다하여 북두끈을 끄르고 가까스로 짐들을 다 푼 뒤에 말을 부축해 일으켜 세웠다. 하나 사태는 자못 심각하였다. 말이 걷지를 못하는 것이다.

"허, 이를 어쩐다?―야단났군!"

그는 한숨이 절로 나왔다. 동이 트기 시작하였다. 해도 도와줄 사람은 나타나 주지를 않았다. 그는 길 없는 길을 더듬어서 혹시라도 근처에 인가가 있나 찾아보기로 하였다. 골 안에는 아침 안개가 자옥해졌다. 하나 온갖 군데를 다 찾아보아도 인가는 그림자도 없었다. 설령 인가가 있다손 치더라도 이 난리판에 피난을 아니 가고 집에 그대로 남아 있을 리 없다. 그렇다면 빈집, 빈집은 이런 경우에 아무러한 도움도 되지 못하는 무용지물이다. 이윽고 안개가 걷히기 시작하였다. 해도 역시 인간의 그림자는 나타나 주지를 않았다.

"허, 이거 정말 야단났군!"

그는 한숨이 또 절로 나왔다. 낙심천만. 낙심을 하니까 갑자기 맥이 빠졌다. 맥이 빠지니까 또 갑자기 시장기가 났다. 그러자 불현듯 밤새도록 아무것도 먹지 않은 것이 생각났다. 하여 그는 일단 마바리를 부려 놓은 데로 돌아가 요기를 하고 나서 다시 보자고 마음을 먹었다. 그가 발길을 돌이켜 한 마장이나 걸었을까…… 홀제 어디서 "매―" 하는 연약한 애기의 울음소리와도 같은 물소의 울음소리가 들려왔다.

"어? 저건 틀림없는 물소다!"

그가 급히 걸음을 멈추며 귀를 기울이니 또 "매―" 하는 소리가 들려왔다.

"하늘이 문정삼이를 살리는 모양이다!"

하고 '전쟁할 때'는 너무도 기쁜 김에 제 손바닥으로 제 볼기짝을 철썩 때렸다. 그리고는 부지런히 그 소리 나는 쪽으로 쫓아갔다.

회색 털빛과 서양낫같이 휘인 커다란 두 뿔, 틀림없는 물소였다. 코에 꿰인 고삐를 질질 끌며 어슬렁어슬렁 걸어오는.

문정삼이는 뒤로 돌아가서 땅바닥에 끌리는 그 고삐를 발로 꽉 밟았다. 난리판에 주인을 잃은, 순하고 어리석은 그 부림짐승은 낯모르는 사람에게 아무러한 저항도 할 생각을 않고 그저 순순히 끌려왔다. '전쟁할 때'가 말 잔등에서 부린, 한 바리 잔뜩 되는 태짐을 그 물소 등에 갈아 실어 놓고 대충 요기를 하고 났을 때는 이미 해가 두어 발이나 잘 올라왔었다.

"내가 이거 너무 늦었다."

허나 다음 순간 그는 '이 가엾은 녀석(다리 부러진 말)은 어떡헌다?' 하는 생각이 들어서, 애원하는 눈으로 자기를 바라보는 말을 한동안 물끄러미 마주 보고 섰다가 머리를 설레설레 젓고, "용서해라. 내게는 지금 너를 구원할 힘이 없다." 하고 사과를 하였다.

문정삼이는 늦어진 길을 조이려고 연신 채찍을 휘둘렀다. 그러나 논밭갈이업에서 운송업으로, 제 맘이 내켜서 하는 것도 아니게 급전환을 한 그 부림짐승은, 묵은 직업의식에 사로잡혀서 시종일관하게 쟁기를 끌던 때와 똑같은 보조로―견실하고도 완만한 보조로―걸음을 떼어 놓는 것이었다.

한낮 때가 거의 되어 산길이 끝이 나면서 평지 길이 시작되었다. 문정삼이는 채찍질을 아무리 해도 소용이 없는 것을 알고는 빨리 갈 생각은 아예 단념을 해 버렸다.

'늦든 어쨌든 목적지까지 가는 것만도 대견하지.'

이렇게 생각하고 그는 고삐를 소 잔등에 뿌려얹고 슬렁슬렁 그 뒤를 따라갔다. 두서없이 이 생각 저 생각 해 가며 …… 길섶의 풀잎을 훑어서 손바닥에 올려놓고 비벼서는 버리고, 또 훑어서는 비벼 버리고 하면서…… 한데 별안간 앞서 가던 물소란 놈이 급한 걸음으로 길에서 벗어나더니 엉뚱한 곳으로 내닫는 것이었다. 문정삼이가 "아, 저놈의 소가!" 하고 놀라는 동안에 벌써 그 회색의 부림짐승은 맑게 개인 푸른 하늘과 하얀 구름송이가 선명하게 비친 못 속으로 "철거덕, 첨벙…… 첨벙, 철거덕……" 뛰어들어가 버렸다. 눈과 귀와 코, 그리고 밀가루 포대의 일부만을 물 위에 내놓고 그놈의 덩치 큰 몸뚱이는 가뭇없이 다 물속에 잠겨 버렸다. 그리고는 그 큰 눈을 끔벅끔벅하며 멀거니 못가에 서 있는 새 주인의 감주 먹은 고양이 상을 바라보는 것이었다.

그 동물의 그러한 습성을 모르는 문정삼이가 아니었다. 허나 그동안 줄곧 말만을 부려 온 까닭에 그 동물과 물 사이에 얽힌 고무줄 같은 당 길심을 깜박 잊고 소홀히 대하였던 것이다. 발을 굴러도, 욕을 퍼부어도, 돌멩이질을 해도 다 막무가내—소용이 없었다. 물속에 들어 엎드려서 버티기 내기를 하는 그 물소 놈은 그런 것쯤은 데시근하게도 여기지 않았다. 한 식경이 좋이 지나서, 밀가루가 물을 흠씬 먹었을 즈음에야 비로소 자기의 생리적인 욕구를 만족시킨 동물은 자진하여 소란스러운 물소리를 내며 뭍으로 올라왔다. 이리하여 낙오를 한 치중병(輜重兵)의 부림소는 한동안 운동장에다 긋는 것과 같은 흰 줄을 길 위에다 끝이 없이 길게 그으며 가게 되었다.

치중대에서의 문정삼이의 역사는 여기서 막을 내리게 되었다.

그날 밤 지대장의 명령은 '문정삼을 취사대에 조동(調動)한다'였다. 그것은 취사대에서 문정삼이를 필요로 해서가 아니었다. 다만 치중대에서 그를 몹시 주체궂어해서였다.

3

전대의 장거리 행군은 문정삼이 개인의 부서 이동과는 하등의 상관도 없이 계속되었다. 이튿날 밤 초경 머리에 부대가 설영(設營)을 하게 된 곳은 어느 한길 옆 텅 빈 마을이었다. 주민들은 난리를 피하느라고 있는 살림을 모두 다 메고 지고 끌고 밀고 산지사방으로 흩어져 가 버렸었다.

"문정삼, 어디 가서 국 끓일 푸성귀를 얼른 좀 구해 오라구."

일이 너무 바빠서 팽이처럼 팽글팽글 돌아가던 취사위원이, 무엇을 했으면 좋을지 몰라서 멀거니 서 있기만 하는 문정삼이를 보자 이렇게 말을 이르며 커다란 마대 하나를 집어던져 주었다.

"푸성귀를?"

"그래. 닥치는 대로 아무 밭에나 들어가 캐 오거나 뜯어 오면 돼. 지금은 임자고 나발이고 다 없어."

"어떤 푸성귀를?"

"아무거나 다 좋아. 다다익선이야. 많이만 구해 오라구."

문정삼이는 마대를 집어 들고 밖으로 나왔다. 역시 캄캄한 밤. 그는 회중전등으로 길을 비추며 임자 없는 채마밭, 어디 있는지도 모르는 채마밭을 찾아 나섰다. 한참을 이렇게 더듬어 가노라니까 회중전등이 내비치는 불빛에 피뜩 초록색으로 뒤덮인 남새밭 같은 것이 드러났다.

"이키, 살판났구나!"

그는 다짜고짜 밭으로 뛰어들었다. 먹음직스러운 푸성귀 포기를 한 손으로 덥썩 거머쥐고 한 손으로는 회중전등을 비추며 힘을 들여서 쑥 잡아 뽑았다. 뿌리에 흙이 묻어 올라왔다. 그는 제 즈크 신은 발등에다 대고 그 흙 묻은 뿌리를 탁탁 쳤다. 그리고는 회중전등을 허리에 찬 잡낭 속에 쑤셔 넣은 뒤 마대 아가리를 벌리고 그 속에다 흙을 털어 버린 푸성귀를 집어넣었다. 그는 그 뽑아서는 털어 넣고 또 뽑아서는 털어 넣고 하는 동작을 기계적으로 자꾸 되풀이하였다. 그러는 동안에 허리가 뻑적지근해지며 지근지근 아파났다. 하여 허리를 펴고 주먹 쥔 손을 뒤로 돌려서 아픈 데를 자끈자끈 두드렸다. 별 하나 반짝이지 않는 밤하늘에다 길게 숨을 한번 몰아쉬었다. 또 한동안 일손을 다그친 뒤에 두 손으로 마대를 한번 들어 보니 꽤 묵직하다. 실수 없이 하느라고 회중전등을 꺼내서 비추어 보니 상당히 만족할 만한 상태다.

"이만하면…… 근사하겠지."

이렇게 결론을 내리고 그는 그 불룩해진 마대를 이영차 어깨에 둘러 메었다. 그리고 논틀밭틀로 걸어가며 속으로 궁리하기를 '내게는 치중보다 취사가 적임인가 본데……' 이어 또, '치중에서는 실패를 했으니까 이번엔 명예 회복을 톡톡히 좀 해야지' 이렇게 타산하고 그는 어둠 속에서 만족한 웃음을 혼자 싱긋 웃었다.

"이거 좀 보라구. 한 마대 이렇게 꼴딱 뽑아 왔다니까."

메고 온 푸성귀 마대를 취사위원 앞에다 털썩 내려놓으며 문정삼이가 자랑스럽게 말하였다. 속으로는 '내 솜씨가 어떠만 해?!' 하면서.

그러나 눈코 뜰 새 없이 바쁜 취사위원은 문정삼이의 대단한 공로는 아랑곳하지 않고,

"어, 푸성귀…… 됐어 그럼. 얼른 썰어 씻어서 저 가마솥에 쏟아 넣고 불을 지피라구. 자, 이건…… 소금!"

하고 소금자루를 집어던져 주고는 부리나케 저쪽으로 가 버렸다.

문정삼이는 흥이 빠져서 맥이 났으나 하릴없이 취사위원이 시키는 대로 대충 썰고 또 대충 씻어서 행군용 가마솥 안에 쏟아 넣고 물을 부었다. 연후에 눈대중으로 소금을 두고 휘휘 저은 다음 뚜껑을 눌러 덮고 불을 지폈다. 국이 끓을 동안 그는 내처 불 앞에 앉아서 꼬박꼬박 졸았다. 기분 좋게 꿈나라 여행을 하는 중에 불시에 누가 등 뒤에서 "이봐, 어떻게 됐어, 국은?" 하고 어깨를 탁 치는 바람에 깜짝 놀라 눈을 떴다.

"어? 뭐? 국? 아, 됐어, 다 됐어!"

"그럼 어서 퍼야지! 다들 배가 고파 죽겠다는데……."

"퍼야지, 물론……."

“자, 여기 있어, 국통.”

“아, 거기 놓으라구.”

잠이 덜 깨어서 눈이 흐리터분한 문정삼이가 솥뚜껑을 열어젖히니 훅 솟구치는 뜨거운 김과 함께 이상한 무슨 역한 냄새가 코를 쿡 찔렀다. 해도 그는 허기증이 난 전우들을 생각하고 여념 없이 부지런히 국을 퍼 담았다. 한 통 또 한 통…… 국통들은 즉시 식사 당번들이 각 분대로 날라 갔다.

시장 끝에 밤참 쉼직한 늦은 저녁식사가 시작이 되었다. 문정삼이도 맨 나중에 제 몫의 국 한 그릇을 양재기에 퍼 담아 가지고 홀홀 불며 막 한 모금 마시려는 참이었다. 홀제 각 분대에서, “아!”, “이게 뭐야?”, “에퉤!” 소동이 일어났다.

문정삼이는 손에 들었던 국그릇을 도로 내려놓고 무슨 일이 났나 하고 뒤를 돌아보았다.

“이걸 사람이 먹으라고 갖다주는 거야?” 하고 투덜대는 소리.

“취사위원 어디 갔어?” 하고 시비를 붙어 보려는 소리.

“잠깐만…….” 하고 사정하는 소리.

“도대체 어찌 된 셈판이야?” 하고 게먹는 소리.

“잠깐만…… 내 가서 물어보고 올게.” 하고 소인(素因)을 개여올리는 소리.

해도 어찌된 영문을 모르는 문정삼이는 그저 멀거니 앉아 있기만 하였다. 저하고는 하등의 관련이 없는 것으로 알고. 취사위원이 쫓아왔다.

“이봐, 문정삼! 그 국…….”

“국? 국이 어째?”

하고 되물으며 문정삼이는 제 국 양재기와 취사위원의 얼굴을 반반씩 갈라보았다.

"도대체 맛은 봤나, 안 봤나?"

"무슨? 국맛을?"

"그래여."

"아니."

"그럼 빨리 맛을 봐!"

"어째, 뭐가 잘못됐을까 봐?"

말을 하며 국 양재기를 입에 갖다 대고 한 모금 죽 들이마신 문정삼이는 대번에 "으악!" 하고 국그릇을 떨어뜨리고…… 입안의 국물을 게워 내느라고 왝왝하였다. ―그것은 담배였다. 아니 담뱃국이었다!

그날 밤 지대장의 명령은 '문정삼을 연락원으로 조동한다'였다. 그것은 연락원이 부족해서가 아니었다. 단지 취사대에서 문정삼이라면 모두 도리머리를 흔들기 때문이었다.

문정삼이가 취사대에서 근무한 역사는 일주야하고 두 시간―도합 26시간이었다. 하여 이튿날 전대가 다시 행군길에 오르면서부터 일대 결심을 내린 연락원 문정삼이의 눈부신 설치(雪恥)의 대활약은 시작되는 것이다.

4

수마(睡魔), 이것을 이겨 내는 장사는 없다. 적의 철조망 밑에 쓰러져서 코를 골며…… 꿈까지 꾸어 가며…… 깊은 잠이 들었다가 날이 밝아서 오도 가도 못 하고 쩔쩔매는 일이 전장에서는 없지 않다.

문정삼이도 장사임에는 틀림이 없었다. 따라서 그도 역시 수마를 이겨 내지 못한다는 약점—이라느니보다는 공통점—을 가지고 있었다. 이렇게만 말해서는 듣는 사람에게 명확한 인식을 주기 어려우므로 이 글의 서두에서 이미 서술한 것을 다시 한번 되풀이하기로 한다.

"'전쟁할 때'라는 별명을 가진 문정삼이는 조선의용군 제×지대에서 소문난 느리배기이며 또 게으름뱅이였다. 그는 일일 열여섯 시간 수면제의 제창자였다."

이번 행군 도중에서만도 치중대에서 한 번, 취사대에서 또 한 번, 거의 불가항력적으로 저지른 과실에 대하여 책임을 느끼고 또 자극을 받은 문정삼이는 비상한 결심으로 연락원의 임무를 훌륭히 수행하려고 뼈물었다. 명예 회복, 설치, 이 두 단어가 잠시도 그의 머리에서 떠나지를 않았다. 그는 긴장하였다. 시위 당긴 활처럼 탱탱하였다. 하나 그도 인간이었다. 24시간 잠시도 쉬지 않고 계속 그렇게 긴장해 있다는 것은 불가능한 일이었다. 과도의 긴장 끝에 필연적으로 올 것이 이 연락원에게도 마침내 드디어 오고야 말았다. 전비(全備) 행군 중에 중요한 연락 임무를 맡은 문정삼이가 꼬박꼬박 졸기 시작을 한 것이다.

역시 캄캄한 밤이었다. 전쟁을 해 본 경험이 있는 사람이면 누구나 다 잘 알고 있듯이 행군 중의 수면, 즉 걸으면서 자고 자면서 걷는 것…… 그것을 지금 문정삼이는 하고 있는 것이었다. 해도 이건 몽유병자의 그것과는 성질이 다르다. 몽유병자는 교묘하게—의식을 하든 안 하든—장애물을 피한다. 뿐만 아니라 곡예단의 줄타기 같은 아슬아슬한 모험까지도 식은 죽 먹기로 해내뜨린다. 하나 그와는 달리 행군 중의 수면이란 위험천만한 것이다. 낭떠러지라든가 개울이라든가 혹은 지뢰라든가 하는 따위에 잘못 부닥뜨리기만 하면 잠을 깨기도 전에 목숨을 잃거나 분신쇄골 가루가 나 버린다.

과로에서 오는 이러한 참극은 방지하기가 어렵다. 유일한 예방 대책
이라면 전쟁을 안 하는 것이다. 하나 전쟁은 계급사회가 가지고 있는
골머리 아픈 홍역이다. 이 인류 사회의 참극을 근절하는 방법은 정의
의 혁명적 전쟁으로 반동적 약탈 전쟁을 극복하는 것이다. 전쟁은 전
쟁으로 압도해야 한다. 과거 수천 년 동안 수많은 사람들이 뜨거운 눈
물로써 전쟁 방화자들의 양심에 그 죄악을 호소해 왔다. 그들의 자비
심을 불러일으키려고 무진 애를 썼다. 해도 전쟁은 그치지를 않았다.
그치지 않을 뿐 아니라 점점 더 잔혹하게 잔인하게 더 크게 빈번하게
늘어만 갔다. 문정삼이가 종사하는 전쟁은 그 참혹한 전쟁을 근절시키
기 위한 수단으로서의 전쟁, 즉 정의의 혁명적 전쟁이었다. 그는 인류
의 불행에 대하여 뜨거운 동정의 눈물을 뿌리는 혁명 전사였다. 하지
만 동시에 그는 또 인간이기도 하였다. 그래서 그는 졸았다. 졸면서 걷
고 걸으면서 졸았다. 한동안 그렇게 본능적으로 타성적으로 흔들흔들
걸어가다가 별안간 무엇엔가에 탁 부닥뜨려서 "앗!" 하고 놀라며 뒤로
벌렁 자빠졌다.

잠이 깨어 눈을 번쩍 떠 보니 천만다행하게도 그것은 낭떠러지도 개
울도 또 지뢰도 다 아니었다. 그가 부닥뜨린 것은 담장이었다. 어떤 그
럴듯한 사당을 에워싼 높도 낮도 않은 돌각담이었다.

살가죽이 벗겨진 것 같은 이마와 얼얼한 무릎을 번갈아 만지며 그는
한숨을 쉬었다.

"젠장, 옹이에 마디로군!"

어디가 어딘지 알 수가 있어야지. 하늘을 쳐다보니 어느새 별들이
총총히 나 있었다.

"어, 그렇지⋯⋯."

하고 그는 중얼중얼하였다.

"저게 북두칠성이니까⋯⋯ 조기서 다섯 배⋯⋯ 옳지, 저게 틀림없
는 북극성이로구나."

그는 똑바로 북극성을 향하고 서서 두 팔을 쩍 벌렸다.

"오른쪽이 동, 왼쪽이 서⋯⋯ 뒤가 남⋯⋯ 그러니까⋯⋯."

하고 그는 왼쪽으로 45도각 돌아서서,

"이게 서북⋯⋯ 그렇지, 이 방향으로 곧장 가면 되렸다."

하나 문제는 그렇게 간단하지를 않았다. 별빛 아래 바라보니 앞길을
가로막아 선 것은 나무가 빼곡히 들어앉은 시커먼 숲이다.

"아이구, 저런 데를 어떻게 지나간다?"

생각을 하니 그는 온몸에 소름이 끼치며 머리칼이 곤두서는 것을 느
꼈다. 괴담에 나오는 마귀와 그 마귀가 산다는 소굴이 연상되었다. 바
람이 불었다. 숲이 술렁거렸다. 귀신, 도깨비가 "쉬!" 소리를 지르며 달
려 나오는 것 같았다. 한마디로 말해서 그 숲속을 꿰고 나갈 일이 곧
저승만 하였다.

문정삼이는 허리에 찬 권총과 수류탄을 만져 보았다. 해도 용기가
나지 않았다. 송곳하고 딱총을 들고 곰사냥을 가는 것만큼이나 자신이
없었다.

"어떡헌다?"

마음을 질정하지 못하였다. "갈까? 말까?" 해도 그는 곧 어렵지 않
게 자기를 납득시킬 구실을 찾아내었다.

"날이 밝은 연후에 행동을 하는 게 온당하지. 공연히 어두운 데 천방
지축 날뛰다가 길이라도 잃으면 더욱 낭패지."

하여 결심을 채택하기를 "밝기를 기다리자!"

결심을 채택하자 그는 긴장이 풀린 탓인지 걷잡을 수 없이 또 졸음이 왔다.

"에라, 여기서…… 이 특등 호텔에서 일박하기로 하자."
하고 그는 혼자 싱긋 웃고 문을 더듬어서 돌각담 안으로 들어섰다. 그리고는 덩실 높은 사당집의 돌층계를 색시걸음으로 조심조심 더듬어 올라갔다. 사당 안에를 들어서 보니 한쪽 구석에 볏짚이 두둑이 깔려 있었다.

"허, 내가 마수걸이 손님은 아니구나."

앞서간 군대인가? 아니면…… 거지일는지도 모르지. 아무튼 사람이 자고 간 것만은 틀림이 없었다.

그는 드러눕기가 무섭게 가진 바의 특기를 유감없이 발휘하였다. 계속되는 긴장과 간난한 도보 행군에 몸과 마음이 다 피로할 대로 피로한 것도 사실이었다. 그는 샐녘까지 세상모르고 단숨에 내리 잤다. 동창이 훤히 밝아올 때 "엉?" 하고 눈을 번쩍 떴다. 두런두런하는 사람의 말소리가 들리는 것 같아서였다. 그는 본능적 동작으로 권총의 자루부터 거머쥐었다. 그리고 볏짚 자리 위에 납작 배를 붙이고 엎드려서 귀를 도사렸다. 귀에 설은 말소리가 분명히 돌층계 밑에서 들려왔다. 그는 용기를 내어 살금살금 포복 전진을 하였다. 문짝 없는 문어귀까지 그렇게 가서는 조심스레 고개를 내밀어 아래의 동정을 살피었다.

"아!" 하고 튀어나오는 경악의 외침을 그는 겨우 도로 삼켰다. 가슴에서는 두방망이질을 하였다.

돌층계 밑 마당에서 마른 나뭇가지를 주워다 모닥불을 피워 놓고 알루미늄 남비에다 무엇을 끓이고 있는 것은 두 놈의 적병이었다. 2대

1 — 조우전(遭遇戰)의 막은 열렸다.

그 두 놈은 서로 마주 대하고 앉아서 한 놈은 나뭇가지를 꺾어서 불을 지피고 또 한 놈은 이따금 남비 뚜껑을 열고 젓가락으로 휘휘 젓기도 하고 또 꾹꾹 찔러 보기도 하였다. 문정삼이는 직감적으로 판단하기를, "오, 네놈들도 길을 잃었구나!" 하고는 가장 거센 체 "까짓거 두 놈쯤이야!" 해도 가슴에서는 여전히 두방망이질을 하였다. 그는 마음을 가라앉히려고 심호흡하는 흉내를 한번 내었다(포복한 자세로 해야 하므로). 그리고 허리에 찬 잉크병형 수류탄을 떼어서 뚜껑을 탈아(비틀어) 열었다. 이런 것도 모르고 모닥불 앞에 마주앉은 두 적병 놈은 태평으로 지껄거리고 있었다.

문정삼이는 수류탄의 도화선을 잡아 뽑았다. 사이다의 병마개를 땄을 때와도 같은 식식 식식 소리가 났다. 그는 속으로 '하나아, 두울, 세엣……' 천천히 세고 나서 그 폭발을 반 초 앞둔 수류탄을 모닥불을 겨냥하고 집어던졌다. 수류탄은 면바로 남비 뚜껑에 가 떨어지는 순간 폭발을 하였다. 남비고 국이고 나뭇가지고…… 그리고 이쪽 놈이고 저쪽 놈이고 다 일순간에 박산이 나 버렸다. 문정삼이는 너무도 흥분하여 벌떡 뛰어 일어나 만세를 부르려 하였다. 하나 이때 별안간 돌각담 밖에서 생각지 않은 왜병 한 놈이 또 뛰어들어왔다. 느닷없는 폭발성에 놀라서 허둥지둥 달아 들어온 그놈은 눈앞에 벌어진 의외의 참상을 보고 무슨 영문을 몰라서 잠시 어리둥절하였다. 동무 병정의 시체를 내려다보고 기가 막혀서 얼이 빠진 모양이었다. 이것을 본 문정삼이는 살그머니 권총을 빼들었다. 하나 다음 순간, 그의 머릿속에 피뜩 떠오른 것은 자기의 형편없는 사격 명중률이었다. 하여 그는 얼른 권총을 도로 넣었다. 그리고 잽싸게 수류탄을 떼내었다. 이번에도 또 조금 전과 마찬가지의 순서를 밟아서 파열 직전의 폭발물을 그 세 번째 적병 놈의 발밑에 안겨 주었다.

이리하여 '전쟁할 때' 문정삼이는 적병 세 놈을 여유작작하게 요 정 내었다. 해도 만일을 염려해서 아까처럼 후닥닥 뛰어 일어날 생각 을 아니 하고 그대로 엎드린 채 주위의 동정을 살폈다. 5분이 지나고 10분이 지나고 또 15분이 지나도 아무 기척이 없었다.

"옳다, 됐다!"

그는 비로소 안심을 하고 일어나 조심조심 돌층계를 내려왔다. 가 로세로 나둥그러진 세 구의 피투성이 시체 앞에서 잠시 머뭇거리다가 그만 발길을 돌려서 담 밖으로 나왔다. 밖에 나서자 "헉!" 하고 그는 걸음을 멈추었다. 거기에는 적군 치중대에서 부리는 카키색 즈크로 터 널형의 풍을 친 쌍두마차 한 대가 서 있었던 것이다. 그는 추측하기를, '필시 세 녀석이 마차를 몰고 오다가 길을 잃고 배들이 고프니까 두 녀석은 내려서 때를 끓이고 한 녀석은 남아서 마차를 지켰던 게지. 있 음 직한 일이야.'

그는 갑자기 담이 커져서 마차에 올라가 '도대체 무얼 실었나?' 점 검을 해 보았다.

권연이 두 상자, 술이 세 상자, 통졸임이 다섯 상자. 그 외에도 여러 가지…… 모두가 군대의 식료품이다.

"내가 간밤에 꿈을 잘 꾸었나 보다. 이런 호박이 떨어지는 걸 보니."

그는 한 손으로 고삐를 잡고 또 한 손으로는 적병이 두고 간 채찍을 집어 들어 말 궁둥이를 신바람 나게 휘둘러 때렸다. 마차가 달리기 시 작하였다. 숲 사이로 난 구불구불한 길을 덜커덩거리며 제법 빠른 속 도로 서북간을 향하여.

5

"보고! 지대장 동지, 식사 준비가 다 됐습니다!"

"오."

지대장은 피우던 담배의 불을 얼른 꺼 버리고 의자에서 일어나 취사위원의 뒤를 따라 나왔다.

숙영지의 점심 식사, 기실은 아침 식사였다. 밤새도록 행군을 하고 나서 해가 뜬 연후에 설영을 한 부대는 한낮 때가 거의 되어서야 비로소 이날의 처음 식사를 하게 되었다. 하나 오랜 전란에 황폐할 대로 황폐해진 이 지방에서는 식량난이 우심하여 주식물의 공급은 어떻게 그럭저럭 '면무식' 정도나 되었으나 부식물의 공급은 백판(白板)이었다. 그래서 항일하는 각 부대들은 예외 없이 부식물의 기근 상태에 놓여 있었다.

반찬이라고는 맨 소금밖에 없는 밥―이는 전장에서 먹는 것 외에는 아무 낙도 없는 군인들에게 있어서는 매우 난감한 일이 아닐 수 없었다. 한데 조선의용군 제×지대의 오늘의 아침 겸 점심 식사가 바로 그 맨 소금밥이었다. 식사를 알리는 나팔소리가 힘차게 울려 퍼지자 대원들은 일시에 우 하고 그러나 질서정연하게 모여들었다.

"동지들, 오늘 우리 취사위원들은 전력을 다해서 우리의 급양(給養) 문제를 해결하려고 노력했습니다. 그러나 이 지방의 형편이 너무나 마련 없는 탓으로 유감스럽게도……."

지대장의 말을 그 이상 더 듣지 않아도 대원들은 모두 눈앞에 놓여 있는 돌소금 그릇을 보고 충분히 이해할 수 있었다.

"……하지만 우리들 혁명 군인은 마땅히 이러한 곤란을 극복하고……."

지대장이 말을 잇는데 여기저기 에헴 하는 기침소리가 났다. ─그만 하셔도 인제 다 알았습니다 하는 뜻일 것이다. 지대장은 싱긋 웃고 "그러나 이 소금에는 인체에 절대로 필요한……." 하고 소금의 영양 가치를 강조하려 하였다. 바로 이때다.

"보고, 지대장 동지!"

이렇게 소리치며 마당으로 뛰어들어온 것은 보초장.

"'전쟁할 때'가……."

"?"

"아닙니다. 저 저 문정삼이가…… 돌아왔습니다!"

"문정삼이가?"

"예, 그렇습니다."

"어데?"

보초장이 대답을 올릴 사이도 없이 요란한 말발굽 소리와 덜커덩거리는 수레바퀴 소리와 날카로운 채찍 소리를 앞세우고 카키색 즈크로 터널형의 풍을 친 일본군 치중대의 쌍두마차 한 대가 들이닥쳤다. 아가리에 게거품을 문 말 대가리 둘이 지대장의 턱밑에 와 멎어서며 더운 김을 내뿜었다. 지대장 이하 전체 대원이 다 놀라서 눈들이 휘둥그래졌다. 보고를 하려던 보초장은 제가 설명을 하는 것보다는 직접 눈으로들 보는 게 더 효과적이고 또 간단명료하겠기에 그만 입을 다물고 뒤로 물러났다.

마차에서 사람이 내렸다. 그것이 문정삼 '전쟁할 때'인 것을 알자 사람들은 또 한번 놀랐다. 문정삼이는 천천히 걸어서 지대장 앞에까지 오자 법식대로 거수경례를 하며 "보고, 지대장 동지! 연락원 문정삼방금 도착했습니다."라고 했다.

"오."

"전리품을 피로(披露)하겠습니다."

하고 그는 손을 들어 마차를 가리킨 뒤 다시 부동의 자세로 돌아와서 "식료품 도합 열두 상자. 그중……" 하다가 전우들 앞에 놓여 있는 돌소금 그릇을 눈결에 보고는 목청을 돋우어 "통졸임…… 소고기통졸임 다섯 상자." 하고 외쳤다. 하나 그 순간 담뱃국으로 실패를 하던 일이 피뜩 머리에 떠올라서 저도 모르게 "권연 두 상자…… 이건 지금 말고…… 이따 나중에 식사 후에……" 하고 군더더기 주를 달았다.

"아하하하하!"

"허허허허……"

"하, 저 친구……"

"담뱃국!"

"사람 웃긴다.─아이구 배야!"

"저 자식이 우릴 염소 따위로 잘못 아는 게 아니야?"

"일등 희극 배우다!"

소금밥의 우울을 날려 버리려는 듯이 모든 사람이 일시에 유쾌한 웃음보를 터뜨렸다.

소고기통졸임에, 마사무네(正宗) 술에, 은사(恩賜) 권연에, 또 무엇 무엇에…… 졸다가 낙오를 한 덕분에 문정삼이는 대단한 공로를 세운 것이다. 그는 보고를 계속하였다.

"마차 한 대, 말 두 필…… 그런데 지대장 동지……"

"?"

"이놈들은……" 하고 그는 손을 들어, 앞발로 땅바닥을 득득 긁는

말을 가리키며 "물을 보고도…… 연못인지 늪인지 두 군데나 지나왔
는데도…… 뛰어들 염을 안 합니다."

"물? 연못?"

"예, 그 저……."

대원들 틈에서 또 한바탕 웃음보가 터졌다.

"하하하하!"

"어허허허……."

"저 작자가 물소한테 골탕을 먹어도 단단히 먹은 모양이지."

"히히히히……."

"안 뛰어드는 거야 당연하지…… 말인데!"

"저 머저리."

문정삼이는 보고를 계속하였다.

"지대장 동지, 저는…… 저는……."

"?"

"조, 졸려서…… 죽을 것 같습니다."

1946년 7월 〈문학〉

부언(附言): 이 작품은 해방 직후의 서울에서 좌익 작가들에 의하여 결성된
문학가동맹의 기관지 〈문학〉 창간호에 실린 것으로서, 후에 즉 1974년에
일본에서 일어로 번역 출판한 〈현대조선문학선〉에 수록된 것을 원문이 잃
어졌으므로 1982년에 작자가 다시 우리말로 옮겨 놓은 것이다.

구두의 역사

이것은 내가 짝짝이 신을 신은 어느 젊은 생산대장에게서 들은 이야기이다.

오른발에다는 말짱한 커피색의 체코 단화를, 그리고 왼쪽 발에 다시 다 떨어진 검은색 운동화를 그는 신고 있었다. 신바닥의 높낮이가 같지 않은 까닭에 그는 걸음을 걸을 때 좀 절룩절룩하였다.

해도 그는 조금도 어줍어하는 기색이 없이 나에게 그 짝짝이 신의 유래를 다음과 같이 피력하는 것이었다.

제 이 신발을 보고 물론 괴이쩍어하실 겁니다. 누구나 다 유심히 보니까요. 해도 기실 알고 보면 뭐 그리 괴이쩍을 게 없습지요. 여기에는 우스우면서도 산산한 한 토막의 에피소드가 있습니다. 구태여 이름을 짓는다면 구두의 역사라고나 할까요.

저는 이 마을에서 나서 이 마을에서 자란, 말하자면 토배기입니다. 해방 전까지는 가난하기 짝이 없는 소작농의 아들로서 어느 한 해 먹을 것 입을 것이 푼푼해 본 적이 없이 살았습니다. 해도 우리 부모님네는 그 아들을 까막눈이를 만들지 않겠다고 학교에를 보냈지요. 그 덕에 저는 소학교를 4학년까지 다녀 봤습니다. 하나 몸에 걸친 것이라고는 단벌 누데기옷 바지저고리뿐이었으므로 한동삼 옷이란 걸 갈아입는 법이 없었습니다. 하니 잡아도 잡아도 끝이 없이 생겨나는 이 때문에 온몸이 가려워서 죽을 지경이었지요. 밤낮없이 긁어서 살가죽이 성한 데라고는 없었습니다.—이의 종자란 어째 그리도 많았던지!

하지만 어린 제 마음을 그보다도 더 괴롭힌 것은 신발이었습니다. 신발! 지금도 어떡허다 불현듯 그때의 일이 머릿속에 떠오르기만 하면 속이 얼얼해나곤 합니다.

워낙 입에 풀칠을 하기도 어려운 살림이다 보니 짚신 한 켤레 얻어 신는다는 게 여간만 큰일이 아니었습니다.—그리고 그놈의 짚신이 해지기는 또 왜 그렇게 쉬이 해지던지! 그래서 바람이 찬 겨울날 아침에는 학교를 가는데 잘게 묶은 볏짚 두 단을 들고 집을 나섰습니다. 눈 깔린 길 위에다 그 볏짚 두 단을 번갈아 옮겨 놓으며 맨발로 그 위를 디디고 걸었습니다. 말하자면 그건 볏짚으로 만든 무한궤도 같은 것이었습니다.

그때는 어린 시절이라 봄날 학교에서 가는 원족이 여간만 즐겁지를 않았습니다. 음식들을 싸 가지고 단체로 10여 리 떨어진 진달래 산기슭에 가서 맘껏 뛰논다는 게 어찌 그리 즐겁던지! 벌써 며칠 전부터 눈만 감으면 꾸는 것은 원족 가는 꿈뿐이었습니다. 해도 막상 그날이 닥치고 보니 저를 기다리고 있는 것은 두 동강이 난 외나무다리 같은 절망이었습니다. 일 년에 한두 번밖에 없는 일이라고, 어떻든 그날은 닭알 반찬을 꼭 만들어서 점심을 싸 주겠다던 어머니는 김치무우 한 개를 바가지에 담아 들고 나를 바라보았습니다. 하나 그보다도 더 큰일은 밤을 새워서라도 짚신 한 켤레를 꼭 삼아 주시겠다던 아버지가 갑자기 탈이 나서 자리에 누워 버린 것이었습니다. 잠순 것도 없이 연일 그 고된 밭갈이를 이를 악물어 가며 해낸 탓이었습니다.

맨발로야 원족을 가는 수가 있습니까. 그래서 마을 뒤의 언덕길을 줄지어 올라가는 동창생들의 유쾌한 행렬을 바라보며 저는 발등에다 눈물을 떨궜습니다. 동창생들의 웃음소리와 지껄이는 소리가 산들바람을 타고 제 귀에까지 들려왔습니다. 선생님들과 학부형들도 함께 가는 그 행렬이 고개 너머로 사라질 때 저는 땅바닥에 펄썩 주저앉아서 엉엉 울음을 내놓았습니다.

그나마 4학년까지를 겨우 다녀 보고 저는 학교와 인연을 끊었습니다. 가정 형편이 도저히 허락하지를 않아서였습니다. 학교를 그만두자 저는 그렇게 가 보고 싶던 진달래 산기슭에를 아주 가서 살게 됐습니다. 거기 새로 생긴 목장에 소몰이로 들어간 것이었습니다. ─해도 친구 없는 그 산기슭의 생활이란 왜 그다지도 고적하던지! 그때 제 나이 열두 살이었습니다.

이런 외아들을 그런 데 보내 놓고 그 어머니의 마음은 또 어떠했겠습니까. 어머니는 나물을 캐러 나오시면 일부러 먼 길을 에돌아서 목장까지 저를 보러 오곤 하셨습니다. 불시에 그런 데서 어머니를 만나게 되면 저는 손에 든 채찍을 얼른 내던지고 달려가서 어머니 치맛자락을 눈물로 다 적셨습니다. 꺼칠꺼칠한 손으로 제 머리를 쓰다듬어 주며 어머니도 따라 우셨습니다. 이 목덜미에 따뜻한 봄비 같은 눈물이 방울방울 떨어지던 그때의 정경을 저는 지금도 잊을 수 없습니다.

그해 여름 어떡허다 저에게 소가죽 한 쪼각이 생겼습니다. 목장에서 병든 소 한 마리를 잡은 것입니다. 저는 그 소가죽을 두 쪼각을 내 가지고 뱅 돌려 가며 구멍을 뚫었습니다. 송곳을 불에 달궈서 뚫었습지요. 그리고는 그 구멍들에 노끈을 꿰어서 오그랑망태 같은 가죽신 한 켤레를 만들었습니다. 발에 신어 보니 제 딴에는 그것이 얼마나 훌륭한 구두로 보이겠습니까. 저는 너무도 대견하고 좋아서 어쩔 줄을 몰랐습니다. 평생 처음 신어 보는 가죽신인데 어째 안 그렇겠습니까. 비록 서툰 솜씨로 만들어서 자라껍데기같이 볼꼴 없는 구두 명색이기는 했지만서도.

자, 이제부터가 야단입니다. 그 자라껍데기 모양의 구두는 원래 다루지 않은 생가죽으로 만든 것인 까닭에 일단 마르기만 하면 가랑잎처럼 줄어들고 오그라들어서 신을 수가 없게 됩니다. 발이 들어가 주지를 않는단 말입니다. 그래서 하루에도 몇 번씩 소들이 물을 마시는 개울에 뛰어들어서 적셔야 했습니다. 아무 데라도 물웅뎅이만 눈에 띄면 달아가서 발을 잠가야 했습니다. 밤에 잘 때는 땅에다 구뎅이를 파고 그 속에 묻어 두곤 했습니다. 그래야 물기를 보존할 수가 있었기 때문입니다.―아침마다 일어나는 길로 뛰어나와 그것을 파내 가지고 두 손에 갈라 들고 들여다보는 재미란 참으로 천하 일미라고나 할까요……. 어떻게 표현을 했으면 좋을지 모르겠습니다.

하나 이건 다 지나간 옛이야기, 다시는 돌아오지 않을 옛날의 이야기입니다.

아시다시피 토지 개혁 후의, 특히는 합작화 운동이 시작된 후의 우리 생활은 급격히 향상됐습니다. 지난날의 어두운 흔적이라고는 오직 기억 속에 남아 있는 것으로 되고 말았지요.

재작년 가을 저는 시내 백화점에 들어가서 체코 구두 한 켤레를 샀습니다.―바로 이 남아 있는 한 짝이 그것입니다. 이걸 사 신고 저는 볼일도 없는데 공연히 사람들이 많이 모임 직한 데를 찾아다녔습니다. 일부러 그런 데를 골라 다녔습니다. 자진해서 남의 심부름도 적잖이 해 주었습니다. 사람이 많이 모인 데로 가는 일이기만 하면 무어나 다 해 주었습니다. 더 설명을 안 해도 짐작을 하시겠지만 물론 구두 자랑을 하려고였습니다. 그놈의 구두 바람에 사람의 성미가 다 변할 지경이었습니다. 저는 본시 그렇게 쏘다니기를 좋아하는 성미가 아니었습니다.

한데 불행하게도 하룻밤은―바로 지난해 5.1절날 밤이었습니다. 저 마을 앞에 놓인 다리 밑으로 빠져나간 봇도랑을 보셨지요. 거기서 일이 잘못됐습니다. 향인민위원회에 나갔다 돌아오는 길이었습니다. 저는 그 다리 한쪽에 난 발목 하나 빠질 만한 구멍을 헛디뎌서 고만 구두 한 짝을 그리로 빠뜨렸습니다. 지금까지도 그 구두가 물에 떨어지면서 내던 텀벙 소리가 이 귀에 쟁쟁합니다.―저는 애가 나서 아래위로 달아다니며 찾아보았습니다. 쉰 개비도 더 되는 성냥 한 갑을 다 켜 없앴습니다. 손가락까지 데었습니다. 하지만 허사였습니다. 물이 그렇게 많은데 한번 잃어버리면 고만이지 찾기는 어딜 찾아요.

저는 낙심천만 한 짝 남은 구두를 들여다보기만 하면 한숨이 절로 나오곤 했습니다. 그래도 저는 아까와서 그 한 짝을―바로 이겁니다만―버리지는 않았습니다. 그대로 골방 선반 위에다 모셔 두었습니다. 이튿날 오후, 하는 수 없이 운동화 한 켤레를 사 신고 그리고 차차 그 잃어버린 체코 구두에 대한 아쉬움을 잊었습니다.

한데 보시다시피 지난해 우리 여기는 흉년이 들었습니다. 그래서 가을을 다한 뒤에도 저는 새 구두 한 켤레 사 신을 엄두를 감히 내지 못

했습니다. 햇곡식이 날 때까지 식량을 댈 문제가 염려돼서였습니다.

지난 3.8절날 우리는 강 건너 마을의 축구팀과 대항 시합을 했습니다. 그 결과 5대 4로 우리가 이겼습니다. 이기기는 했습니다만 그 바람에 제 운동화 한 짝도 거덜이 났습니다. 볼을 세게 차는 오른쪽이 먼저 판이 나 버린 것입니다. 워낙 낡은 것이었기에 깁고 어쩌고 할 나위가 없었습니다. 그래 생각다 못해 골방 속에 모셔 두었던 외짝 구두를 꺼내다 짝을 맞춰서 신기로 했습니다.

그러고 보니 인제 이야기가 얼추 끝이 나 가는 것 같습니다. 하지만 제 이 구두의 역사의 가장 요긴한 대목은 이제부터입니다.

저는 지난겨울 즉 3월 말 현재로 가마니 600장을 짰습니다. 그리고 집에서는 돼지 두 마리를 먹였습니다. 하나는 이달에 팔았고 남은 하나는 내달에 팝니다. 이만하면 보리, 감자 날 때까지 우리 집 세 식구의 식량 문제는 해결이 되고도 남습니다. 며칠 전에 셈을 따져 보니까 한 40원 여유가 있던걸요.

그런데 왜 구두를 사지 않고 그저 짝짝이를 신고 다니느냔 말씀입니까? 하, 문제는 바로 거기에 있습니다. 우리 생산합작사가 올해 농사를 잘 지으려면 거기 필요한 물자를 충분히 갖추어야 합니다. ─종자, 비료, 농약, 그리고 농구(農具)와 부림짐승…… 한데 이런 건 다 우리 매개 사원들의 생산 투자를 가지고 해결하는 것들입니다.

대부금 말씀입니까? 그건 상책이 아닙니다. 대부금을 내다 쓰는 건 지난해에 입은 재해의 어혈을 내년, 후년까지 끌고 나가는 결과를 가져오기 쉽습니다. 가장 총명한 방법은 될 수 있는 대로 대부금을 내다 쓰지 않는 겁니다. 그래야 지난해에 입은 재해의 여독을 올해 안으로 다스릴 수 있게 되니까요.

그래서 저는 구두 살 돈을 다른 돈과 함께 몽땅 생산에 투자해 버렸습니다.—올해 농사를 잘 지어 가지고 가을에 가서 까짓거 더 좋은 걸로 한꺼번에 두어 켤레 사 신지요. …… 한 짝쯤 잃어버려도 문제없게. 하하하!

색시 말입니까? 색시도 물론 얻어얍지요. 짝짝이 신발을 신고 다닌다고 싫다면 어쩌겠느냐구요? 허, 그렇게 단 몇 발자국 앞도 내다보지 못하는 색시를 얻어서는 뭘 합니까. 그런 색시는 이편에서 사절입니다. 짝짝이 신발을 신고 다녀도 좋다는 색시를 얻어야지요. 아니, 짝짝이 신발을 신고 다니기에 더욱 좋아한다는 그런 색시를 얻어얍지요. 짝짝이 신발을 신고도 사회주의로 통하는 대로를 자신만만하게 활보하는 젊은이의 심정을 살뜰히 알아주는 그런 색시를 얻어야지요.

《고민》1957년 4월

괴상한 휴가

저명한 소설가 차순기 선생이 그의 역작 《반지》를 발표하고 수많은 독자들의 찬양을 받던 지지난해 봄의 일이다.

그의 공전의 성공이 제 일같이 기뻐서 충심으로 축하를 하러 간 나에게 차순기 선생은 말없이 쓴웃음을 웃으며 설레설레 머리를 저을 뿐이었다. 그의 성품이 본시 겸손하고 또 과묵한 것을 잘 아는 터이므로 나는 그것을 그의 성공을 거두고서도 드놀지 않는 겸허한 태도로 해석하고 존경의 염을 더한층 가하였다.

한데 주지하는 바와 같이 지난해 가을 그는 문제의 중편 《서리》를 세상에 내놓고 일부 평론가들의 비난을 받았다. 새 시대의 인물들의 형상이 그의 작품 가운데서 엄중히 왜곡이 되었다는 것이었다. 그리고 일부 평론가들은 그의 세계관 문제까지 들추면서 이왕의 성적까지를 사정없이 내리깎았다.

그때 나는 그의 심사가 우울할 것을 헤아리고 위안을 하려고 그의 집으로 찾아갔다. 하나 그의 집 일각 대문 안에 한 발을 들여놓은 나는 예기하지 못한 광경에 부닥쳐서 벌린 입을 다물지 못하게 되었다. 그는 네 살짜리 막내둥이를 목에다 방울을 단 염소 등에 올려 태우고 부자가 함께 손뼉을 치며 좋아하고 있었던 것이다. 그에게서는 고민이나 우울 따위는 그림자조차 찾아볼 길이 없었다. 당자의 마음이 그렇게 태평한데 옆에서 위안을 한다는 것은 열적은 짓이겠기에 나는 그를 방문한 원래의 의도는 파의(罷意)를 하고 한 시간 좋이 곁다리로 휩쓸려 들어서 웃으며 지껄이며 놀다가 돌아왔다. 그때부터 나는 더욱더 그를 존경하게 되었다. 그의 큰 인물다운 도량에 감복을 해서였다. 나도 수양을 쌓아서 그처럼 통이 큰 인물로 되어 보리라 심중으로 다짐을 하였다.

한데 자고로 인간의 세상이란 엎치락뒤치락인 모양이었다. 지난여름, 차순기 선생의 중편 《서리》를 혹평한 평론가들의 오류가 시정이 되면서 그 소설의 진가가 드러났다. 《서리》는 《반지》 이상의 성공을 거둔 우수한 작품이라는 게 판명이 된 것이다.

"그러면 그렇겠지!"

장기간 출장을 갔다가 돌아와서 뒤늦게야 그것을 알게 된 나는 이렇게 소리치며 무릎을 탁 쳤다. 그리고 춤이라도 출 듯이 기뻐나서 5월의 맑은 하늘같이 명랑한 기분으로 차순기 선생에게로 달려갔다.

한데 이게 웬일이냐, 의당 남보다 몇 배 더 기뻐할 줄로 안 당자가― 차순기 선생이 내 치하를 받고는 구슬픈 얼굴로 쓴웃음을 웃으니.

"아니 왜 그러십니까? 뭐가 또 잘못되기라도 했습니까?"

내가 의아해서 이렇게 물었더니 그는 밭은 한숨 한 번을 쉬고 나서 우울한 눈으로 나를 보며,

"내게는 진정한 의미에서 독자가 없습니다……."

하고는 한 손을 들어서 책상 위에 수북이 쌓인 우편물을 가리켜 보이며 하소연하듯 말하는 것이었다.

"저걸 좀 보십시오. 저게 요 며칠 사이에 온 독자들의 편지와, 읽어 보고 간행물에 소개를 해 달라는 원고들입니다. 그러나 사람의 정력이란 유한한 것인데 어떻게 나 혼자의 힘으로 저 많은 편지에 답장을 일일이 쓰며 또 저 많은 원고를 다 매 사람의 비위에 맞도록 처리를 할 수 있겠습니까. 《반지》 때도 그러했고 또 이번에도 그렇고…… 아무튼 '좋다' 소리만 나면 언제나 이 모양입니다. 그러기에 작품이 두들겨 맞을 때가 도리어 내게는 즐거운 휴가로 된단 말입니다.—뭐가 좀 '나쁘다' 소리만 나면 독자의 편지란 죽을병에 살라 먹을 부적으로 쓸래도 없으니까……."

차순기 선생의 말은 여기서 갑자기 중동무이가 되었다. 밖에서 젊은 남자의 "편지…… 도장……." 하고 소리가 나서였다. 그리고 잇달아 중년 여자의 "웬 편지가 또 이렇게 뭉텡이로……." 하고 놀라는 소리가 나서였다.

〈아리랑〉 1955년 1월

우정

갈라진 지가 벌써 20년이 넘은 옛 친구 황길성이한테서 편지가 왔습니다. 이달 그믐께 우리 성에 시찰을 오는 길에 우리 집에 들르겠다는 사연이었습니다. 우리는 온 식구가 다 희색이 만면해졌습니다. 그도 그럴 것이 그와 나는 이만저만한 사이가 아니었으니까요.

그와 나는 8년 항일 전쟁의 어려운 나날에 처음부터 끝까지 생사고락을 같이한 전우였습니다. 그래서 나는 제 나이에도 어울리지 않게 흥분해 가지고 마치 무슨 잔치라도 차리는 것처럼 서둘러 대었습니다. 집안 식구들에게 총동원령을 내렸습죠.

그런데 어찌 알았겠습니까, 급기야 월말에 이르러서 글쎄 내 이 무등호의(無等好意)가 물거품으로 돼 버릴 줄을. 호사다마란 정말 헛말이 아니었습니다. 일이 그쯤 되다 보니 내 속이 어째 상하지 않으며 또 서글프지 않겠습니까?

ㄱ

 1937년 시월, 황길성이와 나는 함락을 목전에 둔 상해에서 절강성의 가흥을 거쳐 남경까지 철퇴(撤退)를 했습니다. 한데 그 남경에서도 우리는 한 달 남짓을 겨우 머무르고는 또다시 쫓겨서 양자강을 끼고 서쪽으로 서쪽으로 들달려야 했습니다. 우리는 무호, 안경, 구강 등지를 거쳐서 마침내는 한구에까지 다닫게 됐습니다.

 도중에 사람들로 들붐비는 무호 거리에서 우리는 전화(戰火)에 집을 잃은 수많은 피난민들의 비참한 정경을 목격하게 됐습니다. 노숙과 걸식, 그들은 비 그을 의지간(倚支間)이 없었습니다. 배 채울 밥이 없었습니다. 한데 그중에서도 특히 한집안 세 식구가 우리 눈에 띄었습니다. 두 눈이 먼 백발의 노파와 그의 며느리인 성싶은 스물예닐곱 살가량의 시골 여자, 그리고 그 여자의 서너 살짜리 아들아이 — 뼈와 가죽만 남은 아들아이.

 우리는 저도 모르게 걸음을 멈췄습니다. 황길성이의 눈에서는 금시로 눈물이 쏟아질 성싶었습니다. 우리는 발이 붙어서 차마 그 자리를 뜰 수가 없었습니다.

 지쳐서 눈을 감고 입을 헤벌리고 엄마의 무릎에 축 늘어진 어린아이는 창자를 주리다 못해서 인젠 울음을 울 기맥조차도 없는 모양이었습니다. 그런데 아직도 얼굴에 애티가 있는 그 아이의 엄마는 거기 그렇게 꼼짝 않고 앉아서 굶주린 빛이 어린 눈으로—유난히도 맑은 눈으로—우리를 말끄러미 쳐다보고 있는 것이었습니다. 그들 한집안 세 식구 중에서 바깥세상과 서로 통하는 것이라면 오직 그 한쌍의 눈이 있을 뿐이었습니다.

황길성이는 부지런히 사방을 둘러보았습니다. 멀지 않은 골목 어귀에 내걸린 문짝만 한 '당(當)' 자가 눈에 띄었습니다. 그것은 전당포의 간판이었습니다. 황길성이는 제가 입은 연회색의 스프링을 일변 벗으며 일변 그리로 달려갔습니다. 미구에 그가 다시 전당포에서 부지런히 나오는데 벗어 들고 들어갔던 스프링은 보이지를 않았습니다.

급한 걸음으로 돌아온 황길성이는 조심스럽게 허리를 구푸리고 손아귀에 쥐고 온 5원짜리 지전 한 장을 오랫동안 씻은 적이 없는 그 젊은 여자의 손아귀에 살며시 밀어넣어 주었습니다. 그리고 간청하듯 말하는 것이었습니다.

"아주머니, 이걸루 애기한테 무얼 좀 사다 먹여 주십시오."

젊디젊은 나이에 벌써 인생의 고초를 겪을 대로 겪은 그 여자의 얼굴에 순간 야릇한 표정이 그려졌습니다. 놀라움이랄까, 아니면 감격이랄까. 그 유난히 맑은 두 눈이 순식간에 흐려지는 것을 우리는 보았습니다.

이번에 나를 보러 온다는 황길성이란 바로 이런 사람입니다. 그러니 내가 어찌 그를 가장 뜨겁게 맞아 주지 않을 수 있겠습니까.

ㄴ

이듬해 봄, 우리는 호남성 상담에서 배편으로 장사까지 내려왔습니다. 우리가 탄 그 너벅선은 발동선에 끌려서 소상강을 오르내리는 연락선으로써 선객을 한 100여 명씩은 태울 수 있는 것이었습니다. 배 안에 식당까지 있어서 갑판 위에다 식탁들을 벌여 놓고 차도 팔고 또 음식들도 팔았습니다.

선객들 중에 장사아치 같아 보이는 나이 지긋한 뚱뚱보 하나가 있었는데 그가 거느린 마누라는 남편과는 대조적으로 어찌나도 여위었던지 보기가 애처로울 정도였습니다. 하지만 그들의 대여섯 살가량 된 아들아이만은 생김생김이 여간만 귀엽지 않았습니다. 새까만 눈에 긴 속눈썹, 앵두 같은 입술과 희다 못해서 거의 투명해 보이는 살갗……. 그 아이는 앞가슴에 빨간 꽃무늬가 찍힌 새 공 하나를 안고 있었습니다. 그들 일가가 거느린 크고 작은 상자짝들이 여간만 많지를 않아서 주인인 뚱뚱보는 그 재물들을 보살피기에 분주했습니다. 처자식은 물론이고 저 자신마저 돌볼 사이가 없는 성싶었습니다.

황길성이와 나는 뱃전 난간에 비스듬히 기대서서 소상강의 수려한 강색을 바라보며 한동안 담담한 향수에 잠겼습니다. 그럴 즈음에 불시로 다급한 고함소리가 들려와서 우리를 놀래웠습니다. 사람이 물에 빠졌다는 것입니다. 급히 알아본즉 그 뚱뚱보 장사아치의 아들아이가 가지고 놀던 공이 갑판에 떨어져서 톡톡 튀다가 때구루루 굴어 난간 밑으로 빠져서 강물에 떨어졌다는 것입니다. 그런 걸 어린아이는 공을 잡으려는 한 생각만으로 덤비다가 희뜩 하는 통에 몸의 균형을 잃고 저까지 따라서 강물에 떨어졌다는 것입니다. 이 모든 것은 다 눈 깜박할 사이에 벌어진 일이었습니다.

배 안은 금시로 왁작해졌습니다. 배꾼들이 입에다 손나팔을 해 대고 배를 세우라고 목청껏 고함들을 질렀습니다. 그러나 앞서서 달리는 발동선에서는 기계 소리 때문에 그 소리를 듣지 못했습니다.

이렇듯 위기일발의 시각에 내 옆에 섰던 황길성이가 잽싸게 윗옷을 벗어 버렸습니다. 그리고 달리는 배에서 번개같이 물속으로 첨벙 뛰어

들었습니다. 발동선의 추진기가 일으킨 물결이 넘실거리는 속에서 제정신 없이 허우적거리는 어린 생명은 가엾게도 목숨이 경각을 달렸습니다. 황길성이는 있는 힘을 다해서 그리로 헤어 갔습니다…….

경겁(驚怯)한 나머지 얼빠진 사람같이 돼 버린 말라깽이 엄마의 품속에서 흐주루하게 젖은 아이가 "엄마!" 하고 울음을 터뜨리는 것을 보고서야 비로소 둘러섰던 사람들은 후 하고 안도의 숨을 내쉬었습니다. 어린아이를 구원하는 수선이 끝난 뒤에 황길성이가 따로 와서 젖은 옷을 갈아입고 그리고 세수수건으로 젖은 머리를 닦고 있을 때 그 아이의 아버지 뚱뚱보가 쫓아왔습니다. 그는 이 은혜를 어떻게 다 갚겠느냐고 하면서 황길성이에게 여러 번 허리를 굽실거렸습니다. 그런 뒤에 그는 지갑에서 10원짜리 지전 한 장을 꺼내더니 (당시 닭알 한 알에 1전 5리 내지 2전이었음) 낯 간지러운 듯이 얼굴을 붉히며 앞으로 내밀었습니다.

"저, 약소하지만 이걸…….."

황길성이는 얼른 한 손으로 그것을 밀막으며 말했습니다.

"아니 이게 무슨 짓입니까. 이러지 말구…… 어서 도루 넣어 두십시오."

하지만 그 장사아치 양반은 황길성이가 말하는 뜻을 제대로 이해하지 못했습니다. 제 나름으로 해석을 하는 모양이었습니다. 그는 잠시 머뭇거리더니 마음먹고 10원짜리 한 장을 더 꺼내서 덧얹으며 의논조로 묻는 것이었습니다.

"이러면 어떨까요?"

황길성이는 하도 어이가 없어서 쓴웃음을 웃으면서 구원받은 어린 아이를 한번 돌아본 뒤 타이르듯 말했습니다.

"공까지 건졌더면 더욱 좋았을 걸 그러지 못해서 안됐으니 내가 선사

하는 셈 잡구 그 돈에서 공 하나를 더 사서 아들애기한테 주십시오."

이번에 나를 보러 온다는 황길성이란 바로 이런 사람입니다. 그러니 내가 어찌 그가 오기를 손꼽아 기다리지 않을 수 있겠습니까.

ㄷ

1941년 정이월, 환남사변(皖南事變), 즉 신사군(新四軍) 피습 사건이 발생했을 당시, 황길성이와 나는 통칭 '락판'이라고 불리우는 팔로군 락양 판사처에 머무르고 있었습니다. 우리는 거기서 다른 10여 명의 사람들과 함께 황하를 건너서 태항산 항일 근거지로 들어갈 준비를 하고 있었습니다.

황길성이가 〈신화일보〉 옥색 신문지에 실린 주은래 동지의 "천고기 원 강남일엽 동실조과 상전하급(千古奇冤 江南一葉 同室操戈 相煎何急)?" 을 읽은 것은 바로 거기서였습니다. 다 같이 항일을 하는 마당에서 어 찌 우군 부대에다 그런 독수를 뻗칠 수 있겠느냐고 비분강개하는 그 글을 읽고 황길성이는 격동된 나머지에 그만 어린아이같이 엉엉 소리 를 내서 울었습니다. 하룻밤을 꼬박 새우며 이리저리 돌아눕기만 하다 가 급기야 그는 이튿날 아침 일어나는 길로 꼿꼿이 판사처 책임 동지 를 찾아갔습니다. 그는 예정했던 계획을 변경해서 신사군으로 가겠다 는 결심을 단호한 어조로 표시했습니다.

황길성이와 나는 죽마고우인 만큼 철들며부터 피차의 성질을 손금 보듯이 꿰드는 사이였습니다. 그런데 이때 나는 한 걸음 더 심입(深入) 해서 그의 애국 충정이 백열화(白熱化)한 것을 보게 됐습니다. 계급 감정이 승화해서 '그를 위해서라면 목숨도 사랑도 다 바치리라'는 경지에 다다른 것을 보게 됐습니다. 나는 그 같은 훌륭한 친구와 생사고락을 같이하게 된 것을 아주 자랑스럽게 생각했습니다.

황길성이는 마침내 '락판' 책임 동지의 간곡한 권유와 설복에 고패를 빼서 원래 작정대로 팔로군으로 가게 됐습니다.

춘분 전후에 '락판'과 조선의용대 안의 중공 지하당 조직 사이에 비밀히 연계가 맺어졌습니다. 그래서 우리들 10여 명 사람은 조선의용대 대원으로 가장하고 그들의 대오에 끼어서 북상을 하게 됐습니다. 비록 그들의 행동도 제한을 받고 또 감시를 받기는 하지만 그래도 우리들보다는 퍽 나았습니다. 어쨌든지 그들은 국제 부대였으니까요.

5.1절 전야에 우리 10여 명 동지들은 조선 전우들을 따라 마침내 태항산의 땅을 밟게 됐습니다. 그 얼마나 그리던 태항산입니까. 항일의 봉화가 타오르는 태항산.

우리가 태항산 근거지에 들어온 지 두 달도 채 아니 돼서 맑은 하늘의 벼락 같은 놀라운 소식이 들려왔습니다. 히틀러가 독소전쟁을 발동했다는 것입니다. 황길성이는 지글지글 속을 끓이기 시작했습니다. 독소전쟁 제일선에 자기가 가서 참전 못 하는 것이 안타까와서였습니다. 소련 인민에 대한 무한한 동정과 파시스트 강도들에 대한 비길 데 없는 증오가 얼굴에 현연(顯然)히 나타났습니다. 그는 국내외의 정치 정세와 전국(戰局)에 대해서 놀랄 만큼 민감해졌습니다. 마치 무슨 세계 혁명과 운명을 같이하는 정치 레이더이기라도 한 것 같았습니다. 그 전쟁의 불길이 끊임없이 타번지는 8년 항전의 나날에 그는 거의 고향 이야기나 부모 형제 이야기를 입 밖에 내지 않았습니다.

이번에 나를 보러 온다는 황길성이란 바로 이런 사람입니다. 그러니 내 얼굴에 어찌 웃음이 절로 떠오르지 않을 수 있겠습니까.

ㄹ

1942년 봄, 황길성이와 나는 태항산 항일 군정대학에서 일본 침략군의 발광적인 '토벌'을 맞았습니다. 우리는 일제히 일떠나서 맞받아 싸웠습니다. 그런데 불행하게도 나는 넙적다리에 관통 총상을 입고 옴짝달싹을 못 하게 됐습니다. 단 부젓가락 같은 적의 6.8밀리 총탄이 꿰뚫고 지나간 것입니다. 나는 이를 악물어 아픔을 참았습니다. 적의 포위망이 자꾸만 줄어들어서 아가리가 거의 맞달라붙게 된 위급한 시각에 황길성이가 어떡허다가 나를 발견했습니다. 그는 빗발치는 총탄 속을 나는 듯이 달려왔습니다. 그리고 얼른 나를 잡아 일으켜서 둘쳐업었습니다.

"난 내버려 두구…… 너나 어서 빠져나가!"

나는 몸부림을 치며 소리를 질렀습니다.

"나 하나 죽는 것두 원통한데…… 너까지?"

그러나 황길성이는 화중 난 목소리로 한마디 "미친 소리 말아!" 꾸짖고는 그대로 나를 업은 채 논틀밭틀로 마구 내닫는 것이었습니다.

황길성이의 용감성과 완강성으로 해서 마침내 우리는 둘이 다 아짜아짜하게 위험을 모면하고 사경에서 벗어났습니다. 하지만 그 통에 황길성이도 한 절반 부상병이 됐습니다. 팔목은 삐었지, 얼굴은 긁혔지…… 해도 그는 겨우 이틀을 머무르고 또다시 전투 부대로 돌아갔습니다. 떠나기 전에 그는 싱글싱글 웃으면서 나를 보고 말하는 것이었습니다.

"안심하구 치료나 잘 해. 내 다음번에 올 때는 적의 치중대를 쳐서…… 과일통졸임을 갖구올 테니."

하지만 그 후 반달이 지나서도 황길성이는 적의 과일통졸임을 손에 넣지 못했습니다. 도리어 반대로 그는 자기의 가장 소중한 것 하나를—눈알 하나를—잃어버렸습니다. 그가 적과 맞총질을 하는 중에 기관총탄에 맞아서 튀어난 바윗돌 쪼각 하나가 쌩 하고 날아와서 그의 왼쪽 눈에 들어박힌 것입니다. 의사와 간호원들의 긴장한 응급처치도 효험을 보지 못했습니다. 그 쌀알만 한 돌쪼각의 뾰족한 끝이 면바로 동공에 들어박혔던 것입니다.

나는 무어라고 안위(安慰)를 했으면 좋을지 도무지 할 말이 생각나지를 않았습니다. 그때 그의 나이 겨우 스물다섯이었습니다! 고향의 부모네와 동기들이 이걸 알았으면 오죽 가슴 아파하겠습니까! 그런데 짓궂은 운명은 우리를 조롱이라도 하듯이 황길성이의 처지와는 반대로 내 다리의 총상은 하루가 다르게 아물어서 거의 다 나았습니다. 단지 걸음을 걸으려면 아직도 다리를 저는 것이 흠일 뿐이었습니다.

나는 작대기 하나를 얻어 짚고 절뚝거리며 황길성이를 보러 갔습니다. 황길성이가 들어 있는 병동은 마을 아래쪽 변두리에 있었습니다. 병동이라고는 해도 실상은 그저 보통 농가에 불과했습니다. 나는 문을 두드리지 않고 그냥 살며시 떠밀어 열었습니다. 어둑한 방 안에는 널문짝을 괴어서 만든 침대 명색 셋이 나란히 놓여 있었습니다. 그중 하나에는 어지러운 이부자리만 있고 사람이 없는 걸 보니 아마도 바깥출입을 할 수 있는 환자인가 보았습니다. 중간 침대의 죽은 듯이 가만히 누워 있는 환자는 문을 여닫는 소리만 나고 인기척은 없으니까 베개에서 고개를 조금 들어 이쪽을 바라보았습니다. 나를 알아보자 그는 부지런히 일어나 앉으며 반가운 소리를 질렀습니다.

"제 발루 걸어온 거야? 요!"

본즉 그의 얼굴은 한 절반 붕대로 감겨 있었습니다. 해도 그의 성한 한쪽 눈은 유난히 밝게 빛났습니다.

황길성이는 얼른 나를 끌어당겨 제 옆에 앉히고 우스갯소리라도 하듯이 거뜬한 어조로 말하는 것이었습니다.

"우린 둘이 다 영광스러운 부상을 했단 말이야. 안 그래?"

나는 마음이 무거워서 입을 열지 않았습니다.

"어째, 기분이라두 좋잖은가?"

그는 내 얼굴을 들여다보며 물었습니다.

"아니, 아무렇지두 않아."

나는 이렇게 얼버무렸습니다.

황길성이는 안심한 듯 내 손을 잡아당기며 경사스레 말하는 것이었습니다.

"하늘이 굽어살폈어. 우린 얼마든지 총을 들구 싸울 수 있단 말이야. 내게다 오른쪽 눈을 남겨 줬으니…… 이게 그래 고맙잖고 뭐야. 그렇잖았다면 내 이 꼴이 뭐가 될 뻔했어. 넨장!"

나는 그저 그의 손을 꼭 쥐었을 뿐 아무 말도 안 했습니다. 무슨 말을 한단 말입니까?

이번에 나를 보러 온다는 황길성이란 바로 이런 사람입니다. 그러니 내가 어떻게 아름다운 추억 속에 잠기지 않을 수 있겠습니까.

ㅁ

손꼽아 기다리던 옛 친구 황길성이가 드디어 우리 집에를 왔습니다. 그가 우리 온 집안 식구들의 극진한 대접을 받은 것은 더 말할 것도 없는 일입니다. 그는 전이나 마찬가지로 검은색 안경을 썼는데 몸이 나서 20여 년 전에 비하면 몰라보리만큼 비대해졌었습니다. 머리도 그리 세지 않았고 또 이도 두 대밖에 안 빠졌다는 것이었습니다. 얼굴은 보기 좋게 불카하고 허리도 꼿꼿했습니다. 한마디로 말해서 아주 정정했습니다.

그전 같으면 반갑다고 서로 얼싸안고 등을 두드리고 했겠지만 이번에는 피차간 나이를 먹어서인지 그렇게는 안 했습니다. 해도 서로 만나는 분위기는 여간만 열렬하지 않았습니다. 그는 우리 아들에게 박래품 녹음기를 선물로 가져왔습니다.

차를 내오고 또 담배를 권한 뒤에 안해는 아이들을 데리고 부엌으로 내려갔습니다. 그제야 황길성이는 방 안을 한 바퀴 휘 둘러보고 나서 묻는 것이었습니다.

"어째 텔레비전두 없어?"

"여긴 아직."

하고 나는 없는 이유를 설명했습니다.

"보급이 잘 안 돼서…… 라디오는 어느 집에나 다 있지만…… 텔레비전은 백 집에 한두 대가 고작이야. 형편이 이런데 하필 그런 면에서 앞장을 설 거야 뭐 있어? 한 이삼 년 지나서 다시 보지."

황길성이는 한동안 덤덤히 앉아 있다가 말머리를 돌렸습니다.

"그래, 대체 아이가 모두 몇이야?"

"이제들 보잖았어? 사내 녀석 하나에 계집애년 하나…… 두 남매."

"그래 결혼들은 했는가?"

"아니, 아직 다 미혼이야."

"아들아인 그래 뭘 하는가?"

"노동자야. ─자동차 공장."

"음, 그럼 딸아인?"

"영화관에서 표를 팔아."

"다들 대학 공부는 안 하구."

"응."

황길성이는 또다시 덤덤히 앉아 있는데 보아한즉 말할 거리가 잘 생각이 나지 않아 하는 눈치였습니다. 그래서 그 공백을 내가 메웠습니다.

"임자네 아이들은 어떻게 지내는가? …… 듣자니 손자를 봤다던데?"

"하하, 그래. 난 벌써 할애비 노릇을 해. 손자 놈은 돌이 갓 지났는데 발육이 여간만 좋잖아. 그리구 마누라는 지난해 정년퇴직을 해서 백분의 칠십오를 받는데…… 요즘은 손자 놈하구 씨름을 하느라구 분주히 보내지."

황길성이는 기분이 좋아서 차를 한 모금 마시고 또 여과연 한 대를 피워 문 다음 내리엮는 것이었습니다.

"맏이 녀석은 외과 의사구 자부는 소아과 의사. 그리구 둘째 녀석은 물리연구소 연구생인데 그 녀석의 안해감두 역시 같은 연구생이야. 막내는 계집아인데 요것이 또 똑똑하기가 웬만한 사내 볼 쥐어지를 만하지. 지금 신문과에 재학 중인데 장래 신문기자야 떼놓은 당상이지……. 하하하!"

잇달아서 그는 흥미진진하게 자기 집의 박래품 천연색 텔레비전, 아들들의 경편(輕便) 오토바이, 전기냉장고, 세탁기, 그리고 신강인가 서장인가의 특산이라는 모전 방장(毛氈房帳) 이야기를 늘어놓았습니다. 그리고 나중에는 자기의 상이 연금이 몇 프로가 올랐다는 것까지 이야기를 했습니다.

나는 고개를 다수굿하고 앉아서 그저 듣기만 했습니다. 아무 말도 안 했습니다. 어쩐지 머리가 띵한 게 기분이 좀 별났습니다.

"……지난날 전쟁 시기 임자나 내나 다 얼마나 고생들 했나. 이루 다 말할 수 없는 곤란을 겪었지. 그렇다면 인제 늘그막에 좀 편안한 날을 보내는 것두 의당한 일이겠지……. 안 그런가? 아이들이 부모의 덕택으로 출세를 좀 한다더라두 뭐 왈가왈부할 거야 없겠지……. 안 그런가?"

황길성이는 고개를 젖히고 천정에다 길게 연기를 뿜고 나서 다시 말을 잇는 것이었습니다.

"인간이란 환갑이 지나서야 비로소 삶의 도리를 깨닫게 되는 모양이야. 제아무리 진리라구 해두 권력이 뒤받쳐 주잖으면 그건 차표 없이 차를 타겠다는 거나 마찬가지야.─목적지에 가닿을 수 없어. 그래서 난 아직 자리를 내놓을 생각은 안 해. 벼슬아치 과잉이라구? 그럼 본보기루 칠십 대, 팔십 대 노장들더러 먼저 내놓으라지. 우리 육십 대는 좀 천천히 나중에 내놔두 돼……."

나는 어쩐지 가슴속에 야릇한 애수가 스며드는 것을 느꼈습니다. 황길성이가 락양에서 〈신화일보〉를 펼쳐 들고 통곡하던 정경이 불현듯 머리에 떠올랐습니다.

40년 전 오대주 사대양의 소란하고도 보람차던 세계가 어떻게 자그마한 보금자리로, 안락한 소가정으로 줄어들었단 말인가? 그 진리를 탐구하던 용기는 어데로 사라지고 소시민의 용속(庸俗)한 기풍이 판을 친단 말인가? 나는 걷잡을 수 없는 사색의 심연 속에 빠져들어 갔습니다. 황길성이의 말소리는 어느 아득히 멀고 높은 데서 울려오는 것만 같았습니다.

홀지에 딸년이 "아버지!" 하고 부르는 소리에 나는 소스라쳐 깨어서 현실로 돌아왔습니다. 본즉 그것들 오누이가 신바람이 나서 앞서거니 뒤서거니 술에다 안주에다 제가끔 받쳐 들고 들어오는 중이었습니다. 뒤미처 안사람도 여러 가지 별찬을 푸짐하게 날라 들였습니다. 그리고는 손님더러 변변찮은 거지만 어서 많이 드시라고 지성으로 권하는 것이었습니다. 하지만 어쩐지 그 자그마한 환영 연회가 내 머릿속에서는 흡사 그리스도의 '최후의 만찬'만 같았습니다. 그것은 아주 열렬하면서도 또 몹시 암담한 연회였습니다.

밤이 이슥해서 나는 집안 식구들과 함께 손님을 바래느라고 일각 대문 밖에 나섰습니다. 거기 멍하니 서서 멀어져 가는 황길성이가 탄 승용차의 명멸하는 미등을 바라보면서 나는 여태까지 어떻게 그와 술잔을 나누고 또 어떻게 그와 담소를 했는지 잘 생각이 나지를 않았습니다. 오직 괴이쩍으면서도 고통스러운 하나의 생각만이 내 머릿속을 자꾸만 자꾸만 맴돌이치는 것이었습니다.—벌써 오랜 옛날에, 1945년에, 나는 공산당원 황길성이를 태항산에다 묻어 버렸다. 항일의 봉화 타오르는 태항산에다.

〈천지〉 1981년 3월

고뇌의 표준

1

저명한 건축설계가 지비운이 마당에 내려와 거닐고 있다. 청명을 하루 앞둔 일요일, 날씨가 여간만 화창하지 않았다. 그의 안해가 애완 겸 부업 겸 기르는 단 한 마리의 토색 암탉이 병아리를 깐 지도 벌써 두 주일…… 털빛이 각기 다른 예닐곱 마리의 병아리들이 어미를 따라다니느라고 분주하였다. 오래간만에 설계도의 착잡한 선들에서 해방된 지비운의 눈에 그것은 한 폭의 '춘유도(春遊圖)'로 비치었다.

"옳아, 서우천이를 보러 가야지."

문득 걸음을 멈추며 그는 입속으로 이렇게 중얼거렸다. 저명한 소설가 서우천은 그의 중학 시절의 동창으로서 그와는 막역한 사이다.

지비운이 집안에 들어가 옷을 갈아입고 현관문을 나서려는데 마침 밖에서 그의 막내아들 랑림이가 들어왔다. 랑림이는 예술학교 미술관에 재학 중이다.

"어째, 또 무슨 일이 있었니? 울상을 해 가지구……."

아버지가 묻는 말에 아들은 대답 대신 고개만 외쳤다.

"벙어리야?"

아버지가 그 얼굴을 찬찬히 들여다보며 채쳐 물은즉 그제야 볼에 밤을 문 소리로 "학교…… 선생이……." 하고 떠듬거린다.

"학교 선생이 어째?"

"맘이 비틀어져서……."

"선생이 맘이 비틀어져? 어떻게?"

사연을 들어본즉 교내 미술 전람에 제가 그린 풍경화가 겨우 3등으로 입선이 되었다는 것이다. 줄잡아도 2등은 되는 것을 선생이 다른 아이에게 두남을 두어서 제 점수를 깎았다는 것이다.

"심사라는 건 어느 누가 혼자서 하는 게 아닌데 어떻게 그럴 수 있니? 심사하는 선생이 모두 맘이 비틀어질 수는 없잖니?"

아들은 점점 더 앵돌아져서 대답도 안 하고 고개도 들지 않았다.

"잘 생각해 봐."

한참 만에 아버지가 한결 누그러진 어조로 아들을 타일렀다.

"예술을 하려면 첫째 겸허한 품격부터 길러야 해."

지비운이 짧으면서도 의미심장한 말을 남기고 밖으로 나오는데 그 아들은 낯이 벌개서 아버지 등 뒤에다 대고 눈만 흘기었다. 아버지에게서마저 동정을 얻지 못한 것이 못내 분하였던 것이다.

지비운이 찾아가는 소설가 서우천의 집에서는 이때—.

2

반백의 머리가 텁수룩한 서우천이 망연자실하여 마당에 서 있다.

그 발밑에는 원고지를 무데기로 사른 재가 수북이 쌓여 있다. 이태 동안 그 집필에 심혈을 기울여 온 장편소설《거짓과 참》이 끝장이 난 것이다. 고골의《죽은 넋》제2부의 비극이 되풀이된 것이다. 급기야 탈고를 해서 머리를 식혀 가지고 다시 몇 번 읽어 본즉 그《거짓과 참》에서는 거짓도 거짓이요, 참도 또한 거짓이라. 작가의 양심을 경매에 붙이기 전에는 도저히 발표하고도 허위의 화산이라는 조명(嘲名)을 안 듣게 된다면 그건 기적이랄 수밖에 없을 것이다. 하여 여러 날을 두고 고민을 한 끝에 그는 마침내 비장한 결단의 한 걸음을 내디딘 것이다. ― 화장!

서우천은 고뇌에 차서 입은 옷 그대로 신은 신 그대로, 지비운을 찾아 나섰다. 마음의 고통을 호소할 사람을 찾아가는 것이다. 그가 막 일각 대문을 나서려는데 마침 그의 무남독녀 혜경이가 찾아왔다. 혜경이는 지난해에 시집을 갔는데 그 남편은 세균학을 전공하는 연구생이다.

"어째, 또 무슨 일이라도 있었니? 울상을 해 가지구……."

서우천은 사랑하는 딸의 얼굴에 수심이 진 것을 보자 자기의 고통을 잠시 잊어버리고 이렇게 묻는데, "엄마는?" 딸의 입에서 나온 것은 대답 아닌 대답이다.

"좀 있으면 올 게다. ― 어서 들어가자."

어비딸이 집안에 들어와서 자리잡아 앉은 뒤에 근심스럽고도 궁금하여, "어서 말해 봐라. 도대체 무슨 일이야?" 아버지가 재쳐 물으니, 딸은 눈물이 글썽해지며,

"아버지, 난 인제 끝장이예요."

"아니, 별안간 그게 무슨 소리냐?"

사연을 들어본즉 남편이 현미경에 미쳐서 안해를 돌볼 사이가 없다

는 것이다. 제 친구들은 극장이나 영화관 같은 데도 다 내외가 함께 다니는데 저만은 밤낮 외톨로 다니게 되니까 다들 소박데기라고 뒷손가락질을 한다는 것이다.

"난 갈라설래요. 아버지, 날 도로 데려와 주세요. 난 못 살아요. 죽어도 못 살아요. 그따위 인간은 현미경하구나 같이 살라지요. 내가 왜⋯⋯."

서우천은 어안이 벙벙하여 눈만 끔벅끔벅하였다. 이윽고 마음을 가라앉히고 "난 또 무슨 큰일이라도 난 줄 알았구나." 하고 담배 한 대를 꺼내 무니, "그럼 이게 큰일 아니고 또 뭐가 큰일이예요?" 딸은 빨끈 성이 나서 애매한 아버지에게 대들었다.

"글쎄 그렇게 성부터 내지 말고 찬찬히 내 말을 좀 들어."

하고 천정에다 연기를 길게 뿜고 나서,

"과학자가 제 연구 사업에 몰두하는 게 그래 무슨 잘못이라고 너는 그러니? 밤낮 제 계집이나 떠받들어 모시고 다녀야 그게 이상적인 남편이냐, 네 생각엔?"

"떠받들어 모시긴 누가 떠받들어 모시랬어요. 사람이 그래도 어느 정도 좀⋯⋯."

"늬 엄마가 나 원고지에 파묻혀 산다고 시비하는 것 너 들어본 적 있니?"

"엄마는 엄마고 나는 나지! 구식하고 신식이 어떻게 같아요?"

"여보, 당신 어서 와서 이 벽창호 좀 떠맡아 가우."

때마침 문을 열고 방안에 들어서는 안해 쪽으로 고개를 돌리며 이렇게 말하고 서우천이 자리에서 일어서니, "넌 또 왜?" 하고 그 안해는 불시에 찾아온 딸에게 먼저 한마디를 던진 다음 다시 남편을 보고 "그런데 저 마당에 잿더미가 웬일이예요?"라고 물었다.

서우천은 모든 것이 다 귀찮은 생각이 들어서 잠자코 그대로 나와 버렸다. 파김치가 되어서 엇갈아 디디는 제 발등만 내려다보며 지비운의 집 쪽으로 몽유병자처럼 걸어갔다.

3

"어, 자네 이거 어딜 가는 길인가?" 하는 귀에 익은 목소리와 함께 누가 어깨를 툭 치는 바람에 서우천이 꿈에서 깨어난 사람처럼 고개를 들어 본즉 앞에 서 있는 것은 지비운―바로 자기가 찾아가는 사람이라.

"어, 자넨가."

"어딜 가느냐고 물었어."

"아, 자넬 찾아가는 길이야."

"그럼 마침 잘됐군."

서로 찾아가다가 도중에서 만난 두 친구는 길거리에 마주 서서 잠시 의논을 하였다.

"날씨도 좋고 한데 우리 오래간만에 공원에나 한번 가 볼까?"

"좋겠지."

"남호의 금잉어가 요새도 볼만한지 모르겠군."

"글쎄, 아무튼 가 보지."

어깨를 나란히 하고 걸어가는 두 친구는 키들이 다 보기 좋게 후리후리하다. 중학 시절에는 둘이 다 농구 선수였었다. 그러나 현재는 같은 쉰넷이라도 소설가 쪽이 건축설계가보다 퍽 더 겉늙어 보인다.

"자네 그 《거짓과 참》 인제 거의 다 돼 가나?"

"음…… 아니……."

"공력이 무척 드는가 보군그래."

"아……."

소설가의 대답은 요령부득이다. 무리도 아니겠지. 그는 바야흐로 파산을 선호한 기업주의 절망감, 허무감 비슷한 것을 체험하는 중이었으니까.

일매진 가로수가 멋지게 늘어선 문화궁전 앞의 대통로—남호 거리를 따라서 곧장 가면 두 친구가 목적하는 이름난 공원—남호공원이 나선다. 문화궁전 퍽 못미처 네거리까지 왔을 때 지비운이 불쑥 "여보게 우천이, 우리 저 길로 둘러서 가세." 하고 소설가의 팔꿈치를 잡아 끌었다.

"둘러서? 왜?"

서우천이 눈을 들어 먼 곳까지 촘촘히 줄지어 선 가로수들을 바라보며 괴이쩍은 듯이 물었다. 시내에서 가장 우아한 남호 거리를 거니는 것은, 동방의 샹젤리제라고 문인들이 칭찬해 부르는 남호 거리를 거니는 것은—일종의 향락이었다.

"그저……."

"그저라니?"

서우천은 친구가 더 긴말을 하려 하지 않는 것을 보고는 "괴상한 성미로군." 군소리를 하면서도 순순히 그가 끄는 대로 따라갔다.

둘러서 가는 길은 거의 곱절이나 멀기도 하거니와 운치 없이 번잡하기만 해서 그러잖아도 염세증에 걸린 지경인 서우천은 어지간히 기분이 상하였다.

4

　호숫가에 띠엄띠엄 늘어놓인 장의자들. 그중 한겻진 하나를 차지하고 앉아서 지비운과 서우천 두 친구는 거울 같은 호면을 바라보며 오래간만에 자연의 아름다움을 만끽하였다. 인간이란 번잡한 일상생활에서 벗어나서 이런 아늑한 품속에 안겨 보는 시간이 과연 얼마나 되는가.

　"담배 예 있네."

　"아."

　두 친구는 한 개비 성냥불에 담배 한 대씩을 사이좋게 노나 붙이고 나서 이야기의 실꾸리를 이리저리 굴리며 천천히 풀어 나갔다.

　"자식은 아예 응석으로 기를 게 아니라니까."

　"누가 아니래."

　"우리 막내 녀석은 글쎄 제 그림이 삼 등으로 입상이 됐다고 심사한 선생들을 모두 맘이 비틀어졌다는 판일세."

　"흐흥…… 우리 집 혜경이란 년도 마찬가지야. 외동딸이라고 너무 귀엽게 길러 놔서 이 세상엔 저 하나밖에 없는 줄 안다니까."

　"그래도 우리 집 그년은 제 사내가 저를 떠받들어 모시지 않는다고 울고불고 야단이야. 현미경에 미친 인간하고는 같이 살 수 없다고 이혼을 하겠대."

　한동안 잠잠하다가 지비운이 다시 "그러고 보면 우리가 다 부모 노

롯을 잘못했나 보이." 탄식하는 조로 말을 한즉, "동감이야." 서우천도
감회 깊은 어조로 대꾸하였다.

"우리는 젊었을 때 그렇지들 않았던 것 같은데……."

하고 건축설계가가 기억을 더듬으니,

"안 그렇다마다. 우리야……."

하고 소설가가 맞장구를 쳤다.

또 한동안 무료하게들 담배만 피우다가 지비운이 불쑥 "자네 그
《거짓과 참》에서는 주인공의 결말이 어떻게 나나? 죽나, 사나? 아니
면……." 하고 궁금증을 나타내는데, 서우천은 손을 홰홰 내두르며
"화장, 화장. 화장했어!"

"화장? 화장이라니?"

"다 살라 버렸어."

"살라 버리다니…… 뭘?"

"원고, 원고. 이태 동안 쌓은 공이 십년공부 나무아미타불이 돼 버렸
어!"

"아니, 그게 웬 소리야?"

"말 말게. 지금 속이 부질부질 끓어서…… 살고 싶은 생각도 없네."

"저런!"

"알았나, 인제? 그래서 하소연을 하려고 자네를 찾아오던 길이야."

"도대체 어떡허다 그런 일이 생겼나? 어서 속시원히 얘기나 좀 하
게."

"청맹과니 노릇을 하던 작가의 양심이 눈을 떴어. 거짓말로 저 자신
을 속여 온 전비(前非)를 뉘우쳤단 말이야. 독자들을 우롱한 지난날
의 잘못을 뉘우쳤단 말이야."

"……."

"나는 허위의 화신이었어. 알겠나? 허위의 화신!"

"여보게." 하고 동정을 금치 못하는 건축설계가가 친구의 어깨에 손을 얹으며 부드러운 말로 안위를 하였다.

"자네의 그 심정은 나도 충분히 이해하네. 하지만 너무 그렇게 격동할 건 없어. 생각해 보게. 한 작가가 자기의 공력 들인 작품을 부정한다면 그건 그 작가의 일보 전진을 의미하는 게 아니겠나?"

절망감에 사로잡힌 소설가는 아무러한 반응도 보이지를 않았다. 지비운이 잠시 끊긴 말을 다시 이었다.

"나는 자네의 이번 그 결단을 정상적인 성장 과정에서의 한 전환점으로 보네. 다시 말해서 자네는 보다 높은 데로 한번 크게 뛰어오른 거란 말일세. 자네의 이번 실패는 십년공부 나무아미타불인 게 아니라 실상은 공든 탑이 무너지랴일세. 다음에 쓸 작품의 성공을 위해서 미리 튼튼한 터 닦기를 한 거란 말일세.—이왕 말이 났으니 말이지만 기실 나는 자네가 여간만 부럽지 않네."

소설가는 의아한 눈으로 자기를 부럽다는 친구의 얼굴을 지켜보았다.

"왜, 곧이들리지 않나?"

하고 건축설계가는 자조하듯 쓴웃음을 한번 웃고 나서,

"나도 크게 공력을 들인 제 설계도가 막상 철근과 콘크리트로 완성이 돼 갈 때 왕왕 뒤늦게 결점을 발견하고 자기의 미숙함을 깨닫는 일이 있다네. 그러나 어떡하나? 자네처럼 결단을 내려서 살라 버리겠나? 그것은 원고지가 아니라 철근 콘크리트야. 그 결점은 내 일생 살아생전에는 지워 버리지를 못해. 내가 죽어도 그 건물은 그대로 남아 있어. 나는 백년을 살지 못하네. 하지만 내 그 작품들의 수명

은 백 년, 이백 년, 길고도 또 길거든.—그래서 나는 자네 같은 작가
들을 부러워한다는 말일세, 맘에 안 드는 원고는 아무 때고 살라 버
릴 수 있으니까. 화가나 조각가도 다 그렇지. 그들도 맘에 안 드는 건
아무 때고 찢어 버리고 깨 버리고 할 수 있거든.—자네, 알아듣겠나,
내 이 말 하는 뜻을?"

소설가의 얼굴에 놀라와하는 빛이 현연히 떠올랐다.

"내가 왜 아까 자네를 끌고 문화궁전을 피해서 먼 길을 에돌아 왔
는지 아나? 내가 그 문화궁전의 설계자인 걸 자네도 알지. 그런
데……."

홀제 등 뒤의 아주 가까운 나무에서 딱따구리가 급촉(急促)한 "따다
다닥……!" 소리를 내었다. 두 친구는 일변 놀라기도 하고 또 일변 신
기하기도 해서 일제히 뒤를 돌아보았다. 멋지게 생긴 딱따구리 한 놈
이 나무줄기를 안고 잽싸게 돌다가 파드닥 날아가는 것을 보고 서우
천이 픽 웃으며 "저놈은 저렇게 몹시 쪼아도 뇌진탕에 안 걸리는 모양
이지." 하고 고개를 흔드니, "익조라서 하늘이 굽어살피는 게지." 하고
지비운이 받았다.

웃음의 소리를 하는 두 친구의 얼굴에는 잠시 화기로운 미소가 어리
었다.

"그런데…… ?" 하고 소설가가 딱따구리로 해서 중동무이된 말이
다시 이어지기를 바랐다.

"그런데,"

하고 건축설계가가 다시 심각한 표정으로 돌아오며,

"공사가 거의 준공에 가까왔을 때, 다시 말해서 준공 전야에 이르러
서 나는 자기 설계에서 큰 결함을 발견했네. 그것은 일반 사람의 눈

으로는 보아 내지 못하는 그런 거였지만 한 건축예술가로서는 치명적인 결함으로 보지 않을 수 없는 그런 거였네. 나는 등골에 식은땀이 흐르는 걸 어쩌지 못했네. 한마디로 말해서 그것은 진열장 모양으로 깊이 없이 해바라진, 기생처럼 겉치장만 반지레한…… 그런 안가(安價)한 건물이었네. 내가 숭상하는 미켈란젤로의 풍격과는 천만 리 동떨어진 졸작이었네. 거기에는 고딕의 수려함도 없고, 희랍의 전아함도 없고, 그리고 로마의 웅숭깊음 또한 없었네. 솔직히 말해서 그것은 뉘게다 보이기도 창피할 정도의 실패작이었네.

그래서 나는 병탈을 하고 준공식에도 참석하지 않았네. 신문과 라디오가 새로 일떠선 문화궁전을 대대적으로 선전할 때 나는 곧 울고만 싶었네. 쥐구멍을 찾고만 싶었어. 사람들의 치하를 받을 적마다 나는 낯이 간지러워서 몸 둘 바를 몰랐네. 한데 그 문화궁전으로는 날마다 수천 명 사람이 드나들거든. 그 숱한 사람들을 우롱하는 것 같은 자격지심에 나는 살이 내릴 지경이네. 문화궁전 소리만 들어도 가슴이 떨리네. 해서 나는 문화궁전에를 절대로 들어가지 않을 뿐 아니라 그 근처에도 얼씬을 안 하네. 문화궁전 앞을 지날 일이 있으면 일부러 길을 에돌아 다니네, 아까 자네를 끌고 에돌아 온 것처럼 그렇게. 내가 자네 같은 소설가라면 그래 이런 평생을 두고 양심의 가책을 받을 실패작을 그대로 놓아두고 밤낮 속을 썩이겠나. 어느 옛날에 벌써 속시원히 살라 버렸지. 인제 내가 자네의 처지를 부러워한다는 소이연을 알 만한가?"

이야기를 마무리지은 건축설계가의 얼굴에는 서글픈 웃음이 떠올랐다. 소설가는 묵묵하면서도 격정적으로 친구의 손을 꽉 잡았다. 두 사람의 눈에는 끝없는 친애와 신뢰의 빛이 흘렀다.

이때 나이 젊은 엄마의 손에 끌려서 남호의 금잉어 구경을 온 네댓 살짜리 귀엽게 생긴 사내아이가 장난감 나팔을 입에다 대고 "뚜— 뚜—" 불었다. 그 소리가 사람들의 귀에 별나게 우습강스럽게 들렸다. 지비운이 "저 어린 예술가도 지금은 미숙하지만 장래는 훌륭한 트럼 펫 연주가로 될 걸세." 하고 웃으니, "아무렴." 하고 서우천도 웃으며 말을 받았다.

"우리처럼 허다한 고뇌의 계단을 거쳐서……."

"손님들, 기념사진 안 찍으시겠습니까?"

하고 웃는 낯으로 다가와서 권유하는 것은 공원 사진관의 약삭바른 청년 사진사.

"좋겠지."

두 친구는 호수를 배경으로 나란히 서서 자연스럽고도 기분 좋게 웃음을 지었다.

"제사(題詞)를 넣으시지요? 여기다 적어 주십시오."

젊은 사진사의 서비스가 아주 능란하다.

"좋겠지. —자네가 쓰게." 하고 지비운이 밀맡긴즉, "글쎄…… 뭐라고 쓴다?" 하고 서우천이 선뜻 원주필을 집어 들고는 고개를 한번 비튼 뒤에 "고뇌여, 잘 가거라!"라고 가로썼다.

건축설계가와 소설가 두 친구는 서로 마주 보며 명랑하고도 통쾌한 웃음을 터뜨렸다. 그들의 머리 위의 사월의 하늘은 여전히 온화하고 여전히 맑았다.

〈천지〉 1981년 5월

네 번째 총각

첫 번째

그 총각의 이름은 밝힐 게 없어. 근무하는 직장도 밝힐 게 없고, 나이만은 밝혀도 무방하겠지……. 스물여섯 살이었어, 그 당시. 생김생김? 응, 생김생김은 그럴듯해. 안 그러면 내 눈에 들었을 리 있니, 얘두 참. 우리 집에도 몇 번 놀러 오고 했었는데 엄마도 보고 여간 맘에 들어 하지 않았어. 그러기에 대접을 성의껏 잘했지. 닭까진 잡아 대접하지 않았지만서도. 그 총각이 체격이 특히 좋아. 권투를 한다나 봐. 내 눈으로 보진 못했지만 아마 상당한 수준인 모양이야. 우리 아버지도 젊어서는 상씨름꾼으로 가근방에 소문을 놓았었대. 그래서 더구나 그 총각에게 호감을 가졌었나 봐. 물론 권투를 씨름만은 못하게 여겼지만서도. 아버지가 저녁에 반주 서너 잔 하시고 거나해서 나를 바라보시면서 "씨름꾼 사위가 아니라서 좀 섭섭은 하다마는 권투선수 사위도 해롭잖지. 권투도 잘하면 외국에까지 간다더라, 상도 타고 돈도 벌고. 해롭잖아, 해롭잖아." 하고 너털웃음을 웃으시는 걸 여러 번 보았다.

내가 외동딸이라서 아버지 엄마는 어려서부터 무어나 내가 하겠다는 건 말려 본 적이 거의 없어. 자식이라고는 세상에 나 하나뿐인데 왜 들 안 그러시겠니. 아들을 두어 보지 못한 까닭에 그 총각이 와서 같이 식사를 하면서 무슨 이야기를 할 때는 두 분이 다 눈들이 가늘어져서 듣곤 하셨지 뭐야.

"우리 거기도 어뜩비뜩한 작자들이 몇이 있습니다. 술이나 마시고 담배들이나 꼬나물고 여자들을 보면 히룽히룽하면서 잡소리나 줴치구 그리고 공연히 지나가는 사람에게 시비를 걸어서는 치고 달코 하는 그런 너절한 것들이 있습니다. 그래 제가 좋은 말로 몇 번 타일렀습지요, 그러지들 말라구. 했더니 이것들이 도리어 제 말을 고깝게 듣고 앙심들을 품었지 뭡니까. 제야 그런 속내를 알 까닭이 있습니까.

그런데 하루는 무슨 하찮은 일로 이것들이 제게 시비를 걸어온단 말입니다. 저는 하도 같잖아서 상대도 하지 않았습니다. 무서워서 피하는 게 아니라 더러워서 피하는 거지요. 그것들이 시비조로 따지는 말을 저는 대꾸도 안 하고 그냥 돌아섰습니다. 했더니 그중의 한 녀석이 대뜸 제게다 발길질을 하잖겠습니까. 그리고 한 녀석은 '비겁쟁이가 사타구니에다 꼬리를 낀다' 하고 비웃고 또 다른 한 녀석은 제게다 침을 탁 뱉지 않겠습니까. 이거야 어떻게 참습니까. 아무리 참을래야 참을 수가 있어야지요. 그래서 홱 돌아서는 결로 세 녀석을 해제끼는데 개개 다 어퍼컷으로 해제꼈습니다. 눈 깜짝할 사이지요. 어퍼컷이란 권투에서 쓰는 말인데 주먹으로 상대방의 턱을 올려치는 걸 말하는 겁니다. 삽시간에 세 녀석이 늘비하게 뻐드러졌지 뭡니까. 그 후부터는 그 자식들 저만 보면 쩔쩔맵니다. 버릇을 톡톡히들 배웠지요."

그 총각의 이와 같은 무용담을 듣고 나는 가슴이 뛰었지 뭐냐. 이런 호걸남자를 남편으로 삼으면 얼마나 좋겠느냐고 말이야. 엄마 아버지도 싱글벙글하시면서 서로 돌아보고 고개들을 끄덕거리시더라. 사윗감이 맘에들 드신다는 뜻이겠지. 이렇게 해서 양쪽 집에서 다 약혼을 할 데 대해서 초벌 의논들을 하는 중에 행인지 불행인지 의외의 일이 한 가지 생겼지 뭐냐.

이야기가 재미있니? 재미있으면 마저 하고 재미없으면 고만두고. 재미가 있다구? 오냐, 그럼 마저 하마.

어느 노는 날 그 총각이 공원에 놀러 가자고 끌어서 나도 싫단 말 않고 따라섰는데 넓은 공원 안을 여기저기 구경하며 돌아다니다가 나중에 사자 우리에를 와 보니 사자 한쌍이 잔디밭에 다리들을 뻗고 한가하게 누워서 볕을 쐬고들 있더라. 우리는 두어 길 좋이 되는 관람대 위에서 사자들을 굽어보고 사자들은 저 밑에서 우리를 쳐다보는데 그중 한 놈은 춘곤을 못 이겨서 졸리는 모양으로 두 눈을 거슴츠레하게 뜨더라.

그런데 이 총각이 사자들을 보더니만 갑자기 기운이 솟아나는지 부리나케 층대 밑으로 뛰어내려가서는 주먹덩이 같은 돌을 대여섯 개 주워 들고 겅정겅정 뛰어올라오잖겠니. 올라와서는 어떡하는가 보니까 글쎄 가만히 누워 있는 수사자의 눈통을 겨냥하고 돌 한 개를 힘껏 내려치는구나. 돌이 빗나가서 눈통을 못 맞히고 목덜미를 맞혔다. 총각이 신바람이 나서 연주 팔매라도 치듯이 가진 돌을 연달아 내려치는데 옆구리와 엉뎅이에 뜨끔뜨끔 돌들이 와 맞는데 사자가 왜 골이 안 나겠니. 수중왕(獸中王)의 존엄을 모독당하고 왜 분이 안 나겠니.

사자가 몸을 뒤치면서 후닥닥 뛰어 일어나더니 돌 던진 사람을 쳐다보며 으르렁 소리를 냅다 지르는데 공원 안이 찌렁찌렁 울리더라. 그러나 어떡하니, 올라올 수가 있어야지. 사자가 분을 풀지 못해서 안절부절을 못하고 이리 왔다 저리 갔다 하는 것을 보자 총각은 더욱 신이 나서 또다시 뛰어내려가서 돌을 주워다가 계속 내려치더라. 거기 분명히 '동물을 사랑합시다', '돌을 던지지 맙시다' 이렇게 적힌 패찰이 걸려 있는데도 아랑곳 않고 그런 짓을 하니 내가 그래 민망하겠니, 안 하겠니? 다른 사람들이 비록 나서서 말은 안 해도 모두들 못마땅하게 눈살들을 찌프리는 게 환히 알리잖고 뭐냐. 그렇지만 나는 시집 안 간 처녀의 몸으로 아직도 서먹한 남의 남자를 그러지 말라고 나서서 제지할 용기가 없더구나. 내가 못났지.

'문화혁명' 때 너도 봤지? 그전에는 그 앞에서 쩔쩔 기다시피 하던 것들이 일단 노간부들이 공격의 대상이 돼서 저항을 못 하고 끌려다니게 되자 앞을 다투어 가며 갖은 능욕을 다하던 걸. 얻어맞아서 축 늘어진 사람을 치고 차고 하는 것은 가장 비열한 행위야. 송장을 치고서도 영웅인 체 뽐내는 그런 인간을 나는 제일 경멸해. 근본 사람으로 보지 않아. 우리 안에 갇혀 있는 사자에게 돌질을 하는 게 그래 무슨 용사며 무슨 영웅이란 말이냐. 그 총각을 좋게 보아 오던 내 마음에 그늘이 지는 것을 나로서도 어쩔 수가 없더라. 안타깝지.

우리에 갇힌 사자들을 타승(打勝)하고 승리의 쾌감을 만끽한 총각이 상투가 국수버섯 솟듯 해 가지고 개선장군처럼 나를 끌고 안침진 솔밭 속으로 들어가는데 어떡하니, 끄는 대로 끌려 들어갈밖에. 싫다고는 할 수가 없거든. 그런데 일이 안 될 때라선지 될 때라선지 솔밭 모퉁이에서 모자들을 삐딱하게 쓰고 검은 색안경들을 잡순 애송이 녀석 셋이 쑥 나서잖겠니. 이 자식들이 우리를 보더니 대뜸 앞을 턱 가로막아서면서,

"잘들 한다, 으슥한 구석장이만 찾아다니구."

"야야 이 새끼, 넌 뭐 해 처먹고 사는 아야, 같잖게."

"이봐 아가씨, 우리도 추렴을 좀 들어 보자구. 아주 깔끔하게 생겼군 그래."

하고 생판으로 시비를 붙는구나 글쎄. 아주 망나니들이야. 그렇지만 나는 은근히 믿는 구석이 있어서 태연했다. 조금도 겁을 안 냈다.

'이놈들 자는 호랑이의 코를 쑤시니? 거센 체하다가 눈 깜짝할 사이에 늘비하게들 뻐드러지잖나 봐라.'

속으로 이렇게 생각했지 뭐냐. 권투선수 호걸남자하고 같이 온 것을 나는 얼마나 다행으로 여겼는지 모른다. 아 그런데 이게 웬일이냐. 믿는 나무에 곰이 피어도 유분수지! 글쎄 내가 그처럼 믿어 온 이 총각이 꿀걱 소리도 못하고 얼굴빛이 새파랗게 질려 가지고 날 잡아 잡수 하고 서 있잖겠니. 서 있기만 하면 또 괜찮게? 숫제 나는 놓아두고 저 혼자서 가재걸음을 친단 말이다. 하느님 맙소사! 그 망나니들이 만약 우리 안에 갇혀 있었더라면 의심할 바 없이 사태는 전연 달랐을 거다. 그러나 불행하게도 그 망나니들은 우리 밖에 있었거든.

너도 좀 생각해 봐라, 내가 그래 아무리 쓸개가 빠졌다 한들 이런 권투선수 영웅하고 일생을 같이 지낼 수 있겠는가. 첫 번째 총각 이야기는 이것으로 끝이다.

네가 재미가 있어서 더 듣겠다면 내 두 번째 총각의 이야기를 하마. 듣겠니? 좋다. 그럼, 나 물 한 모금 마시고 숨 좀 돌려 가지고 또 다음 이야기를 계속하마.

두 번째

이 총각은 말쑥한 총각이야. 얼굴 생김생김만 말쑥한 게 아니라 몸 전체가 다 말쑥해. 머리에다 쓴 거고 몸에다 입은 거고 발에다 신은 거고 지어는 타고 다니는 자전거 암질러 다 조폐국에서 금시 찍어 낸 새 은전처럼 반짝반짝해. 몸단장을 웬만큼 해 가지고는 그 곁에 가 서기도 죄만스러울 지경이야. 그러기에 우리 엄마도 처음 만나 보고 나서 "껍질 벗겨 낸 파같이 해말쑥하더구나." 하고 웃었지. 아버지도 맘에 드시기에 "어찌나 말쑥한지 수정으로 깎아 만든 사람 같더구나. 웬만큼 게으른 여편네는 들어가서 사흘도 못 살고 쫓겨나겠다." 하고 눈이 가늘어지셨지.

내가 같이 다녀 보니까 그 성질이 더 잘 알려. 면도질은 날마다 하는지 얼굴에 솜털 하나가 안 보이고 손수건도 언제나 빨아서 다린 것처럼 깨끗한 게 구김살 하나가 없지 뭐냐. 그런데 한번은 내가 어떤 여배우의 이야기를 하다가 "《홍루몽》에 나오는 림대옥이 같지요?" 하니까, 그 총각은 잠시 멍청하다가 얼른 "아, 정말 그렇군요. 하하하……." 하고 얼러방을 치는데, 내가 피뜩 느낀 것은 '아하, 이 양반이 《홍루몽》을 못 읽어 보셨군' 하는 거였지 뭐냐.

그래 내가 슬그머니 이름난 작가들의 작품 이야기로 유도를 해 보았더니 그 총각이 아는체는 하는데 실상 그 입에서 나오는 말은 다 동문서답이었어. 예를 들어서 내가 "아큐(阿Q)나 공을기 같은 인물들은 다 당시 그 사회제도의 희생물이지요." 하니까 그 총각은 선뜻 "물론이지요, 의당 열사비를 세워 줘야지요." 하고 대답을 하더란 말이다. 내가 다시 "파금(巴金)의 《집》이 나온 지도 인제 반세기가 넘었어요." 하니까, 그 총각은 서슴없이 "그렇게 되지요. 그렇지만 몇 해에 한 번씩은 수리를 할 테니까 아직은 사람이 살 만할 거요." 하잖겠니. 사람이 기구멍이 막혀서.

내가 넌지시 몇 번 드레질을 해 본 결과 얻어진 결론은 '책하고는 담을 쌓고 사는 사나이'였어. 어떤 책이든 간에 책 명색이 붙은 것은 죽어도 안 읽는단 말이야. 자 그렇다면 술을 마시는가? 천만에. 그럼 담배를 피우는가? 천만에. 혹시 노름을 하는가? 더더구나 천만에! 그런 것들하고는 다 인연이 멀어. 내가 지내보니까 그 총각은 음악이나 미술 같은 데 무슨 흥취를 가진 사람도 아니고, 영화, 연극에 재미를 붙인 사람도 아니고, 또 축구나 낚시질을 즐기는 사람도 아니었어. 그래서 이 사람은 도대체 무슨 취미로 이 세상을 살까 의심을 안 할 수 없게 됐지 뭐냐.

그전에 어느 대갓집에서 사윗감을 고르는데 장모 될 마님이 외국 유학을 한 사윗감을 앞에다 불러 앉히고 "자네 술을 좋아하나?" 하고 물으니까, 그 사윗감이 "아니요, 술은 접구도 못합니다." 하고 대답하더래. 마님이 대단히 기특히 여겨서 "그럼 담배는 피우겠지?" 하고 물으니까, 그 사윗감은 고개를 외치면서 "담배 연기만 맡아도 골이 아픈걸요." 하더란다. 그래서 다시 "그럼 외국에랑 가서 살았으니까 여자친구는 더러 사귀어 봤겠지?" 하니까, 사윗감이 펄쩍 뛰다시피 하면서 "천만에요, 전 여자라면 아주 질색입니다." 하더래. 마님이 괴이쩍게 여겨서 "그럼 자네는 도대체 이 세상을 무슨 취미로 사나?" 하고 물었더니, 그 사윗감이 히쭉 웃고 대답하는 말이 "네, 요렇게 가짓부리하는 취미로 삽지요." 하더란다.

물론 이건 누가 일부러 지어낸 우스운 이야기일 거다. 그렇지만 우리 이 총각은 도대체 무슨 취미로 이 세상을 사는지 알 수가 있어야지.

그러던 어느 날 우리 이모가 오래간만에 놀러 오잖았겠니. 식구들이 둘러앉아서 한담들 하다가 이야기가 자연히 그 총각에게로 번져 나갔을 때 이모가 "오, 바로 그 총각이냐." 하고 무릎을 탁 치며 내 얼굴과 엄마의 얼굴을 반반씩 갈라보지 않겠니.

"네 그 총각을 아니?" 엄마가 묻는 말을 이모는 "그 총각은 몰라도 그 큰누이가 나하고 같이 일을 하니까 늘 들어서 그 집 내력이야 잘 알지요." 하고 대답하더라.

"그 큰누이가 출가를 안 하고 그저 같이 있다니?"

"왜 출가를 안 해요, 젖 떨어진 애기까지 있는데."

"그래 그 집안 내력이 어떻든?"

"아이고 언니, 그 총각 말도 마오. 형편이 없소."

"어떻게 형편이 없어?"

"그 집 삼 남매 중에서 큰딸은 시집을 가고 작은딸은 직장에 다니는데 아버지는 벌써 여러 해 전에 세상을 떴답니다. 그래 현재 세 식구 사는데 그 엄마는 소아과 의사래요. 그런데 이 녀석이 어찌나 덜 돼 먹었는지 홀로 사는 어미를 불쌍히 여길 줄은 모르고 도리어 껍질을 벗겨 먹으려 든다나요. 저의 누이가 죽을라고 합디다, 속이 상해서.

사내 녀석이 몸단장을 어떻게나 유별나게 하는지 새로 나온 무슨 좋은 의복은 꼭 입어야 하고, 모자고 양말이고 구두고 언제나 일등 좋고 비싼 거라야만 하고, 글쎄 뭐 형편이 없어요. 면도칼도 무슨 전기로 돌아가는 거라나. 그리고 세수하는 비누만 해도 무슨 단향 비누라나, 향수 비누라나 그런 거라야만 된다지 뭐요.

아무튼 제가 받는 월급은 한 푼도 집에 들여놓는 법이 없으면서도 밤낮 저의 엄마보고 돈돈 돈 내라 돈돈 한다잖아요. 차고 다니는 시계도 외국 시계요 쓰고 다니는 안경도 외국 안경이요……. 엄마가 칠팔십 원 받는 월급으로 집안 살림하랴, 작은딸 시집보낼 준비하랴, 어디 손이 돌아가야 말이지요. 그래 속이 썩어서 혼자 자꾸 운다지 뭐요. 세상에 별 망할 놈이 다 있지요."

이모의 말을 듣고 나는 비로소 깨도가 됐지 뭐냐. 내 머릿속에 늘 걸려 있던 의문이 일시에 풀렸단 말이다. 알고 보니 그 말쑥한 총각의 세상을 사는 취미는 일편단심 오로지 제 몸 하나 단장을 하는 거였어. 너절해서. 천생 남첩 노릇이나 해먹고 살 인간이지 그따위가 무슨 사내구실을 옳게 하겠니. 그래서 이 혼처도 또 날려 버렸지 뭐냐.

어떠냐, 내 팔자도 어지간히 험하지? 그렇지만 팔자 땜은 이걸로 끝이 안 났어. 가만있거라, 속에서 불이 나는데 목이나 좀 축이고 나서 다시 이야기하자.

세 번째

우리 이모가 분연히 떨쳐나서서 활동을 한 결과 반계곡경(盤溪曲徑)으로 총각 하나를 소개해 왔는데 이 총각이 나를 한번 보자 고만 뼈가 다 녹아서 흐늘흐늘해졌지 뭐냐. 그도 그럴 것이 지난해 어느 유명한 화가가 나를 모델로 전람회에 출품할 그림을 그리겠다고 애를 애를 쓰다가 우리 아버지가 "시집도 안 간 처녀애를 되기나 할 소리냐, 정신 빠진 놈!" 하고 야단을 치시는 바람에 끝내 뜻을 이루지 못하고 그 화가가 길이길이 탄식하며 한 말이 있다.

"저 갸름하고 해맑은 얼굴, 저 좁은 입, 저 맑고도 빛나는 두 눈, 저 오똑한 콧날, 저 날씬한 몸매…… 저걸 한번 못 그려 보고 말다니……. 아이구, 내 이놈의 팔자야!"

이게 그 화가가 한 말이야. 그러기에 난 언제나 자신이 있어. 혼기를 놓쳐서 시집을 못 가고 처녀로 늙을까 봐 걱정한 적은 한 번도 없단 말이다. 흰소리가 아니야. 일생의 대산데 덤빌 것 있니. 신중히 두고두고 잘 골라야지. 안 그러냐.

한데 이번 총각은 키가 큰 것은 좋으나 목소리가 좀 가는 것이 흠이고 눈이 큰 것은 좋으나 코가 좀 낮은 것이 흠이기는 했지마는 일반적으로 말해서 외양은 패스, 즉 통과란 말이다. 백 점 만점에 육십 점으로 합격이란 말이다. 인제 정신세계를 관찰해야 할 참이지. 그 영혼을 분석해 보는 단계란 말이다.

그런데 여기서 먼저 주해를 하나 달아야 할 필요가 있다. 그 총각은 그저 보통 총각이 아니라 세상에서 말하는 이른바 고급 간부의 자제다. 그 아버지로 말하면 우리 여기서 영도적 지위에서 사업을 하시는 분이다. 이름을 말하면 누구나 다 알지만 구태여 그럴 필요가 없어서 밝히지 않는다. 그런데 지내보니까 총각이 아주 그럴듯해. 첫째 성품이 선량하면서도 정직해. 노혁명가의 혈통이 다르긴 하더라.

우리 아버지하고 엄마는 높은 간부하고 사돈을 맺게 되는 것이 대견해서 입이 한껏들 벌어지는 한편 또 너무 어마해서 송구한 마음도 없지 않은 모양이더라.

한번은 그 총각을 청해다가 저녁 대접을 하는데 자리를 같이하자고 일부러 가서 우리 이모도 청해 왔지 뭐냐. 이모는 자기가 나서서 애쓴 보람이 있다고 좋아서 나하고 그 총각을 반반씩 갈라보며 자꾸 싱글벙글하더라. 왜 안 그러겠니. 아버지가 억지로 권하다시피 하는 바람에 그 총각이 포도주를 서너 잔 받아 마시고 나서 얼근한 김에 이야깃 주머니를 풀어놓는데 우리는 모두 처음 듣는 말이라 신기해서 귀들을 기울였다.

"우리 아버지는 항일 전쟁 시기에 팔로군 부대에 있을 때 벌써 대대 장이었으니까 그대로 군대에서 사업하셨더라면 지금쯤은 적어도 군단장은 됐을 겁니다. 군단장이면 장군이 아닙니까. 그러기에 지금 여기 당내에서도 우리 아버지 말 한마디면 고만이지요. 누가 감히 '아니 불 자'를 내놓겠습니까. 그래 우리 아버지 모르는 사람이 누가 있습니까. 뜨르르하지요."

이 말을 듣고 아버지, 엄마, 이모 세 분은 서로 돌아보며 고개들을 끄덕이더라. 매우 감격들 한 모양이지 뭐냐. 총각이 우리를 한번 둘러보고 다시 말을 잇더라.

"이번에 남산 밑에다 굉장한 체육장을 닦은 거라든가, 늪가에다 전국 일류의 과학관을 지은 거라든가, 하는 것도 다 우리 아버지가 직접 중앙에 올라가서 교섭을 해서 비로소 해결된 겁니다. 그렇잖으면야 어디서 그런 큰돈이 나오겠습니까. 나올 구멍이 있어야지요."

이 말을 듣고 세 분은 눈들이 둥그래지잖겠니. 무리도 아니지. 그런 신선한 말을 생전 언제 들어들 봤어야지. 총각이 내 눈치를 한번 살피고 나서 다시 이야기를 계속하더라.

"우리 학교에서도 천여 명 전교 학생이 일시에 들어갈 새 강당을 짓는데 경비가 부족해서 애들을 먹었지요. 교장 선생이 나를 보고 말씀 좀 드려 달라고 여러 번 간청을 하기에 내가 맘먹고 아버지께 말씀을 드렸더니 한 달이 채 못 돼서 문제가 덜컥 해결이 되잖고 뭡니까. 그래서 교장 선생은 지금도 나만 보면 좋아서 어쩔 줄 모릅니다. 그렇지만 난 머잖아 이 교원 생활을 고만두고 공안국으로 가게 될 겁니다. 아버지가 얼마 전에 공안 국장에게 말을 해 놓았으니까 두 달을 넘기지 않을 겁니다. 우리 아버지의 말 한마디면 다지요. 두고들 보십시오, 내가 앞으로 중앙의 공안부로 올라가잖나. 공안부의 부부장이 항일 전쟁 시기 우리 아버지하고 한 부대에서 사업을 한 전우거든요. 서로 너나들이를 하는 판인데.”

이 일장 설화를 듣고서는 세 분이 다 놀랍고 대견해서 입들을 딱 벌리잖고 뭐냐. 금시 눈앞에 그 대단한 모습을 보는 것 같아서였을 거다. 제복을 갖춰 입고 승용차에 올라타는 그 총각의 위풍 늠름한 모습을 눈앞에들 보는 것 같아서 그랬을 거란 말이다.

이때부터 시집을 갈 당자인 나보다도 엄마 아버지가 더 속을 달구면서 자꾸 나를 재촉하잖겠니, 이 좋은 혼처를 또 놓치면 어쩌랴 해서. 두 번이나 실패를 한 끝이니까 왜들 안 그러시겠니. 무리야 아니지.

내가 부모의 마음을 헤아려서 그 총각과의 교제를 죄는 중에 차차차차 한 가지 사실이 밝혀졌는데 그것은 다름이 아니라 그 총각이 이 세상을 살아 나가는 데 최아무라는 제 이름으로 살아 나가는 것이 아니라 최아무의 아들이라는 신분으로 살아 나간다는 거였다. 아닌 게 아니라 그저 최아무라면 누구 하나 거들떠보지도 않지만 그 아버지의 이름을 내대고 그 아들이라면 다들 “오 그런가.”고 대우를 특별히 잘 해 주잖겠니. 다시 말하면 최아무라는 열쇠로는 어느 자물쇠도 열리지를 않지만 그 아버지 최아무의 아들이라는 열쇠로는 어느 자물쇠나 다 척척 열리더란 말이다. 그러니 이 총각이 거기에 재미를 붙여서 맞지 않는 열쇠는 호주머니 속에 넣어 두고 맞는 열쇠만을 내들고 다

닐밖에. 그렇지만 아버지 최아무는 아들 최아무보다 나이가 30여 세나 위거든. 그러니 아버지 최아무가 세상을 뜬 뒤에도 아들 최아무는 30여 년을 더 살아야겠지. 그러면 그 30여 년 동안은 최아무의 아들로 행세를 못 하고 그냥 홀 최아무로 행세를 해야 할 테니 이게 난감하지 않으냐.

그 총각은 알고 보니 저의 아버지한테 붙어사는 더부살이 같은 존재였어. 저의 아버지의 그림자 같은 존재였어. 저의 아버지가 없으면 독립적으로 살아 나가기 어려운 인간이었단 말이다.

하긴 세상에는 신랑 당자를 보지 않고 자리에 있는 시아버지를 보고 아무개의 며느리라는 소리가 듣고 싶어서 시집을 가는 허영에 뜬 계집애들도 있기는 있더라마는 내야 어떻게 그럴 수 있니. 싹 걷어라. 나는 골백번 죽어도 그따위 더부살이 그림자하고는 같이 살지 않아, 설혹 처녀로 늙어 죽는 한이 있더라도. 이래서 잔뜩 부풀었던 고무풍선은 또 터졌지 뭐냐. 최아무의 며느리라는 금빛의 꿈은 무참히 깨져 버렸단 말이다. 그렇지만 나는 꼬물도 낙심하지 않는다. 세상은 너르고 너르고 얘, 설마 10억 많고 많은 인구 중에서 내 맘에 드는 사나이가 하나도 없을라구. 걱정 말아!

네 번째

우리 바로 뒷집에 건축 공사에서 탑식기중기를 조종하는 총각 하나가 살고 있는데 나하고는 유치원 3년 소학교 6년, 모두 9년 동급생이다. 중학 시절에도 한 학교에 다녔고 또 학년도 줄곧 같았지만 반이 달랐다. 실골목 하나를 사이에 둔 앞뒷집에 벌써 20여 년째 이웃해 살고 있는데 그 애가 학교에 다닐 때도 말수가 적더니 커서도 역시 마찬가지더라.

소학교 1학년 때인가 2학년 때 무얼 어떻게 잘못했다고 갑자기 주먹으로 내 코를 콱 줴박아서 내가 코피를 흘린 일이 있었는데 그때 우리 엄마한테 호되게 야단을 맞은 뒤부터는 다시는 내게다 손찌검을 한 일이 없지 뭐냐. 인제 피차에 다 나이를 먹어서 시집 장가 갈 때들이 됐건만 묵은 습관이 졸지에 고쳐지지 않아서 그저 너나들이를 하고 지내는 형편이다. 그런데 나는 종래로 그 애를 동창생으로 친구로 이웃집 아이로는 보았어도 이성으로 본 적은 없었다. 이건 무슨 까닭인지 나도 모른다.

나는 그 애가…… 아니 총각이라고 하자. 인제 다 커서 수염이 검실검실한데. 나는 그 총각이 양복을 쪽 빼고 나다니는 걸 본 적도 없고 또 총각이 어떤 여자하고 좋아한다는 소문을 들은 적도 없다. 몸을 사리지 않고 수굿수굿 남의 일을 잘 도와준다고 이웃에서들 칭찬하는 소리는 여러 번 들었다지만서도.

소학교 초급학년 때의 일이다. 내가 그 총각을 부를 때 짓궂이 "딱쇠야." 하고 그 별명을 부르면, 그 총각은 도끼눈을 뜨고 나를 노려보며 "짱아 같은 게." 하고 아랫입술을 빼물곤 했었다. 내 어렸을 적 별명이 짱아야.

그 총각이 말수가 적은 대신에 노래를 썩 잘 불러. 기타도 잘 타고. 그 총각네 집 일각문하고 우리 집 뒷창문이 가는 실골목 하나를 사이 두고 마주 났는데 그 총각네 집 좁은 마당 끝에 실버들 한 그루가 박혔어. 그 총각이 이따금 그 버드나무 밑에 앉아서 기타를 타며 갈린 것 같은 베이스로 '트로이카'를 부를 때는 곧 눈앞에 눈 덮인 시베리아의 망망한 평원이 펼쳐지는 것만 같지 뭐냐.

어느 날 아침 내가 출근을 하려고 자전거를 밀고 나와서 올라타는데 덜컥 소리가 나더니만 발걸이가 무엇에 딱 걸린 것처럼 옴쭉을 안 하는구나. 안날 사촌동생 녀석이 와서 타고 돌아다니더니 못 쓰게 뜨린(망가뜨린) 모양 아니야. 사람이 짜증이 나서. 난 어떻게 했으면 좋을지 몰라서 한 손으로 손잡이를 잡고 또 한 손으로 발걸이를 쥐고 앞으로 뒤로 맹탕 돌려 보았다. 한창 애를 쓰는 중에 바로 등 뒤에서 굵고 낮은 목소리가 "어째, 고장이 났니?" 하고 물어서, 고개를 비틀고 돌아보니 그 총각이로구나. 내가 속이 상하는 말투로 "발걸이가 무엇에 걸렸는지 떡 걸려서 생전 돌아가 주지를 않으니 어떡하지." 하고 대답하니, 그 총각은 제 자전거를 얼른 세워 놓고 와서 "어디 보자." 하고 대들어서 발걸이를 몇 번 앞뒤로 돌려 보더니 고개를 들고 나를 쳐다보며 "자전거 꼭 붙들어." 말을 이르고 곧 한 손으로 시꺼먼 기계유투성이의 사슬을 거머쥐잖겠니. 내가 너무 미안해서 "아이 저 손." 하고 일어나 서는데 보니 두 손이 다 시꺼멓게 기계유투성이로구나. 내가 급한 말로 "잠깐만 기다려, 내 얼른 들어가서 손 씻을 물 떠내 올게." 하니까 그 총각은 "그런 염려는 고만두고 어서 네 갈 길이나 가라. 시간이 어디 있니." 하고 곧 허리춤에서 때묻은 세수수건을 뽑아내서 어지러운 손을 쓱쓱 닦지 뭐냐. 내가 자전거를 타고 떠나는데 뒤에서 그 총각이 "어떠니?" 하고 소리쳐 물어서 내가 뒤를 돌아보며 "일없다." 마주 소리치니 그 총각은 한번 싱긋 웃고 곧 가서 저의 자전거를 잡아타더라.

그날 오후에 내가 퇴근길에 도서관에 들러서 책 한 권을 빌려 가지고 집에를 오니 그 총각은 벌써 퇴근해 돌아와서 저의 이웃집 지붕 꼭대기에 올라가 있지 뭐냐.

내가 지붕을 쳐다보고 웃으며 "거기서 뭐 하니?" 하고 물었더니, 그 총각 웃으면서 "이 집에서 지붕이 샌다고 해서 지금 지붕을 고치는 중이다." 하고 대답하는 거야. 이웃에서들 칭찬을 할 만도 하지.

석후에 그 총각이 또 저의 집 버드나무 밑에 앉아서 으스름달을 쳐다보고 기타를 타며 갈린 듯하면서도 부드러운 베이스로 '트로이카'를 부르는데 나는 전에 없이 공연히 설움이 북받치는 걸 느끼잖았겠니. 무슨 까닭인지 나도 모른다. 아마 매친증이 났던 거야. 그렇지만 우리 속담에 이웃집 무당 영(靈)하지 않고 먼 데 무당이 영하다는 말이 있잖니. 바로 그 조야. 그거나 마찬가지란 말이다.

그때까지 나는 동화에 나오는 왕자같이 멋진 신랑감은 아득한 어느 먼 곳에 있는 것만 같았지 뭐야. 바로 제 눈앞에 있는 신랑감은 늘 보아도 마당비처럼 심상히 여겼어. 그건 이성으로 보이지 않고 그저 '사람'으로 보였어. 저하고는 아무 인연도 상관도 없는 그저 사람으로만 보였단 말이다. 시집갈 나이의 처녀들치고 어느 누가 환상이 없고 허영이 없겠니. 모르긴 하겠다만 이건 아마 백이면 백이 다 있을 거다. 정도 문제지. 나도 예외가 아니었어. 나도 겉보기에는 들뜬 것 같지 않았지만 기실은 들떴어. 그날 밤에 그 총각이 부른 '트로이카'는 사실상 내 운명을 애벌 결정했어.

나는 잠자리에 들어서도 이리 뒤척 저리 뒤척 도무지 잠을 이루지 못했지 뭐냐. 그 총각의 눈에 띄지 않는 수수한 모습이 자꾸 눈앞에 떠오르는 걸 어떡하니. 그 총각은 진실한 남자였어. 소박하고 무던하고 웅숭깊은 남자였어. 정말이야. 악기에 비기면 트럼펫이 아니고 튜바였어. 바이올린이 아니고 콘트라베이스였어. 남에게 자기를 드러내 보이려고 하지 않는 덕성을 지닌 남자였어. 씀바귀나물같이 씁쓸한 남성미의 소유자였어.

이튿날 낮에 내가 문화궁전에 볼일이 있어서 갔다 오다가 새로 짓는 4층 아파트 앞을 지나오는데 거기서 탑식기중기란 놈이 그 긴 팔을 늘여서 육중한 철근 콘크리트 판을 들어올리고 있잖겠니. 내가 혹시나 해서 자전거를 내려서 맞은편 가로수 밑에 가 서서 고개를 젖혀 들고 쳐다보니 아니나 다를까 바로 그 총각이 아니겠니. 조종실 유리창 속에서 조종간을 잡고 허공 들린 철근 콘크리트 판을 내다보느라고 여념이 없이. 한참 걸려서 들어올린 것을 내려놓고 또 다음 놈을 집으려고 긴 팔을 돌려서 내리다가 비로소 나를 보았지 뭐냐. 내가 쳐다보며 생긋 웃으니까 저도 내려다보고 흰 이빨을 드러내 보이며 한번 싱긋 웃고 고만이야. 그 총각으로서는 그게 아마 최고의 예절인 모양이지. 그렇지만 나는 스물한 발의 예포를 울려 주는 것만큼이나 마음에 좋았다. 그 순간에 내 일생의 운명은 결정이 난 거야. 아주 결정이 났단 말이다. 그 총각은 허공 들린 다음 철근 콘크리트 판에 정신이 쏠려서 나를 다시 내려다볼 생각을 않더라만 나는 그 총각의 맘을 다 알았어. 그 맘을 속속들이 다 알았다는 확신을 가지고 다시 자전거에 올라탈 때 내 맘은 온 천하를 얻기라도 한 것처럼 흐뭇했지 뭐냐.

너도 흐뭇하다구? 고맙다. 그렇지만 난 은근히 걱정되는 일이 한 가지 있다. 무슨 걱정이냐구? 글쎄 너 좀 생각해 봐라. 여태까지는 서로 '야, 자, 이랬니, 저랬니' 했지마는 시집을 가서도 그러겠니. 그랬다간 시어미한테 당장 쫓겨나라구. 그러니 부득불 말씨를 고치기는 고쳐야 겠는데 쑥스러워서 여보 당신 소리를 어떻게 하겠니. 정말 걱정이다.

이럴 줄 알았더라면 학교를 나오자마자 곧 이랬소 저랬소를 익혀 두었을걸.

넨장. 이번에 그 총각하고 둘이 찍은 사진은 여기 있다. 봐라, 존안이 어떠만 하신가. 실물을 한번 보고 싶니? 그럼 내 이제 가서 불러올까. 아주 기타도 갖고 오라고 하자. 일없어, 내 잠깐 갔다 올게. 앉았어.

〈천지〉 1983년 3월

죄수 의사

1

내과 의사 현덕순이 반혁명 현행범으로 징역 10년의 판결을 받고 감옥이란 데를 오고 보니 참으로 기가 막혔다. 사단은 이렇게 났었다. 동료 너덧이 모인 술좌석에서 취중 진정발(眞正發)로 "하지만 그가 쓴 《공산당원의 수양》은 잘못이 없잖은가." 한마디를 한 것이 어느 고자 쟁이의 밀고로 무시무시한 어른들 귀에 입문이 된 것이다. 그는 젊은 안해와 어린 자식이 보는 앞에서 수갑을 채우고 등을 밀리워 지프차에 오르던 일이 고대 있었던 일처럼 새삼스럽게 생생히 머릿속에 떠올랐다.

'내 일생두 인제 끝장이 났구나!'

이런 절망감이—저기압으로 내는 아궁이의 내굴처럼—그를 사정없이 휩쌌다.

사람을 달달 볶는 두 달 동안의 입감대(入監隊) 생활이 겨우 끝이 나서 각 중대에 편입들이 되는데 현덕순이 편입된 것은 제3중대—노약대(老弱隊)였다. 노약대란 노쇠자, 병약자, 불구자 들을 따로 모아 놓은 중대였다. 노쇠도 병약도 불구도 다 아닌 현덕순을 노약대에 편입시킨 것은 까닭이 있었다. 궐(闕)이 나는 중대 의사로 배치한 것이다. 죄수 150명으로 편성되는 각 중대에는 의사 하나씩이 배치되는데 그 의사는 반드시 복역 중의 죄수가 담당해야 하므로 중대 의사란 곧 죄수 의사였다. 죄수 의사의 소임은 '범(犯)' 자가 찍힌 위생모, 위생복을 쓰고 입고 그리고 구급 가방을 메고 작업을 나가는 중대를 따라다니는 것이다. ('범'은 죄수라는 뜻이다.) 전임 의사가 감옥 위생소로 승급되어 가는 까닭에 현덕순이 그 빈자리를 메우는 판인데 인계인수를 하면서 신구 의사는 간단하게 말마디를 주고받았다.

"당신 무얼루 들어왔소?"

"반혁명으루."

"반혁명? 반혁명은 본래 중대 의사를 시키지 않는 법인데…… 아마 당신은 특별히 잘 보인 모양이구려."

"글쎄 모르겠소."

"얼마 먹었소?"

"10년. 당신은?"

"난 7년…… 여자 문제루…… 인제 2년이 좀더 남았소."

"그래 어떻소, 여기 형편이?"

"애먹소, 이놈의 중대! 맨 병다리, 병신들뿐이니…… 한번 지내 보우, 머리가 세잖나!"

"여기…… 정치범은 없소?"

"왜 없어. 정치범 30명, 형사범 90명…… 3대 1인데."

"청진기는?"

"청진기는 내 이걸 물려줘두 좋겠지만 손때가 묻은 거니…… 내 위생소에 가서 다른 걸 하나 타 주리다."

현덕순이 뒤에 떨어져서 천천히 중대 안을 한번 돌아보니 아름이 찼다. 한 다리를 관 속에 들이민 여든 살 이상의 늙다리가 넷이나 있고, 그리고 팔병신, 다리병신이 열이 넘었다.

'이런 데서…… 한두 해두 아니구…… 사람이 어떻게 산담!'

현덕순은 자기의 고된 운명이 새삼스레 저주스러웠다.

2

원망스러우리만큼 작은 강낭떡 한 개와 안타까우리만큼 적은 배춧국 한 그릇을 게 눈 감추듯 재껴치우기가 바쁘게 벌써 밖에서는 "정렬!" 조장 녀석의 외치는 소리가 났다. 이날의 오전 작업이 시작되는 것이다. 낡은 잿빛의 죄수복을 걸친 늙다리, 병신들이 간수를 향하고 석 줄로 정렬을 하는데 현덕순도 구급 가방을 걸메고 대열 꽁무니에 가 섰다. 거기가 중대 의사의 서는 자리였다. 간수가 "번호!" 구령을 내려서 "하나!", "둘!", "셋!", "넷!" …… 불러 내려가는 중에 별안간 뒷줄에서,

"이놈아, 어딜 또 끼어들어!"

"썩 물러나지 못해?"

"왜들 이러우? 나두 일을 나가겠다는데!"

"같잖게 일은 다 뭐냐!"

"다리갱일 분질러 놓기 전에…… 냉큼 물러나라!"

"왜들 혜살이야? 개코같이! 한번 나간다면 나가는 줄 알아!"

"간수님, 이 자식이 또 끼어들었습니다! 괴물이 또 끼어들었습니다! 조춘생이가 또 끼어들었습니다!"

"그따위 교란분자는 당장…… 삽가래루 쳐내라!"

"괴물!"

"킥킥!…… 킥킥…….”

간수가 곧 율기를 하고 "조춘생!" 큰소리로 부르니 대열 속에서 젊은 목소리가 선뜻 "네!" 대답을 하였다.

"넌 물러가라. 너 할 일은 없다."

"아닙니다, 간수님. 전 얼마든지 일을 할 수 있습니다. 저런 늙다리들보다 몇 곱절 더 잘 할 수 있습니다. 전 꼭 따라갈랍니다."

현덕순은 속으로 괴이쩍게 여겼다. 아득바득하는 놈을 못 하게 밀막다니!

"간수님, 제발 저를 좀 데리구 가 주십시오. 부탁입니다. 네, 간수님!"

간수가 못마땅스레 미간을 찡그리고 혀를 한번 쯧 차더니 뱉듯이 분부하였다.

"조장, 할 수 없다. 그대루 데리구 가자."

"네!"

"봐라, 간수님이 허락하잖나! 괜히들 중뿔나게 나서서!"

"이놈아, 아가리 닥치구 줄이나 바루 서!"

"네네."

현덕순은 그 조춘생이라는 죄수에게 흥미를 가지고 작업을 하는 동안 유심히 살펴보았다. 작업은 겨울나이남새를 저장할 움을 파는 것이었다. 조장이 "야 괴물, 넌 저쪽을 파라!" 하고 지휘하면, "어디? 여기?

아, 좋소 좋소." 조춘생이는 군말 없이 시키는 대로 수긋수긋 일을 잘 하였다. 누구나 그를 부를 때는 다들 '괴물'이라고 부르는 것을 보니 괴물이 그의 별명인 모양이다. 나이는 스물네댓 살가량, 키는 1.6미터 가량, 팔다리가 다 실하기는 하나 기형적으로 몽탁한데 얼굴에는 이성 적인 슬기라는 것이 전연 보이지를 않았다. 쉴참에 현덕순이 손짓하여 부르니, 괴물 조춘생이는 "나?" 하고 손가락으로 제 코끝을 한번 가리 켜 보인 뒤 곧 쭈르르 달려왔다.

"당신 새루 온 의사가 아니요?"

싱글싱글 웃으며 조춘생이가 물었다.

"그렇다."

"그럼 나 약 좀 줄라우?"

"약? 무슨 약?"

"먹은 게 삭지 않는 약."

"그런 약이 어디 있어?"

"없소, 그런 약이? 젠장할!"

"왜?"

"왜는 무슨 왜야! 먹은 게 자꾸 꺼지니까 그러는 게지!"

"배가 고프단 말이지?"

"그럼 당신은 안 고프우?"

옆에서 누가 "야 괴물, 저리 비켜라, 냄새난다!" 하고 타박 주어 쫓으 니 괴물도 지지 않고 그 사람에게 눈을 흘기며 "우쭐해서." 한마디를 뇌까리고 천천히 저쪽으로 가 버렸다. 현덕순이 그 괴물을 쫓아 버리 던 죄수에게 "쟤 무얼루 들어왔소?" 하고 물어보니, 그 사람은 "저 자 식? 괴상망측한 걸루 들어왔소. 차차 알게 될 게요." 하고 빙글빙글 웃었다. 그리고 벌렁 나가누우며 혼잣말을 지껄였다.

"이런 제기, 담배 구경을 못 하구 살다니!"

이때 저쪽에서 무슨 우습강스러운 노랫소리가 들려왔다. 무슨 일인가 하고 현덕순이 그쪽을 바라보니 고대 자기한테 왔다가 쫓겨난 괴물 조춘생이 그 기형적으로 몽탁한 팔다리를 쳐들었다 놓았다 하며 제 노랫가락에 맞추어 춤을 추고 있었다. 그 모양이 우스워서 죄수들이 모두 키들키들 웃으니 작업장에서는 십장 노릇을 하는 조장이 쫓아와서 괴물의 깃고대를 낚아채었다.

"조신하게 앉았어! 간수님 사설하신다!"

점심시간이 다 되어 오전 작업이 끝날 때까지 조춘생이는 혼자 빈들거리기만 하고 종내 일손을 다시 잡지 아니하였다. 다른 죄수가 그따위 짓을 하였으면 주릿대경을 쳐도 단단히 쳤을 것인데 조춘생이만은 호외로 치는지 간수도 가랠 생각을 않고 가만 내버려 두었다. 점심시간에 강낭떡들을 노나주는데 조춘생이가 허둥허둥 앞으로 대들며 "내 두 냥, 내 두 냥! 나두 일했어! 내 두 냥!" 하고 소리치니, 조장이 깔보는 투로 "옜다 이놈아, 어서 받아 처먹어라." 뇌까리고 두 냥짜리 강낭떡 한 개를 훌쩍 던져 주었다.

감옥에서는 노동의 경중에 따라 식량의 공급량도 층하가 많았다. 일을 안 하는 자에게는 일률적으로 아침―두 냥, 낮―석 냥, 저녁―넉 냥이었다. 조춘생이같이 젊고 튼튼한 놈이 작은 크림통만 한 두 냥짜리 강낭떡 한 개를 겨우 얻어먹고 점심때까지 기다리자면 허기증이 나서 하늘이 노래 보인다. 그런데다가 또 점심에 석 냥짜리 한 개를 두꺼비 파리 잡아먹듯, 범 나비 잡아먹듯 하고 나면 간에 기별도 채 아니가서 저녁때까지 기다리기가 참으로 난감하였다. 그런데 감옥의 규칙이 무릇 아무 일이나 일을 한 자에게는 점심에 "가량(加量)"이라고 하여 두 냥짜리 강낭떡 한 개씩을 더 주게 되어 있었다. 조춘생이가 일을 나가겠다고 머리악을 쓰는 것은 바로 그 때문이라는 것이었다. 그리고 다른 사람들이 그를 작업에 참가하지 못하게 밀막는 것은 그가 처음 얼마 동안만 일을 하고 그 나머지는 다 춤추고 노래 부르고 빈들거려서 일에 방해만 되기 때문이라는 것이었다. 현덕순이 납득이 잘 안 가서 "그렇다면 어째서 엄하게 단속을 안 하우, 감옥 당국에서?" 하고 조장에게 물어보니, 조장은 말 같지 않게 여기는 모양으로 "단속? 미친놈인데…… 단속을 어떻게 하우?" 코웃음을 치며 고개를 외쳤다.

"걔가 미친놈이요?"

"그럼 당신 보기엔 성한 놈 같소?"

위생소에 일을 보러 올라갔다가 전임 의사를 만나서 현덕순은 다시 한번 물어보았다.

"여보, 우리 중대의 조춘생이가 그게 정신병자요?"

"괴물 말이지? 응."

"정신병자라구? 아니 그럼 정신병자를 어떻게 감옥에 가두우?"

"그래두 정식으루 버젓이 십 년 판결을 받구 왔으니 어떡허우?"

"십 년? 한두 해두 아니구 십 년씩이나!"

"어째, 당신이 걔 대신 불평을 하는 거요?"

"우리는 의사가 아니요? 직업적 양심이……."

"'직업적 양심이'! 이보, 우리는 죄수요 죄수! 알았소? 프롤레타리아 독재의 대상이란 말이요. 알겠소? 괜히 말 한마디 뻥긋 잘못했다간 가형(加刑)이 가려(可慮)요 가형이 가려야! 하물며 당신은 반혁명인데…… 더더군다나. 그저 눈 지그시 감구 어물어물 무사주의루 살아 나가는 게⋯⋯ 이 감옥에서의 처세술이란 말이요. 그래 요만것두 당신 아직 모르구 있소?"

"그렇지만⋯⋯."

"그렇지만은 무슨 놈의 그렇지만이야! —거기⋯⋯ 당신네 중대에⋯⋯ 뢴트겐 투시를 할 치가 있다지? 이따 오후에 데리구 오우."

노약대에서는 다른 중대에서처럼 그렇게 노동을 세우지 않았다. 환자나 고령자들은 하면 하고 말면 마는 정도였다. 그래서 자연 죄수들끼리 한담할 기회도 다른 중대보다는 많았다. 여러 입을 통하여—본인의 종작없는 말꼬투리를 통하여—조춘생이의 범죄적 사실을 알고 현덕순은 너무도 기가 막혀서 한동안 벌린 입을 다물지 못하였다.

조춘생이는 한족으로서 교하현 농촌 사람인데 일을 저지른 것은 1971년 그가 스물한 살 때의 일이었다. 일찌기 부모를 여의고 숙부집에 얹혀사는데 소학교를 한 4년 다녀 보아서 그는 쉬운 글자도 좀 알고 있었다. 의지가지없는 신세에 인물마저 보잘것이 없다느니보다는 아주 기형적으로 생긴 데다가 그는 항심(恒心)까지 없었다. 들일을 계속 반나절도 채 못하고 진력이 나서 혼자 씨벌씨벌 지껄이며 온데로 돌아다니기가 일쑤였다. 그러한 그에게 딸을 줄 사람은 물론 이 세상에 하나도 있지 않았다. 하건만 그의 이성에 대한 욕구는 병적으로 왕성하여 도저히 억제하기가 어려울 지경이었다. 마침 이웃에 십팔구 세 난 처녀 하나가 살고 있어서 그는 속으로 은근히 그 처녀를 사모하였다. 하지만 처녀는 그의 그러한 속내를 알 리도 없거니와 애당초부터 업신여겨서 그를 한번 거들떠보지도 않았다. 한데 불행하게도 그 처녀가 무슨 병으로 이팔청춘 젊은 나이에 툭 죽어 버렸다. 부모는 그 딸을 울며불며 뒷산에 갖다 묻었다. 이것을 눈여겨 둔 조춘생이가 혼자 속으로 궁리하였다.

'그 아까운 계집애를 땅속에 묻어 두다니?'

'그럴 것 없이 내가 업어다 데리구 살자…… 임자두 없는데.'

밤이 되기를 기다려서 조춘생이는 혼자 몰래 괭이 하나를 들고 뒷산으로 올라갔다. 무덤을 파헤치고 관을 빠개고 죽은 처녀를 들어내었다. 새신랑이 된 기분으로 시체를 업고 산을 내려와 집으로 돌아왔다. 그러나 가만히 생각해 보니 그대로 업고 집 안에 들어갔다가는 성미 괴까다로운 작은아버지에게 야단을 맞을 것 같았다. 그래서 업고 온 색시를 당분간 어디다 좀 감추어 두기로 하였다. 성한 사람의 짓이 아니다. 마땅한 자리가 얼른 떠오르지 않아서 임시 풋나무 낟가리 밑에다 뉘어 두고 일단 집 안에 들어와 고단한 김에 네 활개를 벌리고 한잠을 옳게 잤다. 아침 일찌기 작은어머니가 일어나 밥을 지으려고 마당에 나가서 풋나뭇단을 끌어들이려니까 그 밑에 — 분명히 죽은 걸로 아는 — 이웃집 처녀아이가 누워 있다. 기절초풍한 작은어머니는 뒤로 벌렁 나자빠져서 다시는 깨어나지를 못하였다. 지병으로 심장병이 있었던 까닭에 너무 놀라는 통에 그 충격으로 심장마비를 일으켰던 것이다. 영감이 아무리 기다려도 마누라가 아침밥을 짓는 동정이 없어서 끙끙거리며 밖에를 나와 보니, '엉, 이게 웬일이냐!' 마당에 송장 둘이 가로세로 누워 있지 않은가!

"그래서 저 자식은 지금두 자꾸 시부렁시부렁 저의 작은아버지를 원망하지요."

"작은아버지가 신고를 했던가요?"

"그럼 어떡허우. 마누라가 갑작죽음을 했는데? 모르긴 해두 그 영감 아마 대들보가 휘는 것 같았을 게요."

"난 정말이지 이런 이야긴 난생처음 들어 보우."

"희한한 이야기지요."

"분명히 미친놈의 짓인데……."

"누가 아니라우."

'그렇다면?'

현덕순은 자기가 난문제에 부딪쳤다는 것을 더욱더 강렬히 느꼈다. 그의 마음눈 앞에서는 벌써 의사의 직업적 양심과 반혁명인지 개나발인지 하는 어마한 마귀가 서로 노리며 맞겨룰 차비를 하고 있었다.

3

현덕순은 노약대 150명 사람의 건강을 책임진 자기가 맡겨진 직무에 태만하다는 것은 용서할 수 없는 죄행이라고 생각하였다. 정신병자를 징역을 살리는 것은 국가의 수치라고 생각하였다. 의사가 그것을 알면서도 자기 일신의 안위를 고려하여 모르는 체하는 것은 범죄나 다를 것이 없다고 생각하였다.

'제길할, 이런 말썽거리가…… 하필이면…… 내게 차례질 건 뭐람!'

조춘생이가 정신병자라는 것이 더는 의심할 나위가 없게 되었을 때 현덕순은 위생소로 행정 의사를 찾아갔다. 행정 의사는 물론 국가의 간부다.

"저의 중대…… 삼 중대의 조춘생이를…… 아무래두 한번 정신 검사를 해 봐야겠습니다."

"누구를 정신 검사를 해 봐?"

"저 삼 중대…… 노약대의…… 조춘생이 말입니다. 괴물……."

"어, 그 녀석이 징역을 사는 지가 벌써 몇 해째인가? 한 네댓 해 잘 되잖았나! 그런데 이제 와서 새삼스레 무슨?"

"아직 확진만 못 내렸지…… 정신병이 대개 틀림없습니다."

행정 의사가 근시 안경 너머로 주제넘은 죄수 의사를 한번 훑어보았다. 그리고 현연(顯然)하게 불만이 어린 얼굴로 계먹었다.

"다른 의사들은 다 눈이 멀었단 말인가?"

"아니올시다. 그런 뜻이 아닙니다."

"그런 뜻이 아니면 무슨 뜻인가?"

"저 단지……."

"저 단지 뭐?"

"정신병자를 복역을 시킨다면 법적으루 봐서…… 어떤가 해서 그러는 겁니다. 의사의 입장으루…… 몰랐으면 모르되…… 일단 안 이상은……."

"시빗거리를 장만하려는 건가, 앙?"

"천만의 말씀입니다. 제가 언감생심……."

"돌아가서 다시 한번 잘 생각해 봐."

"네."

"신분을 잊지 말두룩."

"네."

"인민 앞에 지은 죄를 철저히 한번 뉘우쳐 보두룩."

"네."

현덕순은 코 떼서 주머니에 넣고 물러났다. 죄수의 신분이라는 것을 뼛골에 사무치게 느꼈다.

"직업적 양심? 여보, 우리는 죄수요 죄수! 프롤레타리아 독재의 대상이란 말이요! 알았소?" 하던 전임 의사가 '과시 물계가 환한 대선배였구나!' 하는 생각까지 들었다.

그러나 의기저상(意氣沮喪)한 현덕순의 파김치적 상태는 그리 오래 지속되지 않았다. 그는 본시 칠전팔기하는 만만찮은 의지의 소유자였었다.

'어떡허면 정신 검사를 시켜 볼 수 있을까? 전문 의사에게 한번 보이기만 하면 낙자없을 텐데……'

'내가 이거 부질없는 짓을 하는 건 아닌가? 공연히 뾰족하게 굴다가…… 모난 돌이 정 맞는다지?'

'아니 아니, 그럴 수 없어. 끝까지 해 봐야 해! 진리는 견지를 하는 게 원칙이야!'

현덕순이 이와 같이 내심 투쟁을 하고 있을 즈음 아무것도 모르고 그날그날 배고픈 세월을 보내는 조춘생이가 또 상식에 어그러진 짓을 하여 다른 죄수들의 빈축을 샀다.

감옥은 불야성이다. 죄수들의 탈옥을 경계하여 밤만 되면 어두운 구석이 없도록 사면팔방에 온통 전등불을 밝히기 때문이다. 밤사이 그 전등불에 부나비들이 날아들었다가 떨어져 죽은 것이 아침에 일어나 보니 땅바닥에 늘비하였다. 그 숱한 부나비를 조춘생이가 뽕나무밭에서 오디를 주워먹듯 허겁스레 싹 다 주워먹은 것이다.

"야 괴물아, 맛있디?"

"맛이 아마 육포 같았을 테지!"

"파리두 좀 잡아먹어 보지?"

"영양 보충이 과도해서 벌써 군턱이 졌구나. 어디 좀 만져 보자, 이리 나서라."

"왜들 이러우? 같잖게! 저리 좀 비켜서우!"

"괴물님 나오신다. 어서 길을 틔워 드려라!"

"와하하!"

"킬킬!…… 킬킬……."

메마른 감옥살이에 진이 난 죄수들에게는 한바탕 심심풀이가 잘 되었다.

이 사건이 현덕순의 결심을 더욱 굳혀 주었다.

'어떻게 해서라두 해방을 시켜 줘야지!'

중대는 중대장과 지도원 그리고 공안 계통을 대표하는 간사 하나— 이렇게 셋이서 맡고 있었다. 그래 우선 중대장에게 반영을 해 보기로 하였다.

"뭐라구? 정신 검사를 시키자구? 어째 행정 의사한테 제의하잖고?"

"거기선 퇴짜를 맞았습니다."

"그런 걸 나한테 또 제의하는 건 무슨 뜻이야?"

"무슨 별 뜻이야 있겠습니까. 그저……."

"조심하라두. 정치범을 죄수 의사를 시킨 건 특전이란 걸 잊지 말라구. 공연히……."

담벼락하고 말하는 셈이었다. 현덕순은 또 한번 뒤통수를 긁고 돌아서야 하였다.

'이런 제기!'

4

현덕순이 거듭되는 좌절에 고민을 하고 있을 즈음 아무것도 모르는 조춘생이는 상식에서 벗어난 우습강스러운 짓으로 부단히 사람들을 웃기었다. 오락에 주린 죄수들은 그를 보기만 하면,

"야 괴물, 노래 한마디 불러라."

"여 괴물, 춤 한번 더 춰라."

"인석아, 네 그 업어 온 색시가 널 보구 좋다던?"

"인물이 어떠니…… 곱니?"

이와 같이 부추기고 놀려먹는 것으로 낙을 삼았다. 전 감옥 일곱 개 중대 천여 명 죄수에 '괴물'을 모르는 자는 하나도 없으리만큼 조춘생은 인기가 있었다. 감옥 안에 없지 못할 명물로, 웃음가마리로 되었다.

바깥 사회에 있을 때 같으면 글 몇 줄 끄적거리면 환자를 정신 검사 한번 시키는 것쯤은 식은 죽 먹기였다. 그런데 이 감옥에서는 그것이 하늘의 별 따기였다. 안과 밖이 이 정도로 판이할 줄을 그는 일찌기 몰랐었다.

두고두고 궁리한 끝에 현덕순은 지도원을 찾아서 한번 최후의 호소를 해 보기로 하였다.

"무어야? 사회주의적 인도주의에 대한 배려라구? 주제넘은 수작! 그래 이렇게 계속 반혁명 독기를 뿜을 작정인가? 좋아, 그럼…… 돌아가 기다려!"

제 입으로 빌어서 현덕순은 마침내 '반성'을 하게 되었다. 감옥 안에서 반성이란 며칠이고 몇 주일이고 꼼짝달싹 못 하고 정좌를 하고 앉아서 자기의 저지른 죄를 반성하는 것인데 주야로 옆에 감시인이 딱

붙어 있는 까닭에 변소를 가는데도 그놈의 딴꾼 녀석을 떼치지 못하고 그대로 달고 다녀야만 하였다. 반성을 하는 놈은 죄수 중의 또 죄수이므로 으레 보통 죄수들의 하대와 업신여김을 받기 마련이었다. 언젠가 꾀병하는 놈에게 달라는 약을 주지 않은 적이 있었는데 그놈이 잊지 않고 와서 현덕순을 씨까슬렀다.

"의사랍시구 우쭐렁대더니만…… 잘코사니구먼. 맛이 어때?"

반성하는 놈은 주먹을 못 놀리는 것은 더 말할 것도 없거니와 말대꾸 한마디도 못 하게 되어 있었으므로 절대로 안전하였다. 우리에 갇힌 호랑이를 밖에 서서 막대기로 쑤시는 거나 마찬가지였다.

현덕순이 어째서 반성을 하게 되었는지 알 턱이 없는 조춘생이도 덩달아 구경을 와 가지고,

"여보 의사, 당신두 도적질을 하우? 손버릇이 사납군그래."

"이번에 아주 녹장이 나는구먼. 겉보기엔 멀쩡한 게…… 거참 모를 일이야."

이따위 소리를 지껄이며 헤식게 히죽히죽 웃는 것이었다.

저능인 조춘생이는 감옥 안에서 흔히 있듯이 현덕순도 도적질을 한 것이 들통이 나서 반성을 하는 줄로 지레짐작을 하고 있었던 것이다. 감시하는 딴꾼 녀석('만주국' 경찰 출신)이 "야 괴물 이놈아, 인제 고만 씨벌거리구 썩 물러가라. 또 이 옮길까 봐 무섭다." 하고 타박을 주니, 조춘생이는 입술을 비쭉 내밀며 "내 이는 복이야. 달래두 안 주겠다. 체!" 하고 어슬렁어슬렁 저쪽으로 가 버렸다.

반성을 하고 있는 현덕순은 그 꼴을 보고 한편 우습기도 하고 또 한편으로는 슬그머니 화도 좀 났다.

'저런 걸 위해서 내가 이 단련을 받다니!'

2주일의 반성이 끝나기도 전에 새 죄수 의사가 중대 의사로 배치되어 와서 현덕순은 원래 자리에서 밀려나서 일반 죄수로 격하되었다. 그 지긋지긋한 반성이 풀린 뒤에 새로 온 의사와 인사 수작을 나누었다. (반성 중에는 서로 보고도 말을 못 하였다.) 새 의사는 대학 시절의 후배로서 여자 문제로 징역 5년의 언도를 받았었다.

"도대체 반성은…… 무슨 일루 했습니까?"

"미친놈 정신 검사 좀 시키자다가."

"이 중대에…… 그런 게?"

"응."

"답답하구먼요."

"누가 아니래여."

그러나 하늘이 아주 무심하지는 않은 모양이었다. 강청이 일파가 권좌에서 나떨어졌다는 소식이 봄철의 우뢰비처럼 감옥의 지붕을 두드리고 높은 담을 두드리고 마당을 두드리고 그리고 사람들의 굳게 닫혀 녹이 슬어 버린 마음의 쇠문을 두드렸다.

현덕순은 미결수로 4년, 기결수로 3년—모두 7년의 영어 생활을 치른 뒤에 무죄 석방으로 명예를 회복하게 되었다. 무참하게 유린당하였던 인간의 존엄을 되찾았다.

현덕순은 마중 온 안해와 아들을 대합실에 앉혀 놓고 (안해는 남편 없는 7년 동안의 고생살이에 주름살과 흰 머리카락이 부쩍 늘었고 그리고 아들은 몰라보리만큼 크고 또 노성해졌었다) 행정 의사를 찾아보았다.

"아 이거 현 선생, 반갑습니다. 축하합니다."

손바닥을 뒤집은 것 같은 행정 의사의 태도에 현덕순은 속으로 쓴웃음을 웃었다. 그러나 곧 '세상이란 이런 거라니' 하고 석연히 초탈하였다.

"저 다른 게 아니구…… 삼 중대 그 정신병자…… 조춘생이 문제를 좀 어떻게……."

현덕순이 말을 채 마치기도 전에 행정 의사는,

"아 염려 마십시오, 염려 마십시오. 그건 내가 책임지구 처리할 테니까…… 현 선생은 그런 일에 더 머리를 안 쓰셔두 됩니다. 가급적 속히 처리해서…… 그 결과를 내 알려 드리오리다. 워낙 법원에두 문제가 있습지요. 그런 걸 글쎄 어떻게…… 나 참! 현 선생두 짐작하시다시피…… 여기 이렇게 말단 단위에서 일을 하자면…… 남모르는 고충이 정말이지 적잖습니다. 답답할 때가 많습지요."

하고 수다스레 발뺌 수작을 늘어놓았다.

"그럼 부탁합니다. 고맙습니다."

"천만에, 천만에. 그럼 우리 다시 만나십시다. 안녕히!"

달포가량 지나서 현덕순은 병원에서 전화를 받았다.

"아 네, 그렇습니다. 누구시라구요? 아 오래간만입니다. 그간 안녕하셨습니까? 예예…… 아 그래서요. 출옥은 했는데…… 돌아갈 집이 없다구요? 그래서……."

전화는 감옥의 행정 의사가 걸어온 것인데 조춘생이가 출옥은 하였으나 받아 주겠다는 사람이 없어서 할 수 없이 '취업대'에 취업을 시키기로 결정하였다는 것이었다. 취업대란 만기 출옥을 한 사람으로 교양 개조가 잘 되지 못하였거나 또는 갈 데가 없는 사람들을 수용하여 일자리를 마련해 주는 시설이었다.

"그렇지만 정신병자를 그대루 둔다는 법은 없으니까…… 우선 병부터 고쳐 주려구…… 정신병원에 입원을 시켰습니다."

"천만에, 천만에……."

일요일날 현덕순이 과자 한 봉지와 사탕 한 봉지를 사 가지고 정신 병원으로 그 말썽 많던 감옥 친구―조춘생이를 보러 왔다.

"조춘생 면회!"

간호원의 외침 소리와 함께 면회실에 들어서는 조춘생이를 보니 되는대로 걸친 환자옷에는 벌써 만국지도 쉼직하게 얼룩이 가 있었다. 혈색은 검붉은데 갓 깎은 상고머리가 눈을 끌었다.

"조춘생, 너 날 알아보겠니?"

"그럼 몰라봐? 당신 의사가 아니요. 도적질하구 반성하던……."

문어귀에 섰던 간호원이 놀라서 현덕순을 새삼스레 훑어보았다. 그 눈에 역연히 씌여 있었다.―'알구 보니 멀쩡한 도적놈이었구만!'

"옳다, 옳아!"

하고 현덕순이 하하 웃으니 조춘생이는 좀 미심쩍은 얼굴로,

"그래 당신 여긴 왜 왔소?"

하고 물었다.

"너 보러 왔지 왜 왔겠니?"

"나를 보러 와? 무슨 일루?"

"이걸 갖다주려구."

"그게 뭔데?"

"과자, 사탕."

조춘생의 두 눈에 불이 반짝 켜졌다.

"어서 이리 내우."

"옜다."

"히히!…… 우리 의사가 제일이야."

조춘생이는 눅진눅진한 진과자를 게걸스레 입안에 쓸어 넣고 한동

안 꺼귀꺼귀 씹다가 문득 생각난 듯이 두 눈을 찌긋찌긋해 가며 "여보 의사, 다음번에 올 때두 또 좀 훔쳐다 주우." 하고 아주 능갈치게 말하는 것이었다.

현덕순은 거뜬한 기분으로 병원 문을 나섰다.

〈장춘문예〉 1985년 3월

문학도

1

홍성걸이는 임시공으로서 주로 청결차가 쓰레기통을 쳐갈 때 지저분하게 흘린 것들을 깨끗이 쓸어 담는 일을 하고 있었다. 그러니까 청결차의 꽁무니를 따라다니며 뒷거두매질을 한다는 말이 되는 것이다. 남들은 그가 하는 일을 대수롭지 않게 여기거나 너절하다고 깔볼 수도 있지마는 그는 그 나름으로 배짱이 있었다. 언젠가《세계지식화보》에서 파리의 청결공들이 파업을 하여 그 아름다운 파리의 거리거리가 온통 쓰레기 천지로 되어 버린 사진을 본 뒤부터는 그 배짱이 더욱 세어졌었다. 말쑥하게 차린 자기 또래의 젊은이들이 젠체하고 자기를 반원형으로 에돌아가는 것을 보면 그는 속으로 코웃음을 쳤다.

'내가 아니면 너희들은 쓰레기에 묻혀 살아야 해. 알았니?'

홍성걸이가 한번은 자기 주변에서 일어나고 있는 일들을 글로 다듬어 적어서 ─ 소설의 형식으로 엮어 가지고 ─ 허허실실로 어느 잡지사에 보내 보았더니 뜻밖에도 그것이 게재가 되었다. (본래의 모습을 거의 알아보기가 어려울 만큼 수정이 되어 있기는 하였지만서도.) 단 신기하게도 작자의

이름 석 자만은—편집자가 아차실수를 하였는지—한 자도 수정을
하지 않고 그대로 내었다.

이에 고무를 받아서 그는 쓰레기통에다 쓰레기를 퍼 담는 일 이상으
로 원고지의 칸칸을 글자로 메워 나가는 일에 열중하게 되었다. 하건
만 그 한 편이 첫번이자 마지막으로 다시는 더 게재가 되지 않아서 그
는 감질이 나고 짜증이 났다. 나중에는 울화까지 치밀었다.

홍성걸이가 얼마 아니 하여 같은 임시공 중에서 저와 처지가 비슷
한 친구 하나를 발견하게 되었다. 윤창한이라는 이름을 가진 그 친구
도 첫번이자 마지막으로 글 한 편을—소설이라고 일컫기는 외람스러
운 글 한 편을—발표해 보았는데 웬 까닭인지 그 후는 아주 감감무소
식—함흥차사라는 것이었다. 동병상련이랄지 '다리 부러진 노루 한
굴에 모인다'랄지 아무튼 두 사람은 남달리 상종이 잦게 되었다.

"우리 끝까지 견지해 보자구."

"다시 이를 말인가."

낚시꾼도 단 한 마리의 새끼 붕어라도 낚아 본 늪에는 언제나 미련
을 갖기 마련이었다.

"이게 그래 조화 든 일 아니야? 첫발만 명중이 되구…… 그 나머지
는 다 헛불이라니."

"그러게 말이지."

"여기 무슨 음모가 있는 건 아닐까?"

"설마한들 그렇게까지야."

홍성걸이와 윤창한이는 서로 뜻이 맞아서 남들이 부러워할 만큼 가
깝게 사귀었다. 막역한 친구로 되었다.

"아니, 우리 이럴 게 아니라…… 어디 가서 지도를 좀 받아 보자. 눈

먼 놈 갈밭에 든 것처럼…… 자꾸 헤더듬지만 말구."

"좋겠지. 그렇지만 지도를…… 어디 가서 받는다니?"

"넨장할, 이왕이면 좀 큼직한 데 가 달라붙어 보자꾸나. 잔고기 가시
세다구…… 시시껄렁한 것들이 더 젠척하는 법이니까."

"그건 그래."

두 사람은 큰마음을 먹고 이름난 소설가 백운산을 한번 찾아보기로
하였다.

"이거 망신이나 하지 않을까?"

"아닌 게 아니라 좀 켕긴다야."

그러나 벼르던 것보다는 낳기가 더 쉬웠다. 백운산은 아주 소탈하게
초면의 두 문학청년을 맞아 준 것이다. 백운산의 거실에는 정면 벽에
경고 표지 하나가 눈에 띄게 붙어 있었다.

담배를 피우지 말아 주시면 고맙겠습니다

No smoking, thank you

'오, 외국 손님들이 드나드는 모양이구나.'

홍성걸이와 윤창한이는 대번에 짐작하였다.

"내가 기관지가 좀 좋지 못해서 담배 연기를 맡지 못하니까…… 이
점을 양해해 주기를 바라오."

백발이 성성한 백운산이 웃는 얼굴로 미안스레 양해를 구하였다.

"녜녜, 저희는 애당초부터 담배라는 걸 피울 줄두 모릅니다."

"그렇다면 더욱 좋구."

말하고 백운산은 웃으면서 한마디를 덧붙이는 것이었다.

"외국 사람들은 가치담배를 '암가치'라구 하지요. 암을 유발한다구 말이요."

초면 인사를 마친 뒤에 용건으로 들어가서 홍성걸이가 떠듬떠듬 사연을 이야기하고 나서,

"……그래 결국은 둘이 다 허허벌판에서 눈보라를 만난 것처럼…… 향방을 모르구 헤더듬는 셈입지요."

하고 말끝을 맺으니, 백운산은 유심히 듣고 있다가 고개를 끄덕끄덕하였다.

"발표된 것들은 나두 읽어 봤는데……."

"네? 선생님께서…… 읽어 보셨다구요?"

두 사람은 놀라서 눈들을 크게 떴다. 하찮은 자기들의 이른바 작품을 백운산 같은 대가가 읽어 주었으리라고는 꿈에도 생각을 못 하였던 것이다. ―두 사람은 다 같이 황감한 영광에 휩싸였다.

"아주 진실하게 반영했더군. 거침없이…… 있는 사실 그대루를……."

"황감합니다."

"그렇게 변변치 못한 걸……."

"아니 아니, 정말 잘들 썼어요."

백운산은 가볍게 손을 흔들고 다시 물었다.

"그래, 그다음 것들은 어떤 소재를 취급했던가요?"

"제 그다음 것 하나는…… 젊은 과부에 관한 겁니다. 그리구 또 하나는…… 항일 전쟁을 다루었구요."

"저는 시어머니, 며느리 문제를 다루었습니다. 그리구 또 하나는…… 항일 전쟁을 다루었구요."

홍, 윤 양인의 얼굴들이 지지벌개지며 하는 말을 듣고 백운산은 허

허 웃었다.

"인제 알겠소. 왜 그다음 것들이 중시를 받지 못하는지."

이렇게 허두를 떼어 놓고 백운산은 두 사람이 다 깨달을 수 있도록 알기 쉬운 말로 차근차근 일깨워 주었다.

"처녀작들은 다 자기가 익히 아는 사실은 진실하게 반영했으니까 독자들에게 친근감을 주었지만…… 그다음 것들은 그렇지가 못하지요. 아무리 필력이 있더라 해두 익숙하지 못한 것을 주관적으루 엮으면 진실감이 부족하단 말이요. 그러니까 편집부의 반응이 냉담한 건…… 대개 이 때문일게요."

두 사람이 깨도가 되어서,

"참 그렇겠습니다."

"그런 걸 전 또…… 멋을 부리느라구…… 일부러 그런 소재를 골랐습지요."

한마디씩 지껄이고 뒤통수들을 긁으니, 백운산은 웃으면서,

"초학자들에겐 그것두 다 좋은 경험이지요."

말하고 잇달아서,

"독일의 위대한 문학가 괴테가 자기 작품의 주인공의 입을 빌어서 한 말이 있지요. '만약 그 사슬이 / 그대의 진심에서 우러나온 것이 아니면 그대는 / 그것으로 사람들의 마음을 / 한군데다 얽어매지는 못하리라'—우리 문학도들이 한번 음미해 볼 가치가 있는 말이지요. 안 그렇게들 생각하오?"

하고 백운산은 두 젊은 초학자의 얼굴을 번갈아 보는 것이었다.

2

"야, 우리가 오늘 결심을 내리길 잘했다."

"누가 아니라니."

"역시 큼직한 데 가 달라붙어야 먹을 알이 있다니까."

"백운산은 참말이지 선성 듣던 것보다 인물이 더 낫더라."

"옳은 말이야."

"난 인제 정말 신심이 생긴다."

"나두."

홍, 윤 두 사람이 이와 같이 씩둑씩둑 지껄이며 자전거들을 타고 오
는데 맞은편에서 불시에 비까번쩍하는 오토바이 한 대가 달려왔다. 그
일본제 '스즈키'를 모는 것은 담홍색 헬멧을 멋이 찔찔 흐르게 쓴 청
년이다. 그 청년이 눈결에 언뜻 두 사람을 알아보자 곧 급정거를 하면
서 "야, 너희들 어디 가니?" 큰소리로 알은체를 하였다.

"아니, 너 정태진이 아니냐?"

"그 자식 참…… 깜짝 놀랐네. 난 또 무슨 대단한 양반이 검문을 하
는 줄 알았다."

두 사람이 농지거리를 하며 각각 자전거에서 내리는데 그 정태진이
라는 청년은 오토바이를 그대루 탄 채 두 발로 땅을 디디고, "왜 무슨
뒷줄이 켕길 일이라두 했니?" 하고 마주 보며 웃었다.

정태진이도 원래는 홍, 윤 들과 같은 임시공이었는데 지난해 봄에
그만두고 무역상인 저의 형을 도와 무슨 장사를 하고 있었다.

"너 이 자식 때벗이를 아주 단단히 했구나."

"기름이 찌르르 흐르잖니?"

"아하하! 그러냐?"

하고 정태진이는 제 몸을 한번 굽어보고 나서 뽐내는 기색이 아주 없지는 않은 투로,

"너희들 별일 없거든 나하구 우리 집에나 가자, 한턱내마."

"우리 집 살림하는 꼴두 한번 좀 봐야지."

하고 두 친구를 끌었다.

"아닌 게 아니라 한번 가 볼 생각두 없지 않았다."

"가자, 가자. 돼지우리에 주석 자물쇠를 잠가두 제멋이라는데……
어떡허구 사나 한번 가 보자."

자전거 두 대가 곧 되돌아서서 슬렁슬렁 달리는 오토바이를 따라갔
다. 값진 새 오토바이와 다 낡은 두 자전거가 대조적으로 눈에 띄어서
잘 어울리지 않는 일행 세 사람이었다.

홍성걸이와 윤창한이는 집들이를 한 지 이제 두 달밖에 안 되었다
는, 벼락부자 냄새를 강하게 풍기는 어마한 새 이층집에 눌리워 목이
움츠러지는 느낌이었다. (정태진이는 나이가 근 스무 살이나 틀리는 형의 집에 얹
혀살았다.) 이 역시 벼락부자 냄새가 진동하는 듯한 정태진이의 어머
니 같은 형수가 치맛바람이 나게 달려나와 시동생이 끌고 온 허술한
옷차림의 두 친구를 정도 이상 반갑게 맞아들였다. 집 자랑, 세간 자랑
을 할 대상이 더 없어서 무료해하던 중인데 마침 잘 왔다는 기색이 그
얼굴에 환하였다.

"어서들 올라와요! 아니 무엇들 하구 있지?"

두 총각은 열등감에 지지눌리우며 주인이 끄는 대로 으리으리한 집
안에 들어와 권하는 소파에 어색스레 걸터앉았다.

'저 형수 아주머니만 아니면 이 지경 구속스럽진 않으련만.'

둘이 다 속으로 이런 생각을 하였다. 그러자 슬그머니 반감마저 생겼다.

'같잖게 여편네가 나서서 차 치구 포 치구 할 건 뭐람!'

천연색 텔레비전, 스테레오 녹음기 따위의 각종 전기용품들로 무슨 전시장처럼 호기롭게 꾸며진 방 안에서 떡 벌어진 대접을 받으면서 홍, 윤 양인은 불현듯 대비를 해 보지 않을 수 없었다.

'2년 동안 장사를 한 정태진이 형제네 살림살이가 40년 동안 작가 생활을 한 백운산을 열 곱절두 더 능가했구나. 아이구!'

그것은 소달구지가 '도요타' 5인승과 경주를 하겠다는 거나 마찬가지의 웃음거리였다! 특히 윤창한이의 마음눈에는 글자 한 자에 1전씩을 받으면서 돋보기를 쓰고 밤을 새워 가며 원고지와 씨름을 하는 백운산의 몰골이 가련하기만 하였다.

"야, 그 자식 아주 팔자를 고쳤구나."

"똑 뭐같이 생긴 게…… 복이 붙을 데라군 없는지…… 부모 산소를 잘 썼나?"

"미꾸라지가 용 된단 말 못 들어?"

"넨장할, 이런 세상에 굽석굽석 쓰레기를 치구 있다니!"

"어째…… 회심이 드는가?"

"아닌 게 아니라 회심두 든다야. 다 같은 사람인데…… 어디가 못났다구…… 넨장할!"

잘 먹었다는 인사하고 돌아오는 길에 홍, 윤 두 친구는 이와 같이 씩둑거렸다.

두어 주일가량 지나서의 일이다. 홍성걸이가 백운산이 일깨워 준 대로 하나를 써 가지고 윤창한이를 찾아 의논하였다.

"넌 어떻게 됐니? 난 그럭저럭 하나 뭉뚱그렸는데. 너두 됐거든 우리 백 선생한테 한번 갖구 가서 좀 봐 줍시사구 하자."

"야야, 어느 하가(何暇)에 그런 하늘의 별 따기를 하구 있겠니! 난 기권했다. 하려거든 너 혼자나 해라."

"이 자식이 오늘…… 대낮에 무슨 잠꼬대야?"

"정말이라니까. 난 사실 말이지 지금 그럴 경황이 없다. 머릿속에 다른 게 꼴딱 들어차 놔서."

"다른 게 꼴딱 들어차?"

"그렇다니까."

"그 다른 게란 게…… 뭐 말라뒈진 게야, 대관절?"

"뭘 뭐겠니? 돈벌이할 궁리지! 그 자식 참 깡통 대가릴세!"

"너 그거 진담이냐?"

"내가 언제 너한테 허튼 말 하던?"

홍성걸이는 할 말이 없었다. 기가 막혔다. 입이 썼다.

'한 인간의 의지가 돈의 유혹 앞에서 이다지두 취약하다니!'

그는 깊이 탄식하였다. 그러나 곧 또 '하긴 윤창한이의 택한 길이 옳은지두 모르지' 하고 되처 생각하기도 하였다.

'아니, 난 그래두 끝까지 이 길을 갈 테다!'

그리하여 며칠 후 홍성걸이는 불안한 마음을 안고 혼자서 백운산을 찾아갔다. 갖고 가는 몇십 매 안 되는 원고가 희망과 절망이 엇갈려 들어서 자꾸 거뿐해졌다 묵직해졌다 하는 것 같았다.

"어째 친구 하나는 떼 팽개치구?"

백운산이 좀 의아스레 묻는 말을 홍성걸이는,

"네, 저 다른 볼일이 좀 있어서…… 같이 오지 못했습니다."

하고 얼버무렸다. 바른대로 대답을 올리기가 거북스럽기도 하였거니와 또 그럴 필요도 없을 것 같아서였다.

"이 원고는 내 시간을 내서 읽어 볼 테니까…… 한 주일 후에 우리 다시 만나서 독후감을 나누기루 합시다."

그 한 주일이 채 되기 전에 홍성걸이는 친구 하나와 갈라지게 되었다. 윤창한이가 사직을 하고 어느 큰 개인 상인에게 고용되어 머나먼 광주로 떠나간 것이다. 일 년에 한두 번씩 돌아오게 된다는 것이었다.

"그럼 너 올 때 바나나나 좀 가져오나."

"어렵잖지."

"인제 뱀 고기, 원숭이 고기 다 먹어 보게 됐구나."

"그따위 징그러운 걸 누가 먹는다던."

"그래두 광동 사람들은 네 발 가진 것 책상, 걸상만 빼놓구 다 먹구, 날아다니는 건 비행기만 빼놓구 다 먹는다더라."

"허풍이다 그건, 아하하!"

독후감을 나누게 된 날 홍성걸이가 더는 기일 수 없어서 백운산 선생에게 이실직고를 한즉 백운산은 "그래요?" 하고 고개를 기울이고 한동안 생각해 보다가,

"사회주의 36년에 이 강토에서 아직두 빈궁을 퇴치 못 했으니까…… 경제 건설에 달라붙는 거야 잘하는 일이지요."

하고 윤창한이의 행동을 긍정하였다. 그런 연후에 다시 "그렇지만," 하고 '단서'를 붙이고 나서 이렇게 말하는 것이었다.

"우리 문학도들은 단순하게 경제적 효율만을 추구할 수는 없지요. 우리의 목적은 인민대중에게 정신적 재부를 공급하는 데 있으니까. 배를 곯으면서두 창작에 몰두한 위대한 작가들의 선례를 우리는 허

다하게 알구 있거든요. 이건 작가뿐만이 아니지요. 마르크스의 예를 들어두 그렇지…… 마르크스는 원래 철학박사였으니까 당시 그 사회에서 상류계에 속했었지요. 하지만 마르크스는 그 부유한 생활을 버리구 전당포의 단골손님 노릇하는 빈궁한 생활을 택했단 말이요. 자기의 이상을 실현하기 위해서, 프롤레타리아의 해방 사업에 헌신하기 위해서. 그렇게 우리 문학도들은 자기의 사업과 생활 문제가 상충할 때는 서슴없이 전자를 택하구 후자를 버려야 한단 말이요. 요만한 각오두 없이 문학도의 대열에 끼이겠다는 건 앉은뱅이가 등산대에 참가하겠다는 거나 마찬가지의 웃음거리지요.”

백운산의 이 몇 마디 말에 홍성걸이는 크게 고무되어 자기가 걷고 있는 길이 완전히 옳았다는 신심을 더욱더 굳히었다.

홍성걸이가 백운산의 지도를 받아 가며 천신만고하여 써낸 단편소설이 어느 문학잡지 한 귀때기에 실리기까지에는 실로 예닐곱 달이라는 만만찮은 시간이랄까 세월이랄까가 걸렸었다. 처녀작을 내놓던 때로부터는 무려 2년 반 만이었다! 그래도 홍성걸이는 기뻤다. 마치 무슨 큰 벼슬이라도 한 것같이 사기가 올랐다. 하늘이 돈짝만 하였다. 국수버섯 솟듯 할 상투가 없어서 성화가 날 지경이었다.

“야 임마, 한턱내라.”

“그저 뭉때릴 작정이냐?”

“내겠니, 안 내겠니!”

“내마, 내마. 이거 놔라, 이야야! 낸다는데두. 내면 되잖나?”

“어서 꼿꼿이 불고깃집으루 모셔라.”

“녜녜…… 쩔쩔맵지요.”

복새판에 걸려서 한턱인지 두턱인지를 내다 보니 지출이 초과되어

적자가 났다. 소같이 벌어서 쥐같이 먹으라는 속담을 깜박 잊고 그와
는 정반대로 쥐같이 벌어서 소같이 먹은 것이다. 그래도 홍성걸이는
후회를 하지 않았다. 그만큼 두 번째 작품이 발표된 것이 대견하였던
것이다.

3

　홍성걸이가 낮에는 쓰레기와 씨름하고 밤에는 원고지와 씨름하며
분주한 나날을 보내고 있는 중에 어느덧 음력설이 닥쳐왔다. 객지살이
하던 사람들이 설을 쇠러 돌아오느라고 주야로 붐비어서 철도국, 항운
국, 자동차부들이 정신을 차리기 어려운 계절이 되었다. 어느 날 느닷
없이 밖에서 누군가가 "있니?" 명토 없이 소리쳐 물어서 홍성걸이가
"누구야?" 하고 만년필을 손에 든 채 방문 편으로 고개를 돌리니 "누
군 누구야? 방자스레…… 냉큼 나와 맞아들일 게 아니라!" 소리를 앞
세우고 방안에 들어서는 것은 얼른 알아보기가 어려울 만큼 모양도
모습도 다 달라진, 신사복을 쪽 뺀 윤창한이었다.
　"어, 너냐?"
　"어떠냐, 이만했으면? 영업소 부소장 한 자리쯤은 문제없지?"
하고 뻐기면서 윤창한이는 "옜다 이거." 손에 들고 온 선물 꾸레미를
앞으로 내밀었다.
　"신분에 알맞게 비행기를 잡숫구 오느라구…… 바나나는 못 사 왔
　다, 짐이 돼서. 무게의 제한이 이만저만해야지. 하지만 이것두 괜찮
　은 거니 그대루 받아 둬라."

"이 자식이 오늘 정말 희구 젖히잖나."

"아하하, 괜히 그저 한번 해 보는 수작이다. 그렇지만 비행기는 정말 타구 왔다."

"정말? 어디서 어디까지?"

"어디서 어디까진 어디서 어디까지야, 광주서 심양까지지."

"그럼 심양서는?"

"심양서야 물론 기차를 탔지. 그렇지만 난생처음 이번에 연석(軟席)을 타 봤다. 비행기구 연석이구 타는 맛이 다 그저 그만이더라야."

"시골뜨기가 얼떨떨했을 테지. 촌닭 관청에 잡아다 놓은 것같이."

"앉아 있는 영웅보다 떠다니는 거지가 낫다는 말 못 들었어? 너는 인제 아주 우물 안의 개구리야, 우물 안의 개구리."

"떠다니는 거지야, 어서 앉아라. 장승처럼 버티구 섰지 말구."

"너 앉은 자리를 비켜 다우. 내가 앉을 테니."

"그 자식 광주 가서 괴상한 버릇을 배워 왔군. 어서 그래라, 자."

좌정하자 윤창한이가 우선 호주머니에서 권연갑부터 꺼내어 내밀어 주면서 "한 대 피워 보겠니?" 하고 웃어서, 홍성걸이는 "너 담배 피우니?" 하고 눈이 좀 둥그래질라 하였다.

"대객(待客)에 초인사(初人事)란 말 너 아니? 이게 없으면 손님 접대를 할 수 없거든. 그래서 배웠다. 술두 배우구."

"술까지! 다 키운 자식 하나 아주 버렸군."

"난 처음에 견습생의 입문이 무언가 했더니…… 제1과가 별게 아니구…… 바루 술, 담배질을 익히는 거더구나."

"그래 인젠 견습생을 면했니?"

"아직두 멀었다! 그렇게 쉽게? 아마 한 이태 근사를 잘 모아야 할 것 같다."

"그 일두 쉽지 않구나."

"이 세상에 쉬운 일이 어디 있어."

"하긴 그래."

"대우는 쩍말없지만…… 시간이 없어서 탈이다."

"그렇게 바쁘냐?"

"글쎄, 그동안 글 한 줄 못 들여다봤다니까!"

"흥, 그렇구나."

윤창한이가 담배를 붙여 물고 "그래 넌 그동안 뭘 또 썼니?" 하고 물어서, 홍성걸이는 백운산의 지도 밑에 천신만고하여 소설 한 편을 발표하였다고 말하고 덧붙여서 "그치들한테 끌려가 불고깃집에서 턱을 내다가 오 원 빚을 졌다니까." 하고 웃으니, 윤창한이도 "밑지는 장사했구나. 망태기다!" 하고 따라 웃었다.

"그래 광주에 가 있으면서 여자친구두 하나 못 사귀었니?"

"여자친구가 다 뭐야!"

"왜?"

"아, 우리 같은 견습생 따위를 누가 거들떠보기나 한다던!"

"그렇게 눈들이 높으냐?"

"형편이 무인지경이라니까."

"흠."

"그 대신……."

홍성걸이가 무슨 색다른 말이 나올 것 같은 윤창한이의 입을 바라보았다.

"우리 집에서 사진을 부쳐 왔더라."

"사진을? 무슨 사진을?"

"한번 보겠니? 내 색싯감이란다."

"어디 보자."

"자, 이거다."

홍성걸이가 사진을 받아서 한눈 보자 대번에,

"이거 '올빼미'의 누이동생이 아니냐? 비단공장에 다니는……."

하고 외치듯이 말하니, 윤창한이는 "바루 봤다." 하고 웃으면서 고개를 끄덕였다.

"그래 말 다 됐니?"

"웬걸, 이제 맞선을 한번 봐야지."

"놓치지 말아. 색싯감은 일등이다. 지금 침을 삼키는 놈이 한둘이 아니다."

"나두 짐작하구 있다."

"그 자식, 인제 보니까 개천에 든 소루군."

"아하하!"

"야, 웃지 말아. 정 떨어진다."

"아하하!"

"웃지 말란데두!"

"아하하!"

한 주일 후에 윤창한이는 벼락같이 약혼식을 치르고 혼자 다시 광주로 떠나갔다.

홍성걸이는 다시 낮에는 쓰레기와 밤에는 원고지와 씨름하는 것으로 그날그날을 보내게 되었다.

4

빠른 것 같으면서도 더디고 또 더딘 것 같으면서도 빠른 세월이 사정 없이 흘러서 윤창한이의 첫아이—오누이 쌍둥이의 첫돌이 되었다. 그러나 아이들의 아버지—윤창한이는 멀리 광주에 있었고 또 일이 바빠서 올 수가 없었다. 그래 좀 싱겁기는 하였으나 결혼식 때 둘러리를 섰던 관계로 홍성걸이가 그 돌잔치에 가 참석을 하였다. 석상에서 돌잡이들의 할머니인 윤창한이의 어머니가 홍성걸이를 보고 "자네가 아마 우리 둘째하구 동갑이지?" 하고 물어서, 홍성걸이는 "네 그렇습니다." 대답을 하는데 저도 모르게 얼굴이 좀 붉어졌다. 노총각들은 자격지심이 들어서 누가 나이를 물어보면 대개 이러하였다. 하지만 눈치가 좀 무딘 편인 노파는 그런 사정을 헤아리지 않고 잼처 묻는 것이었다.

"생일이 어떻게 되던가, 우리 둘째하구?"

둘째란 윤창한이를 말하는 것이다.

"네, 제가 한 달 맏입니다."

홍성걸이는 참으로 난감하였다. 눈치 빠른 작은며느리—윤창한이의 안해가 시어머니에게 넌지시 눈짓을 하는데도 땅파기로 답답한 노파는 묻기만 위주하는 것같이 자꾸 물어 대었다.

"그런데 어째 장가를 아니 가나?"

"네, 차차 갑지요."

"차차라니? 내년이면 서른 살이 아닌가."

"예, 그렇지만 지금은 다들……."

홍성걸이가 쩔쩔매는 것을 보다 못한 윤창한이의 안해가 얼른 "어머니!" 불러서 시어머니의 주의를 "이것들 좀 보세요." 하고 두 돌쟁이에게 돌려놓아 주었다.

진땀을 빼던 홍성걸이는 윤창한이의 젊은 안해에게 눈인사로 사의
를 표하고 슬그머니 일어나 밖으로 나왔다. 긴 숨이 후유 나갔다.

'이놈의 노총각을 언제나 면한담!'

윤창한이가 결혼을 하고 첫아이—오누이 쌍둥이를 보고, 그리고 그
아이들의 첫돌이 돌아오는 동안 홍성걸이 신상에도 변화가 없지는 아
니하였다. 첫째, 발표한 소설이 다섯 편으로 늘어났고 둘째, 임시공이
고정공으로 승격을 하였으니까 말이다. 그렇지만 한 가지 부족한 것이
있었다. 부족도 이만저만한 것이 아니라 아주 크게 부족한 것이었다.
이때까지 장가를 못 든 것이다. 들어 보려고 애는 무척 썼지만 들어지
지를 않은 것이다.

홍성걸이가 한동안 혼자 서서 이 생각 저 생각 하다가 나중에 혼잣
말로 중얼거렸다.

"에라, 속상한데 백 선생한테나 한번 가 보자."

백운산은 홍성걸이가 원고를 또 하나 써 가지고 보아 줍시사고 온
줄 알고 "어디?" 하고 손을 내밀었다.

"아닙니다."

"그럼?"

"그저 좀 뵈러 왔습니다."

"아, 그래요."

하고 백운산은 다시 소파에 몸을 깊숙이 묻었다. 홍성걸이가 말이 선
뜻 나와 주지 않아서 "저……." 하고 한동안 우물우물하다가 마음을
가다듬고 정식스레 입을 열었다.

"선생님께 좀 여쭈어 볼 말씀이 있어서 그럽니다만……."

"무슨?"

백운산이 소파에 묻었던 윗몸을 바로하고 홍성걸이를 바라보며 상가룝게 물었다.

"말씀드리기 좀 쑥스럽습니다만……."

"어서 말해 보우. 우물쭈물하지 말구, 사내대장부답게."

백운산이 웃음의 소리로 격려를 해 주는 데 용기를 얻어서 홍성걸이는 자기의 불우하고 가련하고 억울한 연애사를 다 토설하였다.

"…… 색싯감들이야 다 좋습지요. 그리구 물론 다들 제게다 호감두 가지구요. 보다 모르겠습니까, 자기를 좋아하는 걸. 한데두 결국에 가서는 다 안 된단 말입니다! 신통할 정도지요. 제가 청결차의 뒷거두매질을 한다는 말만 하면 다들 슬그머니 떨어져 나간단 말입니다. 대번에 앵돌아져 뾰로통하는 게 다 있지 뭡니까. 사람이 복통이 터질 노릇입지요. 일을 잘한다구 전 벌써 상장을 네 번이나 탔습니다. 그런데두 다 소용이 없으니…… 이를 어쩝니까? 제가 보기엔 이 세상 여자들이란 다 편견의 노예, 허영의 노예들이예요. 눈이 다들 이마 밑에 붙어 있잖구 관자놀이 밑에 붙어 있단 말이예요. 안 그렇습니까, 선생님?"

홍성걸이 입에서 나오는 말이 차차 부풀어 가는 것을 보자 백운산이,

"다 그런 건 아니지만두…… 그런 편견이나 허영심이…… 일반적으루 있는 것만은 사실이지요."

동정하는 투로 말하고 잇달아서,

"그렇다면 어째서 그걸 틀어잡구…… 하나의 사회적 문제루 틀어잡구…… 써 볼 생각을 안 하시오? 우리 문학도의 사명이 바루 그건데!"

하고 백운산은 노인답지 않은 격정적인 어조로 말하며 손바닥으로 가

볍게 앞상을 한번 탁 쳤다.

"네."

홍성걸이는 열리지 않아 애를 먹이던 창문이 갑자기 덜컥 열린 것과도 같은 일종의 영감으로 머리를 꿰뚫리었다.

"쓰겠습니다!"

"세상 여자들의 심금을 울린 만한 감격적인 것을 하나 써 보시오."

"예, 쓰겠습니다.—그런데 선생님, 제목은 어떻게 다는 것이 좋겠습니까?"

"문학도, 문학도."

"네, 문학도…… 알겠습니다."

〈도라지〉 1985년 5월

전란 속의 여인들

하북성 찬황(贊皇) 경내의 야초만(野草灣)은 태항산록에서 불과 10여 리 떨어진 장거리인데 일본군은 거기다 태항산 항일 근거지를 겨냥하는 전초기지—거점을 구축해 놓고 시시로 '토벌대'를 출동하여 근방의 촌락들을 교란하곤 하였다. 팔로군에는 이때 항공기는 물론이요 예사 산포(山砲), 야포(野砲)도 없는 터이라 적의 가시철조망으로 둘린 포대를 공격하여 뿌리를 뽑아 버리자면 엄청난 희생이 날 것을 각오하지 않으면 안 되었다. 그래서 조선의용군의 참모장 진일평과 새로 편성된 제1지대를 영솔하는 김영신은 태항산중의 장거리 정욕(丁峪)에서 우군 부대의 지휘원들과 함께 작전 회의를 가지고 구체적인 안을 짰다. 그 결과를 참모장은 제1지대 전원을 마을 밖 와지(窪地)에 모아 놓고 둔덕 위에는 보초를 세워 놓고 조선말로 설명하였다. 이러한 조치를 취하는 것은 작전 계획이 혹시 밖으로 새어 나가지나 않을까 염려해서였다. 적군의 점령구에서 가까운 장거리에 사는 주민들을 다 믿을 수는 없었기 때문이다. 적군과 내통하는 간세배(奸細輩)는 백미에

섞인 뉘 같은 존재였다.

"……그러니까 우리는 전원 일률적으루 일본 군복, 일본 무기루 몸차림을 해야겠습니다. 우군의 군수 부문에서 노획품 일본 장비를 우리의 요구대루 공급해 주겠다는 확약을 받았습니다. 그러니까 우린 잠시 일본 황군이 좀 돼 보잔 말이지요……."

진 참모장이 이렇게 말하자 대원들 속에서는 유쾌한 웃음통이 터졌다. 둔덕 위의 보초는 그 웃는 까닭을 몰라서 잠시 멍하니 와지를 내려다보았다.

"……그리구 행동은 물론…… 야습입니다. 야초만 거점과 찬황 본대 사이의 군용 전화선을 절단하는 것으루 작전이 시작되는데…… 전화선이 끊기면 양쪽이 다…… 야초만과 찬황이 다…… 이변이 생긴 걸 알게 될 게 아닙니까. 그렇게 되면 야초만의 적들은 곧 전투태세를 갖출 게구 또 찬황 본대에선 즉시 증원대를 파견할 게 아닙니까. 적의 증원 병력은 우군의 한 개 대대가 중도에서 저지하기루 이미 약정이 됐습니다. 그러니까 우린 전력을 다 야초만을 습격하는 데다만 기울이면 됩니다. 말하자면 도급을 맡은 셈이지요……."

대원들 속에서 또 유쾌한 웃음보가 터졌다.

"……그러니까 우린 찬황 본대에서 달려온 증원대루 가장하구…… 정정당당하게 펼쳐 놓구 놈들의 포대루 들어가잔 말이지요……."

이 말에 대원들은 술렁거리며 서로 돌아보고 혹 팔도 뽐내고 혹 어깨도 으쓱으쓱하였다. 구체적인 포치(布置)는 김 지대장이 하는데 그도 역시 유쾌한 기분이 옮아서 "증원대장 일본군 중위의 역은……" 하고 대원들을 둘러보다가 리지강이에게 눈을 멈추고 "리지강 동무가 맡두룩……." 말하고 다시 예사 말소리로 "장교 차림을 얼없이 잘 하십시오. 밤중이라구 대수 차렸다간 들통이 나기 쉽습니다. 놈들두 바지저고리가 아니니까 반드시 탐조등으루 비춰 보구 확인을 하구서야 받아들일 거니까." 하고 덧붙였다.

며칠이 지나서다. 전투모, 철갑모를 쓰고 일본 군복을 입고 그리고 38식을 들고 메고 한 제1지대 대원들은 서로 마주 보고 앙천대소하느라고 볼일을 못 보았다. 군조 차림을 한 장난꾼 엽홍경이 차렷자세를 하고 리지강이에게 "나카무라(中村) 주이도노(중위님)!" 하고 경례를 붙이니, 중위로 가장한 리지강이가 "아, 다나카(田中) 군소까(중사냐)." 하고 거만스레 고개를 한번 끄덕여서 또다시 유쾌한 웃음판이 벌어졌다.

"우리 가장무도회나 한번 해 볼까?"

"여자두 없이?"

"총각, 홀애비 무도회!"

"아니, 쪽발이 무도회……."

"와하하!"

"자, 춰라!"

"쿵차차 쿵차차……."

"하하하하!"

"쿵차차 쿵차차……."

다들 신명이 난 것이다. 혁명적 낙관주의는 언제나 조선의용군과 더불어 있었기 때문이다.

조선의용군에서는 조직부 성원이건 선전부 성원이건 할 것 없이 다 전투에는 일반 대원들과 같이 참가하기로 되어 있었다. 뿐만 아니라 돌격으로 넘어갈 때는 반드시 지도원이 전투 서열 앞에 나서서 "공산당원은 두 발자국 앞으루!" 명령하여 공산당원들을 앞장세우는 것이

관례로 되어 있었다. 공산당원들은 그것을 단연(斷然)한 일로 알고 있었다. 솔선하여 적진에 뛰어들지 않는 공산당원은 두었다 무엇 할 것인가! 그런 것은 공산당원의 자격이 없는 것으로 그들은 알고 있었다.

한 개 지대의 조선의용군과 한 개 대대의 팔로군의 협동작전이 시작되었다. 쪼각달이 헌 이불솜 같은 쪼각더미구름(片積雲) 속을 들어갔다 나왔다 하며 숨바꼭질을 하는 초가을 밤, 찌륵찌륵 풀벌레 우는 소리가 마냥 구슬펐다. 팔로군 부대는 찬황에서 육칠 마장 떨어진 다리목 좌우에 매복하고 어김없이 쏟아져 나올 증원대를 요격하려고 만단의 준비를 갖추었다. 조선의용군은 야초만에서 네댓 마장 떨어진 곳에서 전화선을 절단해 놓고 한 시간가량 기다렸다가 찬황 본대에서 증원을 온 것처럼 속여서 포대의 문을 열게 하자는 꾀였다. 그런데 뜻밖의 일이 생겼다. 전화선을 끊어 놓고 때를 기다리는 중에 희미한 달빛 아래 큰길을 따라 한 마리의 개가 야초만 쪽에서 쏜살로 달려오는 것이 눈에 띄운 것이다.

"저기 군용견 아니야?"

"옳다."

"쏴라!"

칠팔 명 사람이 그 군용견을 향하여 난사를 하였으나 개는 맞지 않고 납작 엎드려서 살살 기다가 별안간 다시 뛰기 시작하는데 이번에는 큰길을 벗어나서 들판으로 내달았다. 눈 깜박할 사이에 군용견은 자취를 감추어 버렸다.

"고거 참 훈련이 제대루 됐는걸."

"놓쳐 버렸으니…… 이걸 어쩌지?"

"찬황 본부루 쪽지를 전하러 간 게 틀림없는데."

여럿이 지껄이는 중에 동쪽—찬황 쪽에서 불시에 총성이 크게 일어났다. 보나 마나 우군의 대대가 찬황에서 쏟아져 나오는 적의 증원병을 족처 부수는 소리일 것이다. 콩 볶듯 하던 총성이 뜨음해지기를 기다려서 리지강이를 선두로 한 의용군의 대오는 야초만 포대를 향하여 급행군하는 시늉을 하였다. 불안에 싸여서 증원대가 와 주기만을 고대하던 포대의 보초장이 큰길에서 차츰 가까와 오는—일부러 들으라고 내는—뭇사람의 발자국 소리를 듣고 탐조등을 켜서 비추어 보며 "다레카(누구냐)?" 하고 날카롭게 수하를 하였다. 탐조등의 광망(光芒)에 눈이 부신 리지강이가 손채양으로 눈을 가리며 일본 장교의 위엄스러운 목소리를 꾸며서 "이상 없느냐?" 하고 빈틈없는 일본말로 꾸짖듯이 되물으니, 포대 위의 보초장은 반가운 목소리로 "네, 이상 없습니다. 상관님!" 여공불급(如恐不及)하게 대답하고 잇달아서 "잠깐만 좀 기다려 주십시오. 곧 소대장님께 보고하겠습니다." 하고 분주히 서두르는 눈치였다. 탐조등 불빛에 제 눈으로 확인한 일본 군복, 일본 총칼과 제 귀로 분명히 들은 장교의 거만스럽고 위엄스러운 일본말에 보초장은 이것저것 더 생각해 볼 필요를 느끼지 않았던 것이다. 고마운 증원대로 믿어 의심하지 않았던 것이다.

지체 없이 소대장의 지휘로 포대의 육중한 문이 안으로 열리며 곧 병사들이 나와서 가시철조망의 통로를 가로막았던 장애물을 들어 옮겼다. 증원대가 들어올 길을 틔워 놓는 것이다.

"이거 밤중에 수고가 많으십니다." 말하며 반가이 앞으로 나와서 맞아들이려는 소대장을 리지강이는 제잡담하고 권총으로 쏘아 눕혔다. 그것이 돌연적 습격의 신호로 되었다.

불의의 습격을 받고 경황망조(驚惶罔措)하면서도 완강히 저항하는 적병과의 육박전은 그리 오래 걸리지는 않았다. 지휘관이 선등(先等)으로 거꾸러진 까닭에 그들은 대가리 없는 용으로 되어 버렸던 것이다.

접전이 끝난 뒤에 보니 생포된 것은 중상자 하나와 경상자 둘뿐이고 그 나머지는 다 장렬한 개죽음들을 하였었다. 주관적으로는 장렬하였지만 객관적으로는 너절하였으니까.

가짜 일본군―의용군 대원들은 얼굴에 피가 튀고 군복이 피에 젖고 또 날창에 피칠들을 하여 서로 보기에도 무시무시하였다. 리지강이는 죽어 넘어진 적병들의 소지품을 뒤지다가 한 놈의 잡낭(雜囊) 속에서 수진본(袖珍本) 책 한 권을 얻어보았다. 무조건 호주머니에 집어넣었다. 태항산에서는 책이 여간만 귀하지가 않았기 때문이다.

적군의 증원대를 물리쳐서 작전 임무를 완수한 우군 부대도 다 큰 손실 입지 않고 무사히 돌아왔다. 이렇게 깔끔한 승리는 극히 드문 일이었다. 실전에서는 주도세밀하게 짠 작전 계획도 뒤죽박죽이 되는 경우가 왕왕 있었기 때문이다. 두 부대가 함께 달려들어 포대를 철저히 파괴한 연후에 불까지 콱 질렀다. 주운룡이는 두어 사람을 데리고 거리 안을 온데 돌아다니며 대적군 삐라를 붙이느라고 분주하였다. 철퇴(撤退)할 때 팔로군의 한 개 소대는 포대에서 초간(稍間)히 떨어진 부속 건물에서 위안부 너덧을 붙들어 가지고 갔다. 그것들도 침략자로 간주하는 모양이었다. 노획한 무기, 탄약 및 기타 장비가 몇 무더기 잘되는 것을 적아(敵我) 양군의 부상병들과 함께―일본군이 발급한 이른바 양민증을 앞가슴에 단 야초만의 백성들을 운력을 시켜 가지고―들것, 멜대 따위로 다 실어 날랐다.

밝는 날 코가 비뚤어지게 실컷 자고 눈들을 떠 보니 다저녁때다. 리지강이가 생각이 나서 호주머니를 뒤져 보니 노획품 수진본이 나오는

데 놀랍게도 표지에 찍힌 것은 일본글이 아니고 한글이다. 김동인의 단편집이었다. 표지를 뒤져 보니 안표지에 네모난 도장 하나가 찍혀 있는데 한문자로 넉 자 김전학성(金田學成). 리지강이는 기가 막혀서 머리가 떨떨해졌다.

'그럼 그게 조선 사람이었나? ─ 학도병이었구나!'

'아무리 모르구 한 일이라두…… 이역만리에서…… 동포를 죽이다니!'

리지강이는 야릇한 비애에 잠겼다.

이튿날 그 단편집 중에서 〈발가락이 닮았다〉라는 매우 기발한 제목의 단편 하나를 우선 읽어 보았다. 리지강이는 읽으면서도, 또 읽고 나서도 쓴웃음이 절로 나왔다. 성병으로 생식 능력을 상실한 한 남자가 행실이 부정한 그 안해의 낳아 놓은 아들을 자기 아이로 믿으려고 애를 쓰는데 닮은 데가 하나도 없어서 무진 고민을 한 끝에 마침내 아이의 발가락이 저를 닮았다고 내 아들이 틀림없다고 좋아하는 내용이었다. 리지강이는 망국의 비운을 아랑곳없이 너절한 소설을 써서 민중의 의지를 마비시키는 부르주아 문인들의 소행이 가증스러웠다.

리지강이가 이런 생각 저런 생각을 하고 있을 즈음 불시에 밖에서 왁자지껄하는 소리가 났다. 무슨 일인가 하고 일어나 나가 보니 우군 부대에서 야초만 습격 때 붙들어 온 위안부 넷을 조선의용군에 떠맡기러 왔었다. 몸에 야한 색깔의 화복 ─ 일본옷을 입고 머리는 쑥바구니가 된 여자 넷이 어줍은 몸가짐으로 마당가에 서 있었다. 일본 여자들인 줄 알고 붙들어 갔었는데 알고 보니 조선 여자들이란 것이다. 그러니 너희가 맡으라는 것이었다. 뜻밖의 선물에 김 지대장이 어이가 없어서 한동안 쓴웃음만 웃고 섰다가 할 수 없이 인수하는데 마지못

해 인수증까지 써 주었다. 상대방이 그것을 요구해서였다.

"싱거운 자식들, 부질없이 저런 건 무엇 하러 붙들어 오누!"

"글쎄나 말이지. 저희가 붙들어 왔으면…… 구워 먹든 삶아 먹든……
저희가 할 게지……."

"저 주체궂은 것들을 데려다간 어떡하지?"

"낸들 아나? 대장이 어떻게 처리할 테지."

"야야야, 인물이 어쩌면…… 저 지경들 못났니?"

"메주야 호박이야…… 절구통이야?"

리지강이가 다시 보니 아닌 게 아니라 개개 다 추녀였다. 추녀도 이
만저만한 추녀가 아니었다. 박색 중의 상박색들이었다. 옆에 섰던 주
운룡이가 머리를 설레설레 저었다. 리지강이와 마주 보고 쓴웃음을 웃
었다.

"적의 포대를 치러 나왔다가…… 이런 덤을 받을 줄을 누가 알았어?"

"세상이란 다," 하고 리지강이는 생활의 철리를 깨닫기라도 한 것
같은 대꾸를 하였다.

"맺구 끊은 듯이 가쯘하겐 되잖는 모양이지?"

주체궂은 네 여자는 곧 동욕(桐峪) 지휘부로 호송되었다.

제1지대는 달포가량 찬황 일경(一境)을 전전하다가 길가 풀덤불에
무서리가 하얗게 내려앉을 무렵 일단 동욕 지휘부에 귀환하였다. 동욕
에 당도해 보니 석고산(石鼓山)에 나가 있던 독립 지대도 사나흘 먼저
들어와 있었다. 그동안에 네 여자는 의용군의 여대원들인 리란영과 김
상엽이 주로 맡아 교양하였었다. 네 여자의 이름은 무슨 순이 무슨 옥
이…… 거의 다 비슷비슷하여 까딱하면 섞갈렸다. 그 이름이 서로 비
슷비슷한 여자들에 대하여 리란영과 김상엽은―리지강이와 주운룡

이에게—이렇게 이야기하였다.

"아주 불쌍한 여자들이예요. 두메산골에서 자라서 소학교두 못 다
녀 봤다지 뭐예요. 가난에 쪼들리다 못해 팔려 나온 여자들이예요.
인물이 미우니까 후방에선 팔리지 않구…… 그래 전방으루 전방으
루 밀려나온 거래요. 전방에선 기갈이 들어서 인물을 가리구 사리구
할 계제들이 못 된다나요. 그 무지스러운 녀석들을 하루에 이삼십
명씩 삼사십 명씩 치르구 나면 허리를 통 쓸 수가 없다잖아요. 밥 먹
을 틈두 없어서 누운 채 주먹밥으루 끼니를 에우는 때가 종종 있다
지 뭐예요. 이게 그래 인간 생지옥이 아니구 뭐겠어요. 지내보니까
어찌나들 순박한지…… 곧 산속에 자란 도라지 더덕이예요. 그렇게
들 꾸밈 없구 천연스럽단 말이예요……."

리란영의 이야기에 김상엽이 말을 달았다.

"그러구 일들을 어찌나 잘하는지…… 산에 나무를 가면…… 어느
상머슴꾼이 따라오겠어요. 우리 따위는 애당초에 두름으루 엮어두
안 된다니까요."

"일본 강도 놈들에게 무참히 짓밟힌 희생물이 아니겠어요? 그런 여
자들을 인물이 좀 밉다구 해서…… 천하구 배운 게 없다구 해서……
우리가 업신여겨서 차별 대우를 한다면…… 그건 수치스러운 일이
예요. 안 그렇게들 생각하세요?"

"나두 절대루 그 여자들 편이예요. 모두들 성병이 있어서 하루 걸러
루 병원에를 다녀야 하니…… 얼마나 가엾어요…… 정말이지."

리지강이와 주운룡이는 인간 수업에서 한 과를 더 배운 것 같아서
숙연들 해졌다.

〈료녕 조선문보〉 1985년 8월

짓밟힌 정조

1

인식이가 고중 3학년생이 되던 해 여름방학 때의 일이다. 시내에서 10여 리 떨어진 마을에 사는 고모를 보러 갔다가 돌아오는 길에 갑자기 소나기를 만났다. 옹이에 마디로 제 몸에는 우비가 없고 근처에는 비 그을 곳이 없었다. 두 주먹 불끈 쥐고 장달음을 놓는 수밖에 없었다.

"비가 올 때는 뛰나 안 뛰나 비를 맞기는 매일반이다. 뛰는 놈이 멍텅구리다."

누가 하던 말이 언뜻 귓전을 스쳤으나 인식이는 늦추지 않고 그대로 달았다. 창살 같은 빗줄기가 억수로 퍼붓는 중에, "여보세요, 여보세요!" 곱고 앳된 여자의 목소리가 급히 부르는 것 같았다. 피뜩 뒤돌아보니 나팔꽃 모양의 비닐 양산을 쓴 여학생이다.

"어서 이리 들어오세요, 어서 이리 들어오세요!"

몰골이 몹시 보기 딱한 모양이었다. 그러나 인식이는 공연히 주눅이 들어서 "아니, 일없습니다." 어망중에 이렇게 한마디를 홀뿌리고 계속 줄달음질을 쳤다. 마치 자기는 이렇게 노박이로 비를 맞으며 뛰는 것이 유일한 취미이고 또 최상의 쾌락이라는 것을 그 여학생에게 보여주기라도 하려는 것처럼. 그러나 얼마 안 되어 그는 자책이 울컥 치밀어 올랐다.

'이런 멍청이 같으니!'

그러자 입 밖으로 말이 새어 나왔다.

"같이 쓰구 오면 좀 좋아?"

비는 어느새 그치고 해가 나왔다. 여전히 뜨거운 삼복의 여름 해였다. 호졸곤한 옷에서 금시로 김이 나기 시작하였다. 자포자기한 기분이 되어 인식이는 물웅뎅이를 골라 디디지 않고 마구 철벅철벅 건너며 그 친절한 여학생의 얼굴을 눈앞에 그려 보았다. 그러나 고대 본 그 얼굴이 잘 떠올라 주지를 않는다.

'이쁘긴 분명히 이쁘던데……'

하지만 그 이쁜 정도가 어느 만큼인지…… 서시 급이든지 클레오파트라 급이든지…… 아니면?

풋내기 총각으로서는 무리도 아니었다. 제 가슴팍을 겨눈 총구 앞에 서 있는 자가 그 총의 구경이 6.8밀리인지 7.9밀리인지 알 게나 무어람!

'그 처녀가 얼마나 무안했을까. 아니, 일없습니다는 다 뭐야. 체!'

그리하여 그는 속으로 단단히 결심을 다졌다.

'이번에 또 어디서 만나기만 하면…… 용감히 나서서 말을 걸어 봐야지.'

그러나 여름이 다 가고 가을이 와도, 그 가을이 또 가고 겨울이 들이닥쳐도 그 여학생은 다시 눈앞에 나타나 주지를 않았다. 해가 바뀌어도 이따금 생각이 나다가 봄에 꽃들이 피기 시작할 무렵에 와서는 잊어버리는 줄도 모르게 아주 잊어버렸다.

인식이가 대학생이 되었다. 그런데 어찌 알았으리. 같은 교실 안에서 그 소나기 퍼붓던 날 우산을 권하던 여학생의 얼굴을 다시 보게 될 줄을! 인식이는 잔뜩 벼르고 있다가 하학을 하기가 바쁘게 얼른 그녀한테로 다가갔다.

"오래간만입니다."

"누구시던가요?"

여자는 좀 의아쩍은 눈으로 인식이의 얼굴을 쳐다보았다. 전혀 기억이 없는 모양이다. 인식이는 계면쩍어서 귀밑이 화끈하였다. 하지만 형편이 그대로 물러서기도 어렵게 되었다.

"저 지난해 여름…… 소나기 쏟아질 때……."

"아, 네, 오래간만이예요!"

비로소 알아보고 반가와하는 그녀의 이름은—나중에 알아보니—조봉숙이라고 하였다.

대학 3학년이 되었을 때 리인식이와 조봉숙이는 일생을 같이 지내기로 둘이서만 조용히 언약하였다. 그것은 아주 자연스러운 귀결이었다. 둘이 배우는 것은 일어였으니까 졸업을 하면 중학교의 일어 교원이 아니면 여행사의 안내원으로 일하게 될 것이었다. 그들의 눈앞에서는 황홀한 미래가 연분홍색 안개 속에서 어서 오라고 손짓을 하고 있었다.

늦은 봄의 일요일, 화창한 날씨였다. 두 사람은 시내 가까이에 있는 나지막한 산에 올라가 가는 봄을 즐기고 또 아끼기로 하였다. 그러나 슬프게도 두 사람의 춘흥은 무참히 깨어질 운명을 지니고 있었다. 망나니 세 놈이 슬슬 그들의 뒤를 따르고 있었던 것이다.

판결서(발췌)

수범 ×××(남, 23세)는 공범자 ×××(남, 22세), ×××(남, 21세)를 데리고 의식적으로 뒤를 따르다가 으슥진 곳에 이르자 피해자 리××(남, 23세)와 조××(여, 22세)를 불러 세워 놓고 주먹을 내보이며 꼼짝 말라고 위협한 뒤 범행의 목적으로 미리 준비해 갖고 온 밧줄로 리××을 얽어서 나무에 동여매었다. 그런 연후에 그 보는 앞에서 반항하는 조××을 세 놈이 번갈아들며 야수적으로 윤간하였다.

이때부터 리인식, 조봉숙 두 남녀의 세계는 지옥 아닌 지옥으로 변하였다. 그윽한 꽃향기와 꾀꼬리 우는 소리 속에 내리쪼이는 봄볕이 항시 따사롭기만 하던 '무릉도원'에서 까딱 발을 헛디디어 둘이서만 천 길 나락 속으로 떨어져 내려온 것이 아닌가 싶었다.

"그런 비겁쟁이가 세상에 또 어디 있겠어!"

"누가 아니래."

"세 놈이 다 맨주먹이었다잖아?"

"그러게 말이지."

"그런 주제에 연애는 다 뭐야!"

"흥!"

"그래 눈깔 펀히 뜨구 그걸 내려다보구 섰어? 체!"

"그런 개코망신을 하구두 낯짝을 들구 돌아다니니…… 사람이 참……."

"차라리 송편으루 목을 따 죽지."

"정말이야."

"쉬, 온다!"

"오면 어때?"

이런 소리가 귓속으로 흘러 들어올 적마다 인식이는 쥐구멍을 못 찾아 성화가 났다. 탯덩이처럼 대항 한번 변변히 못 해 보고 곱게 묶이운 자기를 동창생들이 그렇게 타박하고 비웃는 것은 너무나 당연한 일이라고 생각이 들어서였다.

그와는 반대로 봉숙이의 경우는―.

동창생들이 무엇을 번화스레 지껄이다가도 자기가 방 안에 들어서기만 하면 갑자기 ― 녹음테이프가 툭 끊어진 것처럼 ― 잠잠해지곤 하는 것이었다. 그럴 때마다 '오, 또 내 말을 하더랬구나!', '나는 인제 아주 돌려났구나!' 이런 자격지심이 온몸을 덮싸는 것을 봉숙이는 어찌할 도리가 없었다. 그리하여 된서리 맞은 한 포기의 꽃나무처럼 날로 달로 시들어만 갔다. 누가 위로를 해 주는 것도 다 귀찮았다. 그저 가만히 내버려 두어 주기만 바랐다.

'무슨 기적이 일어나서 세상 사람이 다 갑자기 기억력을 상실한다면 얼마나 좋으랴.'

인식이와 봉숙이는 피차간 다 한 교실에서 공부를 해야 하는 것이 고된 운명으로 생각이 들어서 몹시 저주로왔다. 죽기만큼이나 싫었다. 서로 얼굴을 맞대지 않으려고 항시 마음을 써야 하였다. 애를 써야 하였다. 서로 얼굴을 마주칠까 봐 겁을 내었다. 어쩌다 눈길이 마주치면 질겁을 하였다. 감전이라도 된 것처럼 소스라쳤다.

졸업장을 타는 날까지 일 년하고 또 한 달을 ― 10년 맞잡이, 11년 맞잡이로 ― 질감스럽게 그들은 보내야 하였다.

인식이는 남자라서 그렇게까지 비장한 각오는 하지 않았으나 봉숙이는 일자리를 분배할 때 자원하여 누구나 다 가기 싫어하는 편벽한

곳을 골라서 중학교 일어 교원으로 가게 되었다. 초야에 묻혀 초목과 더불어 썩기를 기하였던 것이다. 인식이는 시내에 떨어져서 역시 일어 교원이 되었는데 본인은 싫기도 하고 또 좋기도 하였다. 생활이 편리한 시내에 남게 된 것은 좋았으나 아는 얼굴이 너무 많은 것이 흠이었던 것이다. "봐라, 저치다.", "오, 그러냐." 하는 뒷손가락질이 무서웠던 것이다.

열석 달 동안의 고통스러운 생활, 늘 얼굴을 마주 대해야 되는 생활에 종지부를 찍고 수백 리 따로따로 떨어져서 서로 잊고 조용히 살 수 있게 된 것을 두 사람은 다 다행으로 여겼다. 지지눌리웠던 어깨가 거뜬해지는 것 같아서 안도의 숨이 다 후 나갔다.

2

봉숙이의 첫 부임길은 그리 순조롭지가 못하였다. 홍수에 다리가 끊어져서 버스가 직행을 못 하고 건널 수 없는 다리 이편과 저편에서 이어달리기를 해야 하였다. 다리는 한창 복구 작업을 하는 중이었으므로 사람은 무릎을 지나오는 물속을 바짓가랭이 둥둥 걷어올리고 건너야만 하였다. 봉숙이가 큰 가방 둘을 양손에 갈라 들고 냇가에 서서 아직 채 맑아지지 않은 냇물을 망설이는 마음으로 가늠하고 있을 때 한 차에 앉아 온 거머무트름한 젊은이 하나가 가까이 와서 무뚝뚝한 말씨로 "그 가방 하나 이리 주시오." 하고 가방 들지 않은 쪽 손을 내밀었다. 그가 든 가방은 크기는 해도 하나밖에 없었다.

"아니, 일없습니다."

"비쌔지 말구 어서 이리 주시오. 기회라는 동물은 뒤통수에 털이 없다구요. 한번 놓치면 다시 못 붙든다구요. 괜히 후회하지 말구……. 자 어서."

그 젊은이가 싱글벙글 웃으며 이렇게 말하는데 봉숙이는 겨우 차리려던 체면이 저도 모르게 무장해제를 당하였다.

"고맙습니다. 그럼 좀 수고해 주십시오."

"진작 그럴 게지."

봉숙이는 할 수 없이 웃었다. 좀 게면쩍은 웃음이었다. 사나이의 수수한 거동이 사교적 예절을 무용지물로 만들고 있다는 것을 몸으로 느꼈다.

물을 건너서 마중 나온 버스에 자리잡아 앉는 수선이 끝난 뒤에 사나이가 비로소 물었다.

"어디를 가십니까? 초행이지요?"

봉숙이가 가는 곳을 말한즉 "아, 그럼?…… 일어 선생?……." 하고 사나이는 흰자위 많은 눈을 크게 떴다.

"아니, 그걸…… 어떻게 아세요?"

"들었습니다, 교무주임 선생한테서. 나두 그 학교에서 역사를 맡구 있는걸요."

"그렇습니까, 그러세요?"

"나 문대성이라구 합니다."

새삼스럽게 뒤늦게 쑥스럽게 통성명들 하였다.

"저 조봉숙이예요."

버스가 떠났다. 차차 속력을 내기 시작하였다. 차창 밖에서는 여름 풀, 여름곡식들이 아우성을 지르며 자라고 있었다.

교무주임의 알선으로 봉숙이가 하숙을 잡은 뒤에 알고 보니 역사를 맡고 있다는 문대성도 하숙 생활을 하고 있는 총각 선생이었다. 두 하숙집은 상거가 한 마장 푼한데 봉숙이의 출근길은 그 총각 선생이 들어 있는 하숙집 옆을 지나게 되어 있었다. 어느 일요일 날 아침의 일이다. 봉숙이가 일직을 서려고 학교를 나가는데 총각 선생이 열려 있는 방문으로 내다보고 (울타리가 낮아서 지나다니는 사람이 어린아이나 난쟁이만 아니면 다 보였다) "조 선생, 조 선생!" 큰 소리로 불렀다.

"무슨 일이세요?"

봉숙이가 발을 멈추고 울타리 너머로 총각 선생을 바라보았다.

"잠깐 들어와 이것 좀 도와주십시오."

"무언데요?"

"넥타이, 넥타이!"

봉숙이가 들어가 보니 총각 선생은 몸에 잘 어울리지 않는 세비로를 입고 거울을 들여다보며 넥타이를 매는데 그것이 제대로 매지지 않아서 매삼치는 중이었다.

"갑자기 웬일이세요?"

"양복을 얻어 입구 둘러리를 서러 가야겠는데…… 글쎄 이놈의 넥타이가 생전 어디 말을 들어줘야 말이지요. 사람 애먹습니다. 조 선생 좀 도와주십시오."

"면도두 안 하시구요?"

"오, 참 그렇지. 이놈의 넥타이 때문에 가장 중요한 걸 잊었군. 넨장!"

총각 선생 문대성이 꾸밈없는 소박한 사람이라는 것을 몇 번 접촉해 보는 동안에 봉숙이는 잘 알았다. 그러나 그저 그뿐이었다. 일생을 독신으로 살 각오를 한 봉숙이에게는 다 꿈에 본 돈이었다. 아무 소용없는 일이었다. 봉숙이는 모든 잡념 다 떨어 버리고 후대들 육성에 있는 정열을 다 기울이리라 마음먹었다. 그리하여 첫 한 학기가 다 끝나기 전에 벌써 좋은 평판이 조 선생을 따라다녔다. 봉숙이는 사는 보람을 느꼈다. 번뇌를 날려 버리니 마음도 편해졌다.

그러나 수백 리 떨어진 곳에 있는 인식이는 그렇게 쉽사리 번뇌를 날려 버리지 못하였다. 마음도 따라서 편할 리 없었다. 인식이가 보내는 나날은 반성의 나날이고 자책의 나날이었다. 도덕적 책임을 지지 않은 빚쟁이의 나날이었다.

인식이의 외삼촌은 명망 있는 교육가였다.

"그때 목숨을 걸구라두 보호를 했어야 할 건데…… 그렇게 못 했거든. 기왕 그리된 바에는 그 후과에 대해서나 철저히 책임을 져야 할 것인데…… 그것두 또 기피를 해? 그럼 그게 대관절 도덕적으루 어떻게 되니? 한번 잘 생각해 봐."

외삼촌이 이렇게 문제를 엄숙히 제기하는데 인식이는 대답할 말이 없었다. 하지만 나무에 묶이워 서서 보아야 하였던, 바로 눈앞에서 벌어졌던 그 끔찍스러운 광경이 자꾸 머릿속에 생생히 떠올라서 인식이는 그 생각만 하면 진저리가 났다.

'그런 여자를 내 안해로 맞아? 오오, 안 될 말!'

정말 도저히 안 될 말이었다!

"그건 부정이 아니거든. 행실이 부정한 게 아니거든. 불가항력적인 거거든. 어째, 그래두 맘이 돌아서잖니?"

"그렇지만 아저씨……."

"알 만하다, 네 그 옹졸한 결백. 자사자리(自私自利)한 결백."

"아저씨!"

"내 하나 이야기할게……. 참고루 들어 봐."

　1936년, 영국 런던 버킹엄궁전에서는 국왕 에드워드 8세를 둘러싸고 온 세상이 들썩들썩하는 대사건이 벌어졌다. 에드워드 8세는 마흔두 살 먹은 총각 국왕이었다. 왕후를 책봉하는 일이 나라의 대사로 되어 있는 마당에 장가를 들어야 할 당자인 국왕이 딴전을 부린 것이다. 이혼을 두 번씩이나 한 과부―미국 여자 심프슨 부인을 왕후로 맞겠다는 것이다. 모후가 크게 놀라 아들―국왕을 불러들여 따지었다.

　"너두 우리 왕실의 전례(典禮)를 모르지는 않을 테지? 대영제국의 지존인 영국 국왕이 왕후를 간택하는데 이혼을 두세 번씩이나 한 평민의 과부를 골라? 더구나 이혼한 전남편들이 눈이 시퍼렇게 살구 있어! 선박업자 심프슨, 그 심프슨이 살기 싫다구 내버린 여자를 이 나라의 국왕인 네가 얼른 주워 가져? 그래 영국 국민이 그걸 받아들일 줄 아느냐? 연합 왕국의 존엄한 국회가 그런 모욕을 잠자쿠 받아들일 줄 아느냐? 총리대신과 내각의 각료들은 다 입이 없는 줄 아느냐? 이 큰 나라 수천만 인구에 숙덕이 어질구 자색이 아름다운 규수는 얼마든지 있을 텐데 왜 하필이면 그런 부덕 없는 과부를 고른단 말이냐? 이혼을 두 번씩 세 번씩 식은 죽 먹기루 하는……. 네가 지금 정신이 온전하냐? 어디 말 좀 해 봐라!"

　"그렇지만 어머님, 저는 그 여자가 꼭 맘에 드니 어떡헙니까? 숙덕이구 자색이구 지체구 문벌이구…… 저는 다 귀찮습니다. 제 맘에 드는 여자하구 같이 살겠다는데…… 국법은 다 무어구 전례는 다 무업니까. 한 나라의 국왕이 고만한 자유두 없다면 그게 어디 말이 됩니까?"

"국왕의 체통두 돌보잖구…… 네가 지금 열두 살 먹은 아이냐? 되지
두 않을 소리!"

"그래두 저는…… 어머님 말씀을…… 이것만은 순종할 수가 없습니
다!"

어머니 왕태후와 아들 국왕 사이에 한창 설전이 불꽃을 튕기고 있을
때 시종관이 황망히 들어와 아뢴다.

"상원 의장, 하원 의장, 내각 총리대신 그리구 대법원장이 알현을 청
하오이다."

사태는 더없이 엄중해졌다. 원로대신들이 연합하여 결판을 내러 들
어온 것이다. 두 의장, 한 원장에 수상, 왕태후까지 합세를 해 놓으니
국왕 에드워드 8세는 5대 1의 열세로 악전고투를 하지 않을 수 없게
되었다.

"여러분이 무어라구 해두 난 꼭 그 여자를 왕후루 책봉할 거니까 그
리들 아시오."

"부덕이 땅을 쓴 평민의 과부를 우리더러 국모루 모시란 말씀이오
니까 전하? 황차(況且) 전남편이 두셋씩이나 살아 있는데!"

"아니 될 말씀이외다 전하! 존엄한 영국 왕실에는 그런 전례가 역대
적으루 없었소이다. 그런데 지금에 와서? …… 아니 될 말씀이외다
전하!"

"국왕의 존엄을 돌보시와 그런 도리에 어긋난 타산은 얼른 도루 거
두소서, 전하!"

"연합 왕국의 5천만 신민은 그런 모욕을 절대루 받아들일 리 만무하
온즉 전하께옵서 통찰하소서."

담벼락하고 맞서는 거나 마찬가지였다. 당초에 어림도 없었다. 보수

성이 세계에서 가장 강한 나라의 하나인 영국이었다. 닭알로 돌을 치라지! 헌 과부를 주워다가 국모의 성스러운 자리에 올려 앉히겠다구?

'저 국왕이 잠이 덜 깨서 잠꼬대를 하잖나?'

코웃음을 칠 노릇이었다. 차라리 국왕을 정신병원에 갖다 가두면 가두었지 헌 과부를 국모로 모시지는 죽어도 않을 영국 국회, 영국 내각, 영국 국민이었다.

노총각 국왕 에드워드 8세는 마침내 '영국이냐, 심프슨이냐?' 바꾸어 말하면 '국왕이냐, 과부냐?' 하는 양자택일의 갈림길목에 서게 되었다.

전 세계의 이목이 버킹엄궁전에 집중되는 가운데 국왕 에드워드 8세가 마침내 마이크 앞에 다가섰다. 다음 순간, 손에 땀을 쥐고 군침을 삼키며 기다리던 수천만 사람들의 귀청을 때린 것은—"……퇴위를 선언한다……."

미증유의 초특급 해일이 섬나라 영국을 들이덮치기라도 한 것처럼 도처에서 일대 소동이 일어났다…….

왕위를 아우(현재의 영국 여왕 엘리자베스 2세의 아버지)에게 물려주고 퇴위한 에드워드 8세—원저공은 그날 밤으로 영국을 떠나 프랑스로 건너갔다. 그는 심프슨 부인과 결혼한 뒤 36년 동안 영국 땅을 밟지 않다가 1972년에 병이 중해지자 영국에 돌아와서 죽었다. 원저 부인(즉 말썽거리의 심프슨 부인)은 그 조카딸이 되는 엘리자베스 2세가 버킹엄궁전에 데려가서 지금 거기서 조용히 여생을 보내고 있다.

"어떠냐, 인식아. 나는 너더러 사랑을 위해서 나라를 버리라구 이런 이야기를 해 들리는 건 아니다. 알았니? 제국주의 나라 국왕의 본을

따라구 이런 이야기를 해 들리는 게 아니란 말이다. '사랑이여 / 그
대를 위해서라면 / 내 이 목숨마저 바치리 / 하지만 사랑이여 / 자유
를 위해서라면 / 내 그대마저 바치리'…… 헝가리의 애국 시인 페퇴
피의 이 시…… 너두 알구 있겠지? 내 본의는 다만 여자의 정조라는
걸 어떻게 보겠는가, 어떻게 대하겠는가…… 참고루 삼구…… 한번
심사숙고해 보란 뜻…… 그것뿐이다. 알겠니?"

3

교무실에서 선생들이 제각기 제 볼일을 보고 있을 때 역사 선생 문
대성이 보던 책을 펼친 채로 들고 일어나더니 어간에 늘어앉은 선생
들을 서넛 지나서 일어 선생 조봉숙에게로 다가왔다.

"조 선생, 오해하지 마십시오. 이건 조 선생의 실력을 떠보는 게 아
니구 정말 몰라서 가르침을 받자는 거니까…… 그리 알구 좀 가르쳐
주십시오."

이렇게 큰소리로 머리말부터 앞세우니 동료 선생들이 듣고 모두 킥
킥 웃었다.

"이제 보니 문 선생두 모르는 게 있구먼!"

"그럼 나를 과학원 원장으루 알았어?"

웃으며 한마디 만수받이한 뒤 문대성은 봉숙이 눈앞에다 들고 온 책
을 펼친 채로 내려놓았다.

"도무지 알 수가 있어야지. 요거 말이요, 요거……."

"제가 뭘 알아야지요."

"겸사는 생략하시구…… 자."

봉숙이가 책뚜껑을 한번 번드쳐 보니 그것은 미국 학자가 지은 역사 사전을 한문으로 번역 출판한 것이었다.

"대관절 이 '애다파고호(埃多巴庫呼)'란 게 무슨 뜻입니까? 애급 말인지 페르시아 말인지…… 나중엔 별눔의 글이 다 많지!"

봉숙이가 문맥을 더듬어 보니 그것은 일어를 영어로 음역한 것을 다시 한어로 음역한 것이었다.

"이건 일본말을 한문자루 음역한 거예요. '에도 막부(江戶幕府)'란 말이예요. '에도'는 지금의 도쿄, '막부'는 군정부."

"야, 문 선생이 월사금을 바칠 일이 났군!"

"아닌 게 아니라 월사금을 바쳐야겠는걸."

이렇게 지껄이며 문대성은 한 손으로는 책을 집어 들고 또 한 손으로는 뒤통수를 긁적거리며 제자리로 돌아갔다.

그럭저럭 날짜가 지나서 첫눈이 내렸는데 희한하게도 첫눈이라는 게 무릎까지 빠지리만큼 무더기로 내렸었다. 꿩들이 먹이를 찾아서 분분히 인가 근처로 날아 내려왔다. 초겨울 눈난리 속에 봉숙이 마음의 상처에도 딱지가 앉았다. 문대성은 노루가 눈에 빠져서 헤어나지 못한다고 굵직굵직한 학생 아이 네댓과 함께 설피(雪皮)들을 차려 신고 노루 사냥을 떠났다. 눈 위를 따라다니는 데는 스키가 더 좋기는 좋겠지만 그럴 계제가 못 되므로 손쉬운 설피로 만족들 한 것이다. 전교 선생들 중에 역사 선생―문 선생이 학생들에게 제일 인기가 있다는 것은 자타가 다 인정하는 바였다. 사람이 워낙 소탈하여 누구나 사귀기가 좋아서 아이들이 잘 따르는 데다가 수업시간에 구수한 역사 이야기를 재미나게 잘하는 까닭에 역사 시간에는 하학종이 나도 아이들이 선생을 놓아주지 않고 "조끔만 더, 조끔만 더." 시간을 끌기가 일쑤였다.

문대성은 아이들을 동독(董督)하여 데리고 떠나면서 적어도 서너 마리는 꼭 잡아 온다고 속으로 뼈물었다. 그러나 다저녁때 사제 다섯 사람이 기진맥진하여 돌아온 것을 보니 그리 크지도 못한 노루가 단 한 마리도 못 되고 겨우 한 마리의 3분의 2 정도였다. 저녁때 돌아오면 노루 추렴을 하자고 미리 일러둔 까닭에 봉숙이도 문 선생네 하숙집에 와서 에이프런을 두르고 주인집을 도와 만반의 준비를 갖추고 있었다.

"아니 이게 웬일이세요! 노루가 겨우?"

봉숙이가 어처구니없는 얼굴로 문대성을 바라보니 노루 쫓기에 너무 지쳐서 떠날 때보다 열 살이나 겉늙어 보이는 문대성은 크게 바라고 정식으로 에이프런까지 두른 여선생을 대할 면목이 없는 모양으로 "생각 밖에 그놈의 노루들이…… 거참……." 구렝이 담 넘어가는 소리를 얼버무렸다. 옆에 섰던 제일 어려 보이는, 그러나 제일 똑똑해 보이는 학생 아이가 한 발자국 앞으로 나서서 말곁을 달아 선생을 거들어 주었다.

"노루는 한 마리두 못 잡았어요. 그놈들이 어찌나 빠른지…… 저 건 승냥이가 뜯어먹는 걸 빼앗아 온 거예요. 승냥이를 쫓아 버리구……."

이 말을 듣고 아이들이 모두 킥킥 웃으니 문 선생도 할 수 없이 허허 따라 웃었다. 봉숙이는 그 불행한 사고가 있은 지 일 년 반 만에 이날 처음으로 '오호호호!' 속에서 우러나오는 명랑한 웃음을 웃어 보았다.

"아이 선생님두 참! …… 오호호호!"

승냥이 아가리에 든 밥을 빼앗은 것이기는 해도 이날 밤 노루 추렴은 여간 유쾌하지가 않았다.

"그놈의 승냥이 약이 올랐을 거야."

"아쉬워서 자꾸 뒤를 돌아보잖던."

"발이 차마 안 떨어졌을 게야."

"이를 갈았을 게다, 분해서……."

이런 웃음의 소리 속에 강권에 못 이겨 봉숙이도 포도주 두 잔을 받아 마시고 얼굴이 온통 발개졌다.

밤늦게 불을 끄고 자리에 누워서 봉숙이는 혼자 미소를 머금었다.

'문 선생이 영웅 인물은 아니야. 그렇지만 질박한 넋을 지닌 사람…… 정직한 사람임에는 틀림이 없어.'

문대성이 현 교육과에 볼일이 있어 올라갔다가 교육국에서 내려온 옛 친구―동창생 하나를 만나서 둘이 함께 식당에 가 점심을 먹었다.

"너네 학교에 여선생 하나가 갔지?"

"어느?"

"일어 선생 말이야."

"아, 왔어."

"조…… 뭐라더라?"

"봉숙…… 조봉숙."

"응, 그래 조봉숙. 그 여자 내력 너 아니?"

'무슨 내력인데?' 하는 눈치로 문대성은 그 친구의 얼굴을 물끄러미 바라보았다.

"너 정말 모르니?"

문대성이 정말 모른다는 뜻으로 고개를 가로흔들었다.

"네가 아직두 총각위원회 성원이니까 내 말해 주는 거다. 어디 가 말 내지 말아, 괜히.―너 혼자 참고루만 삼으란 말이야."

이와 같이 허두를 떼어 놓고 그 친구는 귓속말로 소곤소곤 조봉숙의 그 사건을 죄다 이야기해 들려주었다.

문대성은 쓸쓸한 얼굴로 친구의 이야기를 끝까지 다 들었다. 그러나 아무러한 반응도 보이지 않았다. 아무러한 의사 표시도 하지 않았다. 검다 희다 말이 없었다. 친구는 주먹으로 봄바람을 친 것 같아서 좀 맥살이 나는 모양이었다. 기대가 어그러진 것이다. 그는 문대성이 으레 눈을 번득이며 "응 그래? 그런 일이 있었니?" 하고 대단히 흥미를 가질 줄 알았던 것이다.

"말 귀때기에다 대구 염불을 하잖았니, 내가?"

하고 그는 문대성의 어깨를 한번 탁 치고 웃으며 일어났다.

"언제 떠나니?"

문대성도 따라 일어났다.

"내일 새벽…… 첫차루."

"꽤 바쁜 모양이구나?"

"그럼 안 바빠? 인제 과장 나리신데!"

"이 자식!"

두 친구는 서로 웃고 손을 나누었다.

이 무렵 리인식이는 외삼촌과 단둘이 마주 앉아 끝나지 않은 사연을 잇고 있었다.

"어떠냐, 그동안 좀 생각해 봤니?"

"글쎄요."

"아직두 해탈을 못 한 모양이구나? 낡은 관념에서……."

인식이는 말없이 고개를 떨어뜨렸다.

"좋다, 그럼. 내 또 하나 책에서 본 이야기를 할게, 들어 봐라. 소귀에

경 읽기가 되겠는지는 모르겠다만."

인식이는 얼굴을 들고 외삼촌의 입을 바라보았다.

1702년, 러시아 군대와 스웨덴 군대가 네바강을 사이에 두고 일대 격전을 벌인 끝에 사상자를 숱하게 내기는 하였으나 결국 러시아 군대가 승리하였다. 당시의 차르는 저 유명한 표트르 대제였고 그리고 전역(戰役)을 지휘한 것은 연로한 대원수 셰레메테프였다. 그 전역에서 사로잡은 숱한 스웨덴 포로들 가운데는 그냥 백성도 있고 또 적잖은 수의 여자도 있었다. 그중의 한 젊은 여자를 용기병(龍騎兵) 소대장 디밍 소위가 점유하였다. 디밍은 치중마차 밑에다 짚부스레기를 깔고 그 여자를 앉혀 놓았다. 그리고 제 어지러운 외투를 벗어서 그 오돌오돌 떨고 있는 여자에서 덮씌워 주었다. 그러나 결국 그 여자는 어수선한 전장을 순시하던 셰레메테프 대원수의 눈에 띄운다. 가련한 여자의 아름다운 용모에 늙은 마음이 크게 뒤흔들린 대원수는 오매불망 그 여자 포로를 잊을 수 없어서…… 염치를 무릅쓰고 부관을 불렀다.

"가 데려오게……. 용기병 소대장 디밍이라던가. 그자한테 가서…… 데려오게. 치중마차 밑에다 숨겨 놓은 그 계집을…… 데려오란 말일세. 그 무지막지한 녀석들 손에서 연약한 계집이 죽기라두 하면 가엾잖은가. 옛네, 이 한 루블…… 내가 보내더라구 가 말하게. 알겠나?"

"틀림없이 명령을 집행하겠습니다, 대원수 각하!"

부관은 득돌같이 달려나가 명령을 집행하였다. 불과 반시간 후에 그 불쌍한 여자는 부관을 따라 셰레메테프 대원수의 거실에 들어와 꿇어 앉아서 머리를 조아렸다. 여자의 헝클어진 머리에는 지푸래기가 달라 붙어 있었다. 부관은 한번 싱긋 웃고 슬그머니 물러났다. 셰레메테프는 황홀한 눈으로 그 어여쁘기 짝이 없는 여자를 이모저모로 뜯어보다가 독일말로 물었다.

"네 이름은?"

여자는 가볍게 한숨을 한번 짓고 나서 은방울 같은 목소리로 대답을 올렸다.

"에리나 카트리나라구 해요, 사령관님."

"카트리나, 음 그 이름 참 좋구나. 그래 너의 아버지는?"

"저는 고아예요. 부모가 없어요. 목사님 댁에서 안잠자기를 했어요. 식모살이를 했어요."

"안잠자기? 거 마침 잘됐다. 그래 너 빨래랑 다릴 줄 아니?"

"그러면이요, 집안 살림은 무어나 다 막히는 게 없어요. 애기두 볼 줄 아는 걸요."

"오 그래? 내가 마침 그런 안잠자기를 하나 구하는 중이다, 지금. 그런데 너 아직…… 결혼은 안 했겠지?"

카트리나는 땅이 꺼지게 한숨을 쉬고 고개를 더욱더 깊이 수그렸다.

"바루 요 한 주일 전에…… 시집을 갔어요."

"응! 누구한테?"

"존 라이비라는―스웨덴의 장갑기병한테요."

"그 존 라이비가…… 지금 어디 있니?"

"도망쳤어요. 라도가호를 헤엄쳐 건너가는 걸…… 제 이 눈으로 봤에요, 사령관님."

"일없다, 카트리나. 너 아직 새파랗게 젊은데…… 또 하나 얻으면 되지. 그래 너 배는 고프지 않으냐?"

"왜 안 고프겠에요, 사령관님. 배가 고파 곧 죽을 지경인걸요."

"오 그럼, 우선 요기부터 해야지.─게 누구 없느냐?"

이리하여 스웨덴 장갑기병 존 라이비의 갓 혼인한 안해 에리나 카트리나는 일단 러시아 용기병 소대장 디밍의 소유물로 되었다가 거기서 다시 높직이 뛰어올라 셰레메테프 대원수의 하녀 겸 애첩으로 되었다. 그러나 거기가 그녀의 종점은 아니었다. 주책없는 늙은이─대원수가 너무 좋은 김에 멘시코프를 보고 자랑을 한 데서 일이 잘못된 것이다. 멘시코프는 표트르의 가장 신임하는 시종으로서 군함(軍銜)은 소장에 불과하였으나 세력이 충전하여 아무도 감히 맞서지를 못하는 형편이었다.

"한 루블을 주구 용기병한테서 사 왔는데…… 기가 딱 막히다니까…… 인제 만 루블에 누가 팔래두 난 안 팔아, 안 팔잖구! 활발하구 유쾌하구…… 글쎄 곧 불덩이라니까, 불덩이! 그런 기집은 천 명 가운데서 하나를 고르재두 아마 좀 어려울걸!"

늙은이의 자랑 바람에 구미가 크게 동한 멘시코프가 이튿날 셰레메테프 그 저택으로 찾아갔다. 술들이 거나해진 뒤에 멘시코프가 청하였다.

"어디 한번 좀 구경이나 합시다."

"지금 집에 없어. 어디 볼일 보러 나가구…… 집에 없다니까."

"정말 이러기요? 괜히 그러지 말구…… 썩 불러내우! 아 좀 보기만 하잔데두 그러우? 그 영감 거참!"

주책없이 자랑을 한 죄로 늙은이는 아무도 보이고 싶지 않은 사랑하는 카트리나를 불러내 오지 않을 수 없게 되었다. 멘시코프는 셰레메테프보다 나이가 근 서른 살이나 아래다. 앞으로 나와서 한 무릎 꿇어 절하고 술을 따라 올리는 카트리나를 젊은 멘시코프는 넋 놓고 바라보다가 옛날의 예법이라고 하면서—여자의 입을 한번 쪽 맞추었다. 셰레메테프는 골이 잔뜩 나서 도끼눈을 하고 멘시코프를 노려보았으나 어찌하랴!

"영감, 저 여자를 내게 양도하시오. 우리 집을 송두리째 달라셔두 내 다 내주리다. 내 마지막 속옷까지라두 벗어 내라면 내 다 벗어 주오리다. 영감이 저런 여자를 어떻게 거느린다구 그러시우? 그 연세에…… 되지두 않을 소리! 더구나 영감은 처자가 있지 않으시우. 처자식 보기가 미안한 일을 구태여 하실 건 뭐요. 그리구 만약 이 소문이 폐하께 청문이라두 되는 날이면…… 불벼락이 떨어질 걸 왜 모르신단 말씀이요."

이러한 얼렁수를 써서 멘시코프는 종내 그 여자를 빼앗아가고야 말았다. 셰레메테프가 눈물콧물을 흘리며 비탄에 잠긴 것은 더 말할 것도 없는 일이다.

그러나 멘시코프의 화려한 저택도 종착역은 아니었다. 에리나 카트리나를 또 하나의 운명이 기다리고 있은 것이다. 종착역까지는 한 정거장을 더 가야 하였던 것이다. 빼앗아온 여자에게 홀딱 반한 나머지에 멘시코프가 아차실수로 셰레메테프의 복철을 밟은 것이다. 차르 표트르가 듣는 데서 새로 얻은 종첩—카트리나의 자랑을 늘어놓았던 것이다.

어느 눈보라가 기승을 부리는 밤에 차르 표트르의 노부(鹵簿)가 멘시코프네 집에 들이닥쳤다. 표트르는 객실에서 멘시코프와 마주앉아 술을 마시고 또 담배를 피우다가 문득 생각난 것처럼 입을 열었다.

"네 그 카트리나를 좀 불러라. 어디 보자…… 어떤가?"

"부끄럼을 너무 타서…… 나오지를 못합니다, 폐하. 귀밑머리 풀어

준 남편처럼 저를 섬기는걸요. 내외가 뭐 여간 심하지 않답니다.”

“그럴 것 같으면 어째 정식으로 결혼할 생각을 안 하느냐?”

“하지만…… 그게 어디 될 일입니까 폐하?”

“어째서?”

“포로해 온 계집종하구 어떻게 그럴 수가 있습니까? 그런 걸 정실루 들여앉혔다간…… 제 꼴이 뭐가 되겠습니까. 그런 개코망신이 또 어디 있겠습니까! 제야 의당 왕족이나 귀족하구 혼인을 해얍지요, 버젓하게…… 그래야 제 미천한 근본두 좀 가리워지지 않겠습니까.”

멘시코프는 본래 만두를 목판에 담아 메고 온 거리를 팔러 다니던 아이였다. 그런 것을 어린놈이 소명(昭明)하다고 표트르가 주워다 길러 내었다.

“웅 그래. 그래서 정식으루 혼인을 할 수 없단 말이구나.”

“그러면입쇼.”

창밖에서는 눈보라가 점점 더 기승을 부리는 듯 집이 다 울리었다. 멘시코프가 어두운 창밖을 한번 가 내다보고 제자리에 돌아와 앉으며 혼잣말로 지껄였다.

“눈보라가 심하긴 해두…… 폐하께서 환궁하시는 데는 별 지장이 없을 겁니다.”

“환궁? 누가 돌아간다더냐? 잔말 말구 냉큼 가서 데려오기나 해…… 카트리나. 말은 네가 먼저 냈어, 내가 낸 게 아니야!”

멘시코프의 얼굴은 백지장같이 해쓱해졌다.

‘사랑하는 카트리나!’

그러나 차르의 어명이 일단 떨어진 이상 아니 데려오지는 못하였다. 이윽고 멘시코프를 따라 들어온 카트리나의 큰절을 받은 표트르는 한

동안 유심히 그 아래위를 훑어보다가 "거기 앉거라, 카트리나." 우악(優渥)하게 자리를 주었다. 이어 표트르는 이것저것 말을 물어보았다. 카트리나가 서투른 러시아말로 대답하는 것을 듣다가 표트르는 기분이 좋아서 오래간만에 ─실로 오래간만에 ─통쾌한 웃음을 터뜨렸다. 표트르는 어떤 여자와의 문제가 뜻 같지 못하여 심히 불통쾌한 나날을 보내고 있던 중이었다.

멘시코프가 앞으로 나와서 술 석 잔을 따랐다. 한 잔을 표트르 앞에 또 한 잔을 카트리나 앞에 놓았다. 그리고 세 번째 잔을 제가 들었다. 세 사람은 일시에 잔들을 말리었다.

이윽고 표트르가 기지개를 한번 켜고 나서 카트리나에게 분부하였다. "아이 고단하다. 카트리나, 네가 촉대를 들구 안내해라, 침실이 어디냐?"

이리하여 포로 되어 온 여종 에리나 카트리나는 마침내 차르 표트르의 건즐(巾櫛)을 받들게 되었다.

후에 표트르는 카트리나를 정식으로 황후로 삼았다. 표트르가 붕어한 뒤에 에리나 카트리나는 러시아 역사상 파천황 처음으로 여황이 되었다. 에카테리나 1세가 곧 그녀인데 등극하는 해 그녀의 나이 마흔한 살이었다.

"이상으루 내 이야기는 끝났다. 내가 이런 이야기를 하는 건 너더러 남의 여자를 빼앗으라구 하는 게 아니다. 그런 비도덕적 행위는 우리 사회주의 사회에서는 절대루 용인되지 않는다. 내가 말하려는 것은 여자의 정조란 걸 어떻게 이해하느냐 하는 거다. 사회주의 시대에 사는 우리가 봉건 제왕보다두 더 옹졸한 정조관을 갖구 있다면…… 이게 그래 수치스러운 일이 아니구 무어냐. 부정한 행실이란 배우자가 있는 여자가 배신적으루 딴짓을 하는 걸 말하는 게야. 알았니? 잘 생각해 봐. 넌 지금 도덕적으루 빚을 지구 있어.”

인식이는 팔짱을 지르고 고개를 떨어뜨렸다.

“나 간다.”

한마디를 던지고 외삼촌이 일어나 나가는데도 인식이는 고개를 들지 않았다. 괴괴한 방안에서는 탁상시계 가는 소리만 유난히 높아 가는 것 같았다.

4

교무주임이 워낙 남의 일에 발 벗고 나서기를 좋아하는 호호인(好好人)이라 또 일거리 하나를 만들어 가지고—과거 보러 가다가 홍합을 꺼내 본 선비처럼—혼자 싱글벙글하였다. 총각 선생과 처녀 선생을 짝을 지어 주려고 자진하여 중매꾼 노릇을 담당해 나섰는데 “두고 보지, 내 솜씨가 어떠만 한가.” 자신이 있었던 것이다.

“중매는 잘하면 술이 석 잔이구 못하면 뺨이 세 개라는데…… 당신은 그저 밤낮!”

안해의 잔소리하는 입을 그는 “여보, 암탉이 울어서 잘되는 집안…… 당신 언제 보았소? 하필이면 강청이를 본받을 게 무어요!” 엉너리를 쳐서 틀어막고 역사 선생 문대성을 그 하숙집으로 찾아갔다.

“여보 문 선생, 언제까지나 이렇게 홑껍데기루 살 작정이요?”

“무슨 좋은 수라두 있습니까?”

"암 있다마다! 내가 그래 아무 구멍수두 없이 이렇게 말을 건넬 사람인가."

"그거 참 듣던 중 반가운 소립니다."

"이봐요, 문 선생." 하고 교무주임은―아무도 엿듣는 사람이 없는데도―입을 총각 선생의 귀에 가까이 갖다 대고 "새로 온 여선생…… 조 선생…… 어때?" 귓속말로 소곤거리고 의미 있게 눈을 슴벅였다. 문대성은 별반 갑작스럽다는 기색도 없이 고개를 비틀고 한동안 생각해 보더니 교무주임을 쳐다보지 않고 혼잣말처럼 지껄이는 것이었다.

"글쎄요, 저쪽에서 어떨는지요. 이쪽에선 별다른 의견이 없지만서두……."

'일이 이렇게 수월스러울 수가 있나!'

아주 거저먹기 흥정이었다.

"염려 말아, 염려 말아. 그걸랑 조금두 염려 말라니까."

교무주임은 일이 예상 외로 순리로운 데 사기가 올라서 제 가슴을 탁탁 쳐 보였다. 마치 그 가슴속에 제갈량의 '금낭묘계(錦囊妙計)'가 들어 있기라도 한 것처럼.

여선생은 남녀 학생 네댓을 데리고 좁은 방에 비좁게 둘러앉아 녹음기에서 흘러나오는 일본말에 귀들을 기울이느라고 방문 밖에서 교무주임이 일부러 내는 기침소리도 듣지를 못하였다.

"…… 창밖에서 봄비가 소리 없이 내립니다. 길 건너 빌딩 앞에는 승용차들이 숱하게 멎어서 있습니다……."

"아하, 과외수업이 한창이구먼, 조 선생. 그럼 내 좀 이따 다시 오지."

"아니, 비좁지만 선생님…… 어서 이리 들어오세요."

"그럼 선생님, 우린 이만 돌아가 보겠습니다."

"그래그래……."

"선생님, 안녕히 주무십시오."

"안녕히 주무십시오."

"잘들 가요."

학생들이 부지런히 일어나 나간 뒤에 여선생이 녹음기를 끄고 자기 앞에 와 모꺾어 앉기를 기다려서 교무주임은 가치담배 한 대를 붙여 물고 천천히 말을 꺼내었다.

"…… 내가 두구 지내봐서 잘 알지만…… 전도가 유망한 청년이지. 소탈하구 듬직하구…… 미더운 사람이라니까. 어떻소, 조 선생? 저 편에선—내 벌써 타진을 하구 왔는데—예스요 예스.—설마한들 처녀 선생이 이 추운 밤에 나를 헛걸음시키진 않겠지?"

고개 푹 수그린 처녀 선생의 얼굴에 피가 올리밀리는 것을 관찰력이 좀 무딘 편인 교무주임은 예사롭게 보았다.

'안 저러면 도리어 괴변이지…… 처녀가!'

20세기의 '정조대'를 차고 있는 봉숙이는 속내 모르는 교무주임 선생의 호의가 거북하고 민망하고 속절없었다. 11세기 말에 십자군 기사들은 아시아로 원정할 때, 그 안해가 남편이 없는 동안 정조를 단단히 지키라고, 쇠로 만든 정조대를 그 음부에 채워 주고 그리고 열쇠는 자기가 갖고 떠나갔었다. 그러나 봉숙이가 차고 있는 것은 무형의 정조대, 관념적인 정조대, 전통적 편견의 정조대였다. 하지만 결과로 보아서는 900년 전의 그 쇠로 만든 정조대나 별반 다를 것이 없는 정조대였다. 숱한 십자군 기사들은 전장에서 열쇠를 품에 지닌 채 죽어 갔다. 영영 돌아오지 않았다. 뒤에 남은 안해들은 죽을 때까지 그 쇠로 만든, 열쇠 없어진 정조대를 차고 살아야 하였다. 봉숙이도 지금 그 꼴이었다.

"아, 눈언저리에 잔주름살이 가기 시작한 노처녀가 부끄럼을 탈 건 뭐야, 햇내기처럼. 예스면 예스구 노면 노구…… 통쾌하게 태도 표시를 할 게지!"

재촉을 받고 노처녀가 겨우 얼굴을 들기는 들었으나 교무주임을 바로 보지는 못하고 겨우 알아들을 만한 목소리로 대답을 올렸다.

"선생님께서 근념해 주시는 건 감사합니다만…… 전 아직 그럴 생각이 없어요."

"아니 그게 무슨 소리야? 처녀루 늙겠단 말인가? 당찮은 소리!"

"후대를 육성하는 사업에 좀 더 전심하구 싶어서요."

"별소릴 다 하는군. 결혼을 하면 남편이 일하는 걸 방해할까 봐? 내가 보증하지, 문 선생은 그런 사람이 아니야. 절대루!"

"아니, 그런 게 아니라……."

"그럼? 혹시 어디 정해 놓은 자리라두?"

"아니예요, 아니예요. 그런 건 없어요."

노처녀가 황망히 부정하는 것을 보고 교무주임은 다시 마음을 놓았다.

"조 선생, 인제 밤두 늦었는데…… 우리 말씨름 좀 고만 합시다. 즉석에서 결정짓기가 무엇하거든…… 시간적 여유를 둡시다그려. 며칠 후에 우리 한번 조용히 다시 만납시다. 좋겠소?"

"아니예요, 선생님. 죄송합니다. 다시 더 생각해 볼 여지가 없어요. 저 이야기는…… 이걸루 고만…… 끝을 내 주셨으면…… 감사하겠습니다."

"허, 이런 양반 좀 봐!"

"죄송합니다, 선생님."

뒤통수를 치고 돌아서는 교무주임은 쓴입을 다셨다. 이런 봉패를 하리라고는 미처 생각을 못 하였던 것이다. 소한테 물린 느낌이었다.

이튿날 퇴근 시간에 복도에서 옆을 스치며 문대성이 조봉숙에게 넌지시 한마디를 속삭였다.

"석후에 문화관 맞은짝에서 기다릴 테니까."

조봉숙이 가타부타 말을 할 사이도 없이 문대성은 회오리바람같이 현관으로 사라져 버렸다. 봉숙이는 대단히 난처하였다. 가자니 그렇고 안 가자니 또 그렇고.

"많이 기다리셨지요?"

"아니, 나두 고대 오는 길입니다. 저쪽으루 좀 걸으실까요."

불 밝은 문화관에서는 "쿵자차, 쿵자차!" 과히 서투르지 않은 쥐대기 악대가 솜씨를 보이고 있었다.

"교무 선생한테 이야긴 들었는데……."

봉숙이는 예료(豫料)한 바였으므로 그저 잠자코 발걸음만 옮겼다. 눈 위를 불어오는 바람이 꽤 맵짰다.

"언약한 사람이 있습니까?"

"그런 게 아니예요."

"그럼?"

"결혼할 생각이 없어서요. 그뿐이예요."

"어째서? 무슨 까닭이 있겠지요?"

침묵. 발에 밟히는 눈이 뽀드득뽀드득 기분 좋은 소리를 내었다.

"내가 그 까닭을 말하리까?"

여자가 흠칠 놀라서 멈칫 서 버리니 남자도 걸음을 멈추고 여자를 향하여 돌아섰다. 봉숙이의 가슴은 두방망이질을 하였다. 둥글어 가는 달을 가리었던 구름이 바람에 벗겨져서 눈앞에 아름다운 은세계가 펼쳐졌다. 네 눈이 가까이에서 잠시 동안 마주 보다가 문대성이 킥 웃고 농담 비슷이 말을 내었다.

"교무 선생은 맘씨만 무던했지 손자병법은 에이비시(ABC)두 모르는 분이지요. '지기지피(知己知彼)면 백전불태(百戰不殆)'라는 말두 모른 단 말입니다. 그러나 나는 알거든요. 잘 안단 말입니다. 그래 봉숙 선생은 여태 내가 아무것두 모르구 맹탕 달려든 줄 아시오? 천만에! 난 다 알구 있어요. 다 알구, 심사숙고해 보구, 결심을 채택하구…… 그러구 달려든 거예요. 아시겠소? 난 케케묵은 관념에서 해탈을 한 새 타입의 남자라구…… 스스루 믿구 있습니다. 자랑스럽게 믿구 있습니다. 아시겠소 봉숙 선생? 봉숙 선생이 만약 일생을 독신으로 지낸다면 그건 우리 남자들의 수치라구 나는 생각합니다. 수치가 아니구요! 난 그런 옹생원이 아니란 걸 세상에 보여 줄 작정입니다. 나는 봉숙 선생의 고된 운명에 외면을 할 수가 없습니다. 그러니 봉숙 선생두 잘 한번 생각해 보십시오."

이렇게 말하고 문대성은 또 한번 킥 웃고 한마디를 덧붙이는 것이었다.

"내 생김생김이 거머무트름해서 보기가 싫다면 그건 물론 또 딴 문제구."

극도로 긴장한 봉숙이었건만 항거할 수 없는 사나이의 야릇한 마력에 끌려들어 무가내하로 한번 따라 웃었다. 갈라질 때 문대성은 "며칠 두 좋구 몇 달두 좋구 기다릴 테니…… 면대해 말하기가 거북하거든 쪽지를 적어 보내시오. 그럼 난 갑니다." 이런 말을 남기고 눈 깜박할 사이에 사라져 버렸다.

갈피 잡기 어렵게 뒤섞여 복잡한 마음을 안고 봉숙이가 거처에를 돌아와 보니 방 안에 꺼져 있어야 할 불이 환히 켜져 있었다. 의아쩍게 생각하고 방문을 열어 보니 주인 없는 방 안에 사람 하나가 앉아 있다.

두 사람은 전등불 밑에 한동안 덤덤히 마주 보기만 하였다. 뒤늦게야 깨닫고 뉘우친 인식이는 바늘방석에 앉은 것 같아서 휴일을 기다리지 못하고 학교에다 핑계로 청가(請暇)하고 부랴사랴 수백 리 길을 달려왔었다.

"용서하오, 봉숙이. 다 내 잘못이요. 이제라두 늦지 않았으니…… 우리 새 가정을 이루어 봅시다. 한번 좀 잘 살아 봅시다."

격동한 인식이는 이렇게 말하며 앞으로 달려들어 봉숙이의 찬 손을 두 손으로 덥썩 잡았다. 그러나 봉숙이는 그 손을 마주 잡으려 하지 않았다. 슬그머니 가볍게 잡히운 손을 빼내었다. 그리고 나직한 말소리로 똑똑히 말하였다.

"늦었에요. 나는 이미 마음속에 정한 사람이 있에요."

〈천지〉 1985년 9월

이런 여자가 있었다

1

조선의용군의 한 별동대—김영신 지대가 마령관(馬岺關)에서 하산하여 림성(臨城), 찬황(贊皇), 고읍(高邑), 백향(柏鄕) 네 고을의 중심점이되는 압합영(鴨鴿營) 부근에서 려정조(呂正操) 부대의 두 개 대대와 함께 적군 점령하의 평한선(平漢線)을 넘은 것은 교교한 찬 달빛이 온 누리에 가득찬 한밤중이었다. 적군이 철길 양편에 깊고 넓은 차단호를파 놓고, 그리고 철길을 따라 우뚝우뚝 솟아 있는 망루에서 감시를 하는 까닭에 공병 역할을 하는 전사들이 재치 있게 발판을 놓아 주지 않으면 부대의 통과는 거의 불가능하였다. 소리 소문 없이 맡은 일을 충실히 해내는 그 전사들은 실로 전진하는 부대의 앞길에 가로놓인 모든 장애물을 없애 주는 '열쇠'의 역할을 하였었다.

평원구의 좋은 점은 조밥, 옥수수밥을 먹지 않고 밀것을 먹는 것이었다. 태항산 속에서는 몹시 딸리는 소금도 거기서는 과히 귀하지 않은 것이었다. 그 대신에 거의 날마다같이 숙영지를 옮기는 것은 성가셔죽을 지경이었다. 적군에게 꼬리를 밟히지 않기 위해서였다. 적군하고 숨박곡질을 하며 사는 거나 마찬가지였다. 이(利)가 있으면 반드시 폐(弊)도 있다는 말이 과시 옳았다. 태항산에서는 간이 안 든 반찬과 험한 밥을 먹는 대신에 숙영지만은 여러 달씩 한군데 붙박혀 살 수 있었다.

려지강이와 주운룡이가 밀짚 북데기 위에서 잠이 깨어 누운 채 소근소근 지껄였다.

"밥은 여기서 먹구 잠은 태항산에서 잔다면 좀 좋아."

"꿩 먹구 알 먹잔 수작인가."

그들은 이때 심현(深縣), 무강(武强) 일대를 맴돌고 있었다. 분산된 적을 보면 피하였다. 참새떼처럼 모여들었다가는 흩어졌다가 또 모여들었다. 그것이 유격전이었다.

"난 잠이 부족해서 머리가 다 띵하다니까."

"그거야 차차 습관이 되면 일없겠지."

"벼룩은 태항산보다 좀 적은 것 같지?"

"좀이 뭐야, 퍽 적지."

태항산에서는 세숫물을 떠놓으면 대야에 금시로 새까맣게 벼룩이 뛰어들었다.

"겨울이 돼서 그런지두 모르지."

"그것두 있겠지."

"광동서는 겨울에두 모기장을 치구야 잔다며?"

"거기 모기장은 침대에 딸린 것이지, 장식품처럼."

이렇게 말하는 주운룡이는 광동 중산대학 출신이었다.

이날 오후, 김 지대장은 긴급회의를 소집하고 전체 대원들에게 비상한 소식을 알리었다.

"……일본 해군 항공대가 지난 8일 새벽, 하와이의 진주만을 기습

해서 미국 함정들에 심대한 손실을 입혔답니다…….”

대원들은 아연 긴장해나서 모두 김 지대장의 입만 바라보았다. 지대장 김영신은 호리호리한 몸매에 홀쭉한 얼굴에 눈까지 가늘었다. 그러나 강기와 활력이 언제나 온몸에서 넘쳐나는 사람이었다. 그는 중앙군교 10기 보병과 졸업생이었다.

“……일본제국주의는 그예 남진을 단행했습니다. 사회주의 소련에다가 아니라 제국주의 미국에다 불을 걸었습니다. 레닌의 논증은 또 한번 실증됐습니다. ‘자본주의 국가 발전의 불균형 법칙’은 다시 한번 그 투철함을 전 세계에 과시했습니다. 제국주의 강도들은 서루 물어뜯느라구 다른 것을 돌볼 겨를이 없습니다. 전국(戰局)은 우리에게 대단히 유리하게 전변되구 있습니다…….”

회의가 끝난 뒤에 리지강이가 사기가 부쩍 올라서 주운룡이를 돌아보고 “이러다간 나두 정말 멀잖아…… 내 그 약혼녀를 만난단 소리가 나잖겠나?” 하고 싱글벙글하였다. 주운룡이가 “약혼녀? 언제 그런 게 다 있었는가?” 하고 의아쩍어하니, 리지강이가 짐짓 “그럼 없어?” 하고 흰목을 썼다.

“금시초문인걸.”

“금시초문? 홍, 네 그 리란영이 따위는 와서 신발을 들구 따라다닌대두 부요(不要)다…… 어림없이.”

리란영이와 주운룡이가 서로 좋아하는 사이라는 것은 모르는 사람이 없는 터였다.

“희떱기는 까치 배 바닥일세. 어디 사진이나 좀 보자구……. 얼마나 이쁜가.”

이제까지 옆에서 시물시물 웃으며 보고 있던 진국환이가 갑자기 소리내어 웃으며 말참녜를 하였다.

"사진 보면 꿈에 보인다……. 볼 생각 말아. 수레바퀴에 치인 맹꽁이 상이더라……. 나 봤다."

"참말이야?"

"내가 언제 거짓말하던가? 편지까지 다 읽어 봤는데. '장연(長淵) 최 참봉 댁 맏손녀와 혼인을 정하였으니 그리 알아라' 아버지가 썼더라, 붓글씨루."

리지강이 황해도 해주 사람인데 그 부친은 요부(饒富)한 부재지주(不 在地主), 즉 시내에 사는 지주였다.

"그게 언제야?"

"남경 있을 때지 언제야."

"남경 있을 때? 그게 어느 옛날이야. 그럼 인젠 다 늙어 꼬부라졌겠 구나."

"저치가 전장 귀신이 되면…… 까막과부가 되겠지……. 봉건가정이 니까."

주운룡이와 진국환이가 서로 지껄이는 소리를 듣고 리지강이는 "똥 본 오리처럼 잘두 지절댄다." 하고 진국환이의 어깨를 한번 탁 쳤다. 진국환이는 하하 웃고 "아니다. 실상은," 하고 실토를 하였다.

"저치가 그때 편지를 받구 골이 나서 사진을 쪽쪽 찢어 버린 걸 내가 한 쪼각 한 쪼각 주워 모아서 붙여 봤다. 아주 얌전하게 생겼지 뭐 야."

"그럼 이제라두 늦지 않으니 얼른 편지를 띄워라. 기다리라구, 곧 간 다구."

주운룡이가 흥감스레 말하고 깔깔 웃으니 진국환이와 리지강이도 깔깔 따라 웃었다. 일본제국주의가 태평양전쟁을 발동하였다는 소식이 그들에게는 승리가 가까와 온다는 낭보로 받아들여졌던 것이다. 일제가 북진을 단행하면 소련이 복배수적(腹背受敵)으로 크게 어려움을 겪어야 할 것이기 때문에 그들은 은근히 근심을 하고 있었다. 그래서 '남진' 한마디에 안도의 숨을 쉬고 기분들이 명랑해진 것이었다.

2

나달 지나서의 일이다. 다저녁때 한 개 분대가 유림(楡林)에서 네댓 마장 떨어진 자그마한 주막거리에 정찰을 나와 보니 마침 한 대의 승용차—검은색 포드가 머리를 서쪽—석가장 쪽으로 두고 멎어서 있었다. 이 길은 창주—석가장을 연결하는 간선도로였다. (석가장의 지명을 이때 점령군은 석문시로 고쳤었다.) 국방색 국민복을 입고 고깔 모양의 전투모를 쓴 운전사가 주막집에 들어가 라디에이터에 채울 물 한 초롱을 얻어 들고 막 나오는 중이었다. 운전석에는 양장을 한 젊은 여자 하나가 앉아 있다. 그리고 뒷좌석에는 양복 차림의 나이 지긋한, 콧수염을 기른 뚱뚱이와 국민복 차림의 서르나문 된 남자가 타고 있었다.

'야, 이게 웬 떡이냐.'

한 개 분대 근 20명 무장대원이 불시에 달려드니 운전사는 초풍하여 물초롱을 떨어뜨리고 엉덩방아를 찧고, 그리고 자동차 안의 남녀 세 사람은 모두 실색하여 옴짝달싹을 못 하였다. 콧수염 기른 뚱뚱이의 손가락 사이에서 타고 있는 권연이 알릴 듯 말듯 떨렸다. 눈 깜박할 사이에 남녀 네 사람을 차에서 끌어내고 또 땅바닥에서 잡아 일으켜 앞세우고 곧 자리를 떴다. 뒤에 남은 몇 사람은 리지강이와 함께 자동차에 불을 질렀다. 말끔한 새 자동차가 순식간에 불길에 휩싸이는 것을 보고 리지강이가 "우등불 모임이나 한번 했으면 좋겠다." 하고 웃으며 불 쪼이는 시늉을 하니, "소불알은 안 구워 먹구?" 누군가가 옆에서 한마디 조롱하였다.

걸음을 통 못하는 남녀 네 사람을 앞에서 끌고 뒤에서 떠밀다시피하며 논틀밭틀로 숙영지에를 돌아오니 벌써 밤이 이슥하였다. 사내 셋은 한방에 몰아넣고 여자 하나는 따로 가두고 그리고 보초에게 말을 이른 뒤 잘 차비들을 하였다.

밝는 날 아침에 먼저 사내 셋을 신문해 본즉 콧수염 기른 뚱뚱이는 일본의 이름난 토목건축회사 하자마구미(間組)의 석문출장소 소장이고, 젊은 남자는 건축기사, 그리고 나머지는 여비서와 운전사였다.

"어디를 가는 길인가? 아니면 어디에 갔다 오는 길인가?"

"창주에 볼일이 있어서…… 저 사람을 데리구 갔다 오는 길입니다."

"군(軍)의 일루?"

"아닙니다, 아닙니다……. 군하구는 아무 상관두 없는 일입니다. 민간 일입니다. 순전한 민간 일입니다."

콧수염 뚱뚱이는 군의 일이 아니라는 발명을 부옇게 하였다. 리지강이가 씩 웃고 짓궂이 "여기 남아서 우리하구 같이 지낼 생각은 없는가? 우리 일을 맡아서 해 볼 생각은 없는가?" 하고 떠보니, 콧수염 뚱뚱이는 괴상야릇한 얼굴을 하고 대답을 못 하였다. 건축기사는 식혜 먹은 고양이상을 하고 고개를 옆으로 돌렸다. 운전사는 두 상전의 눈치만 보았다.

리지강이와 주운룡이는 신문을 일단 마치자 곧 여비서를 가두어 놓은 집으로 왔다. 여자는 안날 저녁녘 경황없는 중에 본 기억이 있는 것 같은 두 젊은 군인(그녀의 생각대로 표현하면 두 젊은 공산 비적)이 문을 열고 들어서는 것을 보자 깜짝 놀라는 눈치였다. 얼른 캉(炕) 한구석에 피해 가 무릎을 쪼크리고 앉더니 오돌오돌 떠는데 그 덜 밉지 않은 얼굴은 백지장같이 창백하였다.

"무서울 것 없으니…… 진정하구…… 편히 앉으시오."

리지강이가 부드러운 일본말로 안심을 시키는데 여자는 두 사람의 얼굴에 악의가 없는 것을 보고 적이 마음이 가라앉는 듯, 눈치는 여전히 살피면서도 앉음앉음을 편히 앉는 체하고 또 떠는 것도 좀 덜 떨었다. 두 사람은 캉 끝에 걸터앉았다. 리지강이가 짐짓 상가롭게 말을 붙였다.

"이름은요?"

"네?"

여자는 너무 긴장하여 묻는 말의 뜻을 못 알아들은 게 분명하였다.

"못 알아들으셨소? 이름이 무어냐구 물어봤는데……."

"아, 네. 저…… 야나가와 아키코(柳川明子)라구 합니다."

"야나가와 아키코……."

하고 되뇌고 리지강이는 주운룡이와 얼굴을 한번 마주 보고 나서 다시 물었다.

"고향은요?"

"고향 말입니까? 네, 저 고향은…… 인천입니다."

"인천이라니…… 조선 인천?"

"네, 그렇습니다."

"인천이…… 출생진가요?"

“네.”

리지강이와 주운룡이는 또 한번 얼굴을 마주 보았다.

“그럼 학교는 어디를?”

“경성여고예요. 경성여고를 나왔어요.”

서울 재동에 있는 경성여고는 조선 여학생들이 다니는 공립학교다. 리지강이가 놀라서 저도 모르게 조선말로 “그럼…… 조선 분입니까?” 하고 소리치듯 물으니, 여자는 잠시 얼떨떨한 눈으로 리지강이를 바라보다가 갑자기 울음을 터뜨리며 “조선 분들이십니까?” 하고 곧 무릎걸음으로 다가드는 것이었다. 지옥에서 부처를 만난 것으로 여기는 모양이었다.

나중에 알고 보니 류명자(23세)는 하자마구미에 입사한 지 인제 겨우 돐이 지났었다.

당일로 지대 본부에서는 다음과 같이 결정을 지었다.

일본 남자 셋은 쓸데없는 것이니 곧 돌려보내기로 한다. 조선 여자 하나는 포섭할 대상이 되므로 남겨 두기로 한다.

3

다저녁때 무장대원 대여섯이 주막거리가 멀리 바라보이는 데까지 일본 사람들을 데려다주는데 갈라질 때 리지강이가 콧수염 뜽뜽이더러, “저 주막거리까지 가면 오가는 군용 트럭이 있을 거니까 손을 들어 세워서 타구 가시오. 다들 당신네 사람이 아니요. 어려울 것 없겠지. 그리구 여비서는 조선 사람이니까 우리가 맡았다구…… 당신네 영사

관에 가 신고하시오." 하고 말을 이르는데, 옆에 섰던 주운룡이가 삐라
한 묶음을 그 호주머니에 밀어넣어 주면서 "야스다 소장, 약소하지만
이건 전별하는 뜻으루 드리는 선물이니 그리 아시오." 하고 말하여 사
람들을 웃겼다.

이튿날부터 류명자는 부단히 이동하는 항일 부대를 따라 내키지 않
는 전투 행각을 부득이 하였다. 리지강이가 책임지고 교양을 하는데
여자는 매번 다 고개를 다소곳하고 듣고 있다가 리지강이의 말이 다
끝나면 으레 판에 박은 것 같은 말로 비대발괄을 하는 것이었다.

"말씀은 잘 알았어요. 그렇지만 이번만은 그대루 돌려보내 주세요.
부모님을 만나 뵙구…… 말씀을 여쭙구…… 다시 오겠어요. 꼭 다시
온다니까요. 네, 선생님."

아무리 타일러도 막무가내였다.

"말씀은 잘 알았어요. 그렇지만 이번만은 그대루 돌려보내 주세요.
부모님을 만나 뵙구…… 말씀을 여쭙구…… 다시 오겠어요. 꼭 다시
온다니까요. 네, 선생님."

소귀에 경 읽기였다. 땅 팔 노릇이었다. 귀신은 경문에 막히고 사람
은 인정에 막힌다지만 류명자 씨만은 아무것에도 막히는 게 없었다.
약석이 무효였다. 자갈을 솥에 넣고 삶고 또 삶고 하는 거나 마찬가지
였다. 절대로 익지 않았다. 그 상이 장상으로 '말씀은 잘 알았어요. 그
렇지만…… 네, 선생님'을 되풀이하는 것이었다. 똑같은 말을 끈질기
게 곱씹고 하는 것이었다.

성미가 느슨한 편인 리지강이도 나중에는 고패를 빼었다. 할 수 없
이 김 지대장에게 사실대로 전말을 보고하였다. 김 지대장은 "참 별난
여자 다 봤군." 하고 한참 생각해 보다가 고개를 들고 "까짓거 돌려보

낼까? 공연히 끌구 다니며…… 귀찮게스레." 하고 리지강이의 의향을 물었다.

"아무려나 좋두룩 하시지요."

거치른 남자들의 세계에 연연한 여자 하나가 끼이면 오죽 좋으랴. 그렇지만 당자가 굳이 싫다니…… 아쉽기는 하지만 부득이한 일이었다. 리지강이가 그길로 가서 여자에게 오늘밤 돌려보낼 테니 그리 알라고 미리 일러 준즉 여자가 좋아서 어쩔 줄을 모르며 "선생님 고맙습니다, 고마와요." 백배사례를 하는데, 리지강이는 한편 밉상스럽기도 하고 또 한편으로는 마음이 허전하도록 아쉽기도 하였다.

밤, 뭇별로 장식된 밤하늘에 심현성 성가퀴의 윤곽이 뚜렷이 드러나 보이는 데까지 와서 리지강이가 걸음을 멈추니 류명자도 발을 멈추고 또 호송하는 대원들도 따라서 걸음들을 멈추었다.

"자, 여기서부터는 혼자 가시오. 조기 조 성문을 향하구 꼿꼿이 걸으면 됩니다. 우린 여기서 무사히 들어갈 때까지 지켜볼 테니까…… 안심하구 행동하십시오. 내가 일러 준 대루 하십시오. 그럼 자, 안녕."

마지막 작별의 인사로 굳은 악수를 나누는데 여자의 손의 땀기가 리지강의 손바닥에 오래도록 남아서 가시지를 않았다.

여자가 얼마 동안 앞으로 걸어 나가다가 멈칫 서서 잠시 망설이는 듯…… 무슨 생각을 먹었는지 홀지에 되돌아오지 않는가! 리지강이의 가슴은 높이 뛰놀았다. 걸어오던 여자가 또 멈칫 서서 잠시 망설이더니 다시 돌아서서 성문을 향하여 조심조심 걸어갔다. 리지강이는 갑자기 다리맥이 풀리는 것 같았다. 어둑캄캄한 성문의 우중충한 문루에서 날카로운 수하(誰何)가 날아 내려왔다.

"다레카?!"

그러자 류명자가 리지강이에게서 배운 대로 하는 대답이 어둠 속에서 또렷이 들렸다.

"팔로군에 납치당했던 하자마구미 석문출장소의 야나가와 아키코가 돌아왔습니다."

문루에서 두런두런하는 소리가 났다. 한참 만에 "좋다. 그럼…… 두 손을 들구…… 그 자리에 서서 기다려라." 거친 목소리가 위협적으로 대답을 주었다. 그리고 또 한동안이 지나서 굳게 닫힌 성문 틈으로 불빛이 어른거리더니 이내 삐걱하고 성문이 사람 하나 겨우 들어오리만큼 열렸다. 두 손을 높이 쳐든 여자의 그림자가 성문 안으로 사라지자 성문은 다시 삐걱 쾅당 육중한 소리를 내며 굳게 닫혀 버렸다. 성문 틈으로 어른거리던 불빛도 사라졌다.

만뢰(萬籟)가 구적(俱寂)한데 밤하늘에서 별찌 하나가 지평선을 향해 줄을 그으며 내리꽂혔다. 리지강이의 가슴은 가을 뒤의 콩밭처럼 어수선산란하였다.

4

하지만 끈덕진 운명의 신은 그렇게 수월히 책장을 덮어 버리지는 아니하였다.

1942년 10월, 비록 일본군의 점령하일지라도 유서 깊은 옛 도읍 북평은 짤짤 끓는 볕을 받아 가을이 한창 무르녹고 있었다. 이날 오후, 북해공원 문전에서 인력거를 내리는 젊은 신사 하나가 있었다. 짙은 젖빛의 양복을 말쑥하게 차려입었는데 자줏빛 줄무늬 비낀 넥타이가 그

청수한 얼굴에 멋스레 어울려서 사람들의 이목을 자연히 끌었다. 저도 모르게―거의 본능적으로―다시 한번 쳐다보거나 지나쳤다가도 다시 한번 뒤를 돌아보는 여자가 한둘이 아니었다.

조직의 지령을 받고 적후의 조선 청년들을 포섭할 목적으로 북평에 잠입한 리지강이의 변장한 모습이 이같이 눈에 띄는 것은 그가 아직 적후공작, 지하공작에 미립이 트지 않았다는 구체적 증거였다. 예로부터 '의복이 날개'라는 속담도 있고 또 '입은 거지는 얻어먹어도 벗은 거지는 못 얻어먹는다'는 속담도 있기는 하지마는 그런 것들은 다 일반적인 경우에 해당되는 것이지 이런 특수한 경우에도 해당이 되는 것은 아니다.

리지강이가 제멋에 겨워서 막 인력거에서 내렸을 때였다. (그는 지금 조용한 공원으로 약속한 사람을 만나러 오는 길이었다.) 자칫 뒤미처 따라온 인력거 두 채가 옆에 와 멎어서면서 곧 젊은 남녀 한쌍이 각각 내리는데 남자는 일본 장교복 같은 것을 입었고, 그리고 여자는 수수한 양장 차림을 하였었다. 리지강이는 아랑곳없이 곧 공원 문을 향하여 걸음을 떼놓다가 장교복 같은 것을 입은 남자와 같이 온 여자가 자기를 보고 흠칫 놀라며 한 발자국 뒤로 물러서는 것을 눈결에 보았다느니보다는 차라리 육감으로 느끼었다.

'무얼까, 저게?'

리지강이는 감히 그 화근거리로 느껴지는 여자를 거들떠보지 못하였다. 모르는 체할밖에는―태연한 체할밖에는―다른 무슨 머리가 없었다.

'일본 장교 놈의 정부?―무어든 간에 내게야 이로울 것이 없지!'

리지강이는 뒤도 돌아보지 않고 천천히 걸어갔다. 당장에 들고빼고 싶은 마음을 억지로 누르고ㅡ천천히 걸었다. 바로 코앞에 열려 있는 큰 공원 문이 갑자기 까마득하게 멀어 보였다. 빠져나가기 어려운 무슨 바늘구멍같이 작아 보였다.

하이힐의 가벼운 또닥또닥 소리를 뒤꽁무니에 줄곧 딸리고 리지강이는 향방 없이 닥치는 대로 걸었다. 약속한 장소를 피하여 한겻진 곳 으슥진 곳만 찾아다녔다.

'그런데 장교 놈의 발자국 소리는 들리지 않는 것 같으니 대체 웬일일까? 계집만 뒤를 딸려 보내고 제 놈은 청병(請兵)을 하러 갔나? 그렇다면 이 계집도 보통내기는 아닐 테지?'

갖은 불길한 생각이 다 머릿속에 떠올랐다.

'이것을 어떻게 떼친다? 아마 권총을 가졌기도 쉽지.'

나중에 정 할 수 없어서ㅡ가자니 태산이요 돌아서자니 숭산이요ㅡ결심을 채택하였다.

'에이 모르겠다! 어떻게 생겼나 상통이나 좀 보자!'

무슨 나무인지도 모르는 무슨 늙은 나무 밑에서 갑자기 휙 돌아섰다. 뒤따라오던 계집이 조건반사적으로 멈칫 걸음을 멈추더니 박은 듯이 서서 돌아선 남자의 얼굴을 똑바로 바라보았다. 다음 순간 리지강이의 입에서는 저도 모르게 "아!" 하는 소리가 새어 나왔다.ㅡ눈앞에 서 있는 것은 분명히 열 달 전 캄캄한 밤중에 심현성 문 바로 턱밑에서 자기가 돌려보낸 여자 포로ㅡ류명자가 아닌가!

"선생님!"

여자가 반가운 소리를 지르며 앞으로 내달아 왔다.

"제가 바루 봤어요, 바루 봤다니까요! 틀림이 없었다니까요!"

일순간 리지강이는 질정을 못하고 망설였다.

'알은체해야 하나? 모른다고 딱 잡아떼야 하나?'

'반갑게 맞받아 주어야 하나? 덤덤히 대해야 하나?'

그러나 머리가 질정을 하기 전에 입에서 말이 먼저 새어 나왔다.

"아, 명자 씨!—그런데 동행은요?"

동행—일본 장교—이것이 제일 문제였던 것이다. 제일 걱정거리였던 것이다.

눈을 들어 재빠르게 사위를 둘러보았으나 그 일본 장교는 그림자도 보이지를 아니하였다. 여자가 곧 눈치를 알아채고 웃는 얼굴로 안심을 시키었다.

"우리 오빠예요, 사촌오빠. 헌병대의 통역으루 있어요. 그렇지만 나쁜 사람이 아니예요. 제가 담보해요. 절대루 나쁜 사람이 아니예요."

"그런데 왜?"

"그런데 왜…… 안 보이느냔 말씀이시죠? 차점(茶店)에서 기다리라구 했어요, 선생님이 꺼리실까 봐."

리지강이는 반신반의하면서 태도를 좀 누그러뜨렸다.

"여기서 이렇게 만날 줄은…… 정말 의외로군요."

"정말이예요. 정말 꿈만 같아요. 잘 믿어지지가 않아요."

두 사람은 잎이 누르러 가는 해묵은 회화나무 밑에 마주 섰었다.

"여기 서서 이렇게 이야기를 해두…… 일없을까."

남자가 두리번거리며 좀 미타해하니, 여자는 한번 싱긋 웃고 "무슨 상관 있어요? 남들이야 연애를 하는 줄 알 텐데요." 하고 아주 예사롭게 받아넘기는 것이었다.

"왜놈들두 청춘남녀가 연애를 하는 것까진 간섭을 안 한다구요."

"그럴까?"

"그러면이요. 오호호!"

리지강이가 좀 마음을 놓고 궁금한 것부터 물어보았다.

"그런데 북평에는 어떻게?"

"북평에는 어떻게 왔느냔 말씀이시죠? 네, 전근이 됐어요. 인제 너덧 달 됐어요, 북평에를 온 지가."

"오빠를 이렇게 기다리게 해두 일없을까?"

"괜찮아요, 그걸랑 염려 마세요."

"글쎄, 그렇다면 다행이지만……."

"그보다두 선생님, 이번에 저를 데리구 가 주세요. 꼭 데리구 가 주셔야 해요. 네, 선생님?"

리지강이는 얼른 갈피를 잡을 수 없어서 잠시 빤히 여비서의 덜 밉지 않은 얼굴을 바라보기만 하였다. 가벼운 가을바람에 여자의 이마를 가린 까만 머리카락이 하늘거리다가는 흩날리고 하늘거리다가는 흩날리고 하였다.

"제가 자초지종을 이야기할게 한번 들어 보세요. 솔직히 다 말씀을 드릴 테니…… 괘씸하다구 꾸중을랑 마세요."

리지강이는 마음이 조마조마하기는 하였으나 들어 보기로 하였다. 하긴 들어 볼 것 없다고 방색(防塞)할 형편도 못 되었다.

"…… 제가 평원구에 있을 때 선생님께 부모님을 한번 만나 뵙구 나서 꼭 다시 오겠다구 말씀한 건 다 거짓말이었에요. 저는 애당초에 만나 뵐 부모가 없었는걸요. 일찌기 양친을 다 여의구 백부님 댁에서 자랐거든요. 지금 저 뒤 차점에서 저를 기다리구 있다는 오빠가 바루 그 백부님의 둘째 아들이예요. 그리구 저는 전부터 벌써 약혼한 남자가 있었에요. 서울 식산은행 안국동 지점에서 근무하고 있었지요. 그러니 제가 다시 돌아올 리 있어요? 얼렁뚱땅 넘기려는 수단이었지요. 알쭌한 거짓말이었지요. 저는 심현에서 놓여난 뒤 석가장 총영사관을 거쳐서 어렵지 않게 곧 회사에 복직이 됐었어요. '하자마구미'에 말이예요. 그런데 이런 마른하늘에 생벼락이 또 어디 있겠어요. 종신을 언약하구 태산같이 믿어 온 그이가 무슨 독서회 사건인가 하는 걸루 경찰에 검거됐다가 모진 악형을 당하구 반주검이 돼서 나온 지 불과 한 주일두 채 못 돼서 끝내 피어나지 못하구 스물여섯 살 젊은 나이에 고만 저승길을 떠나구 말았지 뭐예요."

여자의 눈에 슬픔을 초월한 분노의 빛이 어리는 것을 가까이에서 들여다보며 리지강이는 자기의 위태로운 처지를 잠시 잊었다.

"저는 제게다 이런 불행을 안겨 준 원쑤들에게 복수를 하기 위해서 두 선생님네 그 항일 부대—조선의용군에 참가를 해야겠다구 결심했어요. 그런데 알구 보니 공교롭게 저의 그 오빠두 저하구 같은 생각을 갖구 있지 뭐예요. 오빠두 벌써부터 항일 부대루 넘어갈 마음을 먹구 있었단 말이예요. 그 사정은 본인에게서 직접 들어 보세요. 좋겠습니까, 선생님?"

이리하여 리지강이는 마침내 류명자 종남매와 자리를 같이하게 되었다. 셋 일행이 공원에 와서 가을의 경색(景色)을 즐기는 것처럼 꾸미며 양지바른 잔디밭에 다리들을 뻗고 앉아 나직이 이야기를 나누었다.

조선의용군의 지하공작자와 일본 헌병대의 통역관—이야말로 극적인 첫 상봉이었다. 장소가 적들이 점령하고 있는 북평이기에 더욱 극적이었다. 아슬아슬하면서도 낭만적이었다.

5

"······저는 일본 헌병대의 통역관 노릇을 하면서두 아무러한 자책감을 느껴 본 적이 없었습니다. 그저 남들두 다 가지는 보통 직업이겠거니만 여겨 왔었습니다. 어느 회사의 직원이나 무슨 다를 게 없는 것으루 알아 왔었습니다. 그러던 중 지난 초여름의 일이었습니다. 그게 유월 초였지요. 북평에 잠입해서 첩보 활동을 하던 조선의용군의 지하공작원 하나가 체포됐었습니다. 이름을 서극강이라구 하는데 그게 본명인지 가명인지는 종내 모르구 말았습니다. 나이는 스물대여섯가량인데 훤칠한 키에 짙은 구레나룻이 아주 인상적이었습니다······."

류명자의 사촌오빠 야나가와 통역관, 즉 류명준이가 여기까지 이야기하였을 때 리지강이는 저도 모르게 입속말로 부르짖었다.

"아, 자명이!"

서극강이라는 가명으로 행세하던 그 사람이 서자명이었음을 대번에 알아차린 것이었다. 서자명이는 리지강이의 군관학교 동기동창이었다.

"아십니까 그분을?"

"아니, 어서 그대루 이야기하시오."

"네, 그런데 일본 군대의 법이 —간첩은 어떠한 간첩이든 다 일률적으로 총살형에 처하기루 돼 있습니다. 그래서 결국은 그분두 총살을 당하게 됐었는데······."

류명준이가 이야기를 다시 계속하는 중에 저쪽에서 누군가가 "오이, 야나가와! 거기서 뭘 하구 있는가?" 하고 소리를 쳐서 세 사람이 일시에 고개를 들고 바라보니 몸집이 뚱뚱한 일본 헌병 하사관 한 놈이 화복 차림을 한 왜갈보 하나를 데리고 지나가다가 걸음을 멈추고 서 있었다.

"아, 조장님!"

류명준이가 부지런히 뛰어 일어나 몇 걸음 달려가더니 장화 뒤축을 기세 좋게 딱 부딪뜨리며 표준 동작으로 거수경례를 붙였다.

"소풍하러 오셨습니까?—저 서울서 저의 사촌형이 오래간만에 찾아와서…… 지금 데리구 다니며 시내 구경을 시키는 중입니다."

"응 그래. 그럼 저 여자는?"

"네, 그건 저의 사촌누이동생…… '하자마구미'에 근무하고 있습니다.—얘, 아키코야, 어서 와서 조장님께 인사 여쭈어라!"

얼렁뚱땅하여 헌병 하사관 놈을 배송 낸 뒤에 류명준이는 중동무이되었던 이야기를 다시 이었다.

"……그분이 총살당하는 장면을 목격한 사람들 중에 조선 사람은 단 하나밖에 없었습니다. 그게 바루 저였습니다. 가슴팍을 겨냥한 열두 개의 총구 앞에서 그분은 꺼먼 천으루 눈을 싸매려는 것을 거절합디다. 그리구 말뚝에 묶인 채 멸시하는 웃음을 입가에 짓구 열두 개의 총구를 죽 한번 둘러봅디다……."

리지강이도 류명자도 다 이야기에 끌려들어 숨을 죽이고 귀들을 기울였다.

"……저는 그때 처음—난생처음—가슴속에서 자책이 울컥 치밀어 오르는 것을 느꼈습니다.—'오, 나는 사람이 아니다!'"

이야기하는 사람의 두 눈이 왈칵 붉어지는 것을 리지강이는 보았다.

'각성한 민족의 양심!'

"……그래서 애하구 둘이서 의논하구…… 조선의용군으로 넘어갈 길을 은밀히 모색하던 중이었습니다. 하루를 살아두 사람답게 한번 살아 보자구 말입니다. ─오늘 이렇게 우연히 공교롭게 선생님을 만나게 된 건 아무래두 하늘의 뜻인 것만 같습니다."

11월 초, 가지마다 다닥다닥 열린 고욤들이 한창 달 때, 리지강이는 류명자 종남매와 또 다른 열혈청년 둘을 데리고─모두 다섯이서─일본군의 봉쇄선을 뚫고 태항산 항일 근거지로 들어오는 데 성공하였다.

신입 대원 환영회에서 류명자는 얼굴이 홍당무우가 되었다. 주운룡이가 그녀의 입내를 천재적으로 잘 내어서 회장을 온통 웃음판을 만들어 놓았기 때문이다.

"말씀은 잘 알았어요. 그렇지만 이번만은 그대루 돌려보내 주세요. 부모님을 만나 뵙구…… 말씀을 여쭙구…… 다시 오겠어요. 꼭 다시 온다니까요. 네, 선생님."

〈아리랑〉 1986년 24호

열병

1

황준덕이와 황준복이는 사촌간이다. 형인 준덕이는 두 딸의 아버지였다. 동생인 준복이는 한 아들의 아버지였다. 그 한 아들을 소문나게 한번 잘 키워 볼 생각으로 준복이는 자진하여 산아제한 수술을 받았다.

'돼지 새끼처럼 우글우글 낳아 놓기나 하면 무얼 해? 하나라두 제대루 사람을 만들어야지!'

그러므로 이제 세는나이로 다섯 살이 된 외아들 명수가 그들 내외에게는 금싸래기 같고 은싸래기 같고 또 무슨 싸래기 같고 무슨 싸래기 같고 하였었다.

"우리 가문이 통털어서 둘밖에 없으니까…… 자네하구 나하구 둘밖에 없으니까…… 명수 고 녀석 하나가 인제 이 가문의 종사(宗嗣)를 잇게 됐네그려. 자네두 보다시피 나는 지금 종손 구실을 제대루 할 형편이 못 되거든. 하니까 명수란 놈을 키우는 데 들어선 나두 반몫을 담당해야 도리가 맞잖겠나. 그러니 우선 이 돈을 받아 두게. 앞으루두 고놈의 양육비는 내가 절반을 맡을 테니까 그쯤 알구 우리 한

번 좀 잘 키워 보세."

"아 형님, 갑자기 망녕이 나셨습니까? 형님은 아이가 둘이 있구 나는 하나밖에 없는데…… 둘짜리가 어째서 하나짜리를 돕는단 말씀이요? 돕는다면 내가 형님을 도와야지! 제발 이런 망녕 좀 부리지 마십시오."

"아니야, 그런 게 아니야."

"아니는 뭐가 아니란 말씀이요. 제발 좀 이러지 마십시오. 형님의 고마운 뜻은 잘 알았으니까……."

"하 참, 그 사람 거……."

"글쎄, 이러지 마시란데두요."

성정이 고정(孤貞)한 황준덕이는 종시 갖고 온 돈봉투를 사촌동생에게 떠맡기고야 마음이 놓이는 듯 벗어 놓았던 모자를 집어 들고 일어나며 가는 인사를 하였다. 사촌형의 나이가 10여 살이나 맏이인 데다가 사람 됨됨이가 워낙 근엄하여 황준복이는 평소에 숙부 맞잡이로 그를 어려워하였었다.

'남들은 자비루 자식들 외국 유학을 보낸다는데…… 우리 명수두 그 축에 빠질 수야 없지. 그러자면 우선 앞서는 게 돈인데…… 어떻게 해서라두 학비를 좀 든든히 마련해 놔야잖겠나.'

예견성이 너무 좀 지나친—하긴 가물에 도랑 쳐서 해로울 거야 없지만서도—황준복이는 사랑하는 아들의 먼 장래 문제를 골똘히 생각한 끝에 마침내 결심을 내리었다.

"말 태우구 버선 깁기를 할 수야 없지. 무슨 수를 써서라두 미리미리 돈부터 모아 놔야지."

그러니 월급살이를 해서는 억년 가야 그 식이 장식으로 입에 풀칠이나 겨우 하게 된다는 것을 간파한 황준복이가 장삿길에 들어선 것은 오히려 당연하다고 할 것이다.

그런데 황준복이는 문학이라는 것에 대하여는 애당초부터 아무 흥미도 느끼지 않는 사람이었으므로 더더구나 셰익스피어라는 게 무엇 하는 것인지를 알 턱이 없었다. 그러니 3백 년 전에 먼 서양 어느 섬나라에 살았다는 사람—셰익스피어인지 무슨 피어인지가 한 말을 들었을지 또한 만무하였다.

"장사꾼은 제 애비두 속여먹는다구요."

그때 셰익스피어는 극장 무대에서 이런 말을 시켜서 관중들을 웃겼었다. 그러니까 관중들은 그런 말을 듣고 웃음을 터뜨리려고 돈을 내고 표를 사 가지고 들어왔던 것으로 되는 것이다. 셰익스피어의 고국인 영국에서는 지금도 늘 그의 연극들이 되풀이로 상연되는데 무대에서 배우는 역시 전이나 마찬가지로 '장사꾼은 제 애비두 속여먹는다구요'를 되풀이하여 20세기의 현대인 관중들을 웃기고 있다. 정직한 장사꾼들이 들으면 족히 몽둥이찜질을 안기겠다고 할 만한 일이건만 아직까지—3백여 년 동안에—그런 일은 한 번도 일어나지 않았다니 참 모를 일이다.

어느 날 황준복이가 부랴부랴 사촌형 황준덕이를 찾아왔다.

"자네 불시에 웬일인가? 어서 올라오게."

"네, 좀 의논할 게 있어서…… 달려왔습니다."

"무슨 일인데? 어서 앉게."

"예, 저……."

황준덕이는 무슨 말이 나오려나 하고 사촌아우의 입을 바라보았다.

"저…… 요새 하남성에서 온 어느 큰 양주장 외교원한테서…… 술을 좀 살까 하는데…… 현금이 부족하지 뭡니까. 그래 형님하구 의논을 좀 해 볼까 해서 왔습니다."

황준덕이가 국가에서 지은 이 새 아파트에 들 때 쓰고 살던 개인의 집을 판 돈이 은행에서 잠을 자고 있는 것을 황준복이는 잘 아는 터였다.

"무슨 술인데?"

"저 '두강주(杜康酒)'라구—하남성에서 나는 유명한 술입니다. 한데 도매가격을 글쎄 근 3할이나 낮춰 주겠다지 뭡니까. 그 대신에 거래는 반드시 현금 거래라는 조건부입니다. 그래서 한번 손이 좀 크게 놀아 볼 생각으루 한꺼번에 뭉텅 5천 병을 사기루 했습니다. 하지만 갑자기 돈을 어디서 돌릴 재간이 있어야지요. 그래 생각다 못해 형님을 찾아온 겁니다."

"가만있게. 가격을 근 3할이나 낮춰 주겠단다구? 그 말이 어째 너무 좀 허황하잖은가? 그 사람들두 영리가 목적일 텐데…… 덤핑을 하는 것두 아닐 게구…… 그렇게 밑천두 못 건질 정도루 할인을 한다? 거참 모를 일일세."

사촌형이 믿음성이 없는 듯 고개를 가로흔드는 것을 보고 황준복이는 얼른 "술병에 붙인 레테르두 다 확인을 했구, 그리구 그 외교원의 신분증두 다 내 눈으루 분명히 봤으니…… 무슨 다른 문제는 있을 수 없습니다." 하고 설득에 힘썼다.

"그렇지만 요새 신문에 가짜 약, 가짜 술, 가짜 가루우유 따위를 단속하라는 기사가 날마다같이 실리는데…… 자네두 봤을 테지?"

"글쎄, 아무 염려두 없다는데두요. 내가 무슨 그런 가짜를 만들어 파는 것두 아니구…… 단지 제조업자에게서 받아서 소매상들에게 넘겨주는 중간 상인 노릇을 하는 것뿐인데…… 무에 겁날 게 있습니까. 이 좋은 기회를 놓치잖구 5천 병만 확보를 하면…… 거의 독점이나 마찬가진데…… 아마 한번 뜨르르할 겝니다. 한 병에 40전씩만 떨어진대두 얼맙니까? 눈 깜박할 사이에 2천 원…… 모갯돈이 들어오잖습니까. 이게 형님, 그래 다 명수 녀석의 장래를 위한 게 아니구 뭡니까.”

“아이의 장래를 위한다는 데는 나두 아무 의견이 없네. 하지만 그 술의 내력이 종내 수상하니 한번 더 좀 알아보구 나서 거래를 하는 게 좋을 것 같네. 그래 자네가 간색(看色)은 했나? 술맛은 보았나?”

“네, 술맛은…… 솔직히 말해서…… 좀 못한 것 같습니다. 하지만 일 있습니까, 우리가 제조업자두 아닌데…….”

할 수 없이 사촌아우가 실토를 하니 황준덕의 얼굴이 대번에 엄숙하게 변하였다.

“이 사람, 자네가 정신이 있나? 전정이 구만리 같은 자식의 장래를 그래 부정 폭리루 뒷받침하겠단 말인가? 그런 당찮은 생각을랑 아주 깨끗이 털어 버리게. 깨끗이 털어 버리라구. 그러구 아이를 두구 말해두 그렇지…… 이제 겨우 다섯 살 먹은 아이를 놓구…… 십 년 봐 가며 해두 넉넉할 일을 가지구.”

대꾸할 말이 얼른 떠올라 주지 않아서 황준복이는 그저 입술만 달싹달싹하다가 그만두고 뿌루퉁해진 얼굴로 가는 인사를 하고 일어섰다. 사촌형수가 저녁이 다 됐으니 먹고 가라고 붙드는 것도 뿌리치고 급살나게 새 아파트의 층층계를 뛰어내려왔다. 사촌형의 말이 고까와서 뱉이 곤두섰던 것이다.

‘같잖게 훈계나 하구! 돈을 내놓기 아까우니까…… 체, 누가 그 속을 모를 줄 알구! 그깟년의 세무국 부국장쯤…… 하나두 부럽잖다야!’

황준덕이는 시의 세무국 부국장으로 제발(提拔)된 지가 이제 반년밖에 안 되었다.

황준복이는 흥정이 다 된 하남산 '두강주' 5천 병을 놓치지 않으려고 오토바이를—시어미 역정에 개 배때기 차듯이—냅다 몰아 대었다. 소문 없이 변놓이를 하는 곱사등이를 꼿꼿이 찾아갔다. 독주로라도 해갈을 해 볼 작정인 것이다.

2

"그렇게 섭섭하게 해 보내서…… 어쩌지요?"

안해의 미타해하는 말에 황준덕이는,

"섭섭해두 할 수 없지. 정도를 가지 않는 걸…… 형된 도리에…… 보구 가만있을 수는 없지 않은가. 방미두점(防微杜漸)을 왜 모르우? 일이 커지기 전에 미리 막아야 한단 말이요."

하고 안해의 불안감을 눅잦혀 주었다.

"하지만 돈을 대주기가 싫어서 그런다구…… 고깝게 여기기가 쉬울 걸요."

"만일 그렇다면…… 그건 제 소견이 짧은 거지."

"아이 난 몰라. 내일이라두 명수 엄마를 무슨 낯으루 본다지요."

"그렇게 걸리는 게 많거들랑 그럼 보지 말구려. 안 보면 되잖아?"

"안 보긴 어떻게 안 봐요? 이번 일요일이 바루 명수 생일인데!"

황준덕이는 혀를 한번 쯧 차고—변론은 이상으로 중지—신문을 집어 들었다. 그러나 황준덕이가 그토록 원치 않는 변론은 밤에 불을 끄고 자리에 누운 뒤에 또 재연하였다.

"내 소견으루는…… 형제간의 의가 벌어지잖게…… 당신이 생각을 좀 고치시는 게 좋을 것 같아요."

"쓸데없는 소리!"

"저렇게 외고집통이라니깐!"

"암탉이 울어서 잘되는 집안 봤소? 인제 좀 고만하우."

"내 입장두 좀 생각해 주셔야지요."

안해가 땅파기로 졸라 대는데 화증머리가 난 황준덕이가 자리 위에 벌떡 일어나 앉으며 곧 손으로 담뱃갑을 더듬었다. 안해도 덩달아 일어나 앉았다. 황준덕이는 담배를 붙여 물고 나서 쌓아 온 수양의 힘으로 화증을 누르고, 그리고 온언순사(溫言順辭)로 안해를 타일렀다.

"장사를 시작한 뒤부터 개가 돈맛을 들여서 아주 이성을 잃었어. 환장을 했단 말이요, 환장을. 돈을 누가 벌지 말라우. 정당한 수단으로 돈을 버는 건 아무두 말리지 않아요. 얼마든지 벌라구. 지금 나라에서두 장려를 하는 판인데. 그렇지만 사기, 협잡의 방법으루 부정 폭리를 꾀하는 건 범죄행위란 말이요, 범죄행위! 알겠소? 그런데두 당신은 나더러 그런 범죄행위를 못 하게 말리지 않구 도리어 도와주구 부추겨 주구 하란 말이요? 제법 똑똑한 사람이 오늘은 왜 그렇게 닭 대가리요? 나 참!"

황준덕이는 피우다 만 담배꽁초를 재떨이에 눌러 끄고 너스레를 부렸다.

"인제 제발 좀 자게 해 주우. 사람이 고단해 죽겠소. 내일 아침 또 일찌기 일어나야지. 당신은 안 고단하우? 어서 저리 좀 비키우, 우리 대단한 마누라. 세상에 둘두 없는 마누라."

자리에 드러누워서도 황준덕이는 "제비 같구 비둘기 같은 마누라. 까치 같구 까마귀 같은 마누라. 위대한 마누라……." 중얼중얼 지껄이다가 걷잡을 수 없이 잠 속에 빠져 버렸다.

이 무렵 황준복이네 집에서도 역시 불을 끄고 자리에 누워서 내외간이 늦도록 서로 지껄였다.

"그런 깍쟁이 같으니라구. 그 잘난 돈 몇 푼이 내놓기 아까와서…… 열사흘 부스럼 앓는 소리를 온 나절이나 늘어놓구. 체, 내 더러워서!"

"설마한들 그렇기야 할라구요."

"설마한들은 무슨 놈의 설마한들이야? 모르면 국으루 좀 가만히나 있어!"

"하지만 그 아주버니가 언제 우리한테 꼬물이라두……."

"듣기 싫어, 듣기 싫어! 새우 벼락 맞던 이야기 듣기 싫어!"

"저렇다니까. 그게 당신의 흠이예요, 흠이라니까요."

"맘씨가 부처님 죽으면 대신 들어서겠군!"

"세상 사람이 다 그 아주버니를 어질다구 하는데 당신 혼자 타박을 하면 되나요."

"쥐뿔두 모르면 입이나 좀 닥치구 가만있어. 그 어진 양반 때문에 내가 얼마나 손해를 봤는지 알기나 해? 곱사등이 그 도적놈한테 가서 빚을 내왔어. 빚을 내왔단 말이야. 이자가 얼마인지 알기나 하구 그래? 물계두 모르구 그저 입만 살아서 나팔나팔!"

안해가 말없이 일어나서 전등을 켰다.

"불은 왜 켜?"

볼먹은 소리를 하며 황준복이도 덮었던 이불을 젖히고 일어나 앉았다.

"어디 잠이 와요!"

"그럼 일어난 김에 가서 술이나 좀 가져와."

술 몇 잔을 마시고 기분이 좋아진 황준복이가 눈귀가 처져 가지고

"옜소, 당신두 한잔하우."

하고 술잔을 내주니 안해는,

"미쳤소, 갑자기?"

하고 고개를 외쳤다.

황준복이가 허허 웃고 그 술잔을 제가 말린 뒤에 옆에서 자는 아들의 얼굴을 들여다보며 "곱기두 곱지. 아주 먹구 닮았단 말이야, 날." 하고 아이의 뺨을 도닥도닥 두드려 주었다.

안해가 "깨우겠소." 하고 가볍게 손을 내저으니, 황준복이는 다시 고개를 안해 쪽으로 돌리고 싱글싱글 웃으면서 "여보." 하고 말을 내었다.

"내일부터 난 좀 바삐 돌아쳐야겠소. 한 반달 안으루 술 5천 병을 다 퍼먹여얄 테니까. 온데 돌아다니자면 객지살이두 좀 해얄 것 같구. 그렇지만 다 넘겨 치우면 줄잡아두 스무 개는 떨어질 게니까……."

"스무 개? 스무 개가 얼마요?"

"스무 개가 이천 원이지 얼마여."

"그렇게 많이?"

안해의 눈이 동그래지니, 황준복이는 코가 우뚝해져서,

"그럼 이 황준복이가 치사스레 구멍가게쟁이 노릇을 할 줄 알았나?"

흰소리 한마디를 치고 잇달아서,

"그렇지만 곱사등이의 변리를 갚아 줘얄 테니까…… 네댓 개는 아

무래두 허실하게 되겠지. 고런 망할 놈의 곱사등이…… 콱 뒈지기

나 했으면 좀 좋아."

말하고 쓴입을 다셨다.

"인제 고만 차반 치웁시다."

"가만 가만…… 한 잔만 더 하구. 허, 그 댁네 참!"

비운 술잔을 차반 위에 내려놓고 황준복이는 눈이 가늘어져서 안해

의 얼굴을 가까이 들여다보며,

"내 한 달 안으루 두 문짜리 일본제 전기냉장고를 하나 갖다 들여놓

을 테니 두구 보라구. 히히, 이런 남편두 아마 그리 흔친 않을걸."

하고 너덜거렸다.

"돈을 그렇게 마구 쓰군 어떡허려구?"

말하며 안해가 눈길을 자는 아들에게로 보내니, 황준복이도 덩달아 눈

길을 한번 보내고 나서,

"또 벌면 되지. 자꾸 벌면 되잖아? 맘 턱 놓으시라니까. 염려 마시라

니까."

하고 호기롭게 장담하였다.

아닌 게 아니라 이튿날부터 황준복이는 오금에서 비파소리가 나게

가근방 사오십 리 안팎을 쏘다녔다. 일이백 병, 이삼백 병 혹은 삼사백

병은 눈 끔적이는 수단과 터무니없을 만큼 싼값으로, 돈벌이에 눈이

어두운 소매상들에게 풍기고 퍼먹이고 떠맡겼다. 그리하여 한 달도 채

안 걸리어 2년―스물넉 달 치 월급에 해당하는 돈을 벌었다.

유백색의 '히타치'―두 문짜리 전기냉장고를 들여놓고 황준복이는

기분이 좋아서 황홀한 눈을 하고 서 있는 안해의 어깨를 툭 쳤다. "어

때?" 묻고 "인제 바가지 다 긁었지? 아하하!" 하고 너털웃음을 웃으며

연방 아래턱을 쓰다듬었다.

"큰집 형님이 와 보시면 어쩌지요?"

"어쩌긴 무얼 어째여. 돈을 안 대줘두 우린 이렇게 잘산다구 땅 울려 놓지!"

"당신은 그저……."

"헤, 누가 더 잘사나 두구 보라지."

이때 밖에 나가 놀던 어린 아들 명수가 흙손을 옷자락에 쓱쓱 문대며 들어왔다. 무슨 굉장해 보이는 낯선 물건 앞에 엄마, 아버지가 서 있는 것을 보고 아이는 무춤하니 섰다가 "저게 뭐야 엄마?" 물으며 와서 엄마를 직신거렸다. 황준복이가 얼른 대들어 아들을 반짝 쳐들어 올렸다.

"그게 네 장가 밑천이다, 장가 밑천. 장가 밑천이란 게 뭔지 너 아니? 아하하!"

3

세무국장이 퇴근시간에 동료 서넛을 자기 집으로 끌고 가는데 부국장인 황준덕이도 자연 그 축에 끼이게 되었다.

"자 어서들 앉으시오. 자자……."

자리를 권하여 손님들을 다 앉힌 뒤에 비로소 국장은 빙글빙글 웃으며 말하는 것이었다.

"기실은 우리 집 둘째란 놈이 이번에 성(省) 중학생 미술전람에서 특상을 탔단 말이요. 전혀 생각 밖이지요. 그래서 기쁜 김에 겸사겸사

여러분을 한번 모신 거니까 그런 줄 알구 즐거운 한때를 보내들 주
시우."

"거 정말 반가운 소식입니다."

"그런 것두 모르구 난 또……."

"잘되는 집은 가지나무에 수박이 달린다더니…… 아마 그런가 보군
요."

"아무튼 반갑소이다."

입입이 치하를 하는 중에 단장을 한 주인마누라가 나와서 면면이 인
사를 한 다음 "내오리까?" 하고 남편을 바라보았다.

"다 됐소? 그럼 내와야지. 일찍 서둘렀구면."

떡 벌어지게 차린 주안상이 나오니 주인은 얼른 일어나서 따로 건사
해 두었던 고급술 두 병을 꺼내 오고 또 마개뽑이를 찾아 내왔다. 황준
덕이가 술병에 붙어 있는 레테르를 보니 '두강주'—소문난 고급술이
었다.

"전설에 따르면 두강은 여름 하 자 하나라의 국왕으루서 인류 역사
상 맨 처음 술을 발명한 사람이라는군. 그래서 술 이름을 이렇게 지
었다구 하는데…… 모르지."

국장의 말에,

"나두 그런 이야기를 어디서 들은 적이 있는 것 같은데요."

"전설이니까 그저 어리숭하게 들어 두면 되는 게지 뭐."

"술을 어느 한 사람이 발명했다는 건…… 더구나 어느 국왕이 발명
했다는 건…… 유물사관하구 좀 어긋나는걸요."

"아따, 이 사람! 요만 일에 유물사관까지 거들 건 뭐 있어?"

"그건 그래."

"아하하!"

다들 한두 마디씩 지껄이는데 술잔을 잡기 전에 벌써 어지간히 흥들이 났었다. 병마개를 따고 죽 돌려 가며 잔마다 가득가득 따랐다.

"자, 건배!"

"우리 피차의 건강을 축원해서……."

"건배!"

"건배!"

유쾌한 기분으로 다들 잔을 말리었다. 그러나 곧,

"어?!"

"이게 뭐야?"

"아니, 무슨 술맛이 이래?"

"에, 퉤!"

"두강주? 이게 두강주야?"

"가짜다!"

"어느 죽일 놈이 이런 술을?"

무르녹던 주흥은 산산이 부서지고 말았다. 주인인 국장이 아연실색하여 얼른 술병을 다시 집어 들고 그 레테르를 찬찬히 살펴보았다.

"레테르는 틀림이 없는데……." 고개를 비틀며 중얼거리다가 "아니, 가만들 좀 있소. 한 병 마저 따 보구." 하고 마개뽑이를 집어서 남은 한 병을 마저 땄다. 새 병의 술맛을 본 국장의 입이 대번에 비뚤어졌다.

"음, 속았군!"

국장의 체증기 있는 이 한마디 말이 도화선으로 되어 좌중에서는 불만이 터졌다. 연쇄반응을 일으킨 것이다.

"그런 고얀 놈!"

"죽일 놈 같으니라구."

"아니, 저런 간상배를 그대루 놔둬서 씁니까?"

"당장 무슨 조치를 취해야지요."

황준덕이는 공연히 속이 뜨끔하였다. 사촌아우 황준복이가 혹시 이 일에 무슨 관련이 있지 않나 하는 의심이 걷잡을 수 없이 일어났던 것이다.

약삭바른 안주인이 얼른 술을 새판으로 받아다가 깨어진 흥을 다시 돋우어 모꼬지를 겨우 마치기는 하였으나 황준덕이는 바늘방석에 앉은 것처럼 시종 마음이 편치 않았다.

이때 사건의 장본인인 황준복이도 또 제 나름으로 곡경을 치르고 있었다. 한창 경사스러운 중에 마(魔)가 든 것이었다. 따로 상좌에 둘러 앉아 대접을 받던 점잖은 노인들 틈에서 상서롭지 못한 말소리―언 짢은 말소리가 들려올 때 뒤가 워낙 흐리터분한 황준복이는 송구스러워서 안절부절못하였다. 입에 넣은 닭알부침이―반창고 쪼각처럼― 갑자기 맛이 없어져서 자기가 무엇을 씹고 있는지 알 수가 없었다.

"여보 최 유사, 이게 도대체 뭐라는 술이요?"

"보면 모르우? 두강주―이름난 고급술인데!"

"고급술? 별 기급할 놈의 고급술 다 보겠네."

"에 퉤!"

"이거 어디서 뉘 발 씻은 물을 떠 온 게 아니요?"

"천만에!"

"당신은 술맛두 모르우?"

"왜 몰라?"

"알면서 우릴 이런 술을 먹인단 말이요?"

"술은 무슨 놈의 술! 말 오줌이지!"

"그럴 리가 없는데……."

경사로운 환갑잔치가 술을 타박하는 소리로 파흥이 될 지경이었다. 처삼촌의 맏아들—처사촌이 재빨리 손을 써서 술을 갈아 온 까닭에 일려던 풍파는 곧 가라앉았지만 황준복이와 그 안해의 마음은 편하지가 못하였다. 안해가 넌지시 보내는 원망의 눈길을 피하느라고 황준복이는 고개를 수그리고 젓가락질을 하는 체해야 하였다.

'공교하기는! 그놈의 두강주가 어떻게 예까지 왔누?'

황준복이는 입이 썼다. 그러나 더 입이 쓸 일은 뒤에 있었다.—이튿날, 사촌형 황준덕이가 대단히 좋지 않은 얼굴을 하고 그를 찾아온 것이다.

황준덕이는 그래도 기연가미연가한 마음으로 찾아왔었는데 집안에 발을 들여놓다가 버젓하게 자리를 차지하고 서 있는 신품 전기냉장고를 한눈 보자 더 의심이 붙을 나위가 없게 되었다. 그러잖아도 속이 좀 떨떠름하던 판에 느닷없이 찾아온 사촌형의 기색이 전에 없이 좋지 않은 것을 보고 황준복이는 당황해났다.

"아니, 형님 웬일입니까. 어서 이리 앉으십시오."

제수—명수 엄마가 들어와 인사하고 나간 뒤에 황준덕이는 호주머니에서 신문 한 장을 꺼내어 앞상 위에 펼쳐 놓았다.

"자네 봤나, 이 신문?"

"네? 네…… 아직……."

"못 봤거든 한번 좀 보게."

황준복이가 얼굴을 가까이 갖다 대고 들여다보았다.

모리간상배의 도량을 견결히 타격하자!

요즘 우리 주내에는 가짜 약, 가짜 술 따위가 대량으로 퍼져서 주민들의 건강을 해치고 생명을 위협하고 있다. 이에 대하여 우리는 마땅히……

황준복이는 오금이 저려나서 더 읽어 내려갈 수가 없었다.

"뒷갈망을 해야잖겠나, 일은 이미 저질러 놨으니까 말이야."

"그렇지만 이제 와서 어떻게? 그러구 그런 일은 나 혼자만 한 것두 아닌데요."

"남의 말 할 것 뭐 있나? 제 앞을 닦으라는데."

"하지만 그게 어디 될 말입니까?"

"어째서? 자네가 퍼먹인 것만 도루 거두어들이면 되잖겠나?"

"아이참 형님두!"

"왜?"

"엎지른 물을 다시 주워 담으란 말씀입니까?"

"그럼 사회에 해독을 끼쳐 놓구두 그 책임을 지지 않겠단 말인가?"

"그렇게 엄중하게 말씀할 건 뭡니까! 하찮은 일을 가지구."

"하찮아?"

"그럼 하찮지 뭡니까. 지금 그런 일쯤은 예상사(例常事)예요, 형님은 잘 모르셔서 그렇지."

궁지에 빠진 사촌아우가 아다모끼로 나오는 것을 보고 성미 올곧은 황준덕이는 곧 율기를 하였다.

"이 사람, 아무리 장사를 해먹어두 인간으루서 최저한의 도덕은 있어야잖겠나?"

"그런 도덕 다 찾다간 돈벌이를 못 한다구요, 애당초."

이때 약삭스러운 제수가 과일 쟁반을 받쳐 들고 부지런히 들어왔다. 문 뒤에 붙어 서서 방 안의 쟁론을 자초지종 다 엿들었던 것이다.

"아주버니 과일 대접이나 좀 해야지. ─아니, 명수 너 뭐 하니? 어서 들어와 큰아버지께 인사 여쭙잖구!"

그 바람에 막 붙으려던 불이─물을 끼얹은 것처럼─꺼져 버렸다.

4

"여보, 아주버니 말씀대루 그렇게 합시다. 사람이 노상 맘을 못 놓구 어떻게 산다지요? 발편잠 좀 자 봅시다. 예, 여보."

황준덕이가 하고 싶은 말을 다 하지 못하여 매우 언짢은 기분으로 돌아간 뒤에 안해─명수 엄마가 남편을 졸라 대었다.

"이게 정말 미치잖았나. 익은 밥을 설리란 말이야?"

"어제 작은아버지 환갑잔치에서 노인들이 가짜 술이라구 타박할 때…… 난 간이 콩알만 해졌었에요."

"열두 폭짜리 치마를 입잖았어? 이 세상 두강주를 내가 도맡아 판 것두 아닌데…… 다른 놈이 한 것까지 안담할 건 무어 있어. 체!"

"그래두 뒤가 자꾸 켕기는 걸 어떡해요."

"걱정두 팔자지."

"그렇지만 아주버니가……."

"아주버니, 아주버니! 인제 좀 고만 거들어. 그놈의 아주버니…… 귀에 못이 박히겠어!"

"저렇다니까. 그게 당신의 흠이예요, 흠이라니까요."

"잔사설 고만하구 냉장고에서 맥주나 한 병 꺼내 와, 청도맥주. 그러구 명수 이 녀석두 어디 갔는지…… 붙들어다가 아이스크림이나 뭘 좀 먹이라구."

황준복이가 소파에 편히 앉아 쨍한 맥주 거품을—게거품처럼—입에 막 물었을 때였다.

"황 씨 있소?"

밖에서 누가 주인을 찾았다.

"아, 누구요?"

"나."

"어서 오우. 웬일이요? 어서 이리 와 앉소."

찾아온 것은 황준복이의 모리간상 짝패—'삽살개'였다.

"여보, 손님 오셨소. 맥주 더 가져오우."

먼저 안해에게 소리부터 치고 나서 황준복이가 '삽살개'를 향하고 앉았다.

"무슨 좋은 소식이라두 좀 있소?"

"없으면 내가 찾아올 리 있는가."

"그야 그렇지. 아하하!"

'삽살개'가 엿듣는 사람도 없는데 목소리를 푹 낮추어 가지고 가만가만 말하였다.

"상해시계를…… 17석 손목시계를…… 반값에 넘겨받을 구멍을 하나 뚫어 놨는데…… 어떻소, 한 백 개?"

"반값? 백 개?"

"응."

"하오(好)!"

황준복이의 두꺼운 손바닥과 '삽살개'의 얄팍한 손바닥이 또 소리를 내며 마주 쳤다. 섣달 그믐께 흰떡 치는 소리만큼이나 기세가 좋았다. 그다음 순서는 의례건으로―.

"자, 건배!"

"와하하!"

"우후후……."

이들의 흥정은 언제나 이렇게 전광석화식으로 이루어졌다. 그들은 맹수의 얼 같은 상혼(商魂)의 소유자들이었다.

저녁때 황준복이가 어린 아들을 무릎에 앉히고 연연한 귓바퀴에다 뽀뽀를 해 주며 자애롭게 타일렀다.

"아버지 내일 출장을 가겠는데……."

"출장? 몇 밤?"

"열 밤."

"열 밤? 그렇게 많이?"

"응, 그래두 곧 돌아올 테니까…… 그동안 장난 너무 심하게 하지 말구…… 엄마 말 좀 잘 듣구…… 알았니? 그래야 아버지 올 때 전지루 달리는 똑딱선 사다 줄 테야. 알았니?"

"응, 전자 풍금두."

"그래그래…… 전자 풍금두."

이튿날 집을 나서면서 황준복이는 안해에게 또 당부하였다.

"명수 저 녀석 좀 잘 보살피우. 어쩨 손이 좀 따끈따끈한 것 같더라니. 병원에 한번 데려다 보이든가."

"그건 염려 마세요."

"그럼 난 가우."

"조심하세요."

"아."

황준복이가 반값에 사들인 17석 상해시계─간상들이 불합격품을 주워 모아다 조립한 가짜 시계─를 싼값에 퍼먹이느라고 한 열흘 분주히 돌아쳤다. 호주머니가 탁탁해짐에 따라 마음도 흐뭇해졌다.

'돈이 없으면 적막강산이요 돈이 있으면 금수강산이라니까. 하하!'

'돈이 제갈량이거든. 돈이 많으면 두억시니두 부린단 말이야. 하하!'

황준복이가─승리적으로─귀로에 올랐다. 그도 역시 다른 사람들과 마찬가지로 여편네보다 아들이 더 보고 싶었다. 훨씬 더, 몇 갑절 더 보고 싶었다. 귀여운 아들, 사랑하는 아들이 좋아서 손뼉을 치며 날뛰는 것을 보려고 버스를 내리는 길로 우선 먼저 백화점부터 찾아 들어갔다.

똑딱선을 샀다. 전자 풍금을 샀다. 초콜릿도 사고 크림빵도 샀다. 한아름 안고 콧노래를 부르며 집으로 향하였다. 그런데 웬일이냐, 집에 자물쇠가 잠겼으니? 집안은─나간 놈의 집같이─괴괴하다. 영문을 몰라서 잠시 멍하니 서 있다가─대답이 없을 것을 짐작하면서도 불러 보았다.

"명수야 명수야, 나 왔다. 아버지 왔다!"

"어서 나와 이거 받아라. 명수야, 똑딱선."

집 안에서는 아무도 대꾸를 하는 사람이 없는데 그 소리를 이웃집에서 듣고 얼굴이 해사한 오십 줄의 아주머니 한 분이 쫓아 나왔다.

"아이고, 명수 아버지 돌아왔구려……. 이걸 어쩌누!"

"아주머니, 우리 집에선 다 어데를 갔습니까?"

"그동안 어쩌 그렇게 소식이 없었소. 어디 간 데를 알아야 찾지!"

"저를 찾았습니까? 무슨 일루?"

"아직 아무것두 모르는구먼. 명수가 글쎄…… 명수가 잘못됐다구요."

"명수가 잘못돼요? 아니, 어떻게요?"

"아이고, 이 양반! 그 어린것이…… 저세상으루 갔다오, 아버지 얼굴 두 못 보구."

황준복이가 가슴에 안고 있던, 아들을 주려던 선물들이 콘크리트 바닥에 와르르 쏟아졌다.

"아주머니, 대관절 어떻게 됐습니까? 지금 어디들 있습니까?"

오열과 신음이 뒤섞인 목소리로 황준복이가 부르짖었다.

"걔 큰아버지가 알구 쏜살루 쫓아와서 구급차에다 신구 병원에를 달려갔지요. 달려는 갔지만 아이가 워낙 무엇해 놔서 고만……."

"도대체 무슨 병을 어떻게 앓았기에 구급두 못 했단 말입니까?"

"병은 무슨 병이라나…… 대단찮은 병이었지만…… 걔 엄마가 모르 구 사다 먹인 약이…… 가짜 약이었더라우, 가짜 약! 그런 몹쓸 놈들 이 어디 있겠소 글쎄. 돈벌이에 눈들이 뒤집혀서…… 하늘두 무섭잖 은가!"

황준복이는 하늘이 무너지고 땅이 꺼지는 것만 같았다. 눈앞이 캄캄 해졌다. 정신없이 병원에를 달려와 보니, 아이가 숨을 거두는 통에 충 격을 받고 실신한 안해가 입원을 하였는데 울어서 눈이 부은 사촌형 수가 그 침대 옆에 지켜 앉아 있었다. 황준복이는 얼굴이 백지장같이 창백한 안해를 한번 들여다보고 곧 사촌형—황준덕이를 따라 태평 간—시체실로 내려왔다. 떨리는 손으로 홑이불을 떠들고 어린 천사의 생기 없이 고요한 얼굴을 들여다보다가 주먹 쥔 손등으로 걷잡을 수 없이 쏟아지는 눈물을 닦았다.

밖으로 나왔다. 포르말린 냄새가 자욱한 시체실에 사랑하는 아들을 남겨 두고. 웅장하게 치솟은 느티나무 밑에까지 와서 황준복이는 사촌형—황준덕이의 어깨를 그러안고 사나이의 울음을 터뜨렸다.

"형님, 내가…… 내가…… 죄를 받았습니다! 죄를 받았다구요. 천벌을 받았단 말씀이예요, 형님!"

그러나, 최고도로 발전한 현대 의학으로도 고칠 수 없는 난치의 열병—돈이라는 괴물을 보기만 하면 대번에 이성을 잃고 미쳐 날뛰는 무서운 열병—은…… 이 땅들에서 계속 만연 중이다.

《태항산록》1989년 12월

태항산록

1

윤지평이 영솔하는 조선의용군의 독립 지대는 이때 석고산(石鼓山) 일대에서 맹활약을 하고 있었다. 한단성 안에서 조선 청년 셋을 쟁취한 데 기운을 얻어 이번에는 무안(武安)에 둥지를 틀고 있는 적의 헌병 분견소를 요정(了定) 낼 계획을 세웠다. 그 행동대의 골간으로는 노련한 테러분자들인 양대봉이와 마춘식이가 선정되었다.

허술한 각탁 둘레에 군복 차림을 한 세 사람과 농민 복색을 한, 얼굴이 해사하게 생긴 사람 하나가 둘러앉아 쑥덕공론을 하고 있는데 군복을 입은 세 사람은 윤지평, 양대봉, 마춘식이고 농민 복색을 차린 사람은 리명선이다.

"어서 이 동무들두 다 듣게 요해(了解)한 정황을 한번 이야기해 보십시오."

윤지평의 말에 "녜." 대답하고 리명선이는 당지(當地)의 농민식으로 머리에 썼던 때묻은 수건을 벗어서 얼굴부터 한번 닦고 나서 자기가 가짜 양민증을 달고 성안에 들어가 여러 날 걸려 수탐(搜探)해 온 정황을 보고하였다.

"헌병 분견소를 들이친다는 건 거의 불가능한 일입니다. 바루 그 맞은편이…… 길 하나 건너가…… 보병 중대의 병사란 말입니다. 보초가 스물네 시간 줄곧 지켜 서 있는 코앞에서 무슨 일을 어떻게 한단 말입니까. 그러니 달리 요정을 내는 수밖에 없습니다. 그놈의 분견소는 헌병 오장(하사) 한 놈, 통역 한 놈, 서사 한 놈…… 이렇게 세 놈으루 구성됐는데…… 통역은 조선 놈이구 서사는 중국 놈입니다……."

말하는 중간에 양대봉이가 "뒷문두 없는가, 그놈의 분견소엔?" 하고 지형지물을 물어서 리명선이는 머리를 가로흔들고 "뒷문? 없어." 대꾸하고 다시 중동무이된 말을 잇대어 하였다.

"그런데 무안성 밖에 며칠거리루 장이 서는데…… 그 장마당을 세 놈이 가끔 나와 돌아보는 일이 있습니다. 장마다 나오는 건 아니지만. 그런데 나올 때는 세 놈이 다 변복을 하구 나옵니다. 그러니 해치우려면 장날 대낮에 큰길에서 해치울 수밖에 없을 것 같습니다."

"대낮두 좋지 뭐." 하고 마춘식이가 어깨를 으쓱거리니, "그렇다면…… 사로잡을 수두 있잖겠나?" 하고 양대봉이 먼저 리명선이를 바라보고 다시 윤지평을 돌아보았다.

"아니, 가만들 좀 있으시오. 내 이 문제를 먼저 우군 부대 대대장과 한번 좀 의논해 보구 나서 우리 다시 토의하기루 합시다."

윤지평은 이렇게 말하고 "어떻습니까?" 하고 양대봉이와 마춘식이의 의향을 물었다. 두 사람이 좋다고 고개를 끄덕이는 것을 보고 윤지평은 다시 리명선이를 향하여 "수고했습니다. 어서 돌아가 푹 좀 쉬십시오." 하고 위로해 말하였다.

다음다음 장날이다. 사복 차림을 한 일본 헌병 오장 사카이가 역시 사복 차림을 한 조선인 통역 류등호와 중국인 서사 왕가를 데리고 장마당을 돌아보러 나왔다. 사카이와 류등호는 겉으로 보이지 않게 허리춤에 권총들을 찼었다. 사람이 워낙 잔약하게 생긴 왕가가 상전을 모시고 장마당을 한 바퀴 돌아보고 나서 무슨 낌새를 채었는지 공연히 불안해하며 빨리 성안으로 돌아가기를 조이는 눈치라 무사도 정신으로 도야된 사카이 오장과 호걸풍의 류 통역은 서로 돌아보고 "저 겁쟁이 좀 봐.", "정말 못난 녀석입니다." 비웃고 둘이 같이 껄껄 웃었다.

3등 국민인 왕가는 1등 국민인 오장과 2등 국민인 통역이 뒤에서 자기를 비웃거나 말거나 혼자 앞서서 부지런히 걷기만 하였다. 그 고집스레 서두르는 모양이 마치 무엇에 쫓기는 놈과도 같았다.

"지나인(支那人)이란 할 수 없군." 오장의 말에 "누가 아니랍니까." 류 통역은 맞장구를 쳐서 비위를 맞추며 두 사람은 예사로이 느럭느럭 걸었다. 왕가 못난이에게 본을 보여 주려고 일부러 더 천천히 걸었다.

대낮의 큰길이건만 장이 아직 파할 때가 멀어서인지 행인이 드물다 느니보다 거의 없었다. 오장과 통역이 산책 기분으로 얼마를 왔을 즈음 불시에 잔등패기에 무엇인가가 딱딱한 것이 쿡 와 닿는 것 같더니 "우고쿠나(꼼짝 말아)!" 하는 무시무시한 경고가 귓전을 때렸다.

두 사람이 깜짝 놀라 엉겁결에 고개를 돌이켜 보니 두억시니같이 험상궂게 생긴, 머리에 수건을 쓴 두 놈이 등 뒤에 바싹 붙어 서서 목자를 부라리는데 잔등패기에 들이댄 것은 권총부리가 틀림이 없었다. 무사도 정신으로 도야된 사카이 오장이 대번에 "으악!" 소리를 지르며 앞으로 내닫는데 불 채인 중놈 달아나듯 하였다. 그러자 두억시니 중의 형님뻘이 되어 보이는 놈이 제잡담하고 권총 한 방을 내갈기니 뒤통수에 명중탄을 얻어맞은 사카이 오장은 두 팔을 쩍 벌리며 앞으로 푹 고꾸라져서 그만 끝장이 나 버렸다.

앞서가던 왕가는 이 무서운 광경을 한눈 돌아보자 곧 저 혼자 걸음아 날 살려라 뺑소니를 쳐 버렸다. 류등호는 얼혼이 빠져서 동생뻘이 되어 보이는 두억시니가 달려들어 저의 허리춤에 지른 권총을 잡아채는데도 남의 일같이 그저 덤덤히 서 있기만 하였다.

"걸어라!"

놀랍게도 그 두억시니가 이번에는 또렷한 조선말로 명령을 하였다. 류등호의 머릿속에는 바로 며칠 전에 사카이가 하던 말이 피뜩 떠올랐다.

"불령선인들이 요새 빠루(팔로)하구 부동해서 별 지랄을 다하는데…… 우리두 정신을 바싹 차려야겠다니."

'아뿔싸, 내가 그 악당 놈들에게 걸렸구나! 인제 나두 볼장 다 봤다.'

류등호는 갑자기 다리맥이 풀려서 걸음걸이가 허청허청해졌다.

두 두억시니는 죽을상이 된 류등호를 재촉하여 앞세우고 사카이가 엎어져 뻐드러진 데까지 오더니 형님뻘이 되어 보이는 두억시니가 송장의 허리춤에서 권총을 뒤져내고 또 잊지 않고 그 손목에서 시계까지 벗겨 내었다. 익숙한 솜씨였다. 늘 해 본 놈 같았다. 류등호는 사카이의 대갈통에서 흘러나와 길바닥에 고인 선지피를 보자 소름이 오싹 끼쳤다. 그러고 또 어떡허다 정신을 수습하고 다시 보니 저를 납치해 가는 두억시니가 원래의 둘에서 어느새 곱절—넷으로 늘어났다.

이날 밤 윤지평은 호젓한 촛불 밑에서 한 놈을 사살하고 한 놈을 생포해 온 양대봉이와 마춘식이와 다른 두 대원과 리명선이의 공적을 지휘부에 보고하려고 부지런히 펜을 달리었다.

2

그러나 전쟁에도—세상만사가 다 그러하듯이—성공이 있으면 실패가 있고 기쁨이 있으면 또 슬픔이 있는 법이었다. 백주대낮에 무안성 밖 대로상에서 사로잡은 헌병대 통역 류등호를 태항산중의 지휘부로 압송하는 일행이 동욕에 채 와 닿기도 전에 비보 하나가 꼬리에 달리다시피 하여 뒤따라왔다. 한단성 안에 아지트를 건립해 놓고 삐라 공작을 하는 한편 조선 청년들을 포섭하고 있던 송은산이가 희생된 것이다.

한단성 안에 조선인 개업의가 경영하는 '평안의원'이라는 병원이 있었다. 그 병원에 약제사로 일하는 오가 성 가진 조선 청년이 있었다. 그 청년에게 맡겨 두었던 삐라 묶음을 찾아 가지고 아지트로 돌아오다가 송은산이는 그날 길거리에서 우연히 황협군(皇協軍) 순찰대에게 검문을 당하였었다. 그는 그동안 일이 계속 순리로왔던 까닭에 저도 모르는 사이에 경각심이 풀려서 좀 느슨해졌던 것이다. 몸수색을 당하게 되자 송은산이는 칼 물고 뜀뛰기를 아니 할 수 없게 되었다.

'몸을 뒤지면 삐라 묶음이 나오구 또 권총이 나올 것 아닌가!'

그는 번개같이 권총을 빼어 막 옷자락에 손을 대는 놈의 배때기를 한 방 갈겼다.

"악!" 소리를 지르며 두 손으로 배때기를 부둥키고 두 무릎을 꿇으며 엎드러졌다. 송은산이는 날쌔게 몸을 빼치어 칼 박고 삼간 뛰기로 도망질을 쳤다. 등 뒤에서 "저놈 잡아라!" 소리와 호르래기 소리, 총성이 뒤섞여 일어났다. 죽어라 하고 뛰는 중에 갑자기 앞길에 전투모를 쓰고 총을 든 일본병들이 나타났다. 송은산이는 그놈들을 피하여 얼른 옆 골목으로 빠졌다. 그러나 얼마 아니 가서 또 골목이 메게 마주 달려 들어 오는 한 무리의 적병과 맞닥뜨렸다. 궁지에 빠진 송은산이는 어느 길갓집에서 지붕을 고치느라고 벽에다 사다리를 기대어 놓은 것을 보고 얼른 쫓아가 그 사다리를 타고 지붕으로 바라올랐다. 지붕 위에서 얼쩡거리던 기와쟁이와 그 조력꾼이 권총을 손에 든 놈이 지붕으로 쫓아 올라오는 것을 보고 초풍하여 대번에 무릎들을 꿇고 부들부들 떨었다. 송은산이는 손을 내저으며 "부야오파(不要怕), 부야오파!" 안심을 시키고 곧 지붕에서 지붕으로 뛰기 시작하였다. 한참 뛰다가 지붕이 다하여 아래를 굽어보니 거리와 골목이 일본군, 황협군, 경찰, 구경꾼으로 바글바글 끓고 있는데 입입이 외치는 소리가 다 자기를 잡으라는 소리였다. 옴치고 뛸 데라고는 없었다. 지붕 위에서 발칵 뒤집힌 한단 거리를 내려다보며 송은산이는 자기의 운이 다한 것을 깨달았다.

'에라, 이럴 바엔 혁명 전사다운 최후를 마치자!'

결심을 내리자 그의 눈앞에는 고향에 계신 어머니―사랑하는 어머니의 인자한 얼굴이 클로즈업되어서 나타났다. 그는 아직 미장가전(未丈家前)의 노총각이었다. 그는 강원도 영월 사람으로 '강원도 메나리'를 썩 잘 불렀었다. 그는 낙천가였다. 혁명적 낭만주의자였다. 단짝인 리명선이에게 수삼차나 자기의 단순한 실연담―어떤 처녀에게 말을 걸었다가 콧방 맞던 이야기를 하고는 매번 다 "고년의 가시내." 하고 쓴웃음을 웃곤 하였었다.

송은산이는 몸에 지녔던 삐라 묶음을 꺼내어 잽싸게 노끈을 끌렀다. 그리고 길바닥에서 모두 고개를 뒤로 젖히고 쳐다보며 술렁거리는 사람들을 향하여 그 삐라를 냅다 뿌렸다. 삐라가 확 퍼져서 분분히 흩날리는 것을 보고 송은산이는 손에 쥔 권총을 핏줄이 펄떡펄떡 뛰는 저의 관자놀이에 갖다 대었다. 이어 한 방의 총성이 모든 것을 앗아가 버렸다.

적들은 한단 거리에 '적비(赤匪)'라고 적은 팻말을 세우고 그 밑에다 송은산이의 시체를 사흘 동안 전시경중(展示警衆)하였다.

3

형대성 안 일본 헌병 분견소와 일본군 여단 사령부에서 그리 멀지 않은 거리에 다카야마라는 창씨 성(본성은 고)을 가진 조선 사람 형제가 경영하는 '아사히(朝日)'라는 간판을 내건 이발소가 생겼는데 영업이 어지간히 잘 되었다. 고객은 주로 조선 거류민, 일본 관헌, 일본 거류민들인데 어느 고장의 이발소도 다 그러하듯이 이 아사히이발소도 곧 할 일 없어 심심한 사람들이 모여서 한담설화 하는 장소로 되었다.

이때 형대에 사령부를 설치한 일본군 여단의 여단장은 조선인 홍사익 소장이었으므로 형대에 거류하는 조선 사람들은 공연히 코가 우뚝하였었다. 아닌 게 아니라 형대의 일본 관헌이나 일본 거류민들도 다른 데서처럼 조선 사람을 반도인이라고 함부로 다루지는 못 하였었다. 홍사익 각하의 간접적인 덕택임이 분명하였다.

아사히라는 간판이 일본인과 친일파들에게 친절한 느낌을 주어서 그런지 얼마 오래지 않아 곧 부대와 헌병대의 조선인 통역들이 일본 사람들과 함께 단골손님으로 여단 사령부의 내막을 밥 끓고 죽 끓는 것을 눈으로 보듯이 알고 지내었다.

여단 사령부에 하야시라는 창씨 성(본성은 림)으로 불리우는 스물네 살 먹은 조선인 통역 하나가 있었는데 다 같은 신의주 사람이라고 해서 특히 이발사 형제와 가깝게 지내었다.

어느 일 없는 밤저녁에 이발소로 놀러 왔던 하야시가 마침 이발소가 조용한 것을 보고 이런 이야기 저런 이야기 하던 끝에 웃으면서 "내 지난 번 장군묘에 토벌을 나갔다가…… 희한한 걸 하나 얻어보잖았겠소." 하고 말하여, 큰 다카야마가 "무슨 희한한 거…… 어떤?" 하고 흥미를 가지며 물으니, 하야시는 유리창으로 내비치는 불빛에 희읍스름한 거리를 한번 내다보고 나서 장화 목에 손을 디밀더니 착착 접은 종이 한 장을 꺼내었다.

"이런 거요."

"그게 뭔데요?"

불갈구리로 난로를 쑤시던 작은 다카야마도 불갈구리를 손에 든 채 다가와서 목을 늘이고 들여다보았다.

"아니 그게 무슨…… 삐라가 아닌가요?"

하고 큰 다카야마가 놀라니 하야시는 얼굴에 뽐내는 기색을 띠우며 주인 형제를 반반씩 갈라보았다.

"대체 무슨 삐란데요?"

"글쎄 태항산 속에," 하고 하야시는 목소리를 푹 낮추어 가지고 "우리 사람들이 있다는 게 정말이란 말이요." 하고 소근소근 말하였다.

"우리 사람들이라니요?"

"조선 사람…… 조선의용군이란…… 항일 부대가 있단 말이요."

주인 형제가 다 같이 놀라며 "아니 그게 웬 말이요?" 하고 서로 돌아보기만 하고 말을 잇지 못하니, 하야시는 "쉬, 개들이 알았다간…… 내

이 모가지두 아마……." 하고 삐라를 보라고 큰 다카야마에게 건네주었다.

글머리에 서로 어기찬 태극기 한쌍이 눈에 번쩍 띄우는 그 삐라에는 또렷한 한글로 '조선 동포에게 고함'이라고 찍혔는데 아닌 게 아니라 글의 끄트머리에는 조선의용군 다섯 자가 분명하지 않은가! 다카야마 형제가 덤덤히 서서 마주 보기만 하는데 하야시는 큰 다카야마의 손에서 삐라를 잡아채듯이 하여 얼른 접은 금대로 도로 접어서 장화 목에 밀어넣었다. 그리고 탄식조로 "우리 민족은 죽지 않았소. 죽지 않구 아직두 살아 있단 말이요. 삐라에 찍힌 태극기를 보는 순간 난 제 나라를 도루 찾은 것 같아서…… 속이 다 찡합니다. 그런데 제길할 난 여기서," 하고 하야시는 주먹으로 제 가슴을 한번 콱 박고 "왜놈의 통역 노릇을 하구 있단 말이야!" 하고 통탄을 하는 것이었다. 사람이란 울적한 감정을 자기를 알아줄 만한 사람에게 다 털어놓아야만 속이 후련한 법이었다.

나중에 돌아갈 때 하야시 통역은 "말씀 안 해두 다들 아시겠지만…… 이런 일은 두 형제분만 알구 계시우. 입 한번 잘못 뺑긋했다간 큰일 나는 세상이니." 당부를 하고 갔다.

통역이 돌아간 뒤에 다카야마 형제는 한동안 멀거니 마주 바라보고 섰다가,

"저거 우리 속을 떠보느라구 저러는 건 아니겠지?"

"설마……."

하고 서로 지껄였다.

"그럼 어떡헌다?"

"어떡허다니?"

"한번 시험적으루 포섭을 해 볼까 말이야."

"해 보자구 까짓거. 사람은 미더워. 통역이라구 뼛속까지 다 민족 반역자란 법이야 없겠지."

"아까 그 한탄을 하는 게…… 바이 거짓스럽진 않지?"

"진정이야, 내 보기엔…… 진정이야. 고민 속에서 방황하구 있다는 게 환히 알리던데 뭐."

사람들이 보는 데서는 형님 동생 하던 두 사람의 말씨가 어느새 너나들이로 변하였다.

"그럼 한번 해 보자구."

"좋겠지."

아사히이발소가 조선의용군의 아지트인 것을 아는 사람은 형대성 안에 몇이 없었다. 그 몇 사람도 큰 다카야마의 본성명이 우자강이고 작은 다카야마의 본성명이 림상수인 것은 모르고들 있었다. 두 사람은 본시 이발사 출신이었다. 그래서 이러한 변장이 가능하였고 또 이러한 착상을 할 수 있었던 것이다. 그들은 아사히이발소를 차려 놓고 뒷구멍으로 애국적인 조선 청년들을 포섭하고 삐라 공작을 하고, 그리고 정보 수집을 하고 있었다.

이때 중국의 묵은 동전을 수매해다가 일본 군수산업 부문에 납입하는 바람이 불어서 돈벌이에 눈이 뒤집힌 이중이떠중이들이 인근의 장거리와 마을들을 가을 중 쏘대듯 하였는데 그중의 한 사람이 형대성 안의 아사히이발소와 서황촌 부근에 주류하는 윤지평 지대와의 사이를 연결하는 줄일 줄을 성문을 지키는 일본병들이 어찌 알았으랴. 자전거 짐받이에 동전 마대를 신고 형대성 문을 무상출입(無常出入)하다시피 하는 그 반도인 시라가와(본성은 백)는 우자강과 림상수가 아사히

이발소를 차려 놓고 포섭에 성공한 첫 번째 대상자였었다.

4

한구를 떠난 북평행 열차가 어느 불빛 밝은 역구내에 들어서며 서서히 멎어섰다.

"예가 어딘가요?"

"형대야."

"형대…… 형대에두 우리 사람이 많이 있다지요?"

"그래여."

"이러다간 석문은…… 한밤중에나 지나겠네요."

"열한 시 몇 분이라지 아마."

이런 말을 주고받는 것은 상인풍의 중년 남자와 까만색 오버코트를 입은 그 안해였다.

오르내리는 사람들의 발걸음이 분주살스러운 가운데 일본인 열차장이 부랴부랴 달려오더니 출입문 바로 옆의 좌석에 앉았는 승객들을 딴 데로 옮기게 하여 자리를 비워 놓자, 군도 차고 권총 메고 누른색 소가죽 장화를 신은 일본 헌병 셋이 저벅저벅 걸어 들어오는데 수갑 채운 청년 둘을 중간에 세웠었다. 머리들이 헝클어진 두 청년을 차창 밑에 하나씩 갈라 앉히고 바로 그 옆에 헌병 둘이 각각 붙어 앉고 그리고 인솔자로 보이는 하사관은 통로 건너 넓은 좌석에 혼자 따로 편히 앉았다.

상인풍의 중년 남자와 그 안해는 다른 승객들과 마찬가지로 어마한 분위기에 눌려서 숨들도 크게 쉬지 못하였다. 그들 내외의 앉았는 좌석하고는 비슥맞은쪽인데 어떡허다 압송되는 두 청년과 눈길이 마주칠 때면 그 안해—서른 살 안팎의 젊은 여인은 이름 못 할 동정과 숭모로 가슴이 마구 죄어드는 모양이었다.

'얼마나 씩씩한 모습들인가.'

'얼마나 철학적인 깊이를 가진 얼굴들인가.'

'얼마나 태연한 몸가짐들인가.'

"여보, 우리 사람이 틀림없지요? 그렇지요?"

안해가 남편의 귓가에 대고 속삭이니 "응." 하고 남편은 고개를 한번 끄덕였다. 그리고 조심스레 주위를 한번 둘러보았다.

"우리 대봉이 또래들인데…… 독립군인가 보지요?"

남편은 놀라서 다시 한번 앞뒤를 둘러보았다. 그리고 핀잔스레 "공연한 소리 지껄이지 말어." 하고 안해의 말문을 막았다. 안해는 한동안 입을 다물고 있다가 한숨을 한번 호 쉬고 혼잣말로 중얼거렸다.

"걔가 집을 나간 지두 인젠 십 년이 다 돼 가는데…… 어디서 어떡허구 사는지…… 어쩌면 편지 한 장이 없담. 매정한 녀석."

"양대봉이한테서 무슨 소식이 있거든 즉시 주재소에 신고하라구 순사부장이 와 이르던 거 잊었어? 걔 말은 아예 입 밖에두 내지 말어."

남편은 도적놈 개 꾸짖듯 입속말로 웅얼거렸다.

열차가 쉬지 않고 달리어 관장 못미처까지 왔을 즈음이다. 기관차가 느닷없이 기적을 울리며 앞으로 나아가지도 않고 뒤로 물러서지도 않고 그저 선 자리에서 자꾸 허우적거리기만 하였다.

객차 안의 사람들이 모두 영문을 몰라서 의아쩍어하는 중에 별안간 객차의 출입문을 와락 밀어붙이며 총을 든 사람들이 달려들었다. 선두에 선 얼굴이 거머무트름한, 권총을 든 팔로군과 통로 건너 좌석에 따로 앉았던 헌병 하사관이 눈 깜박하는 일순간에 서로 대고 맞총질을 하였다. 하사관은 배를 그러안고 푹 고꾸라지고 팔로군의 왼편 팔목에서는 선지피가 주르르 흘렀다. 까만색 오버코트를 입은 여인은 그 얼굴이 거머무트름한 팔로군을 한눈 보자 소스라쳐 일어나며 소리를 지르지 않으려고 손수건 쥔 주먹으로 입을 막았다.

동전을 수매하러 다니는 시라가와가 짐받이에 마대를 실은 자전거를 타고 부랴부랴 서황촌 근처의 지대 본부를 찾아왔던 것은 두 주일 전의 일이다. 그의 가져온 소식은 온 지대를 뒤흔들어 놓았다. 형대성 안의 아지트―아사히이발소가 적들에게 불의의 수색을 당하는 통에 다카야마 형제로 가장하였던 우자강과 림상수가 꼼짝 못 하고 체포되었다는 것이다.

"이 일을 어쩌지?"

"이걸 어떡헌다?"

얼굴빛들이 노래져 가지고 아무리 궁리를 해 보았자 헌병대에 갇힌 사람을 빼내 온다는 재간은 없었다. 한 개 여단이나 쏟아져 들어간다면 또 모를까 그 외에는 구출할 방법이 없었다.

속수무책으로 속들을 지글지글 끓이는 중에 하루가 지나고 이틀이 지나고 사흘이 지나고 닷새가 지나고 또 한 주일이 지났다. 두 주일째 되는 날 늦은 아침때 연락원 시라가와가 또 자전거를 타고 진동한동 쫓아와서 보초장을 앞세우고 지대장실에 들어서는데 숨이 턱에 닿았었다.

"오늘 밤차루 떠난답니다."

시라가와가 밑도 끝도 없이 외치는 말을 미처 해득 못 한 윤 지대장이 "밤차루 떠나? 무엇이?" 하고 채쳐 물으니, 시라가와는 가쁜 숨을 돌린 뒤에 비로소 "다카야마 형제 말입니다." 하고 주사(主辭)를 말하였다.

"오, 어디루?"

윤 지대장과 보초장이 다 같이 놀랐다.

"석가장으루 간답니다. 석문 헌병대에서 벌써 압송할 헌병들이 내려왔답니다. 하야시 통역이…… 하야시 통역 아십지요? 하야시 통역이…… 새벽같이 쫓아와 일러 주면서 빨리 가 알리라구 당부하잖겠습니까. 그렇지만 성문이 열려 줘야 나옵지요. 그러구 또 너무 일찍 서두르면…… 의심을 받기 쉽겠구…… 그래서 이렇게 늦어졌습니다."

"수고했습니다, 백 동무."

윤 지대장은 너무 고마와서 시라가와의 손을 덥석 잡고 흔들고 또 흔들고 하였다.

'동전 수매를 하는 애국자! 이 얼마나 대견한가!'

시라가와는 우러러보는 윤 지대장이 자기를 너무나 뜨겁게 동지적으로 대해 주는 데 감격하고 또 황송하여 잠시 몸 둘 바를 몰라 하였다.

윤 지대장은 곧 비상소집을 해 가지고 구출할 대책을 강구하는데 격앙한 동지들이,

"열차를 습격합시다."

"무조건 습격해야 합니다."

"시각을 천추(遷推)해선 안 됩니다."

"총출동합시다."

"간나새끼들, 본때를 보여 줍시다."

"시간이 촉박한데 서둘러야 합니다."

"현장까지 가재두 여러 시간이 걸리잖겠습니까?"

입입이 습격하자고 주장하여 의제는 책장 한 장을 뒤지듯이 간단하게 구체적인 작전 계획을 세우는 데로 넘어갔다.

"열차를 멈춰 세울 방도부터 토의해 봅시다."

하는 윤 지대장의 말에 여러 사람이,

"물론 궤도를 폭파해야지요."

"아니, 레일 한 개를 들어내는 게 더 좋습니다. 요란스럽잖구."

"그렇게 되면 기차가 탈선을 할 텐데?"

"위험합니다, 그 방법은."

"탈선은 재미적습니다. 우리 사람까지 상할 염려가 있습니다."

중구난방으로 나서는 것을 양대봉이가 "내 말부터 좀 듣구 나서…… 내 말부터 좀 듣구 나서……." 하고 손을 내저어 누르고 자기의 생각한 바를 이렇게 피로하였다.

"열차를 멈춰 세우는데…… 폭파를 한다든가 레일을 들어낸다든가 하는 건 다 하지하책입니다. 우리 사람을 구해 내는 게 이번 행동의 목적인 이상 더더구나 쓸 수 없는 방법입니다. 내가 전에 조선에서 원산 총파업 때 철도 노동자들에게서 배운 게 있습니다. 그때 외지에서 모집해 오는 파업깨기꾼들을 저지하려구 기차를 중도에서 멈춰 세우는데, 원산 철도 노동자들은 우둔한 방법을 써서 경찰 놈들에게 구실을 주지 않으려구 교묘한 방법을 썼습니다. 구배가 심한 지점을 골라서 레일에다 몇십 미터 잘되게 모빌유를 잔뜩 발라 놨습니다. 그랬더니 미끄러워서 그놈의 차바퀴가 자꾸 공전을 하잖겠습니까. 생전 기관차가 앞으루 나갈 재간이 있어야 말이지요. 다급해

난 기관사 놈이 모래통의 모래를…… 언덕을 올라갈 때 쓰는 모래를…… 드립다 쏟습니다. 결국 올라가긴 가까스루 올라갔지만 동안이 착실히 걸리더란 말입니다. 그러니 우리두 이번에……."

양대봉이가 말을 다 마치기도 전에 "그거 참 된 수요.", "옳소!", "절대 찬성!" 열렬한 분위기 속에 만장일치로 가결이 되었다.

시간이 촉박하므로 지체 없이 행동으로 넘어가는데 윤 지대장의 포치로 더러는 차단호를 넘을 발판을 마련하고 또 더러는 기름을 구하러 나갔다. 윤 지대장은 양대봉이와 리명선이를 데리고 뒤에 남아서 시라가와에게 그가 이번 행동에서 맡아 할 역할에 대하여 자세히 이야기해 들렸다. 시라가와를 납득시켜서 돌려보내고 나니 해가 벌써 한낮때다. 또 한동안이 지나서다. 장만한 발판은 그런대로 쓸 만하였으나 기름은 모빌유가 없어서 대용품으로 유채기름과 돼지기름을 듬뿍 구해 들였다.

열차를 습격하려고 떠난 대오는 해 질 녘에 관장에서 오륙 마장 떨어진 촌락에 들어가 저녁을 지어 먹고 한동안 휴식한 뒤 야음을 타서 행동을 개시하였다. 먼촌의 개 짖는 소리를 들으며 유령의 행렬처럼 기척 없이, 사전에 미리 정찰하여 선정한 지점에 접근하였다. 10여 명 사람이 번갈아 목도질해 온, 한쪽 끝에 긴 삼밧줄이 달린 널판대기를 도개교(跳開橋)처럼 차단호 가장자리에 60도각으로 세웠다가 천천히 줄을 주어서 발판을 놓았다.

인제 열차가 통과할 시각—9시 20분까지는 반시간이 채 못 남았다. 대원들은 꼬리에 꼬리를 물고 발판을 건너며 곧 철뚝 양옆에 매복하였다. 여기는 구배선—철길이 어지간히 경사진 지점이다. 양대봉의 지휘하에 칠팔 명 사람이 두 패로 나뉘어 준비해 온 유채기름과 돼지

기름을 레일의 안쪽 절반에다만 몇십 미터 잘되게 마구 발라 나갔다. 두 가지 성질이 다른 기름으로 레일을 아주 범벅을 만들어 놓았다.

먼 형대역에서 기차 떠나는 기적 소리가 들려오자 윤 지대장은 허리를 구푸리고 각 분대의 분대장들을 하나하나 찾아다니며 다시 한번 주의를 주었다.

"저항만 하면 가차 없이 해치우시오. 기관사두 마찬가지요. 순종하면 살려 주구…… 안 하면 해치우시오. 일반 여객을 상하지 않두룩……"

이윽고 앞등으로 철길을 눈부시게 비추며 열차가 달려왔다. 매복한 사람들은 제각기 총을 배 밑에 깔고 납작납작 엎드려서 얼굴을 땅에다 파묻었다. 이런 것을 모르고 기세 좋게 달려오는 기관차는 기름을 덕지덕지 발라 놓은 구배선에 서슴없이 들어섰다. 그러나 얼마 못 올라가서 곧 차바퀴가 헛돌이를 시작하였다.

육중한 기관차가 선 자리에서 허우적거리는 양은 마치 무슨 마귀의 술법에라도 걸린 것같이 신기스러웠다. 웬 영문을 모르는 기관사와 화부가 눈들이 휘둥그래져서 얼굴을 마주 보는 순간 꿈에 보일까 무섭던 팔로군들이 기관사실로 뛰어올랐다. 그리고 다짜고짜로 총부리를 들이대며 "세워라!" 호통을 치는 것이 아닌가. 혼비백산한 화부는 손에 든 부삽을 얼른 놓고 들라고도 하지 않는 두 손을—영화에서 본 대로—번쩍 들었다. 기관사는 부들부들 떨면서 저를 겨눈 총구멍에다 눈을 박은 채 거의 본능적인 동작으로 제동기를 더듬었다.

열차가 멎어서느라고 덜거덩거릴 때 끝으로 세 번째 객차의 승강구의 문이 안으로 덜컥 열렸다. 근처에서 대기하고 있던, 양대봉이를 선두로 한, 손에 손에 총을 든 습격대원들이 우르르 차에 뛰어오르니 문을 열어 준 사람—시라가와가 얼른 한옆으로 비켜서며 맞은편 차칸의 출입문을 턱짓으로 가리켰다. 양대봉이가 알아차리고 서너 걸음에 쫓아가 문을 와락 밀어붙이며 차칸으로 뛰어들었다. 오른편 좌석에 따로 앉았던 헌병 하사관이 재빨리 권총을 빼들었다. 일순간 맞불질. 헌병 하사관은 배때기를 맞고 푹 고꾸라지고 양대봉이는 왼편 팔목에 총알을 맞았다. 뒤따라 들어온 리명선이와 마춘식이는 다른 대원들과 함께 와락 대들어서 눈 깜박할 사이에 두 헌병 놈의 무장을 해제시켰다. 그리고 눈들을 부라리며 "열쇠!", "냉큼 열지 못할까!" 으르딱딱거리니 두 놈 중의 한 놈이 꼼짝없이 열쇠를 꺼내어 우자강, 림상수 두 사람이 차고 있는 수갑을 잘칵잘칵 열어 주었다. 그러자 우자강이와 림상수는 벗겨 준 수갑을 재치 있게 두 헌병 놈의 손목에다 되잡아 채워 주었다. 그리고 한 놈의 손에 쥐인 수갑 열쇠를 홱 잡아채었다. 정치 투쟁, 무장 투쟁이란 원래 이렇게 전변이 급작스러운 법이다.

이때 양대봉이는 바로 눈앞에 까만색 오버코트를 입은 젊은 여자 하나가 서 있는 것을 피뜩 보았다. 그 여자와 양대봉이의 네 눈이 마주쳤다. 번개같이 알아보았다.

"누나!" 소리치며 양대봉이가 한 발을 앞으로 내디디는 찰나에 등 뒤에서 총소리 한 방이 났다. 날아온 총알은 양대봉이의 잔등어리를 뚫고 들어와서 면바로 심장에 박혔다. 양대봉이는 누나의 발밑에 머리를 처박듯이 하며 고꾸라졌다. 소리 한번 지를 겨를도 없었다. 양대봉이를 쓰러뜨린 흉탄은 고대 그의 총알에 배때기를 맞고 거꾸러졌던 헌병 하사관이 몸을 겨우 일으키고 최후 발악으로 쏜 것이었다. 분이 치민 리명선이가 헌병 하사관 놈의 등판에다 거꾸로 잡은 총창을 콱 내리박으니 그놈은 돼지 먹따는 소리를 지르고 곧 사지를 폈다.

양대봉이의 누나가 무너앉으며 동생의 주검 앞에 두 무릎을 꿇었다. 덧없고 애달픈 10년 만의 해후상봉이었다.

5

몇 해 후, 무안성 밖에서 백주대낮에 양대봉들에게 생포된 헌병대 통역 류등호는 화선입당(火線入黨)을 하였다. 그의 술회를 한번 들어 보기로 하자.

"……저는 정말이지 일본제국주의의 앞잡이 노릇을 하는 게 부끄러운 일이란 걸 몰랐었습니다. 뿐만 아니라 일본 헌병대의 통역 노릇을 하는 것을 영광으루 생각하구 자랑으루 생각했었습니다. 그렇게 처음 붙들려 왔을 때는 반감과 증오심으루 가슴이 막 터질 것 같았습니다. 금시 죽을 것만 같았습니다. 팔로군의 군복을 보나 미투리를 보나 또 무기를 보나…… 깔보이기만 했습니다. 속으루 비웃었습니다. '저 꼴을 해 가지구두 또 전쟁을 하겠다구?' 다 온전한 사람으루 보이지를 않았습니다. 정말 무슨 비적떼 같아만 보였습니다……." (이때 조선의용군의 군복과 무기도 팔로군의 그것과 똑같았다. 그러나 깃발만은 태극기를 들었다.)

"그러던 어느 날이었습니다. 시사 보고란 걸 한다구 저더러두 같이 앉아 들으라구 해서…… 머리를 수굿하구 한옆에 가 앉아 들었습니다. 무슨 개나발을 부나 어디 한번 좀 들어 보자 하는 속셈이었지요. 그런데 놀랍게두 그렇게 하찮아 보이던 사람의 입에서 다다넬해협이 어떻구 비시 정권이 어떻구 하는 소리가 튀어나오는 게 아니겠습니까. 분석이 명확하구두 세밀하지 뭡니까. 논리가 정연하지 뭡니까. 저는 정말이지 너무나 의외로와서…… 혀를 홰홰 내둘렀습니다. '저런 게 다 여기 있었는가!' 하구 말입니다."

"저는 그때부터 고패를 빼기 시작했습니다. 차차 그들을 존경하기 시작했습니다. 오랜 시간의 교양을 거쳐서 자기의 전비를 뉘우치게 됐습니다. 아는 것이 힘이었습니다. 혁명 대오는 정말루 못 쓸 것으루 녹여서 쓸 것으루 만드는 도가니였습니다. 저는 그때부터 자기의 수치스러운 과거를 씻어 버리려구 항일 전쟁에 용감히 뛰어들었습니다. 물불을 헤아리지 않구 전투 서열에 섰습니다. 그리하여 오늘에 이르렀습니다……."

《태항산록》 1989년 12월

산문

생각이 나는 대로

없는 감격을 억지로 만들어 내는 것이 우리 소설의 일반적인 병통인 것 같다. 나오지 않는 눈물을 억지로 짜내고 안 나오는 웃음을 억지로 웃으려는 데 문제가 있는 성싶다. 별로 슬프지도 않은데 애를 써서 흘리는 눈물은 값싼 눈물 혹은 허위의 눈물이다. 그리고 별로 우습지도 않은데 번화스레 웃는 것은 갈보식의 웃음 또는 아첨쟁이식의 웃음이다. 자연스럽지 못한 눈물이나 인위적인 웃음은 독자들에게 받아들여지지 않는다. 독자는 바보가 아니기 때문이다.

1944년 늦은 봄, 일본 나가사키 감옥에서 나는 전과 6범의 절도 상습범이 만기 출옥하는 장면을 목격한 일이 있다. 마흔두서넛 된 그 수인은 만성 신장염으로 입원하고 있다가 감옥 병원에서 직접 출옥을 하는데 몸이 독같이 부어서 허리띠를 매기가 곤란했다. 복도의 벽을 짚으며 퉁퉁 부은 발을 겨우 옮겨 놓는데 나이 지긋한 간수가 보따리를 들어다 주며 제법 부드럽게 타이르는 것이었다.

"인제 제발 좀 다시 오지 말게. 이게 벌써 몇 번쩬가. 한평생 감옥 출입만 하다 말겠나."

한즉 수인은 가쁜 숨을 쉬면서 대답하는 것이었다.

"말씀은 고맙습니다, 나리. 그렇지만 사회에서 받아 주지를 않으니 어떡합니까? 여기밖에는 받아 주는 데가 없으니 어떡합니까? 쉬이 또 뵙지요, 나리."

나이 지긋한 간수는 더 말을 못 하고 머리만 설레설레 저었다. 전과자를 사회가 용납하지 않는다는 것을 그는 누구보다도 잘 알고 있던 것이다.

당시 20대의 청년이던 나는 거기서 얼마나 강렬한 인상을 받았던지 40년이 지난 지금도 그 광경이 눈앞에 선하다. 나는 언젠가 자기의 소설에다 그 장면을 되살린 적이 있다.

이것도 역시 그 무렵의 일이다. 나는 정치범이었으므로 엄정독거(嚴正獨居)의 대우를 받았다. 엄정독거란 독감방에 격리시켜 놓고 다른 수인들과의 접촉을 엄격히 금하는 것이다. 목욕도 독탕에서 해야 하고 입원도 독병실, 그리고 하루에 20분씩 허용되는 옥외 활동도 간수장 하나가 딸려서 혼자 해야 하였다. 천오백 명 수용자 가운데 정치범은 넷밖에 없었으므로 다른 수인들처럼 영화 구경도 못 하였다. 정치범만 따로 하나씩 구락부에 갖다 앉히고 전위해서 영화를 돌릴 수는 없었기 때문이다. 감옥 병원에 가서 진찰을 받을 때도 간수장의 압송하에 가 가지고 복도에서 혼자 벽을 향하고 서서 차례를 기다려야 하였다. 일반 형사범들이 장의자에 늘어앉아서 나직나직이 서로 지껄이는 소리가 혼자 등을 돌리고 서 있는 내 귓속으로 다 흘러들어왔다.

"너 얼마 먹었니?"

"칠 년."

"무얼루?"

"강간."

"멍텅구리 같으니! 도적질을 해서 그 돈으루 갈보집에를 가지, 그랬더면 재미를 실컷 보구두 이삼 년밖에 안 먹었지야."

낡은 사회, 병든 사회에서 인간의 도덕적 풍모가 어느 정도로 타락하였다는 것을 단적으로 보여 주는 대화였다. 하지만 그들에게는 그들 나름으로의 생활 규칙이 있고 또 가치법칙과 이해타산이 있는 것이다. 40년이 지난 지금도 그 수인들의 지껄이던 소리가 어제런듯 기억에 삼삼하고 귀에 쟁쟁하다.

이런 것들을 꾸밈없이 그대로 되살린다면 억지울음을 아니 울고 억지웃음을 아니 웃어도 되지 않을까.

로신의 말마따나 남이 위생을 강조하니까 엇나가느라고 일부러 "좋다, 그럼 난 이제부터 전문적으루 파리만 잡아먹구 살 테다." 하고 용을 쓰는 것은 영웅이 아니다. 그러나 남의 의견을 좇아서―허심히 받아들인답시고―줏대 없이 이리 뜯어고치고 저리 뜯어고치고 해서 작자의 개성이 있고 특성이 있는 멀쩡한 작품을 괴상망측한 쪼각보를 만들어 가지고 모두들 모여들어 좋다고 야단법석을 하는 것도 꼴불견이다.

그리고 또 이와는 정반대로 써 놓은 작품이라는 게 아무리 좋게 보아주려 해도 워낙 작품이 되어 먹지를 않았는데 쓴 사람의 눈에는 자꾸 불후의 명작으로 보여서 "세상 놈들이 다 눈깔이 멀었다!" 또는 "편견이다! 야심이다! 생이다! 고의적 타격이다!" 하고 붉으락푸르락하는 것도 절승경개의 하나이다.

모름지기 우리 문학도들은 자기의 역량을 자기가 알아야 하지 않을까? 세상에서 자격을 인정해 주지 않는데 제가 부득부득 자격이 있다고 우기는 것은 희비극이다. 우습강스러운 비극이란 말이다.

생각이 나는 대로, 붓이 가는 대로 따라다니다 보니 아마 소정(所定)의 2천 자가 거의 찬 모양이다. 아니, 넘은 모양이다. 이럴 때는 얼른 손을 떼고 나앉는 게 아마 현명한 처사지.

〈아리랑〉 1984년 16호

형상성과 유머

미국 작가 마크 트웨인에게 편지 한 장이 왔습니다. 뜯어 보니 거기에는 적혀 있기를 "선생님, 작가가 되려면 물고기를 많이 먹어야 한다는데 어느만큼 먹어야 되는지 좀 알려 주시기 바랍니다."

마크 트웨인은 곧 회답을 썼습니다.

"네, 큰 고래 두어 마리 잡수십시오."

이 경우에 트웨인 선생이 만약 작가가 되는데 물고기를 많이 먹어야 한다는 것은 허무맹랑한 소리라고 일축하는 회답을 주었다면 그것은 그 당시에 아무러한 인상도 주지 못했을 뿐 아니라 후세에도 아무러한 인상을 남기지 못했을 것입니다.

유머가 소설에서 발휘하는 위력도 대개 이와 같습니다.

한 가난한 선비가 겨울에 핫옷, 즉 솜옷이 없어서 겹옷을 입고 덜덜 떠는 것을 보고 어떤 사람이 괴이쩍게 여겨서 물었습니다.

"선생님, 이 추운 때 어째 그렇게 겹것을 입구 떠십니까?"

한즉 선비가 대답하기를,

"네, 저 홑옷을 입으면 더 추워서요."

그 선비는 엄동설한에도 홑옷과 겹옷 외에는 선택의 여지라는 게 없다는 것이 그 한마디의 말로 환히 드러납니다. 살림이 어떻게 곤궁하고 어떻게 쪼들리고…… 길게 늘어놓아 설명하는 것보다 듣는 사람의 가슴에 훨씬 더 많이 안겨 오는 게 있습니다.

형상화, 즉 문학예술에서 (우리로 말하면 소설 창작에서) 예술적으로 형상한다는 것이 바로 이것입니다.

프랑스 작가 뒤마가 독일에 관광 여행을 갔을 때 유명한 버섯 요리점에 들러서 명물의 버섯 요리를 청했습니다. 그런데 말이 통하지 않으니 어떡합니까. 뒤마는 독일말을 모르고 요리점 보이는 프랑스말을 모릅니다. 그래서 뒤마는 머리를 썼습니다. 연필로 종이에다 버섯 하나를 그려 보였습니다. 버섯 요리를 가져오라는 뜻이지요. 보이가 그 그림을 들여다보더니 알았다는 표시로 고개를 끄덕였습니다. 그리고 얼른 가서 우산 하나를 갖다주는 게 아니겠습니까. 버섯을 어찌나 잘 그렸던지 보이가 우산으로 잘못 본 것입니다. 이 한 가지 사실로 뒤마의 그림 그리는 솜씨가 얼마나 알뜰하다는 것도 드러났거니와 그보다도 버섯 요리점 보이의 아둔하기 짝이 없는 맹꽁이 형상이 눈에 보이는 것같이 드러났습니다.

홍명희 선생의《림꺽정》에 이런 대목이 있습니다.

억석이의 딸 이야기가 난 뒤로 좌중의 여러 사람이 모두 지껄여도 입 한번 뻥긋 아니 하고 앉았던 곽오주가 서림이의 하는 말을 듣고,

"우리가 거북할 게 무어 있담. 애비는 졸개루 대접하구 딸은 제수로 대접하면 고만이지."

하고 말하였다.

　오가가 웃으면서 "배 두령의 안해를 제수루 대접하다니. 배 두령이 자네 아운가?" 하고 오주의 말을 책잡으니, 오주가 콧방귀를 뀌며 "그럼 나이 어린 기집애를 형수 아주머니 대접하겠소?" 하고 오가의 말을 뒤받았다.

　"나이 어린 기집애라두 형 되는 사람이 데리구 살면 형수 대접해야지."

　"형수루 대접하구 싶거든 하시우. 누가 말리우."

　"자네는 제수 대접하구 나는 형수 대접하면 을축갑자루 셈판이 잘 되겠네."

　오가의 말에 다른 두령은 고사하고 돌석이까지 웃었다.

　이 몇 마디의 대화를 통해서 입심 좋고 홍감스러운 오가와 넉살이 좋으면서도 무뚝뚝한 곽오주의 성격이 바로 옆에 앉아서 보고 듣는 것같이 뚜렷이 드러납니다. 오가는 이러저러한 사람이고 또 곽오주는 어떠어떠한 사람이라고 길게 늘어놓아 설명을 하는 것보다 훨씬 더 생동한 인상을 줍니다.

　우리 집에 유치원에 다니는 여섯 살 먹은 손자가 있습니다. 이놈이 몸에 열이 좀 있는 것 같아서 불러다 앉히고 체온을 재어 봤습니다. 36도 9분…… 크게 염려할 것은 없었습니다. 그래 그대로 체온계를 털었습니다. 수은주를 털었단 말입니다. 한즉 손자 놈이 나를 쳐다보고 "할아버지 몇 돕니까?" 하고 묻는 게 아니겠습니까. 제 따위가 몇 도인지는 알아서 무어 하겠습니까. 아나 마나 마찬가지지요. 그래 나는 예사롭게 "36도 9분이다. 일없다." 하고 대답해 주었습니다.

　"36도 9분? 어디 나두 좀 보겠습니다."

"이제 할아버지가 터는 거 너 못 봤니? 벌써 털어 버렸는데 어떻게 봐?"

내 이 말을 듣자 손자 놈은 곧 허리를 구푸리고 방바닥을 온데 찾아보는 것이었습니다. 할아버지가 털어서 방바닥에 떨어진 36도 9분을 찾아보려는 것입니다. 36도 9분을 아마 무슨 콩사탕 같은 걸로 아는 모양입니다.

여섯 살짜리 어린아이의 발전하는 지능이 어느 단계에 이르렀다는 것을 잘 말해 주는, 형상적으로 잘 말해 주는 실례라고 생각합니다.

내가 전에 농촌에 생활 체험을 내려갔을 때의 일입니다. 저녁에 마을에 회의가 있다고 해서 갔더니 너무 일찍 가서 그런지 모인 사람이 얼마 안 됩니다. 나중에 한 아주머니가 문을 열고 들어와서 장내를 한번 둘러보더니 웃으며 하는 소리가 "가물에 콩 나듯 했구면." 회장에 사람이 덜 모인 형상을 이보다 어떻게 더 생동하게 묘사할 수 있겠습니까.

어떤 한족 사람이 헌 자전거를 보고 "추러링더우샹(除了鈴都響)"이라고 비웃는 것을 들은 적이 있습니다. 종만 빼놓고 다 소리가 난다는 뜻이겠지요. 정작 소리가 나야 할 종은 소리가 안 나고 소리가 나지 않아야 할 다른 데서는 다 덜커덕덜커덕 소리가 난다는 말이니 이 얼마나 형상성이 강합니까. 이 세상의 아무리 위대한 작가라도, 동서고금의 아무리 위대한 작가라도, 헌 자전거를 묘사하는 데 이보다 더 형상적으로 묘사를 하지는 못할 거라고 생각합니다.

《림꺽정》에서 또 하나 예를 들어 봅니다.

꺽정이가 이야기를 하려고 돌아서니 황천왕동이는 리봉학이 뒤에 섰다고 옆으로 나서고 신불출이와 곽능통이는 황천왕동이 섰던 자리로 들어섰다.

림꺽정이는 화적패의 대장이고 리봉학이와 황천왕동이는 두령입니다. 그리고 신불출이와 곽능통이는 시위니까 신분의 차이가 모두 뚜렷합니다. 리봉학이와 황천왕동이는 같은 두령이라도 리봉학이가 퍽 더 높습니다. 그러므로 대장의 이야기를 들을 때 그들은 모두 자기의 신분에 알맞은 자리에 서는 것입니다. 그래서 독자는 림꺽정이의 이야기하는 장면을 직접 눈으로 보는 것 같은 입체감을 느끼게 됩니다. 작자가 만약 이 대목을 그저 "꺽정이가 이야기를 하려고 돌아섰다." 해 놓고 잇달아서 '이야기'로 들어갔다면 독자는 직접 눈으로 보는 것 같은 입체감을 느낄 수는 없을 것입니다. 그렇게 되면 그것은 형상화하는 면에서 실패로 될 것입니다. 우리는―소설을 쓰는 사람들은―언제나 이 상세하고 구체적인 동작의 묘사를 잊지 말아야 할 것입니다.

어떤 남편이 밤낮 여편네에게 눌리워 지냅니다. 다시 말하면 늘 맞아 대며 삽니다. 걸핏하면 여편네에게서 빗자루 찜질, 부지깽이 찜질을 당한다 말입니다. 하루는 또 무엇을 어떻게 잘못했다고 여편네가 빗자루를 거꾸로 들고 답새러 덤볐습니다. 남편은 다급해서 얼른 침대 밑으로 기어들어 갔습니다. 여편네가 침대 밑을 들여다보며 "나와! 어서 나와! 냉큼 나오지 못할까!" 호령이 추상같습니다. 그러나 남편은 점점 더 깊이 들어가서 벽에 딱 달라붙었습니다. 그리고 씩씩하게 대꾸질을 하는 것이었습니다.

"안 나가! 나두 사내대장부야! 한번 안 나간다면 안 나가는 줄 알아!"

여편네는 무섭지, 사내대장부의 체면과 자존심은 속에 살아 있지…… 이 가련한 '사내대장부'의 모순된 심리와 행동이 얼마나 잘 나타났습니까! 우스운 중에도 동정이 가고 동정이 가면서도 "예끼, 이 못난 자식!" 소리가 입에서 절로 나옵니다.

형상화하지 않은 소설은 문학의 범주에 드는 것이 아니라 이론의 범주에 듭니다. 이론적으로는 얼마나 큰 가치가 있을지는 몰라도 소설로서는 실패입니다.

우리의 소설에는 일반적으로 유머가 부족합니다. 너무 따분하단 말입니다. 영화 구경을 하고 온 사람에게 "그 영화 교육적 의의가 있습디까?" 하고 물어보는 사람을 나는 일찌기 보지 못했습니다. (다른 분들은 혹시 보셨는지 몰라도 나는 못 봤습니다.) 내가 본 사람들은 예외 없이 다 이렇게 물어봅디다.

"그 영화 재미있습디까?"

이와 마찬가지로 재미없는 소설은 읽지를 않습니다. 소설은 약이 아니거든요. 억지로 먹이지는 못한단 말입니다. 그러니 아무리 훌륭한 내용이 있더라도 읽어 주지를 않는 데야 무슨 수가 있습니까. 읽혀야 합니다. 읽도록 해야 합니다. 읽히려면 첫째 재미가 있어야 합니다. 재미가 있으려면 유머적인 필치로 쓰는 것이 가장 좋습니다. 말에 맛이 있어야 합니다. 유머는 우리말로 익살이라는 뜻도 되고 우스개라는 뜻도 되고 또 해학이란 뜻도 됩니다. 재미있는 말을 골라서 써야 합니다. 우리의 일상생활에는 그런 재미있는 말들이 강변의 조약돌같이 많고 하늘의 별같이 많습니다. 웃음 속에 철리가 담긴 소설은 읽지 말래도 읽습니다. 그리고 거기 담긴 철리를 깨닫지 말래도 깨닫습니다.

끝으로 위대한 로신의 작품 하나를 예로 들겠습니다. 이것은 소설이 아닙니다. 몇 줄 안 되는 아주 짧은 잡문입니다. 그 경개는 다음과 같습니다.

어느 집에서 아들을 낳았습니다. 온 집안이 다 좋아서 야단입니다. 백날에 손님들을 청해다 놓고 어린아이를 안아 내다 보입니다. 물론 경사로운 말을 듣자는 거지요.

한 손님이 말하기를,

"이 애기는 커서 백만장자가 될 테니 두구 보십시오."

주인은 좋아서 입이 벌어졌습니다. 고맙다고 치사를 한 것은 더 말할 것도 없는 일입니다.

다음 손님도 뒤지지 않고 칭찬을 했습니다.

"이 애기는 커서 높은 벼슬을 할 게 환히 알립니다."

이 손님도 물론 주인의 치사를 단단히 받았습니다.

세 번째 손님은 고지식한 사람이었습니다. 어린아이가 장차 커서 무엇이 될지 미리 어떻게 압니까? 입에 발린 거짓말은 할 수 없고 또 그렇다고 아무 말도 안 하는 것은 실례이겠고…… 해서 이 손님은 고지식하게 정말을 했습니다.

"이 애기가 크면…… 죽을 겁니다."

사람이란 세상에 났다가 한 번은 꼭 죽기 마련입니다. 생로병사가 아닙니까. 그러나 고지식한 손님은 즉사하게 얻어맞았습니다. 온 집안이 달려들어서 넙치를 만들어 놓았습니다. 그리고 그 자리에서 아무 대접도 못 받고 쫓겨났습니다. 거짓말한 사람들은 대접을 잘 받고 정말을 한 사람은 뭇매를 맞고 쫓겨났습니다. 고지식한 손님이 하도 기가 막혀서 선생님을 찾아가 여쭈어 봤습니다.

"선생님, 거짓말두 안 하구 매두 맞지 않으려면 어떡허는 게 좋겠습니까?"

"변통성 없는 사람!"

하고 선생님은 좋은 방법을 가르쳐 주시는 것이었습니다.

"그럴 때는 이렇게 말을 해야지. 아이구 이 애기 좀 봐! 야 이거 참 대단하구먼. 아 이런! 하하! 헤헤! 헤, 헤헤헤헤!"

백날잔치에 모인 사람들의 허위성을 이 이상 어떻게 더 형상화할 수 있겠습니까? 어떻게 더 폭로할 수 있겠습니까? 우리도 이런 재치가 있으면서도 심각하기 짝이 없는 필치를 따라 배워야 하겠습니다. 열심히 꾸준히 익혀야 하겠습니다.

〈장춘문예〉 1984년 1월

위덕이 엄마

위덕이 엄마의 이름은 류설금이다. 강소성 무진현 출생으로 해방 전 상해 어느 극단에서 배우로 일하다가 항일 전쟁 시기 무한에서 최채 동무와 결혼하였다. 해방 후에 낳은 아들의 이름이 위덕이므로 위덕이 엄마가 된 것인데 그 위덕이도 인젠 서른여섯 살…… 위덕이 엄마가 세상을 뜬 지도 어느덧 3년이 지났다.

위덕이 엄마는 키가 큰 만큼 발도 커서 맨발에 남자들이 신는 특대 호 흰 고무신을 끌고 바로 이웃인 우리 집에를 놀러 다니곤 하였다.

"위덕이 엄만 웬 발이 그리두 크우?"

우리 안사람이 웃으면서 이렇게 물으면 위덕이 엄마는,

"글쎄 말이야, 너무 크지?"

하고 마주 웃는 것이었다.

위덕이 엄마는 상해 프랑스 조계에서 근 7년 동안 시어머니를 모시고 있었던 까닭에 조선말을 아주 잘하였다. 그러나 물론 백분의 백으로 잘하지는 못하였다.

"해양이 엄마, 나 지난밤에 이상한 꿈이 났다니까……."

하고 위덕이 엄마가 꿈 이야기를 할 때 해양이 엄마라고 불리우는 우리 안사람이 우스워서 "꿈이 났다는 게 뭐요? 꿈을 꾸었지." 하고 깔깔 거리면, 위덕이 엄마는 곧 "오 참, 꿈을 꾸었는데……." 하고 사근사근 하게 잘못을 시정하는 것이었다.

"해양이 엄마, 이거 좀 먹어 보우. 와삭와삭한 게 아주 맛있소."

위덕이 엄마가 금시 튀긴 기름튀기를 한 남비 담아 들고 쫓아와서 이렇게 말하면 해양이 엄마는 또 깔깔거리는 것이었다.

"와삭와삭이 뭐요? 파삭파삭이지!"

"오 그래, 파삭파삭…… 맛있지?"

위덕이 엄마는 이렇게 상냥하고 또 다정한 여자였다.

1938년 가을, 일본 침략군의 예봉을 꺾을 힘이 모자라서 항일 부대는 일시 무한에서 철거하게 되었다. 그때 위덕이 엄마는 임신 4개월…… 남편과 행동을 같이할 수 없는 형편이었다. 그래서 남편인 최채는 갓 혼인한 안해를 인편에 딸리어 천릿길 머나먼 상해로 보내었다. 상해 프랑스 조계에 한번 만나 본 적도 없는 시어머니와 시동생이 살고 있었던 것이다.

이듬해 봄, 딸을 낳았다는 소식이 와서 최채는 자모(慈母)를 위로하여 살라는 뜻으로 딸아이의 이름을 '위자'라고 지어 보내었다. 그리고 최채는 곧 중경을 떠나 락양을 거쳐서 태항산 항일 근거지로 들어가 버렸다. 그래서 그 젊은 안해는 남편의 소식을 모르는 채 항일 전쟁이 끝날 때까지 상해에서 시어머니를 모시고 7년 동안을 살아야 하였다.

한족 여자인 류설금이 조선족 시어머니를 얼마나 잘 섬겼던지 90 고령으로 아직도 서울에서 작은아들하고 살고 있는 시어머니한테서 편지가 왔는데 아들 안부, 손자 손녀 안부 다 제쳐놓고 며느리 안부부터 물었다. 편지에는 노인이 그 며느리를 못 잊어 하는 정이 넘쳐흘렀었다. 그래서 노인이 정신적 타격을 받을까 봐 최채는 아직도 그 며느리가 무고히 잘 지낸다고 속이고 이미 고인이 된 것을 알리지 않고 있다.

류설금은 일본이 망하자 곧 시어머니를 따라 남조선으로 갔다. 그때 딸 위자는 벌써 일곱 살이 되어 학교를 갈 나이가 다 되었다. 당시 남조선에서는 공산당을 위시한 각 좌익 정당들이 모두 합법적으로 활동하였으므로 류설금은 곧 위자를 데리고 조선독립동맹 서울시위원회를 찾아갔다. 연안과 태항산에서 귀국한 최채의 전우들이 거기서 사업하고 있었기 때문이다. 그러나 막상 찾아가 보니 유감천만하게도 최채만은 거기 있지 않았다. 몹시 딱하게 생각한 조직 부장 심성운이 어린 위자의 머리를 쓰다듬어 주며 류설금에게 물었다.

"최채 동무가 여기는 없는데…… 평양을 한번 가 보시겠습니까?"

말이 떨어진 그 즉석에서 류설금은 결심을 표시하였다.

"네, 가겠습니다. 보내만 주십시오."

그리하여 류설금은 일곱 살 먹은 딸아이를 데리고 독립동맹의 지하 연락망을 통하여 그 무서운 38선을 몰래 넘어 북조선으로 왔다. 평양에는 중국에서 돌아온 최채의 전우들이 숱하였다. 열도 더 되고 스물도 더 되고 서른도 더 되었다. 그러나 꼭 찾아야 할 최채만은 없었다! 이런 안타까울 데가 또 어디 있으랴. 류설금은 발밑의 땅이 꺼지는 것 같았다.

최채는 조직의 안배로 다른 몇몇 동지들과 함께—주덕해, 문정일 등 동지와 함께—중국에 떨어졌던 것이다. 조선을 나오지 못하였던 것이다. 남편을 찾아 중국에서 바다 건너 남조선으로, 그 남조선에서 또 천신만고로 38선을 넘어서 북조선으로 온 류설금은 그 북조선에서 또다시 압록강을 건너서 중국으로 남편을 찾아가야만 하였다. 생소한 이국땅을 철부지 딸아이를 데리고 남편을 찾아 헤매는 류설금……

그러나 류설금은 끝내 남편을 찾고야 말았다. 8년 만에 안도(安圖)에서 처자의 소식도 모르고 홀아비로 지내는, 군복 입고 권총 찬 최채를 찾았다. 그리하여 1년 후에 태어난 아들이 바로 위에서 말한 그 위덕이다.

해양이 엄마는 지금도 누구나 보면 위덕이 엄마를 산 춘향, 20세기의 춘향이라고 입에 침이 없이 칭찬을 한다. 나도 그렇다.

위덕이 엄마는 얼굴만 곱고 잔잔하게 생긴 것이 아니라 그 마음씨 또한 착하고 부드럽고 어질었다. 이 세상에서 위덕이 엄마가 역정을 내거나 불쾌한 언동을 하는 것을 본 사람이 있다면 나는 그 거짓말쟁이를 가만두지 않을 것이다.

위덕이 엄마는 성모 마리아같이 안존하고 아늑한 여자였다. 그 막내아들 위광이가 불행한 사고로 저세상으로 갔을 때 나는 마침 먼 곳에 출장을 나가 있어서 알지 못했었다. 내가 돌아오는 첫밤에 해양이 엄마가 위광이의 불행을 알려서 나는 현관에서 신발도 벗지 않고 그대로 돌쳐나와 위덕이네 집으로 달려갔다.

어린 위광이가 내 무릎에 앉아서 내 얼굴을 쳐다보며 "아버지, 사탕 더 있소?" 하고 새까만 눈을 깜박깜박하던 일이 생각나서 나는 속이 얼얼하였다. (위광이와 그 누나 위영이는 나를 아버지라고 불렀었다.) 위광이는 살갗이 맑다 못해 투명할 지경이었다. 그 집 아이들이 다 그 엄마를 닮아서 살갗이 유난스레 맑지만 위광이는 특히 더 맑았다. 그래서 해양이 엄마는 위광이만 보면 "요 백인종 서양 놈아." 하고 놀려 주었다.

나의 굳긴 인사를 받는 위덕이 엄마의 얼굴은 평소나 거의 다름없이 안존하고 담담하였다. 사랑하는 어린 자식을 불시에 잃어버린 그 어머니의 마음이 어떠하랴! 미루어 짐작하고도 남음이 있다. 그렇건만 위덕이 엄마의 얼굴은 고요한 늪같이 잔잔만 하였다. 잔물결 하나 일지 않았다. 그것은 타고난 천성과 깊은 수양으로 이루어진 높은 경지의 교향시곡이었다.

위덕이 엄마는 우리 집 식구들의 마음속에 언제나 살아 있다. 해양이 엄마 마음속에, 해양이 마음속에, 그리고 해양이 아버지 마음속에 언제나 살아 있다.

〈연변녀성〉 1984년 6월

전적지에 얽힌 사연

먼 곳에서 온 편지

××동지

주신 글월 반가이 받아 보았습니다. 열정적인 협조에 감사를 드립니다. 동지께서 그려 보내 주신 귀현의 약도에서 저는 40년 전 항일의 봉화가 타오르던 원씨현의 흙냄새를 맡는 것 같습니다.

항일 전쟁 시기 우리 조선의용군은 무한에서 건립되었습니다. 1938년 가을이었습니다. 그 후 우리는 태항산 항일 근거지에 전입하여 산서성 동욕에 총지휘부를 설치하였습니다. 당시 동욕은 팔로군 총사령부 소재지였습니다.

1941년 가을, 우리 분대 약 30명 대원들은 원씨현 경내에 진입하여 팔로군 부대와 협동작전을 벌였습니다. 당시 남좌 거리는 적군의 전초기지였습니다. 우리는 낮에는 전투를 하고 밤에는 적군을 와해시킬 목적으로 적군의 포대에 접근하여 대적군 선전 공작을 하였습니다. 우리는 모두 일본말에 능통하였으므로 그것이 가능하였습니다.

1941년 12월 11일, 적군은 선옹채로 쳐들어왔습니다. 우리는 즉시 팔로군의 한 개 대대와 함께 치열한 방어전을 벌임으로써 적군을 격퇴하는 데 성공하였습니다. 그날 밤 우리는 호가장에 옮기어 숙영하였습니다. 이튿날 즉 12월 12일 새벽, 적군의 대병력이 우리를 포위하였습니다. 그리하여 불가피적으로 일장의 혈전이 벌어졌습니다. 그 전투에서 네 명의 조선의용군 용사가 젊은 목숨을 바쳤습니다.

손일봉(孫一峰) 28세

박철동(朴喆東) 26세

한청도(韓淸道) 27세

왕현순(王現淳) 24세

이 밖에 중상자 둘, 경상자 둘이 났는데 저도 그중의 한 사람입니다.

귀현 당사 판공실의 초청을 두 번이나 받고서도 신체 조건에 눌리고 또 나이에 눌려서 원씨땅에 묻힌 옛 전우들을 찾아보지 못하는 이 심정을 헤아려 주시기 바랍니다.

이달 12일 호가장 전투 40돐입니다. 귀현의 땅속에 묻혀 있는 그들은 저의 가슴속에 아직도 살아 있습니다. 저는 귀현 인민들이 행복한 생활을 누리시기를 간절히 바라는 바입니다. 그래야 우리 전우들의 피가 헛되이 흐른 것으로 되지 않겠기에 말입니다.

귀현의 번영과 〈백화원〉의 만발을 축원합니다. 귀현 인민에게 경의를 표합니다.

김학철

1981년 12월 3일

이상은 태항산 기슭에 위치한, 하북성 원씨현에서 발간되는 간행물 〈백화원〉 1982년 제1호에 실린 나의 편지다. (제목은 편집부에서 단 것이다.)

그때로부터 2년 반이 지난 어제, 즉 1984년 6월 22일에 나는 료녕성에서 사업하고 있는 옛 전우 한청한테서 한 통의 편지를 받았다. 그 내용의 일부를 발췌(拔取)하면 아래와 같다.

…… 이번에 나는 혼자서 동무들의 옛 싸움터—호가장을 찾아가 보았소. 당시 동무들과 협동작전 하던 팔로군의 한 중대장이 아직 살아 있어서 나를 반겨 맞는데 그 첫마디가, "어째 이렇게 혼자 오셨습니까? 40여 년 동안에 여기 묻힌 전우들을 찾아보는 이가 한 분도 없었으니 웬일입니까? 당시의 조선의용군 동지들이 아직 그래도 더러는 살아 계시겠지요?"

나는 말문이 막혀서 선뜻 대답을 못 하고 우물쭈물 얼버무려 넘길 수밖에 없었소. 그 옛 중대장이 속으로 우리 조선 동지들을 얼마나 무정하다고 생각했겠소? 나는 부끄러워서 등골에 식은땀을 흘렸소. 무슨 변명의 여지가 있어야지! 우리가 그래 의리 없고 양심 없고 도덕 없는 인간들이 아니요? 항일 노간부! 생각만 해도 낯이 뜨뜻해 나오. 조국의 독립을 위해 만리이역에서 목숨을 바친 지하의 전우들을 대할 면목이 있소, 없소? 그들은 다 총각의 몸으로 죽었소. 다들 대가 끊어졌단 말이요. 그런데 우리는? …… 처자식 거느리고 손자손녀 앞에 두고…… 이렇게 편안히들 잘 살고 있소그려! 그들의 무덤이 보잘것없는 태항산 구석에 처박혀 있지 않고 교통이 편리한 어느 명승고적 같은 데 있었다면 이 지경이야 아니었겠지? 슬픈 일이고 가탄(可歎)할 일이요.

나는《백화원》편집부의 요청에 따라 그들이 그려 보내온 약도에다
다음과 같이 기입해 보내었다.

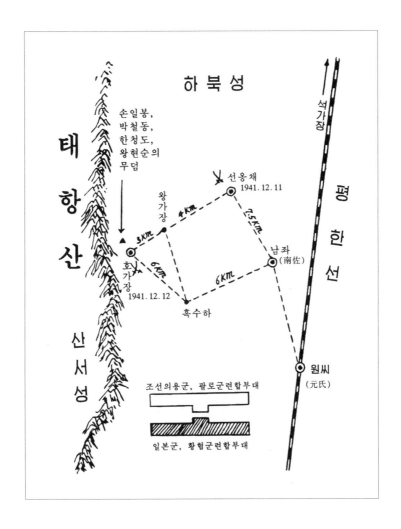

〈천지〉 1984년 10월

한담설화

영국 여왕 엘리자베스 2세의 단 하나밖에 없는 사위 마크 필립스 대위는 결혼한 지 10년이 지난 지금까지도 그 장모인 여왕이 영지를 골라 놓고 백작으로 봉하겠다는 것을 받아들이지 않고 있다. 그리고 결혼 10주년을 대대적으로 한번 경축하자는 여왕의 어버이 심정도 "저는 그럴 생각이 없습니다." 한마디 말로 간단히 사절해 버렸다. 뿐만 아니라 그 두 아들을 귀족 학교에 보내자는 데도 응하지 않고 10년이 여일하게 안해 앤 공주─여왕의 외동딸과 함께 한집안 네 식구 농장집에서 살고 있다. 그는 하루에 10여 시간씩 농업 노동에 종사하고 있다.

그들 내외는 처녀 총각 시절에 다 소문난 기마 선수들이었다. 다 같이 국제올림픽에 출장하는 통에 서로 마음이 맞아서 결혼을 하기는 하였으나 처음부터 피차에 언약한 바가 있었다. 즉,

"저는 일생을 보통 평민 백성으루 살 작정인데…… 그래두 좋으십니까, 공주 전하?"

"좋아요."

"어디까지나 제힘으로 벌어먹구 살지…… 처가 '왕실'의 신세는 질 생각이 하나두 없는데…… 그래두 좋으십니까, 공주 전하?"

"좋아요."

평민 총각과 왕족 처녀의 결합은 이렇게 이루어졌었다. 그러므로 필립스 대위는 이날 이때까지 그 안해 앤 공주의 연금 22만 달러로는 자기 농장에서 부리는 트랙터의 타이어 하나도 사 본 적이 없다. 그러니까 영국의 일등 부자인 처가─왕실의 신세는 피천 한 잎 지지 않고 제 힘으로 산다는 말이 되는 것이다.

처가의 덕을 좀 보려고 또는 시가의 덕을 좀 보려고 아득바득하는 속물들이 우글우글하는 세상에 이야말로 한 잔의 샴페인같이 상쾌한 이야기가 아닐 수 없다. 일가문중에서 누가 좀 출세를 한다는 소리만 나면 덩달아 어깻바람이 나서─상투가 국수버섯 솟듯 해서─나돌아 치는 추물들과는 천양지차의 인격자라고 아니 할 수 없다. 그가 비록 연합 왕국 여왕의 부마로서 자산계급에 속하는 인물이기는 할망정.

올해 마흔여덟 살의 팽곤지는 사천대학 물리학과를 졸업한 후 20년 동안을 산서대학 물리학부에서 교편을 잡아 왔는데 현재는 부교수다. 그의 안해 사상덕도 역시 같은 대학 물리학부에서 강사로 사업하고 있다. 그들 부부는 근자에 2년 반 동안 미국 유학을 하고 돌아왔는데 미국 과학잡지에 발표된 팽곤지의 논문을 읽어 본 미국 광학학회 회장은 그 재능을 대단히 높이 평가하여 그더러 미국 광학학회에 가입하라고 권유하였다.

팽곤지의 부친은 현재 대만에 있는데 국민당의 높은 관원이다. 팽곤지가 1982년 5월에 자비(自費) 공파(公派)로 프랑스에 유학을 갔을 때의 일이다. 그의 부친과 프랑스 국적을 가진 화가인 그의 아우 팽만지 그리고 일가친척들은 모두 그더러 돌아가지 말고 국외에 머물러 있으라고 그를 붙들었다. 그의 아버지는 대만에다 연구 사업에 가장 좋은 조건을 마련해 놓았으니 자기하고 같이 가자고 아들을 끌었다. 그러나 팽곤지는 웃으면서 "저는 그래두 조국 대륙으루 돌아가렵니다." 하고 사절하였다.

팽곤지 부교수는 작년 6월과 10월에 또 두 차례 미국에 건너가서 국제학술회의에 출석하였는데 회의 석상에서 그가 발표하는 논문을 근청(謹聽)한 미국 대학의 책임자는 "축하합니다, 팽 선생. 봉급을 후히 드릴 테니 여기 남아서 같이 일해 보실 의향은 없으십니까?" 하고 그를 끌었다. 여기서 한 가지 염두에 두어야 할 것이 있다. 봉급을 특히 후히 주지 않고 그저 보통으로 준다 하더라도 미국 대학의 봉급은 중국 대학의 그것보다 열 곱절이 넘는다는 것이다. 그러니까 만약 팽곤지 부교수가 미국에 떨어져서 글을 가르친다면 한 달 봉급이 산서대학에서 그가 현재 받고 있는 봉급의 1년분에 해당한다는 이야기가 되는 것이다.

그렇지만 팽곤지 부교수와 그의 안해 사상덕 강사는 현재 여전히 산서대학에서 내외 함께 유쾌한 심정으로 사업하고 있다.

'나는 아무 부장의 아들이요', '나는 아무 주임의 처남의 조카요', '나는 아무 서기의 사돈의 팔촌이요' 치사스레 이런 명함 아닌 명함을 내대고 무슨 덕을 좀 보려고 급급해하는 사람기와깨미들은 골백번을 죽어도 팽곤지 부교수의 이런 고매한 품성은 이해하지를 못할 것이다. '그 자식이 머리가 돌잖았나? 받은 밥상을 왜 차 내던져!'쯤 생각하고 혀를 쯧쯧 차기가 고작일 것이다.

부모가 잘나면 자식도 꼭 잘나란 법은 없다. 부모가 못나면 자식도 꼭 못나란 법도 없다. 순전히 부모를 존경하는 마음에서, 자랑스럽게 생각하는 마음에서, 그 부모를 존경하는 마음에서, 자랑스럽게 생각하는 마음에서 그 부모의 기치를 높이 추켜드는 것이라면 양해할 여지도 바이없지는 않다. 하지만 그렇다면 '나는 살인강도 아무개의 아들이요', '나는 사기횡령꾼 아무개의 딸이요' 이런 명함 아닌 명함을 내대고 큰길을 활보하는 용사는 어째 하나도 없는가? 더 말할 것도 없이 그런 명함을 내대고는 아무 덕도 볼 수가 없을 것이기 때문이다. 그러므로 아주 명백한바 '순전히 부모를 자랑스럽게 생각하는…… 운운'은 성립되지 않는다. 이래도 이렇게 하는 데는 불순한 동기, 너절한 동기, 지저분한 동기가 없다고 딱 잡아뗄 뱃심이 있을 것인가?

어떤 지위 있는 간부가 한번은 나를 보고 자기의 아들딸들이 다 사법기관에 들어갔다고 자랑스레 말하는 것을 듣고 나는 '저게 사람인가?' 생각이 들어서 그 얼굴이 빤히 쳐다보였다. 의심할 바 없이 그의 아들딸들은 저들의 실력으로 사법기관에를 들어간 것은 아니었다. 그 부모의 이른바 덕택으로 들어간 것이었다. 그가 만약 공금 만 원을 횡령했노라고 자랑스레 말한다면 나는 차라리 그 솔직성과 용기에 감복할 것이다. 한마디로 말하여 그는 수치가 무엇인지를 모르는 철면피한이랄밖에 더 달리는 무어라고 말할 수 없다.

지난해 12월 8일 〈인민일보〉 제1면 '금일담'에 어느 시 재정국장의 딸 오민이 가정 탁아소를 꾸렸다는 짧은 글이 실렸었다. 지식 청년인 그녀는 아버지의 '덕택'에 의뢰하지 않고 제 갈 길을 제가 개척한 독립적 인격을 가진 존경할 만한 처녀다. 존경을 받을 것은 그녀만이 아니다. 그 아버지 재정국장도 그 딸과 마찬가지로 존경을 받아야 할 것이다. 이런 존경할 만한 부녀들이 살아 있는 한 이 나라의 전도는 희망

차고 양양하다. 직업을 선택하는 데 들어서 간부의 자녀나 일반 근로 인민의 자녀나 다 지위가 평등하고 기회가 균등해야만 이 나라는 융성하고 번영할 것이다.

두서없는 한담설화를 마무리면서 역시 지난해 11월 27일 〈인민일보〉 제1면 '금일담'에 실렸던 글 한 편을 우리말로 옮겨 놓는다.

심수 어느 고급 요정에 북방 몸차림을 한 젊은이 몇이 들어왔는데 그 중의 하나가 요정의 여접대원과 아는 사이여서 아주 자랑스레 자기의 동행들을 가리키며 "이분은 어느 군단장의 아드님이구 저분은 아무 국장의 따님이구……" 이와 같이 소개를 하였다. 그런데 소개가 다 끝나기도 전에 그 여접대원은 "어째 저분들은 다 제 이름두 없구 제 직업두 없나요? 솔직히 말해서 우리 여기선 그런 투가 통하지 않는답니다!"

일순간, 두 마디 말, 서로 완전히 다른 가치 관념이 맞부딪쳐서 눈부신 불꽃을 튕겼다! 낡아 빠진 봉건적 문벌 관념이 야유적인 미소 앞에 여지없이 무너져 내려앉았다.

나는 그 몇몇 젊은이들이 정말로 어느 군단장이나 국장의 자녀라고는 생각지 않는다. 설혹 정말로 그렇다 하더라도 그것은 간부 자녀들 중의 극소수에 지나지 않을 것이다. 아직도 출신에 턱을 대고 무엇을 좀 누려 보려는 생각을 하는 사람이 있다면 그것은 어리석어도 이만저만이 아니랄밖에 없다.

〈연변일보〉 1985년 1월 24일

궁녀

궁녀란 우리가 다 알다시피 궁중에서 황제, 황후 또는 왕과 왕비의 시중을 드는 시녀, 즉 하녀다. 동시에 또 그녀들은 황제나 왕의 후보 첩이기도 하다. 그러나 실지 첩으로 되는 '영광'을 누릴 수 있는 것은 백에 하나도 있으나 마나 하다. 백의 아흔아홉가량은 처녀의 몸으로 평생 수절을 하다가 늙어 꼬부라져서 처녀귀신이 되기 마련이다. 궁녀는 환관, 즉 내시 외의 남자와는 절대로 접촉을 못 하게 되어 있다. 그녀들이 접촉할 수 있는 온전한 남자란 오직 황제나 왕 하나뿐인데, 그 비례가 100대 1, 300대 1, 지어는 500~600대 1이나 되다 보니 사내 구경을 한다는 것은 하늘의 별을 따기만큼이나 어려웠다.

그래서 이런 우스운 이야기까지 있다.

궁중에 봄이 찾아드니 궁녀들이 모두 원인 모를 병에 걸려서 얼굴들이 노래 가지고 시들시들 시들어 갔다. 크게 염려한 황제가 시의(侍醫)를 불러다가 치료할 것을 명한즉, 궁녀들의 병이 어찌하여 난 것을 짐작하는 시의가 품하기를, "신의 처방대루 약을 쓰기만 하면 병을 꼭 고칠 수는 있사오나 폐하께서 윤허하옵실는지?" 한즉, 황제의 말이 "오냐, 염려 말구 어서 처방이나 내라. 병을 고칠 수만 있다면야 무슨 약인들 못 쓰랴."

황제의 윤허가 내린 뒤에 비로소 시의가 써 바치는 처방을 들여다본즉 인삼도 녹용도 다 아닌 단방(單方)으로 '장정(壯丁) 20명'이다. 황제가 내심 적이 놀랍기는 하였으나 황제의 체면으로 식언은 할 수 없어서 처방대로 하라고 어명을 내렸다.

어명을 받든 도승지는 지체 없이 어림군(御臨軍), 즉 근위군에서 장정 20명을 골라 뽑아서 내전으로 들여보내었다.

한 달이 지났다.

황제가 하회를 보려고 내전에를 듭시니 그 노랗게 시들어 가던 궁녀들이 얼굴이 모두 도홧빛으로 피어나서 청춘의 아름다움이 마구 넘쳐나는 듯 생기가 발랄들 해졌었다. 황제가 속으로 시의의 그 단방약 처방이 효험이 대단하다고 탄복하면서 내전을 두루 살펴보는 중에 괴상야릇한 것이 그 눈에 띄었다. 양지바른 담장 밑에 한 무리의 피골이 상접한 아편쟁이 모양의 사내들이 쪼크리고 앉아서 오돌오돌 떨면서 볕들을 쪼이고 있는 것이다. 깜짝 놀란 황제가 "아니, 저건 대체 무엇 하는 것들이냐?" 하고 뒤에서 모시고 따라오는 상궁, 즉 궁녀장을 돌아본즉, 그 상궁이 상긋 웃고 아뢰는 말이 "네, 황송하오나 저것들은 상감께서 전일에 들여보내 주신 그 약을 짜고 난 찌꺼기인 줄로 아뢰오."

물론 이것은 누가 지어낸 우스운 이야기다. 실지 이 세상에서 그런 장정 약, 날고기 약을 먹어 본 궁녀는 하나도 없다. 어림 반푼 없지!

그러므로 당나라의 태종 황제―리세민이 등극하자 첫 말에, "3천 궁녀는 두어서 무엇 한단 말이냐, 여라문만 남겨 놓구 나머지는 다 내

보내서 시집들을 가게 하여라." 하고 수천 명의 궁녀를 일시에 해방한 것은 천여 년 전의 제왕으로서는 영단(英斷)이 아닐 수 없고 또 장거(壯擧)가 아닐 수 없다.

지금으로부터 천 수백 년 전 백제가 망할 때, 궁녀들이 적군에게 몸을 더럽히지 않으려고 모두 다 백마강 푸른 물속에 뛰어들어 순국한 낙화암의 비장한 이야기는 지금도 사람들의 심금을 울려 준다. 비단 치맛자락들을 나붓기며 바위 끝에서 하나하나 뛰어내리는, 보지도 못한 그 궁녀들의 모습이 우리들의 눈앞에 생생히 떠오르곤 한다.

사실상 궁녀란 화려한 옷차림을 한 여종이었다. 그래도 사삿집 여종은 비부(婢夫), 즉 종서방이나마 맞아 보지! 궁녀들에게는 고만한 복을 누릴 자유도 자격도 다 없었다.

영국 역사에도 궁녀에 관한 감동적인 이야기가 있다. 어느 해 궁중에서 정변이 일어났을 때 충성이 지극한 궁녀가 국왕에게 피신할 시간을 주느라고 폭도들이 들어오지 못하게 얼른 중대문을 닫아걸었다. 그러나 내통한 자가 미리 치워 버린 까닭에 문빗장이 없었다. 궁녀는 서슴없이 제 팔뚝을 대신 들이밀었다. 폭도들이 사정없이 떠미는 바람에 궁녀의 팔뚝은 마침내 와지끈 부러졌다. 하지만 그동안에 국왕은 무사히 궁전을 빠져나갈 수 있었다.

정변을 일으킨 자나 정변을 당한 자나 다 마찬가지 착취계급, 통치계급이니까 어느 편도 동정할 것은 없지만서도 그 궁녀의 용기와 충성심만은 가상하다고 아니 할 수 없다.

명나라 때, 찍어서 말하면 1542년 10월 21일 밤중에 북경 황궁 안에서는 가정(嘉靖) 황제 주후총을 암살하려다가 미수로 끝나는 엄청난 사건이 발생하였었다. 한데 그런 엄청난 시해(弑害)를 도모하였던 것은 무슨 장군도 아니고 또 무슨 대신이나 친왕도 아닌 그저 보통 궁녀들이었다. 연약한 소녀들, 바깥세상을 모르고 심궁(深宮)에 갇혀 사는 꽃 같은 처녀들―열네 명의 가련한 궁녀들이었다.

황제를 사자나 호랑이에 비긴다면 궁녀쯤은 토끼나 다람쥐 폭밖에 안 되는 보잘것없는 존재다. 그런 티끌 같은 존재인 궁녀들이 언감생심 그 무서운 황제를 잡아치우려 들다니! 도대체 무슨 일일까?

그 열네 궁녀의 이름부터 차례로 적어 보기로 하자.

1. 양금영   2. 계주약   3. 양옥향   4. 형취련   5. 요숙고

6. 양취영   7. 관매수   8. 류묘련   9. 진국화   10. 왕수란

11. 서추화 12. 등금향 13. 장춘경 14. 황옥련

이상은 다 가정 황제의 총애를 받는 조비(曹妃)에게 딸린 궁녀들이다. 물론 조비궁에 매인 궁녀는 이 밖에도 또 여럿이 있었다. 하지만 그중에서도 이 사건과 특히 관련된 궁녀가 둘이 더 있었으니, 그 하나는 궁녀장 진부용이고 또 하나는 장금련이라는 보통 궁녀였다.

이때 황제가 또 여러 첩 중의 하나인 조비한테다만 사랑을 쏟으니 정실인 방 황후(方皇后)는 질투가 나서 죽을 지경이었다. 그런 판국에 이번 사건이 조비궁에서 폭발하였으니 조비가 어찌 그 열네 명의 궁녀와 함께 능지처참(목을 자르고 또 몸뚱이와 사지를 토막 쳐 죽이는 형벌)을 받지 않을 것인가!

이날 낮, 황제가 밤에 또 조비궁으로 자러 온다는 기별을 받은 궁녀들이 머리를 한데 모으고 쑥덕공론을 하였다. 주모자는 양금영이었다.

"어차피 그놈의 손에 죽을 바엔 차라리 우리가 선손을 쓰자꾸나."

"옳다, 네 말이 옳다."

"너희들은 어떻게 생각하니?"

"우리 생각두 마찬가지다."

"또 무슨 다른 의견들은 없니?"

"없다, 없어. 그렇게 하자."

"하자, 하자. 해치우자."

이런 엄청난 모의를 한 궁녀들의 나이는 모두 스무 살 안팎이었다. 꽃다운 나이였다. 아까운 나이였다. 그녀들은 잘 알고 있었다. ─황제를 죽이는 데 성공을 하더라도 능지처참은 면치 못할 것이고, 또 성공을 못 한다면 더구나 능지처참은 면치 못할 것이라는 것을.

궁녀들은 모의가 끝나자 곧 행동으로 넘어갔다. 우선 의장개(儀仗蓋)에 달린 술(명주실)을 풀어서 줄부터 꼬았다. 황제의 목을 옭아매 죽일 작정인 것이다.

밤이 들었다.

방탕한 황제가 침대 위에서 방탕히 놀아먹고 기운이 빠져서 세상모르고 잘 때 궁녀들이 행동을 개시하였다. 양금영을 위시한 열 명의 궁녀가 일시에 황제를 들이덮쳤다. 서추화를 비롯한 네 명의 어린 궁녀, 즉 애기 궁녀는 후보 대원 격으로 언니 궁녀들을 도와서 망을 보았다. 맨 먼저 하나가 가슴을 타고 앉으면 곧 두 손으로 황제의 목을 들이조르니 또 하나는 얼른 그 배를 타고 앉았다. 이와 동시에 다른 두 궁녀는 왼팔과 바른팔을 각각 맡아 눌러서 황제를 꼼짝 못 하게 만들었다. 그 밖에도 또 둘이 왼쪽 다리와 오른쪽 다리를 한쪽씩 맡아 눌러서 황제가 두 다리를 버둥거리지 못하게 하였다.

"목을 더 바짝 졸라라, 늦추지 말아!"

"그 줄 이리 다우. 빨리!"

이리하여 나머지 궁녀들은 재빨리 황제의 목에다 줄을 매었다. 그리고는 있는 힘껏 잡아당겼다. 하지만 너무 서두르는 통에 줄이 옭매듭이 져서 황제의 숨통이 아주 끊어지게까지 되지 못하였다. 이런 놀라운 변고를 눈앞에 본 장금련이라는, 위에서 말한 궁녀 고자쟁이가 진동한동 달려가 방 황후에게 변을 고하였다. 뜻밖의 일에 격동한 방 황후는 옷도 바로 입지 못하고 현장으로 달려왔다. 방 황후가 침실에 들이닥치며 대뜸 "무엄한 것들, 이게 웬 짓이냐!" 하고 매섭게 꾸짖으니, 궁녀 하나가 후닥닥 마주 대들며 주먹으로 황후의 가슴패기를 한 대 콱 쥐어박았다. 한낱 궁녀가 감히 황후에게 손찌검을 하다니!

심상찮은 동정에 의혹을 품고 궁녀장(관명인 총패(總牌)라고 한다) 진부용이 쫓아 들어오니 애기 궁녀 넷이 얼른 그 앞을 가로막았다.

사태가 위급해진 것을 보자 양금영이 "어서 불들을 꺼 버려라!" 하고 소리쳤다. 진부용은 "끄지 말아! 끄면 안 돼, 끄지 말아!" 맞소리를 질렀다. 그러나 애기 궁녀들은 듣지 않고 잽싸게 행동하여 침실 안팎의 불이란 불은 다 불어 껐다. 캄캄한 방에서 진부용이 허둥지둥 뛰쳐나갔다. 파수꾼을 부르러 간 것이다.

급보를 받고 쫓아온 당직 장교와 파수병들이 꺼진 불을 다시 켜고 그리고 눈에 사열이 오른 궁녀들을 잡아 제친 뒤에 황제의 목에서 줄을 끌러 놓으니 황제는 이미 기신(氣神)을 잃고 다 죽은 사람이었다.

시의들이 의식 잃은 황제를 뉘어 놓고 쩔쩔매는 동안에 방 황후는 재빨리 황제의 어명을 위조해 가지고 사사로운 분을 풀었다. 눈에 가시 같던 조비에게 이번 시해 사건의 주모자라는 억울한 죄명을 들씌워서 열네 명의 궁녀와 함께 능지처참을 해 버린 것이다.

사경을 헤매는 황제 둘레에 모여 앉은 시의들은 겁이 나서 부들부들 떨기만 하였지 아무도 감히 약을 써 볼 엄두를 내지 못하였다. 까딱 잘

못하면 제 목이 달아나는 판이었기 때문이었다. 나중에 할 수 없이 시의장 허신이 죽을 각오를 하고 독한 약을 써 보았다(약을 안 쓰면 약을 안 써서 죽었다고 할 것이고 또 약을 쓰더라도 효험을 못 보고 죽으면 약을 잘못 써서 죽었다고 할 것인즉 이러나저러나 황제를 죽였다는 죄를 뒤집어쓰기는 매일반이었으므로).

시의들은 간을 졸이고 손톱여물을 썰며 지켜보는 가운데 미시(未時), 즉 약을 쓴 지 일고여덟 시간 만에 황제가 갑자기 왈칵왈칵 죽은피를 게우더니, 한 소랭이 잘 되게 게우더니, 비로소 기신을 차렸다.

사후에 시의장 허신은 황제를 살린 공로로 후한 상급을 받았다. 하지만 그때 약을 써 놓고 너무 마음을 졸인 것이 불치의 병으로 되어서 마침내 그는 죽어 버렸다. 놀라 죽은 것이다.

그런데 이런 전고미문의 시역(弑逆) 미수 사건은 어찌하여 일어났을까?

오래 살 욕심에 눈이 어두운 가정 황제 주후총이 어리석게도 방사(方士), 즉 신선의 술법을 닦았다고 자칭하는 협잡배에게 속아서 장생불로 단약(丹藥)이란 것을 고는데 소녀(숫처녀)들의 몸에서 가장 중난(重難)한 곳—유방과 음부를 도려내서 약재로 썼다. 유방과 음부를 도려내면 사람은 물론 살지 못한다. 동무 궁녀들의 그런 참혹한 주검을 눈앞에 본 궁녀들은 장차 자기들에게도 들이닥칠 그런 비참한 운명을 순순히 받아들이느냐, 아니면 칼 물고 뜀뛰기로 한번 반항을 해 보느냐, 이런 양자택일의 어려운 갈림길에 그녀들은 서게 되었다. 이래도 죽고 저래도 죽는 판에 양금영 등 열네 궁녀는 결연히 후자를 택하였다. 장한지고!

그러면 한 번 죽을 뻔한 가정 황제 주후총은 그 후 어떻게 되었는가? 자기의 잘못을 뼈 아프게 뉘우치고 개과천선 다시는 그런 짓을 아니

하였을까? 천만에!

"가정 31년 겨울, 여덟 살에서 열네 살까지의 소녀 300명을 구해 들이다."

"가정 34년 9월, 열 살 이하의 소녀 160명을 또 구해 들이다."

"전부 다 장생불로 단약을 고는 데 약재로 쓰다."

이 몸서리치는 사실을 기록한 문서는 지금도 북경 고궁 안에 고스란히 보존되어 있다.

수백 명의 어린 궁녀들은 선배 궁녀들처럼 반항 한번 못 해 보고 다 참혹한 죽음을 당하여 가정 황제 주후총의 몸보신할 약재로 되었던 것이다!

〈천지〉 1985년 1월

또 뒷걸음질?

이 근년에 홍수같이 밀려드는 향항(香港)의 텔레비전 영화들을 옳바른 정신을 가진 사람이 본다면 아마 한심스럽고 근심스러워서 안절부절을 못할 것이다. 그 비싼 값을 주고 사들여 오는 영화들에는 치고, 차고, 죽이고, 빼앗는 이외에는 아무것도 없으니까 말이다. 지나간 그 10년 동안의 저주로운 동란만으로는 부족해서 또 우리 청소년들에게 치고, 차고, 죽이고, 빼앗는 것을 고취하잔 말인가?

나는 향항의 그 이른바 문화를 쓰레기 문화라고밖에 더 달리는 무어라고 부를 재간이 없다. 내용이 용속(庸俗)하고 인물 성격이 모순당착하고, 그리고 사건의 전개가 황당하여 앞뒤의 조리가 맞지 않고…… 어느 하나를 보아도 다 이 모양이기 때문이다. 성한 사람들이 보고 '이건 정신분열증 환자들의 오락회가 아닌가?' 의심을 하는 것도 바이 괴이잖은 일일 것이다.

나더러 일시 숙졌던 반동적 기염이 되살아나서 또 독설을 내뿜는다고 대경소괴(大驚小怪)하실 분들도 계실는지는 모르지만…… 그래도 사실은 어디까지나 사실이니까 하는 수가 없다.

버나드 쇼(영국 근대의 위대한 극작가)가 셰익스피어(300년 전 영국의 세계적인 극작가)를 '언감생심' 비평하였다는 사실을 아는 사람은 별로 많지 못할 것이다. 우리가 익히 알고 또 모두들 신명같이 떠받드는 셰익스피어의 대표작《햄릿(왕자 복수기)》을 그는 이렇게 비평하였다.

"우리들의 작은아버지는 그렇게 쉽사리 우리들의 아버지를 암살하지 않았다. 더구나 그 형수인 우리들의 어머니와 그가 합법적으로 결혼을 한다는 것은 불가능한 일이다."

햄릿의 아버지인 국왕이 화원에서 낮잠을 자고 있을 때 그의 간악한 아우―햄릿의 작은아버지가 왕위를 찬탈하고 또 아름다운 황후―형수까지를 가로챌 목적으로 형의 귓속에다 독약을 부어 넣는다. 그리하여 왕이 죽은 뒤에 그는 왕위와 형수를 아울러 차지한다는 것이 극본《햄릿》의 줄거리이기 때문이다.

셰익스피어의 또 하나의 대표작인《베니스 상인》에 대해서도 쇼는 이렇게 비평하였다.

"우리는 빚을 낼 때 빚 문서에다―'만일 제때에 빚을 갚지 못하는 경우에는 제 가슴에서 살 한 파운드를 베어 바치겠습니다'―이렇게 적지는 않았다."

극본《베니스 상인》에서는 간악한 유태인―고리대금업자가 정직하고 선량한 주인공을 박해할 목적에서 그와 같은 상식에서 벗어난 꿈같은 빚 문서를 들여놓게 하였기 때문이다.

이 밖에도 쇼의 셰익스피어에 대한 비평은 많지만―여기서는 생략한다. 쇼는 셰익스피어의 위대한 일면을 긍정하고 숭배하는 한편 그러한 비평들을 하였던 것이다. 그는 아주 명확하게 다음과 같이 지적하였다.

"셰익스피어의 결점은 지능상의 관련이 없고 또 앞뒤의 조리가 맞지 않는 것이다. 그는 인물의 성격을 두드러지게 형상하지 못하고 또 사회를 묘사하는 데도 아주 충분하지가 못하다. 단조롭고 무미건조하여 보는 사람들을 실망케 한다."

이러하건만 아직도 쇼더러 독설을 뿜는다고 대경소괴하는 사람은 별로 있는 것 같지 않다.

우리에게는 〈서비홍(徐悲鴻)〉, 〈향경여(向警予)〉 같은 격조 높은 텔레비전 영화—진귀한 예술 작품이 있다. 이런 자랑스러운 것들을 놓아 두고 그런 쓰레기 문화를 기를 쓰고 좇는 것은 무슨 심리일까? 우리 청소년들을 옳은 방향으로 유도할 책임이 있는 사람들은 한번 깊이 생각해 볼 필요가 있다.

전일의 그 천인공노할 어린이 납치 살해 사건이 있은 뒤의 일이다. 내가 우리 집 아홉 살짜리 손자 놈더러,

"집안 식구나 잘 아는 사람 외에는 누가 가재두 절대루 따라가서는 안된다."

하고 단단히 주의를 주니까 그놈은,

"외삼촌이 가자면?"

하고 뚱딴지같이 말을 묻는 것이었다.

"외삼촌이 가자면야 물론 따라가야지."

"그 나쁜 놈들이 외삼촌으루 변장을 하구 와서 가자면?"

아홉 살 먹은 놈의 이 물음에 나는 기가 막혀서 한동안 벌린 입을 다물지 못하였다. 알고 보니 소학교 1학년생인 우리 손자도 향항의 쓰레기 문화—텔레비전 영화의 중독자였다! 그래서 그 조꼬만 머릿속에

서 황당무계한 영화의 세계와 백주대낮의 현실이 혼선을 일으켰던 것
이다.

　우리는 또 뒷걸음질을 칠 수는 없다. 우리 청소년들에게 해독을 끼
치는 향항 쓰레기 문화에 대한 홍수 방지 대책도 긴급히 강구해야 할
때가 되었다.

<연변일보> 1985년 10월 24일

간판왕

"뭐라구? 미국엔 왕이 많다구? 무슨 왕이?"

"록펠러―석유왕, 카네기―강철왕, 포드―자동차왕, 알리―권투왕……."

"으응…… 그런 왕…… 난 또 무슨……."

"아주 대수로와하지 않는군그래?"

"그럼 내가 찔끔할 줄 알았나? 그 잘난 왕!"

"희기는 까치 배 바닥일세!"

"왜, 내가 흰소리하는 줄 알아?"

"그럼 뭐야?"

"제게두 세상에 자랑할 만한 왕이 있다는 걸 왜 몰라? 이 사대주의―양국 놈의 졸도(卒徒)야!"

"뭐야? 제게두 왕이 있어? 야 거 금시초문이다. 도대체 그 왕이 무슨 왕이야!"

"무슨 왕이냐구?―간판왕? 인제 알겠어?"

"간판왕? …… 간판왕이란 게 뭐 말라뒈진 게야?"

"뭐 말라뒈지긴! 이 세상에서 제일 긴 간판…… 몰라? 글자가 제일
많은 간판…… 몰라?"

"헤? 그런 게 어디 있어?"

"'길림시 광주항주연합 유한책임주식회사 연길 분회사'—스물두
자. '연길시 물자국 노동복무공사 제2상점'—열여섯 자. '연길시 부
식물공사 공원식료품상점'—열다섯 자……."

"알았다, 알았다! 이제 고만해라."

"비둘기장만 한 상점에다 이런 굉장한 간판을 내건 건 이 지구상에
서 우리 여기밖에 없어. 이래두 세계에 내놓구 자랑할 만한 간판왕
이 아니란 말이야?"

이것은 어느 재담꾼이 지어낸 재담이 아니다. 공원 긴 걸상에 걸
터앉아서 한담설화 하는 어느 두 친구가 주고받는 말을 필자가 우연
히—귓결에 얼핏—들은 말이다. 그 웃음의 소리 가운데 무슨 철리가
담겨져 있는 것 같아서 돌아오는 길에 나는 혼자 자꾸 더듬었다.

일본에 '오다큐(小田急)'라는 석 자짜리 간판을 내건 백화점이 있다.
(네온사인이고 뭐고 다 석 자다.) 칠팔 층의 큰 빌딩인데 지하층은 바로 지하
철도역이고 그리고 옥상은 아동 공원이다. 영화관, 연예장, 무도장, 화
랑(회화 전람관), 미장원, 양복점, 사진관, 식당(양식당과 일본요리점), 다방,
바…… 안 갖춘 것이 없는 별천지다. 하루의 매상고가 달러로 환산하
여도 6계단 수인 것은 더 말할 것도 없는 일이다. 그렇건만 그 간판은
단 석 자—'오다큐'다.

이와 비슷한, 엄청난 규모의 다른 백화점들도 다 '시라키야(白木屋)'
가 아니면 '미쓰코시(三越)'…… 두 자가 아니면 석 자다. (세계에서 제일

큰 미국의 석유 회사는 '액소', 전날 서울에서 가장 유명하던 백화점은 '화신'.)

얼마나 외우기 쉬운 이름들인가.

"그거 어디서 샀소?"

"'오다큐'에서."

"또 있습니까?"

"얼마든지."

얼마나 간단한 시민들의 대화인가.

"우리 '시라키야'에 가 볼까?"

"아니 먼저 '미쓰코시'에 들러 보자구."

"아무려나."

이렇게 말을 주고받는데 그들은 이미 습관이 되었다. 한데 만약 그들더러,

"이봐, 우리 '길림시 광주항주연합 유한책임주식회사 연길 분회사'에 좀 가 볼까, 거기 파는 게 있을는지 모르겠는데."

"아니, 먼저 '길림성 연변 조선족자치주 연변농학원공급 판매공사'에 들러 보자구."

"그럴 바엔 차라리 '연길시 물자국 노동복무공사 제2상점'으루 가자구."

"아무려나, 그것두 좋겠지."

이런 대화를 하라고 한다면 그들은 숨이 차서—한끈에 잇대어 쥐어치기가 너무 힘이 들어서—아주 나가누워 버릴는지도 모를 일이다. 그도 그렇거니와 초련 웬만한 총기를 갖고서는 그 긴 상호—20여 자짜리 상호를 외워 낸다는 재간이 없을 것이다.

단지 세계기록을 수립해서 간판왕의 영예를 쟁취할 생각에서라면

그것은 또 별문제다. '길림성' 위에다 '중화인민공화국' 일곱 자를 더 붙여서 스물아홉 자를 만들어도 좋고, 또 보다 더 상세하게 '아시아주', '지구', '태양계', '우리 은하계'까지 덧붙여서 아주 우주 무역의 길을 튼대도 무방할 것이다.

일본이나 연방 독일에서 시민들에게 도난, 폭력, 화재 등의 사고로 긴급 전화를 걸 때는 '110번', '09번'에다 걸면 경찰이 곧 출동된다고 거듭거듭 선전하는 것은 시민들이 외우기 쉽고 편리하라고 하는 것이다.

이 바쁜 세상에 어느 미친놈이 스물몇 자짜리 간판을 한 자 한 자 내리외운다던가! '능률' 두 글자가 무엇을 의미하는지를 전연 모르는 사람들만이 그런 간판왕식 간판을 걸어 놓고 자아도취의 선경에서 도끼자루 썩는 줄을 모르고 있을 것이다.

소설도 마찬가지다. '오다큐', '미쓰코시'식으로 머릿속에 쏙쏙 들어오게 써야지 '길림성 광주항주연합 유한책임주식회사 연길 분회사', '길림성 연변 조선족자치주 연변농학원공급 판매공사'식으로 빈틈없이 자상하게 누락 없이 구전(俱全)하게—완전무결하게—써 놓으면 실수야 없지만서도 그것을 끝까지 다 읽는 사람 또한 없을 것이다. 하품이 연달아 나오고 눈까풀이 자꾸 내리덮어서.

모름지기 우리 문학도들은 쏙쏙 들어오게 하는 묘기를 배우고 익히기에 힘써야 할 것이다. 간판왕식 소설을 쓰지 말아야 할 것이다. 소설왕이 되지 말아야 할 것이다.

〈은하수〉 1985년 10월

작가 수업

1

위대한 문호인 로신의 전후 20년 동안의 창작 생활에서 전 10년은 비직업 창작이고 후 10년은 전업 창작이었다. 전 10년 동안은 대학에서 교편을 잡으며 과외 시간에 창작을 하였는데 마침내 로신은 둘 가운데 하나를 골라잡아야 할 갈림목에 서게 되었다. 교단에 서서 글을 가르치는 데는 냉철한 이성을 필요로 하고, 그리고 원고지를 앞에 놓고 창작을 하는 데는 끓어번지는 격정을 필요로 한다. 한나절 싸늘해져서 글을 가르치다가 또 한나절 뜨거워져서 창작을 하려니까 자꾸 식었다 더웠다 하는 바람에 사람이 견뎌 내기가 어려웠다. 계속 식어서 교편을 잡든가 아니면 계속 더워서 창작을 하든가 양자택일을 해야 하였다. 그리하여 로신은 결연히 교단을 떠나 직업 작가의 대열에 들어선 것이었다.

여기서 알 수 있는바 문학 창작이란 감정이 끓어번져서 붓을 들어 그 감정을 쏟아 놓지 않고는 도저히 견뎌 배길 수 없는 상태에서 비로소 진행되는 것이다.

영국 시인 바이런이 대학교 초급학년 때 상급생이 하급생에게 체벌을 가하는 것을 보고 (당시 이런 징벌은 합법적이었다) 참다못하여 앞으로 나서서 물었다.

"아직 몇 대나 더 때릴 작정입니까?"

상급생이 괴이쩍게 여겨서 "주제넘은 녀석, 그건 왜 묻니?" 하고 게먹으니, 바이런은 선뜻 대답하기를 "나머지는 내가 대신 맞을랍니다!"

우리가 다 알다시피 바이런의 수많은 시 작품들은 이런 동정심과 정의감과 반항 정신으로 일관되었다.

유명한 드레퓌스 사건에서 프랑스 작가 졸라가 논 역할을 한번 살펴보기로 하자. 유태인 포병 대위 드레퓌스는 전국—프러시아에 군사 비밀을 제공하였다는 터무니없는 죄명으로 종신형을 언도받았다. 그의 무고함을 알게 된 졸라는 즉시 일떠나 프랑스 정부와 군부와 국수주의 우익분자들의 압력에 굴하지 않고 구원활동을 벌여 온 나라를 뒤흔들어 놓았다. 전 세계를 진감(震撼)한 그의 명문 '나는 탄핵한다!'는 그때 발표한 것이다. 그 결과 졸라는 '반역자 드레퓌스'를 변호하였다는 죄 아닌 금고형을 받았다.

조선 시인 리상화의 '지금은 남의 땅, 빼앗긴 들에도 봄은 오는가'는 식민지 백성의 창자 굽이굽이에 맺힌 망국의 한이 폐부에서 터져 나오는 소리다.

이상에서 보는 바와 같이 작가의 창작 활동이란 격정의 광풍 속에서 진행되는 것이다.

인민이 헐벗고 굶주리는 것을 보면 피눈물을 뿌리고 인민이 행복하게 잘 사는 것을 보면 기뻐 날뛰는 것이 우리 작가들인 것이다.

그러므로 우리 작가들은 인류 사회의 진보에 공헌하는 고상한 인물,

영웅적 인물들을 열정적으로 노래하고, 그리고 인류 사회의 진보를 저애하는 어중이떠중이를 신랄하게 비웃고 매섭게 채찍질하는 것을 그 사명으로 알고 있다. 이 숭고한 사명감에 고무되어 인간 정신의 기사로서의 직책을 다하려고 뼈물고 있다.

작가 수업이란 곧 인간 수업이다. 인민의 근본적 이익을 위하여 충실히 복무하는 고상한 품성―인민성의 확립은 창작 입문의 에이비시(ABC)이다.

2

인간 세상의 모든 사건은 사람에 의하여 빚어진다. 즉 인물에 의하여 빚어진다. 인물이 없는 사건이란 유령의 잠꼬대다. 그러므로 우리는 첫 글자부터 사람 즉 인물을 써야 한다. 나를 찾아오는 문학청년 및 문학장년들이 거의 다 자기의 생각한 '이야기'를 가지고 와서 "어떻습니까?" 물어보는 데는 속이 답답해지지 않을 수 없다. 어째 좀 '인물'을 가지고 와서 "어떻습니까?" 물어보지를 않는지! 자기의 '이야기'를 꾸미기 위하여 '인물'을 제멋대로 장기쪽 옮겨 놓듯 하는 식의 창작 수법은 실패작에 직결된다.

장비는 장비고 조조는 조조다. 의관을 바꿔서 장비를 정승의 자리에 올려 앉혀 보라. 웃음거리밖에 더 될 게 있는가. 조조를 장비의 자리로 옮겨 놓아도 역시 마찬가지다. 매개 사람이 다 자기의 개성, 특질, 특징을 갖고 있다. 개념적 인간이란 존재하지 않는다. 선인형, 악인형, 당일꾼형, 선진분자형, 낙후분자형, 인텔리형, 기술자형, 노동자형……

이런 판에 박은 '형'으로 산 인물을 대체한다면 그것은 문학작품이 아니라 간부과, 인사과의 앙케트다. 작가협회 계통이 아니라 조직부, 인사국 계통이다.

잘난 사람은 정수리에서 발뒤꿈치까지 우점(優點)으로 차 있고 못난 사람은 결점으로 묘사한다면 독자들은 하품을 하고 책장을 덮어 버릴 것이다.

"이것두 소설이야? 망할 자식!"

욕을 하고 책을 아궁이에 처넣는 신경질쟁이도 있을 것이다.

나폴레옹은 키가 작은 것이 늘 마음에 걸려서 키를 잴 때 슬금슬쩍 발돋움을 하였다는 것이다.

스탈린은 열일곱 살이 된 그 딸 스베틀라나가 서른한 살 먹은 멋쟁이 영화감독에게 반하여 정신을 못 차릴 때 그 딸의 뺨따귀를 후려갈기면서 "거울을 좀 들여다보구 말해! 그 잘난 상통을 해 가지구…… 그 녀석은 지금 여기 가두 계집, 저기 가두 계집…… 계집에 걸려서 자빠질 지경이야!" 하고 야단을 쳤다는 것이다.

미국 26대 대통령 시어도어 루스벨트는 처음 연애를 할 때 너무 쑥스러워서 "나는 당신을 사랑합니다." 소리는 못 하고 호주머니에서 제가 좋아하는 곤충 표본—도마뱀을 꺼내 들고 자꾸 그 설명만 하였다는 것이다.

이상에서 볼 수 있는바 산 사람은 평면도가 아니고 입체적이고 다면적이다. 심지어 대립물의 통일이기도 하다. 강청의 이른바 '본보기극(樣板戲)'에 나오는 그런 영웅 인물은 실지로 존재하지 않는다. 그것은 날조이고 조작이다. 광녀 강청이가 만들어 낸 꼭두각시다. 옳은 정신을 가진 우리의 작가들은 결코 그 길로는 갈 수 없다.

우리는 우점도 있고 결점도 있고 성공도 있고 실패도 있는 산 사람을 부각해야 한다. 특징지어 두드러지게 묘사해야 한다는 말이다.

조선 작가들 중에서 예술 기량과 문장 수단이 가장 뛰어난 분이라면 홍명희 선생을 나는 첫손가락에 꼽고 싶다. 그의 《림꺽정》에서 꺽정이, 원 씨, 동자아치, 할멈쟁이, 로밤이 ─ 이 다섯 인물이 어떻게 어울리는가 한번 보기로 하자.

꺽정이가 한나절 같이 있다가 밤에 다시 오마고 말하고 의관을 차리고 원 씨의 집으로 왔다. 오래간만에 원 씨가 만든 맛깔진 음식으로 점심을 먹고 원 씨와 둘이 방에 앉아서 이야기를 할 때 동자아치가 열어 놓은 방문 앞에 와서 원 씨를 들여다보며,

"아씨, 심미실이가 선다님 오신 줄을 알구 보이러 왔다는데 어떡해요?"

하고 물었다. 꺽정이는 심미실이란 사람이 누구인지 몰라서 "누가 왔어?" 하고 채쳐 물은즉, 원 씨가 웃으면서 "담 너머 집 하인이 보이러 왔나 봐요." 하고 말하였다.

"담 너머 집 하인이라니?"

"로가 말씀이요."

"그놈이 왔으면 그대루 들어올 게지 무슨 연통이람."

"로가가 사람이 하두 흉물스럽다기에 내가 집안에 들이지 말라구 일러두었에요."

꺽정이가 고개를 끄덕이고,

"그런데 심미실이란 무어야. 로밤이가 변성명을 했나?"

"집의 할멈이 자살궂게 그런 성명 같은 별명을 지어 놨에요."

"심미실이란 성명에 무슨 뜻이 있나?"

원 씨가 마루에 앉아 있는 할멈쟁이를 내다보며,

"할멈, 심미실이 무슨 뜻이냐구 물으시네."

별명 지은 사람더러 그 뜻을 말하라고 하니,

"아씨가 잘 아시면서 왜 할멈을 끌어대시여? 할멈은 정신이 사나와서 잊었습니다."

할멈쟁이가 딴청을 썼다.

"무슨 말하기 어려운 뜻인가?"

꺽정이 묻는 말에 원 씨는 아니라고 고개를 가로흔들었다.

"그럼 왜 서루 미루구 말을 안 해?"

"심은 심술망나니, 미는 미치광이, 실은 실본이라나요."

꺽정이가 심미실의 뜻을 듣고 한바탕 껄껄 웃은 뒤 동자치를 보고 "심미실이를 들어오라고 그러게." 웃음의 소리로 말을 일렀다.

동자치가 밖으로 나간 지 한참 만에 먼지 케케 앉은 갓을 쓰고 툭툭한 무명 홑두루마기를 입은 로밤이가 가장 틀을 짓고 뚜벅뚜벅 걸어 들어오더니 마당에도 서지 않고 뜰에도 서지 않고 바로 마루 위로 올라왔다.

"어디루 올라가!" 동자치가 뒤따라 들어오며 나무라고 "천둥했나!" 할멈쟁이가 한옆으로 피해 앉으며 욕하는데, 로밤이는 모두 못 들은 체하고 안방 문앞에 가까이 와서 내다보는 꺽정에게 문안을 드렸다.

"잘 있었느냐?"

"네 덕택으루 잘 지냅니다."

"네 처에게 구박이나 맞지 않느냐?"

"제 첩년이 저라면 끔뻑 죽습니다. 구박이 다 뭡니까? 그리구 사내

쳇것이 기집년에게 구박을 맞구야 갓철대를 이마에 붙이구 다닐 수가 있습니까."

"저놈이 첩이라구 하다가 기집에게 뺨을 안 맞을까."

"처나 첩이나 기집은 마찬가집지요. 저두 선다님을 본받아서 적서(嫡庶) 분간을 않습니다."

"누굴 본받아? 이 미친놈아!"

"선다님께서 저를 데리구 실없이 하시느라구 미친놈 패호를 채워 주셔서 치마 두른 사람들까지 저를 아주 미친놈으루 돌립니다. 창피해서 죽겠습니다. 제발 덕분에 이제부턴 실없는 말씀이라두 미친놈, 성한 놈 하지 맙시오."

"저놈이 아주 미치잖았나."

"선다님 야속두 하십니다."

"고만 가거라."

"네."

로밤이가 그제야 돌아서서 할멈쟁이를 보고,

"각 골 아전은 원님 있는 동헌 마루에 못 올라가지만 장교들은 장막의(將幕儀)를 차려서 올라가는 법이요. 나두 선다님의 막하(幕下)니까 마루에 올라와서 문안을 드린 것이요. 아무리 여편네들이라두 그런 것쯤은 알아야 하우."

말하고 뜰 위에 내려서다가 머리를 돌이켜서 원 씨를 보고 "제가 업어 모실 때보다 퍽 수척하셨구먼요." 말하는 것을 "이놈!" 꺽정이가 호령하니, "아니올시다." 하고 목을 자라같이 움츠리고 허둥지둥 밖으로 나갔다.

성질과 생김생김이 각기 다른 산 사람, 구체적인 사람들이 말하고 행동하는 것을 바로 눈앞에 보는 것 같다. 얼마나 자연스럽고 또 얼마나 빈틈없이 째였는가! 글을 쓰는 작가들에게는 특히 귀감으로 될 만한 대목이다.

3

작가에게는 사물이나 현상을 환히 꿰뚫어 보는 통찰력이 있어야 한다. 로신의 글에 나오는 나나니, 즉 나나니벌에 대하여 한번 살펴보기로 하자.

내(필자)가 어렸을 때 우리 어머니가 들려준 이야기를 나는 지금도 분명히 기억하고 있다.

"나나니는 허리가 너무 가늘어서 새끼를 못 낳는다. 그래서 다른 벌레들을 잡아다가 제 굴속에 가두어 놓고들 '나나니 날 닮아라, 나나니 날 닮아라!' 49일 동안 주문을 외우면 그 벌레들이 나나니 새끼로 변한다!"

나는 다시 그 말을 ─ 허리가 가늘어서 새끼를 못 낳는다는 황당하기 짝이 없는 말까지 ─ 곧이듣고 나나니란 놈은 참으로 괴상한 놈이라고 감탄을 하였었다. 그런데 나중에 커서 알고 보니 그러한 '나나니 관점'은 우리 어머니의 독특한 견해인 것이 아니라 옛사람들이 모두 그렇게 알고 있는 것을 되받아 넘긴 것에 불과하였었다.

이에 관한 로신의 글의 대의를 적어 보면 아래와 같다.

곤충의 세계에서는 나나니벌처럼 악독한 흉수도 드물 것이다. 나나니벌은 다른 벌레들을 잡아다가 모래땅 속 제집에 가두고는 독침으로 쏘는데 그 벌레가 아주 죽지는 않고 그저 까무러치게만 해 놓는다. 그런 연후에 그 벌레의 몸에다 알을 슬고 드나드는 굴 아구리를 봉해 버린다. 그러면 굴속의 온도가 차차 높아져서 알들은 저절로 까진다. 깨어난 새끼벌레들은 까무러친 채 깨어나지 못하는 벌레들을 뜯어먹고 자란다. 새끼벌레들은 자유로이 날아다닐 수 있으리만큼 자라면 엄지벌레가 봉해 놓은 굴 아구리를 뚫고 밖으로 나온다. 나나니벌이 다른 벌레를 독침으로 쏘는데 아주 죽지 않고 계속 혼수상태에 빠져 있게 하는 데는 주도세밀한 타산이 있다. 아주 죽어 버리면 더운 굴속에서 썩어 버릴 것이므로 깨어난 새끼벌레들이 먹을 것이 없게 된다. 그렇다고 또 맑은 정신으로 살아 있게 하면 그 벌레가 도리어 제 새끼들을 잡아먹을 것이다. 이 얼마나 용의주도한가!

진상은 이러함에도 불구하고 피상적 관찰을 한 옛사람들은 이것을 전연 다르게 미화하여 시까지 읊었다. 봄날 나나니란 놈이 악독한 목적으로 다른 벌레들을 잡아갈 때 그 벌레들이 안 잡혀가겠다고 필사적으로 반항하는 것을 "어서 가자. 가서 내 수양아들 노릇, 수양딸 노릇을 해라." 하는데 그 벌레들이 속에는 당길 마음이 있으면서도 부끄러워서 "아이, 이러지 마세요, 이러지 마시라는데두요." 하고 비쌘다.

생사 결판의 싸움을 수양부모와 수양아들딸 사이의 '인정미'가 풍기는 장면으로 묘사하였다. 이 얼마나 동떨어진 해석인가! 어찌 10만 8천 리에 그치랴!

껍데기 현상에 속아서 경선(徑先)히 찬미의 붓을 든다면 그 작가는

지망지망한 청맹과니처럼 시궁창에 빠지는 운명을 면치 못할 것이다. 본 세기 50년대, 우리 문단에서 몇몇 작가를 잡기 위하여 허무맹랑한 각본을 써서 상연함으로써 그 작가들을 패가망신의 지경에 몰아넣었던 일은 아직도 우리들의 기억에 생생하다. 이런 치욕의 역사는 영원히 다시 되풀이되지 말아야 할 것이다.

로신의 글을 또 하나 살펴보기로 하자.

여기 용사 하나가 있다고 하자. 용사니까 물론 싸움을 잘할 것이다. 그렇지만 용사도 사람이니까 음식도 먹고 휴식도 하고 또 성교도 할 것이다. 그런데 그의 이 마지막 생활면을 돌출하게 과장하여 '성교 대사님'이라고 받들어 모신다면 어떻게 될 것인가? 하긴 그렇게 하더라도 그 용사의 생활의 일부분을 반영한 것만은 사실이다. 아주 근거가 없는 것은 아니다. 하지만 이 얼마나 억울한 일인가! 그 용사의 주요한 특질은 쑥 빼 버리고 전혀 지엽적인 문제—본질적이 아닌 자질구레하고 부차적인 것을 정면 중앙에 내세운다면 이것을 그 용사의 형상에 대한 왜곡이라고 아니 할 수 있겠는가!

원시 공동체 사회가 무너진 이래 인류는 줄곧 왜 이 세상에는 잘사는 사람과 못사는 사람의 차이가 있는지, 왜 전쟁의 유혈참극이 도처에서 연면 부단(連綿不斷)하는지—그 까닭을 모르고 살아왔다. 인류 사회는 어떻게 변천되는지, 사회 발전의 지렛대는 무엇인지—다 명확한 인식이 없이 살아왔다. 그러던 것이 지난 세기—19세기 중엽에 이르러서 마르크스주의 학설의 출현으로 비로소 인류 사상의 혼돈세계는 종말을 고하였다. 신비의 장막은 갈가리 찢어지고 사회학상의 모든 의

문점은 다 과학적으로 천명되고 해명되었다.

마르크스주의는 사상 영역에서 가장 정예한 무기로 되었다. 이 무기를 장악한 사람만이 사회 현상에 대하여 가장 예리한 판단, 가장 심각한 분석을 할 수 있다는 것은 의론의 여지가 없다. 무딘 끝을 가진 조각가가 어떻게 훌륭한 작품을 제작해 낼 수 있을 것인가? 우리 어머니처럼 '나나니 날 닮아라'를 되받아넘기지 않으려거든, 멀쩡한 용사의 초상을 기생방, 갈보집으로 들고 가는 따위의 어리석음을 되풀이하지 않으려거든…… 우리 무엇보다도 먼저 이 무기—마르크스주의 이론을 장악해야 할 것이다.

나는 따분한 설교는 질색하는 사람이다. 그렇지만 이 한마디 권고만은 친애하는 젊은 문학도들에게 드리지 않을 수 없다. 듣기 싫어도 참고 들어주기를 바란다.

4

우스개, 즉 유머가 부족하거나 아주 없는 작품은 읽기가 따분하다. 예를 들어서 《홍루몽》, 《유림외사》, 《고요한 돈》, 《림꺽정》 및 로신의 작품들에는 다 그 갈피갈피에 우스개가 끼어 있다. 영국 작가 디킨즈나 미국 작가 마크 트웨인의 작품들에도 다 그 갈피갈피에 우스개가 끼어 있다. 그래서 그런 작품들은 암만 읽어도 싫증이 나지 않는다. 사람이란 계속 엄숙하거나 계속 긴장하면 피로를 느끼고 권태감을 느끼는 법이다. 청중이 모두 듣기 싫어서 진력이 났는데도 계속 장광설을 늘어놓는 연사는 멍텅구리다. 소설에서도 마찬가지다. 독자가 따분해하는 작품에는 아무리 심오한 철리가 담겨 있더라도 그것은 실패작이 랄밖에 없다. 문학작품은 약이 아니므로 상을 찡그리고 억지로 삼킬 수는 없는 것이다.

파금(巴金)의 소설들은 격정으로 차 있다. 그러나 옥에 티라면 우스 개가 부족한 것이다. 톨스토이의 《전쟁과 평화》는 세계 명작이다. 그 러나 공제회(共濟會)를 장황하게 설명한 대목에서는 참을성이 어지간 한 나도 두 손을 바짝 들었다. 빅토르 위고의 《레 미제라블》즉 '아! 무 정'도 역시 세계 명작이다. (중국에서는 '비참한 세계'로 번역하였다.) 그러나 파리의 하수도를 지루하게 늘어놓아 설명한 대목에서는 인내성 있는 독서가인 나도 장탄식이 절로 나오는 것을 어쩔 수가 없었다.

해학적 필치는 엄숙한 주제와 상치되지 않는다. 아니 오히려 그 엄 숙성을 더 북돋아 준다.

고골은 그의 《타라스 불바》에서 큰아들 오스타프가 참혹하게 처형 당하는 대목을 묘사함에 있어서 여자를 데리고 구경 나온 폴란드의 귀족 같아 보이는 자가 잔뜩 몸치장을 하다나니 그의 방 침대 밑에는 헌신짝밖에 남은 게 없을 거라고 독자들을 한번 웃기어 기분을 가볍 게 해 주고 나서 비로소 본 줄거리—엄숙한 주제로 넘어갔다. 독자로 하여금 숨을 좀 돌리고 땀을 좀 들여 가지고 다시 어려운 일에 달라붙 게 하였다. 일단 거뜬해졌던 기분이 다시 엄숙한 장면에 부닥칠 때 그 느껴 받는 자극은 배가 된다. 의심할 바 없이 고골은 이 효과를 노린 것이다.

우리도 이런 당겼다 늦추었다, 늦추었다 당겼다 하는 수단을 배워야 할 것이다.

5

숄로호프가 그의 《고요한 돈》에서 쓴 수법을 한번 살펴보기로 하자.

그리고리가 아크시냐를 기다리는 장면에서 담배를 석 대씩이나 피우도록 와 주지 않아서 조급증이 났다. 그리고리가 마지막 꽁초를 눈 속에 처박고 기다릴 것을 단념하고 막 돌아서 가는데 아크시냐가 진동한동 달려온다.

주인공이 속을 지글지글 끓이면 독자도 덩달아서 속을 끓인다는 것을 잘 알고 있는 수작이다. 말하자면 잔꾀다. 그렇지만 이런 '수작', 이런 '잔꾀'가 우리에게는 절대로 필요하다. 독자의 애를 태워 줄 줄 모르는 작가는 맹물 작가다.

하나 더 살펴보기로 하자.

"불행은 단독으로 오지 않는다. 아침, 게치코의 부주의로 미론 그리고리예비치의 씨소(种牛)가 우량한 씨말(种馬)의 목을 뿔로 떠서 찢어 놓았다."

이 때문에 집안에서는 불시에 난리가 났다. 값나가는 씨말의 쭉 찢어진 상처를 약물을 달여다 씻어 준다, 바느실로 찍어매 준다……

이런 난리판에 엎친 데 덮치기로 귀동딸 나탈리야가 시집살이를 못하고 (남편이 군계집을 달고 달아나 버린 까닭에) 울며불며 친정집으로 달려온다. 그러니 미론 그리고리예비치의 부아통이 어찌 아니 터질 것인가!

숄로호프가 여기서 무엇을 노렸는가는 설명할 필요도 없다. 폭발력을 강하게 하느라고 씨말—황색 화약—에다 나탈리야—흑색 화약—을 덧섞은 것이다. 등장인물들을 자꾸 시달구는 것이, 탄탄대로를 버리고 험한 길로—가시밭길로—마구 끌고 다니는 것이 독자로

하여금 조마조마하고 아슬아슬해서 손에 든 책을 내려놓을 수 없게 만드는 효과적인 수단의 하나인 것이다. 기쁜 일은 금상첨화로 더 기쁘게 만들고 불행한 일은 화불단행(禍不單行)으로 불행이 두 겹, 세 겹 겹치게 만듦으로써 자극을 강화하여 독자들을 울렸다 웃겼다 하는 수법—이것이 곧 창작의 기교인 것이다.

6

항일 전쟁 시기, 1941년, 태항산 항일 근거지에서 내가 쓴 각본을 무대에 올리기로 하여 팔로군 부대 어느 극단에서 여배우 하나를 빌어온 일이 있었다. (그녀의 이름이 정서보(程瑞葆)였다고 기억된다.) 한데 그녀는 무대에 올리기로 한 내 그 각본을 한번 읽어 보더니 대번에 머리를 가로흔드는 것이었다.

"왜 그러시오?"

"저 이 남편을 전선으루 떠나보내는 안해가……."

"그 안해가…… 어떻게…… 됐단 말이요?"

"작별할 때 이렇게 남편하구 서루 맞붙들구 우는 건……."

"?"

"대도시에서나 있을는지…… 농촌 여자들은 이런 게 없에요."

나는 번개같이 깨달았다. 얼굴이 빨개졌다. 외국 영화에서 본 멋들어진 작별 장면을 중국 농촌—태항산골 안에다 고스란히 옮겨 놓으려고 한 자기의 우둔한 용기에 새삼스레 놀란 것이다. 그 똑똑한 여배우—정서보의 갸름한 얼굴과 새까만 눈과, 그리고 주근깨 박힌 뺨과

은밀한 미소는 아직도 내 눈앞에 선하게 살아 있다.

그때로부터 40여 년이 지나서 금년 연초에 나는 다시 한번 자기의 청년 시절의 우둔한 용기에 새삼스레 놀라야 할 일이 생겼다.

정길운 선생이 와서 서울 다녀온 이야기를 하는데 자기보다 한두 달 뒤늦게 서울에 도착하는 고철 선생을 김포공항으로 마중 나가서의 일이라는 것이다. 40년 동안 딸 하나 데리고 남편을 기다려 온 고철 부인과 그 딸 내외가 함께 나갔는데 40년 만에 만나는 남편이 앞에 와 섰는데도 자꾸 울기만 하더라는 것이다. 남편은 또 남편대로 몸가짐이 어줍어서 덤덤한 얼굴로 서 있기만 하는 것을 정 선생이 "아 무얼 하구 있어? 어서 뽀뽀를 하잖구! 자, 어서 뽀뽀, 뽀뽀! ……." 너스레를 부려서 겨우 장면을 수습하였다는 것이다.

이것이 20세기 80년대에 950만의 인구를 가진 대도시에서 있은 일이다. 고등교육을 받은 인텔리의 가정에서 있은 일이다. 서울은 필경 뉴욕도 런던도 다 아니었다.

작가가 상상력의 날개를 타고 현실에서 지나치게 동떨어진 비상(飛翔)을 하면 차례질 것은 망신 또는 개코망신밖에 없다.

7

문학작품에서 쓰이는 언어는 '맛'이 있어야 한다.

"벙어리 발등 앓는 소리."

"여든에 이 앓는 소리."

"익은 밥 먹고 선소리."

"장마 도깨비 여울 건너가는 소리."

"지절대기는 똥 본 오리."

"조잘거리기는 아침 까치."

이런 속담들은 다 말을 '제대로', '알맞춤하게', '재치 있게' 하지 못하는 것을 비웃은 것으로써 그 속담 자체는 팔진미의 하나인 웅장(熊掌)─곰의 발바닥만큼이나 맛이 난다. 문학의 기본적인 바탕은 언어이므로 이것을 소홀히 여기거나 이에 대한 수양을 쌓는 것을 게을리한다면 그것은 베실로 수를 놓겠다는 거나 마찬가지일 것이다. 하루의 화근은 아침에 마신 해정술이요, 일 년의 화근은 발에 끼이는 갓신이요, 일생의 화근은 성질이 사나운 여편네를 얻은 거라고 누가 말하는 것을 어디서 들은 기억이 나는데 문학작품 창작에서의 화근은 원고지를 대하고 앉기 전에 언어에 주의를 돌리지 않은 거라고 하여도 과언은 아닐 것 같다.

《림꺽정》에서 한온이와 황천왕동이가 수작하는 것을 한번 들어 보기로 하자.

얼마 있다가 한온이는 저의 아버지를 보러 가고 황천왕동이는 의관을 벗고 자리에 누웠다. 누운 뒤 얼마 아니 있다가 바로 잠이 들어서 자는 중에 "이 사람 일어나게." 한온이가 와서 깨웠다.

"왜 일어나라나?"

"술 먹으러 가세."

"단야(短夜)에 무슨 술인가. 나는 잘라네."

"오래간만에 만나서 술 한잔 같이 안 먹을 수 있나. 어서 일어나게."

황천왕동이가 일어앉았다.

"어디루 가잔 말인가?"

"우리 작은마누라가 술상을 차려 놓구 기다리네."

"그 술상을 갖다가 여기서 먹세."

"왜, 내 첩의 집은 더러워서 못 가겠나?"

"쓸데없는 소리 고만두구 이리 가져오라게."

"글쎄 왜 이리 가져오란 말이야?"

"벗어 놓은 옷을 다시 주워 입기 귀찮거든."

"쭉 찢어질 의관 다 고만두구 그대루 가자."

"어딜 상투 바람으루 가잔 말이야."

한온이가 황천왕동이를 일으켜 세우며 귀에 입을 대고 "도적놈의 주제에 의관은 다 무어냐?" 하고 웃으니, 황천왕동이도 지지 않고 "너는?" 하고 마주 웃었다.

황천왕동이가 다시 의관을 차리고 한온이를 따라 그 첩의 집에 와서 안방에 들어앉았다. 한온이의 첩은 잠깐 인사하고 건넌방으로 건너간 뒤 다시 얼굴을 내놓지 않고 할멈 하나와 아이년 하나가 방에 드나들며 술상 심부름을 하였다. 주인 손 두 사람이 마주 앉아서 권커니 작커니 술을 여라문 잔씩 먹었을 때 "단둘이 너무 심심하니 술 칠 기집 하나 불러올까?" 한온이가 말하는 것을, "조용히 이야기해 가며 술 먹는 것이 좋으니 고만두게." 황천왕동이가 밀막았다.

"자네는 천생 고리삭은 샌님이여."

"그저 샌님두 아니구 고리삭은 샌님이여? 자네가 사람 칭찬을 너무 과히 하네."

"자네가 품 안으루 기어드는 기집을 내박찼다지? 그게 고리삭은 샌님이나 할 짓이 아닌가!"

"만일 본서방의 칼을 맞았던들 사내대장부라구 할 뻔했네그려."

"그렇지, 사내대장부면 칼을 맞을 때 맞더라두 기집을 받아 주지 내박차겠나."

"자네 말대루 하면 흘레개를 제일등 사내대장부루 쳐야겠네."

"에라 이 자식아, 그건 억설이다. 개하구 사람하구 어디 같으냐?"

"어른더러 이 자식이 무어냐? 욕 말구 술이나 어서 먹어라."

"자네가 먹을 차례 아닌가?"

"벌써 옹송망송하나? 이건 내가 부어 놓은 잔일세."

한온이가 술을 마시고 잔을 가득 채워서 황천왕동이를 주며 "도적놈 도학군자, 이 술 한잔 잡으시오." 권주가 흥내를 내었다.

"어른을 놀리면 종아리 맞는 법이야."

"참말 자네가 그때 기집더러 종아리채를 해 오랬나?"

"나를 정말 고리삭은 샌님으루 아네그려. 종아리채가 다 무어란 말인가."

"그래두 나는 그렇게 들었어."

"누가 거짓말을 한 게지."

"그때 이야기 한번 자세히 하게. 어디 들어 보세."

"그까짓 이야길 누가 한단 말인가. 술이나 가져오라게. 술이 다 없어졌네."

"술은 얼마든지 있네. 우리 실컷 먹어 보세."

"자네 술이 늘었네그려."

"전에 통히 접구두 못하던 술을 지금은 한자리에 이삼십 배 예사 먹으니 굉장히 늘었지. 이게 선생님한테 배운 술일세. 꺽 자 정 자 분이 검술 선생님이 아니라 검(劍) 자 떼구 술 선생님이야."

"우리 형님이 남의 집 자식을 버려 놨군."

이번에는 리춘동, 김산, 로밤—이 세 인물의 수작을 한번 들어 보자.

리춘동이가 의관을 차리고 나와서 김산이와 같이 뜰아래 내려설 때 어떤 사람 하나가 허둥지둥 들어오며 "지금 이사 오신 줄 알구 뵈러 오는데 어딜 가십니까? 부리나케 오길 잘했구먼요." 하고 떠벌거리고 리춘동의 앞에 와서 허리를 한번 굽실거렸다. 리춘동이는 그 사람이 누구인지 언뜻 생각나지 않아서 김산이를 돌아보고 "누군가?" 하고 묻는데 "밤이를 몰라보십니까?" 하고 그 사람이 저의 이름을 말하였다. 다시 보니 애꾸눈이 유표한 로밤이었다.

"오 너냐? 저승사자가 눈이 없어서 너를 아직두 잡아가지 않구 놔뒀구나!"

"반가와서 하시는 말씀이라두 그런 방소(方所) 꺼리는 말씀은 아예 맙시오."

"너 같은 놈이 급살 맞아 죽지 않는 걸 보면 천도가 무심한 거야."

"듣기 싫어하면 더 하실 줄까지 번히 알며 자발없이 방소 꺼린단 말씀을 했지. 지금 앞으루 한 50년 더 살아 봐서 세상이 길래 신신찮으면 급살이라두 맞아 죽을랍니다."

김산이가 나서서 "에끼 미친놈, 저리 가거라!" 하고 로밤이를 꾸짖고 "미친놈 데리구 실없는 소리 그만하구 어서 가게." 하고 리춘동이를 재촉하였다.

"여러 사람이 미쳤다구 놀리면 성한 놈두 미친단 말이 괴이찮은 말입니다. 여러분이 모두 나만 보면 미친놈이니 실성한 놈이니 놀리시는 까닭에 내 마음에두 내가 성하지 않지 하는 생각이 드는 때가 있습니다."

하고 로밤이는 씨벌거리며 두 사람의 뒤를 따라오다가 고샅길 갈림에서 "틈 있는 대루 또 뵈러 옵지요." 리춘동이가 큰 소리에 놀라서 돌아보도록 소리 질러 인사하고 휘적휘적 다른 데로 가 버렸다.

조선족 작가들 중에 언어를 이렇게 맛깔지게 재미나게 생동하게 구사하는 분은 그리 흔치 않다. 작품 속에서 말하고 행동하는 인물들이 현실적으로 움직이는 것처럼 실감 있고 생동하다. 웬만한 정도로 노력해서는 좀체로 이르기 어려운 경지다. 그러나 '태산이 높다 하되 하늘 아래 뫼이로다. 오르고 또 오르면 못 오를 리 없건마는 사람이 제 아니 오르고 뫼만 높다 하더라'이니까 꾸준히 노력만 하면 종당은 성취를 할 것이다.

일본의 어느 작가가 19세기 말엽에 외국 소설을 번역하는데 'I Love you(나는 당신을 사랑합니다)' 이 한마디 말을 번역할 재간이 없어서 며칠 동안 골머리를 앓은 끝에 마침내 '아이 콱 죽어 버렸으면 좋겠다' 이렇게 번역을 하였다는 것이다. 당시 그것은 명번역으로 널리 세인의 호평을 받았다. 그 까닭인즉 일본 사람들은 그때까지도 남녀가 서로 사랑하는데, 즉 지금 말로 연애를 하는데 '나는 당신을 사랑한다'는 말을 할 줄 몰랐기 때문이다. 이것은 조선에서도 마찬가지다. 조선조나 대한제국 시절에 연애를 하는데 (하였다고 가정하고) 어떤 놈이 "나는 당신을 사랑합니다." 하였다면 여자는 듣고 놀라서 까무러쳐 버렸을 것이다. 어디서 오랑캐가 왔나 하고 심장마비를 일으킬 가능성도 바이 없지 않다.

'아이 콱 죽어 버렸으면 좋겠다'는 그 시대의 연애하는 남자의 심정을 여실히 반영한, 꼭 알맞은 말이라고 할 것이다.

공자, 맹자의 입에서 컴퓨터니 텔레비전이니 하는 따위의 말이 튀어나오지 않게 하고 진시황, 칭기즈 칸의 입에서 원자탄이니 우주 로켓이니 하는 따위의 말이 튀어나오지 않게 하는 것은 우리 문학도들의 최저한의 의무이고 또 상식이다.

〈장백산〉 1985년 2월

주덕해의 프로필

"주덕해는 최채, 배극 등과 더불어 연변의 뻬데피구락부―반동 문인 김학철의 집에 모여서 술잔치를 100번 이상 벌이고 반당, 반사회주의의 음모를 꾸몄다."

이것은 그 악몽 같던 시절에 연길 시내 거리거리에 나붙었던 삐라―활자화된 비방이다. 대단히 낯이 익은 '주덕해 죄상 120조목' 중의 한 조목이다.

주, 최, 배는 우리 집에 모여서 장기를 둔 일은 있어도 술잔치를 벌인 일은 없다. 더구나 백 번 이상이나!

하긴 설 같은 때 포도주 한 잔씩쯤 나눈 일은 있다. 그들은 다 술에 대하여 별 흥미를 느끼지 못하는 사람들이다. 나는 더군다나 술이라면 질색하는 사람이다. 연변의학원의 노박사가 별세하였을 때 주덕해 동지는 나를 보러 왔다가 "…… 해부를 해 보니까 글쎄 혈관이 모두 쇠줄처럼 빳빳하더라지 뭐야. 그 양반은 순전히 술에 녹았어." 하고 못마땅스레 머리를 설레설레 저었다. 이러한 주덕해더러 술잔치를 백 번 이상이나 벌였다니…… 인사불성도 유만부동이지!

담배는—나만 빼놓고—세 사람이 다 몹시 피웠다. 셋이 다 골담배
꾼이었다.

주덕해 동지가 세상을 떠났다는 소식을 나는 감옥 안에서 신문을 통
하여 알았을 뿐이다. 그때로부터 10년이 지난 오늘 난생처음 그에 대
하여 붓을 드는데 그동안에 빼데피구락부 성원이라던 배극 동지 또한
불귀의 객이 되었다. 덧없는 인생이랄밖에 없다.

쉬는 날 우리 집에 모여서 장기를 두게 되면 언제나 장기가 1대 3으
로 어울리는데 1은 주덕해이고 3은 최, 배, 김이었다.《삼국연의》에서
류비, 관우, 장비가 3대 1로 려포하고 맞붙는 형국이었다. 주덕해의 장
기 수가 세 사람에 비하여 월등 세기 때문이었다. 최채와 나는 먹이나
겨우 알 정도이고 배극은 제법 괜찮게 두는 축이었다. 하지만 수가 아
무리 세다 하더라도 두 눈이 여섯 눈을 당해 내기는 어려운 일이었다.
최채와 내가 양옆에 붙어 앉아서 배극이를 자꾸 뚱겨 주면 주덕해는
다급해서 두 손을 홰홰 내흔들어 장기판을 가리며 "말할 내기 없어,
말할 내기 없어!" 하고 우리더러 훈수를 들지 못하게 하였다. 그러다
가도 상대편의 말을 따먹을 때는 신이 나서 "식사!", "에라 또 하나 식
사!" 하고 창(唱)을 지르듯이 하였다. '식사'는 원래 내가 발명한 말인
데 다들 감염이 되어서 장기판에만 둘러앉으면 네 사람이 그 별로 신
통치도 않은 '식사' 소리를 노상 입에 달고 있었다.

주덕해 동지는 제1서기에 주장까지 겸하여 때로는 번거로운 일도
적잖은 모양이었다. 그래서 직업 작가인 나를 부러워하는 투로 "학철
이가 제일 편해! 아무 근심 걱정 없지…… 투황디(土皇帝)야." 하고 최
채를 돌아보며 웃은 일까지 있었다.

주덕해 동지가 소련에서 신강을 거쳐 연안으로 나올 때 동행한 이들 중에 간고한 항일 전쟁 환경에서 승리에 대한 신심을 잃고 적에게 투항한 변절자 하나가 생겼었다. 태항산에서의 일이다. 변절자들이 으레 그러하듯이 그자도 일본군의 앞잡이가 되어 가지고 항일 부대에다 자꾸 투항을 권유하는 편지를 특무들을 통해 들여보냈다. 그 사연인즉 대개 아래와 같은 것이었다.

　"……그 험한 산골에서 초근목피로 겨우겨우 연명하며 무엇을 더 바라느냐? 어서어서 용단을 내려서 살기 좋은 데로 나오너라. 나오기만 하면 광명한 전도가 기다리고 있다. 운운……."

　그런데 얄궂게도 얼마 아니 하여 일본군이 무조건 항복을 하는 바람에 그자는 끈 떨어진 뒤웅박 꼴이 되었다. 죽지가 부러진 그자를 태항산에서 나오다가 장가구에서 만났을 때 주덕해 동지는 승리의 기쁨에 도취되어 "요놈을 붙잡기만 하면 곧 각을 뜯어 죽이겠다!" 이렇게 이를 갈며 다진 맹세를 다 잊어버리고 그자를 그냥 용서해 주었다. 후에 그자가 연변으로 찾아와서 살길을 좀 열어 달라고 빌붙는 바람에 주덕해는 할 수 없이 그를 대학에 교원으로 배치해 주었다.

　"그깟 녀석 죽거나 살거나 내버려 두잖구!"

하고 내가 못마땅해하였더니,

　"잘못을 뉘우치구 돌아오는 자에겐 살길을 열어 주는 게 우리 공산주의자들의 인도주의야. 당의 정책에두 부합되구. 그자가 대학에서 선생 노릇할 자격은 충분하거든. 인재지. 그런 멀쩡한 녀석이 그따위 짓을 했으니 더 기가 막히지. 저두 후회막급일 게야."

이렇게 말하고 난 주덕해 동지는 한마디를 덧붙이는 것이었다.

　"정치를 하자면 아량으루 너그럽게 받아들일 줄두 알아야 해. 그저

두들겨 패는 것만이 장땡은 아니거든."

그가 이런 관후한 성품의 소유자가 아니었던들 연변 인민들 속에서 그와 같이 높은 신망을 이룩하지는 못하였을 것이다. 타고난 천성인지 수양의 힘인지 그것까지는 잘 모르겠지만 아무튼 그는 장자의 풍도가 있는 정치가였다.

내가 농촌에 생활 체험을 나갔을 때의 일이다. 어느 농민의 집에서 무슨 제사를 지내는데 온 마을 사람들이 다 일은 안 하고 그 집에 모여서 북적북적하는 중에 당지(當地) 부서기란 사람까지 한몫하는 것을 보고 나는 속으로 대단히 못마땅하게 여겼다.

'들일이 바쁜 때 저게 뭐람!'

이튿날 나는 전위해 돌아와서 주덕해 동지에게 이 사실을 반영하였다.

"일들은 안 하구…… 대낮에…… 그게 뭡니까? 더구나 군중의 선봉에 서야 할 당지 부서기란 게!"

나의 말을 다 듣고 난 주덕해 동지는 빙그레 웃고 타이르듯 말하는 것이었다.

"지금 농민들이 다 배에 기름기가 부족하단 말이요. 무어 먹는 게 있어야지! 그러니 무슨 잔치나 제사 같은 때 겸사겸사 한번 모여서들 먹는 거지……. 먹이진 않구 자꾸 일만 하랄 수는 없거든."

나도 머리가 아주 깡통은 아니니까 그 말의 뜻을 근량대로 다 받아들였다. 그래 인제 잘 알았다는 뜻으로 고개를 끄덕끄덕하였더니 그는 진일보 나를 일깨워 주는 것이었다.

"지금 농촌에서 사사로이 술을 빚어 먹는 건 법으루 금하지만…… 그것두 너무 융통성 없이 금할 수는 없단 말이요. 농촌 늙은이들이 막걸리 동이나 담가 놓구 컬컬할 때 한 복주께 떠내다가 부젓가락으루 화롯불을 헤집구 데워 먹는 걸 어떻게 말리우? 일반 백성은……
배를 곯리면…… 애국두 없거든. 그러니 그들의 어려운 형편을 잘
살펴보구 나서 글을 쓰두룩."

당시 이렇게 나를 타일러 주던 주덕해의 형상은 세월이 흐를수록 더
내 마음눈 앞에서 커져만 간다. 그는 아무리 어려운 환경에서도 좀처
럼 드놀지 않는 무게 있는 볼셰비키였다.

〈연변일보〉 1985년 4월 11일

원쑤와 벗

전일 연변대학의 정판룡 선생이 전갈해 오기를 일본에서 교수 한 분이 왔는데 그의 말이 자기는 일본에서 김학철의 작품을 번역 출판한 사람이니까 김학철을 꼭 좀 만나게 해 달라고 한다. 어떤가, 한번 만나 보는 게 좋지 않겠는가 하는 것이었다. 그리하여 나는 국경을 격하고 바다를 격하여 피차에 문자 상으로만 알고 있던 일본 와세다대학의 교수 오무라 마스오(大村益夫) 선생과 첫 대면을 하게 되었다.

쉰 살의 고개를 갓 넘어선 오무라 선생은 대학교수보다는 영화배우가 더 알맞을 것 같은 미남자로서 조선말을 상당히 잘하였다. 오무라 선생은 조선 문학을 연구하는 분인데 남북조선에만 국한되지 않는 전 조선 민족의 문학을 연구 대상으로 삼는 까닭에 자연 중국에 거주하는 조선 민족의 문학에도 큰 관심을 갖고 있다. 그래서 연변을 그 연구 기지로 골랐는데 외국인이 우리 대학에 연구원으로 들어가자면 많은 액수의 비용을 지불해야 한다. 이 문제를 대학 당국과 상의한 결과 약 1년 동안 일어 강좌를 담임하는 것으로 주고받을 셈을 맞비기자는 원

만한 타합이 이루어진 것이었다.

오무라 선생은 내외 동반하여 왔는데 알고 보니 부인 아키코(秋子) 여사는 조선 혈통으로서 남편의 연구 사업에 없지 못할 조력자였다.

우리는 처음에 조선말로 이야기를 나누었다. 그러던 것이 차차 조선 말, 일본말 섞어작으로 변하다가 나중에는 아주 일본말을 유일한 사교 언어로 쓰게 되었다.

대인접물(對人接物)에 능란한 아키코 부인이 말참녜를 하여 좌중의 분위기를 더한층 화기롭게 만들었다.

"저더러두 무얼 좀 해 볼 생각이 없느냐구 묻지 않겠습니까. 그래 '좋습니다. 청소두 좋구 무엇두 좋구 다 좋습니다. 뭐나 시켜 주시면 다 하겠습니다' 하구 대답을 올렸습지요. 하니까 '아니, 그런 게 아니구, 저 일본에 유학 보낼 우리 선생들에게 일어 회화를 좀 가르쳐 달라는 말입니다' 하잖겠습니까. 그래 어쩌겠습니까, '좋습니다, 하라시는 대루 하겠습니다' 하구 수락을 했습지요."

"그래 아주 결정이 됐습니까?"

"그러면이요. 그것 때문에 우리 저이하구두 한바탕 웃었는걸요."

그 한바탕 웃었다는 연유를 물은즉 아키코 부인은,

"남편은 학생을 가르치구 안해는 선생을 가르치구…… 을축갑자루 셈판이 잘 된다구요."

하고 또 한바탕 우리를 웃기는 것이었다.

웃음을 거둔 뒤에 오무라 선생이 좀 신기스러운 듯이,

"여기서는 사무실을 '판공실'이라구 하더군요."

하고 말을 내어서 내가,

"네, 방석을 '자부동'이라구 하구 옷장을 '단스'라고 하는 사람두 있지요."

하고 웃으니, 아키코 부인도 웃으면서,

"식료품점 여점원도 통졸임을 '간즈메'라구 하잖겠어요."

하고 말곁을 달았다.

전에 나는 일본 잡지에 실린 오무라 선생의 〈'일본' 대학에서의 조선
어 교육의 현상〉이라는 글을 적잖은 흥미를 갖고 읽어 본 적이 있었다.
그 밖에 오무라 선생이 번역 소개한 소설들로는 리기영의 〈개벽〉, 〈민
촌〉, 박태원의 〈춘보〉, 조명희의 〈낙동강〉, 김사량의 〈유치장에서 만난
사나이〉, 유진오의 〈김 강사와 T 교수〉, 〈창랑정기〉, 김동리의 〈무녀
도〉, 김학철의 〈담뱃국〉 등을 들 수 있다. 그리고 그의 《대역(對譯) 조선
근대시선》에는 김소월, 한용운, 리상화, 림화, 김지하, 김순석, 민병균,
김귀련, 백인준, 김조규, 박팔양, 김상오 등 수많은 남북조선 시인들의
대표작이 수록되어 있다.

이런 이야기 저런 이야기 하던 끝에 나는 오무라 부부가 바라는 대로
내가 알고 있는 일본 사람들에 대하여 다음과 같은 이야기를 하였다.

1942년, 내가 석가장 일본 총영사관 경찰서 유치장에 갇혀 있을 때
의 일이다. 하루는 키가 작달막하고 몹시 약하게 생긴 중년 수인(囚人)
하나가 들어왔다. 당시 감방에서는 새로 들어온 자를 변통(便桶) 옆에
앉히고 마구 부려먹기 마련이었다. 범죄자들이 집중되어 있는 곳이라
분위기는 언제나 험악하였다. 때로는 살벌하기까지 하였다. 나는 팔로
군 간부 출신의 정치범이었으므로 일반 형사범 ― 파렴치범들 속에서
자연 우두머리 격으로 행세하게 되었다. 속된 말로 하면 왕 노릇을 한
것이다.

나는 심심파적으로 그 새로 들어온 수인을 가까이 불러다가 한번 물어보았다.

"이름이 무어야?"

"구라시게…… 구라시게 히사오(倉茂久男)라고 합니다."

"나이는?"

"마흔두 살입니다."

"흠, 액년(厄年)이구면. 그래 어디서 뭘 하던 사람이야?"

"원래는 도쿄에서 택시 운전을 했었는데…… 작년에 이곳 석탄회사에 취직이 됐습니다."

"그래 무슨 죄루 들어왔지?"

알고 보니 마음이 약해서 석탄을 실어 가는 놈이 전표에 적힌 수량보다 더 퍼 담는 것을 말리지 못하고 어물어물 눈감아 주었다는 것이다.

"보아하니 허리를 잘 못 쓰는 것 같은데…… 얻어맞았는가?"

"아닙니다. 허리앓이루 벌써 여러 해째 고생을 하는 중입니다."

그의 악의 없어 보이는 선량한 얼굴이 호감을 자아내고 또 그 약하디약한 몸이 동정을 불러일으켜서 나는 다른 수인들에게 지시하였다.

"저 사람의 '변통 당번'을 면제해 주두룩."

변통 당번이란 아침저녁 두 차례 변통을 들고 나가 말끔히 부셔 가지고 들어오는 것을 말하는 것인데, 일반적으로 새로 들어온 자가 도맡아 하는 것이 상례로 되어 있었다. 나는 마룻바닥에 걸레질하는 일도 면제해 주라고 하였다. 다른 수인들이 속으로는 불만스러웠으나 내기운에 눌리워 꿀꺽 소리 못 하고 그대로 받아들이는 것을 나는 물론 잘 알고 있었다. 하지만 제 몸 하나도 바로 가누지 못하는 인간을 마구 부려먹는 것을 나는 차마 눈앞에 볼 수가 없었던 것이다.

서너 달 같이 지내는 동안에 나는 구라시게의 보호자 노릇을 착실히 잘하였다. 내 덕에 구라시게는 그 무지막지한 자들의 구박을 받지 않고 무사히 그날그날을 보낼 수 있었다. 자기가 사람이 변변치 못하여 아이는 죽고 안해는 집을 나가 버렸다는 그의 신세타령을 듣고 나는 더욱더 그를 동정하였다. 그는 내가 중국 사관학교(군관학교) 출신의 장교(군관)로서 사상범(정치범)이라는 것을 알고는 나를 굉장히 우러러보았다. 일본 군대에서는 군조(중사)나 오장(하사) 따위 하사관 나부랭이도 세도를 쓰기 때문에 보통 평민인 그의 머릿속에는 무릇 장교는 다 공경해야 한다는 계급 관념이 깊이 박혀 있는 모양이었다. 조선에서 국민학교(소학교) 교원으로 근무하고 있는 우리 누이동생 성자(性子)에게서 편지가 오면 나는 번번이 다 그에게도 보여 주었다. (그에게는 편지가 올 데가 없었다.) 그는 마음이 워낙 여린 사람이라 그 편지들을 읽어 보고는 감동되어 눈시울을 슴벅거리며 목멘 소리로 말하는 것이었다.

"정말 훌륭한 매씨를 두셨습니다. 정말 훌륭한 매씨를 두셨습니다."

구라시게는 나보다 나이 열대여섯 살이나 맏이였다. 그래도 그와 나는 강도, 절도범, 강간범, 아편 장사 따위들이 우글우글하는 감방 속에서 아주 친숙한 사이로 되었다. 총칼을 들고 일본 침략군과 마주 겨루던 나에게 철창 속에서 뜻하지 않은 일본 벗 하나가 이렇게 생기었다.

서너 달 후, 구라시게가 무죄 석방으로 유치장에서 나갈 때 그와 나는 간수가 보는 앞에서 서로 손을 마주잡고 작별의 인사를 나누었다.

"몸조심……."

"몸조심하십시오."

겨우 한마디씩 하는데 구라시게의 눈시울이 붉어지는 것을 보고 나는 마음이 언짢아서 얼른 고개를 옆으로 돌리었다.

밤에 잘 때 나는 소슬한 가을바람 속에 혼자서 허허벌판에 누워 있는 것 같은 허전함을 느꼈다. 구라시게가 무사히 풀려나간 것은 정말 다행한 일이었다. 그러나 나에게는 생사미복(生死未卜)의 험난한 앞길이 여전히 가로놓여 있었다.

이튿날 아침 10시쯤 간수가 와서 감방의 자물쇠를 덜컥 열더니 내 이름을 불렀다. 또 그 빌어먹을 취조겠거니 생각하고 개구멍 같은 감방 문을 빠져나오니 간수가 싱글거리며 한마디 "차입입니다." 귀띔해 주었다.

"차입? 내게 무슨?"

나에게는 애당초부터 차입이라는 것이 있을 수가 없었다.

"나가 보면 알아."

나는 간수의 압송하에 사법계로 나왔다. 수인들에 관한 일반 사무는 사법계에서 취급하였었다.

"자, 여기다 서명해."

사법계 순사가 시키는 대로 서명을 하고 나서 다시 보니 차입인은 뜻밖에도 '구라시게 하사오'. 그리고 내 앞에 놓여진 것은 '쿄오야(京屋)'라는 고급 과자점의 생과자 한 상자였다. 사법계 순사가 "구라시게하구 사이가 좋았던 모양이지." 하고 웃으며 서명장을 덮을 때, 나는 구라시게와 갈라진 석별의 정이 새삼스레 왈칵 북받쳐 오르는 것을 느꼈다.

'영원히 다시 만나 볼 길 없는 나의 벗 구라시게!'

몇 달 후 나는 일본에 압송되어 나가사키 형무소 이사하야(諫早) 본소에서 복역을 하게 되었다. 그러다가 몇 해 후 일본이 무조건 항복을 한 뒤에 비로소 풀려나서 고국으로 돌아왔다. 나는 10여 년 만에 어머니와 누이동생을 만나서 오랜 세월 쌓이고 쌓인 회포를 풀었다. 어머니와 누이동생은 울었지만 나는 울지 않았다. 나는 그 험악한 전쟁판과 옥고의 시달림 속에서 아주 철석간장의 사나이로 되었던 것이다.

누이동생 성자가 눈물을 거두고 나서 묻기를 "오빠, 구라시게 히사오라는 일본 사람을 알지?" 하는데, 나는 너무도 의외로와서 또 한번 가슴이 찡하였다.

"엉? 네가 그 사람을 어떻게 아니?"

"그 사람이 우리 집에를 왔었지 뭐요."

"집에를 와? 집에를 오다니? 구라시게가?"

"예, 그렇다니까요. 그가 석가장 경찰서에서 나와서 일본으루 돌아가는 길에 일부러 차에서 내려서 학교루 나를 찾아왔더라니까요. 이름두 들어 본 적 없는 일본 사람이 느닷없이 찾아와서…… 댓바람…… 나는 당신 오빠의 친구요, 당신의 편지를 다 읽어 보았소, 당신 오빠의 신세를 많이 졌소…… 이런 소리를 하니 어떡허지요. 난 꼭 헌병대의 끄나불인 줄루만 알았다니까요. 그전에두 오빠 일루 헌병대에서 사이드카 탄 헌병들이 왔다 갔었으니까. 그래 속이 자꾸 떨리지 뭐예요. 별도리 없이 난 그저 '우리 오빠는 나쁜 사람이예요, 우리 오빠는 나쁜 사람이예요'…… 대구 오빠를 쳐서 말했지. 하니까 그는 '아니야 아니야. 오빠는 좋은 사람이야, 훌륭한 사람이야' 하구 기가 나서 오빠를 변호해 주지 뭐요."

"응, 그래 어떻게 됐니?"

"집으루 모시구 왔지요. 모시구 와서 엄마하구 둘이서 또 오빠가 어떻게 나쁘구 어떻게 나쁘구 자꾸 곱씹어 말하니까 나중에는 그 양반이 역정을 내겠지…… 오빠는 절대루 좋은 사람이라는데 왜들 이러느냐구."

"흠, 그런 일이 있었구나……. 정말 뜻밖이다."

"그런데 그가 허리를 잘 못 쓰니 웬일이죠? 자꾸 앓음 소리를 하더라니까요. 경찰서에서 얻어맞아서 그랬던가?"

"아니야, 허리앓이를 해. 그 사람은 맞지 않았어."

"응…… 그런 걸 난 또…… 오빠두 그렇게 맞았을 것 같아서……."

'구라시게가 이다지도 살뜰하고 다정할 줄이야!'

이튿날 떠나갈 때 어머니와 성자가 여비를 좀 보태 주려고 하니까 구라시게는 한사코 싫다더라는 것이었다. 억지로 호주머니에 밀어넣어 주기는 하였으나 그가 도대체 어떤 사람인지 정체를 알 수 없어서 이날 이때까지 모녀는 궁금증을 풀지 못하고 있었다는 것이었다…….

나의 이야기가 일단 끝이 나니 오무라 부부의 얼굴에는 다 같이 감동된 빛이 떠올랐다.

"아마 무척 고마왔던 모양입니다. 감방에서 그렇게 보호를 해 주는 게……."

하는 남편의 말에 그 안해가 동을 달았다.

"왜 안 고마왔겠어요, 몸에 병이 있는 사람이.—정말 아름다운 이야깁니다."

나는 다시 이야기를 계속하였다.

"나는 그때 왼쪽 대퇴부에 관통상을 입었는데 뼈를 맞았던 까닭에 삼 년이 다 되두룩 상처가 어디 나아 줘야지요. 나아지는 게 다 뭡니까, 점점 더하지! 줄곧 고름을 흘리며 삼 년을 견지한 끝에 정 안 되겠기에 나중에 할 수 없이 감옥 병원 원장이라는 자에게 요청을 했습니다……."

"무어라구요?"

오무라 선생이 윗몸을 앞으로 기울이며 채쳐 물었다.

"절단 수술을 좀 해 달라구요."

"저런!"

"그럼 어떡헙니까, 사람이 죽겠는데."

"그래 어떻게 됐습니까?"

아키코 부인이 앞으로 바싹 다가앉았다.

"이 원장이라는 자가 하는 수작을 좀 들어 보십시오. 소위 왈 의사라는 작자가 하는 수작을 좀 들어 보십시오. ─'너는 비국민이니까…… 황국의 적이니까…… 내 자의루 수술을 해 줄 수 없다. 그러니 사법 대신의 특별 허가를 맡아 오너라.'"

오무라 부부의 얼굴에 다 같이 이름 못 할 분격의 빛 같은 것이 서리었다.

"도쿄가 미군의 폭격으루 불바다가 된 판에 사법 대신의 특별 허가란 게 되기나 할 소립니까! 그럭저럭 또 서너 달이 지났습니다. 고통스럽기 짝이 없는 서너 달이었지요. 그런데 내가 살 운수가 뻗쳤던지 아니면 하늘이 굽어살폈던지…… 그 개만두 못한 원장 녀석이 갈려 가구 새 원장이 오잖았겠습니까. 그 새 원장의 이름을 나는 영원히 기억하구 있을 겁니다. ─히로다 요쓰구마(廣田四熊)!"

"히로다 요쓰구마…… 어떻게 씁니까?"

오무라 선생이 이렇게 물으며 만년필을 집어 들어서 나는 '넓은 밭, 네 마리의 곰' 글자를 대주고 나서 다시 이야기를 계속하였는데 그 내용을 대강 간추리면 아래와 같다.

나는 정치범이었으므로 '엄정 독거(嚴正獨居)'라는 명목으로 독감방에 수용되어 다른 수인들과의 접촉이 엄격히 금지되어 있었다. 한 주일에 두 번씩 하는 목욕도 독탕에서 해야 하고 (여름에는 사흘에 한 번 겨울에는 나흘에 한 번) 그리고 병원에 입원을 해도 독병실에 혼자 갇히워 있어야 하였다. 진찰실에서 진찰을 받을 때도 다른 형사범들과 같이 장의자에 앉지 못하고 혼자 벽을 향하고 따로 서 있어야 하였다. 나를 압송하는 것은 일반 간수가 아니고 간수 부장이었다. 다른 간수들은 수인을 한꺼번에 칠팔 명씩, 십여 명씩 거느리고 다녔지만 나는 언제나 간수 부장과 1대 1이었다. 이것은 나만이 아니고 무릇 정치범들은 다그런 '황송한 특별 대우'를 받아야 하였다. 페스트 환자, 콜레라 환자취급을 받아야 하였다. 정치범 외에도 흉악범인, 즉 수시로 간수를 습격할 염려가 있는 수인들은 다 그런 대우를 받아야 하였다.

새로 부임해 온 원장은 쉰 살가량의 아주 가냘프게 생긴 이로서 무테안경을 썼었다. 그는 나를 압송해 온 간수 부장더러 벽을 향하고 혼자 따로 서 있는 나를 가리키며 "이리 데려오시오." 예사롭게 말하였다. 간수 부장이 좀 당황한 듯 "저 이건 엄정 독겁니다 원장님." 하고대답을 올리니, 원장은 "응 그래?" 하고 안경 너머로 나를 한눈 여겨보고 나서 형사범들을 압송해 온 간수에게 손짓하였다.

"하나씩 차례루."

맨 나중에야 내 차례가 되어서 나는 비로소 새 원장 앞에 나섰다.

"어디가 아픈가?"

나는 옷 위로 상한 다리를 가리켜 보였다.

"총상…… 벌써 삼 년쨉니다."

"총상?"

새 원장은 나를 흉악한 살인강도로 지레짐작한 모양이었다. 그런 기색이 얼굴에 현연히 나타났다. 내 가슴에 붙어 있는 번호표를 한눈 보자 그는 부지런히 카르테를 뒤져서 '1454'—나의 번호를 찾아내었다. 다음 순간 그의 얼굴에는 놀라는 기색이 스쳤다. 죄명란에 적혀 있는 것은 생각지도 않은 '치안유지법 위반'—정치범이었기 때문이다. 나는 기회를 놓칠세라 얼른 말문을 열었다.

"의술은 인술이라구 합니다. 내 이 다리의 총상이 제대루 치료를 받지 못해서 삼 년째 이렇게 썩어 가는 것을 뻔히 보면서두 그전 원장은 사법 대신의 특별 허가를 맡아 오라구 전연 가망성이 없는 난문제를 내세워 가지구 내 정당한 요구를 거절했습니다. 절단 수술을 해 달라는 박부득이(迫不得已)한 요구마저 거절했단 말입니다. 과학자적 양심이 조금이라두 있는 의사라면 어떻게 환자의 정치적 신념이 자기하구 다르다구 해서 의사로서 마땅히 해야 할 일을 게을리하겠습니까. 어떻게 환자를 죽으라구 그냥 내버려 두겠습니까."

나의 이 열렬한 부르짖음에 귀를 기울이고 있던 새 원장—히로다 요쓰구마 선생은 내 말이 다 끝나기를 기다려서 담담한 어조로 말하는 것이었다.

"말하는 취지는 잘 알았으니…… 오늘은 일단 그냥 돌아가두룩. 내 좀더 생각해 보구 나서 조처할 테니까."

그로부터 닷새 후에 나는 설비가 보잘것없는 감옥 병원에서 대퇴부 절단 수술을 받았다. 담당 의사는 물론 히로다 선생이었는데 그 조수 노릇을 한 것은 젊은 준의사(准醫師) 하나와 수인(囚人) 간호원 둘이었다.

나는 어머니와 누이동생을 안심시키려고 수술받은 경과를 곧 집에다 알리었다. 수인들은 한 달에 한 통씩 봉함엽서로 가족에게 편지를 쓸 수 있었다.

그런데 불행한 것은 히로다 선생이 나에게 수술을 베푼 뒤 석 주일도 채 못 되어 지병인 복막염이 도져서 세상을 뜬 것이었다. 히로다 선생은 병석에서 우리 누이동생의 감사의 편지를 받고 그 따님을 시켜서 답장을 써 보내었다……

"그러니 내가 어떻게 히로다 요쓰구마 선생을 잊을 수 있겠습니까."
"지당한 말씀입니다. 정말 아름다운 이야깁니다."
"그러나 이야기는 아직두 끝나지 않았습니다. 내 수술을 거들던 수인 간호원 하나와 내가 맺었던 우정에 대해서 이야기를 해야겠습니다."
이렇게 허두를 떼어 놓고 나는 다시 천천히 이야기를 계속하였다.

스물다섯 살 먹은 그 수인 간호원은 이름을 스기우라 슌스케(杉浦俊介)라고 하는데 감옥에 들어오기 전에는 해군 소위였다. 직속상관인 중위가 공연히 자꾸 트집을 잡아 못살게 구는데 참을 줄이 끊어져서 그는 분김에 차고 있던 단검을 빼서 한번 콱 찔렀다는 것이다. 그러니까 상관을 찔러서 부상을 입힌 것이다. 그 죄로 그는 군법회의, 즉 군사재판에서 7년 징역형을 언도받고 나가사키 형무소 이사하야 본소에 와 복역을 하는 중이었다. (나가사키 시내에 있는 형무소의 지소(支所)는 그 후 원자탄을 맞고 완전히 파멸되었다.) 스기우라는 제국 군인의 자존심이 있었으므로 다른 형사범—파렴치범들과 대등으로 추측하는 것을 수치스럽게 여기고 있었다. 하물며 그는 장교 출신이다. 그러던 차에 나를 만나게 되었으니 어찌 마음을 트지 않을 것인가.

스기우라와 나는 곧 가까운 벗으로 되었다. 너나들이를 하게 되었다. 그의 누이동생도 우리 성자처럼 국민학교 선생이었으므로 우리는 집에서 온 편지를 서로 바꾸어 보았다. 옥중의 수인들에게는 집에서 온 편지가 무엇보다도 소중하였다. 스기우라는 병원 안에서만은 행동이 어느 정도 자유로운 간호원이고 나는 '엄정 독거'였으므로 다른 수인들의 눈을 꺼릴 것이 없어서 서로 접촉하는 데 편리한 점이 많았다.

일본 감옥 병원에서는 환자의 정상에 따라 하루에 우유 한 고뿌를 공급하거나 콩물 한 고뿌를 공급하게 되어 있었다. 그런데 직접 그 일을 맡아 하는 것은 스기우라였으므로 나는 우유도 받고 콩물도 받고 두 가지를 다 받아먹었다.

"그까짓 콩물 한 고뿌!" 하고 대수롭지 않게 여길 사람이 있을지도 모르겠지만 그것은 잘 모르는 소리다. 먹을 것이 극도로 결핍한 수인들에게 있어서 가외로 얻는 한 고뿌의 콩물은 인삼 녹용 맞잡이로 귀중한 것이기 때문이다.

스기우라가 하루는 의논을 걸어왔다.

"너 나 영어 좀 가르쳐 주겠니?"

"어렵잖지."

"앞으로…… 영어가 필요하겠지?"

"필요하다마다…… 더 말할 게 있나."

"그럼 좀 부탁한다."

"오케이!"

이때는 벌써 대일본제국의 해군 소위도 패전의 냄새를 어렴풋하게나마 맡고 있었던 것이다. 연합군이 상륙하면 영어가 필요하리라는 것을 희미하게나마 깨달았던 것이다. 이리하여 팔로군의 한 간부가 제국 해군의 한 장교에게 감옥 안에서 영어를 개인 교수 한다는 기묘한 국면이 벌어졌다.

스기우라는 간수 몰래 목욕물 데우는 증기에다 고구마를 쪄서 한 밥통씩 나에게 갖다주었다. 더 말할 것도 없이 그것들은 다 훔친 것이다. 그 고구마 맛을 40년이 지난 지금도 나는 잊지 못한다. 그것은 이 세상에서 제일 맛있는 산해진미였다!

어느 날 나는 허허실실로 스기우라에게 청을 한번 들어 보았다.

"오이, 스기우라, 너 어디서 아무 책이구…… 책 좀 구할 수 없겠니? 볼 책이 없어서…… 정말 죽을 지경이다야."

"바보 같은 게, 진작 말하지― 기다려!"

스기우라는 득돌같이 달려가더니 잠시 후에 먼지가 켜켜이 앉은 잡동사니 책을 한아름 안고 달려왔다.

"야, 고맙다! 인제 살았다!"

"창고 속에 얼마든지 무져 있다. 다 보면 내 또 갖다주마."

행동의 자유를 완전히 구속당한 철창 속에서 정신의 식량까지 이렇게 무더기로 공급해 주는 스기우라를 내가 어찌 감지덕지 아니 하랴!

어느 날 스기우라가 식기구(食器口)로 나를 들여다보며 소근소근 묻는 것이었다.

"네 보긴…… 일본이…… 질 것 같니?"

"꼭 진다. 시간문제다."

내가 확신을 갖고 잘라 말하니 스기우라는 아름이 찬 듯 한동안 말을 못 하다가 무서운 일 물어보듯 묻는 것이었다.

"꼭 진다구? 꼭 지면…… 그럼…… 우린 어떻게 되니?"

"어떻게 될 것 있니? 더 잘 살게 되지!"

"정말이냐?"

"두구 보렴."

내가 스기우라에게 단언을 한 지 석 달 만에 일본은 무조건 항복을 하였다. 히로히토 천황의 그 알아듣기 어려운 반벙어리 소리로 항복 선언이 방송되던 날 오후부터 감옥 안에서는 방공호를 파는 작업이 중지되었다. 어리석은 것들이 망하는 그 시각까지 무얼 얻어 처먹겠다고 기를 쓰고 방공호를 파고 있었던 것이다.

내가 이야기를 하고 있는 중간에 오무라 선생이 "일본이 꼭 진다는 그런 신념을 갖구 계셨단 말씀이지요." 하고 경탄의 눈으로 나를 바라보아서, 나는 "네, 일본 필패의 확고한 신념은 시종일관 추호두 동요돼 본 적이 없었습니다." 대답한 뒤 한번 싱긋 웃고 나는 다시 말을 이었다. "히틀러가 패망한 뒤에 난 누이동생에게 편지를 썼습니다. 멀지 않아 내가 돌아가서 어머니를 모실 테니까 조금만 더 참아 달라구 말입니다. 걔가 시집을 가게 되면 연로한 홀어머니를 어떡허겠습니까. 그게 걱정이 돼서였지요. 한데 뜻밖에두 그 편지는 전연 엉뚱한 역효과를 가져왔습니다. 물론 이것두 나중에 전쟁이 끝난 뒤에 귀국을 해서 안 일입니다만 우리 누이동생은 학교에서 그 편지를 받아 보구 눈물을 흘리며 집으루 돌아왔답니다. 그리구 어머니하구 모녀 목을 그러안구 대성통곡을 했답니다. 오빠가 감옥에서 고통을 견디다 못해 정신 이상에 걸렸다구 말입니다. 분명히 나올 수 없는 오빠가 멀지 않아 돌아오겠다구 조금만 더 참아 달라니 이게 그래 정신이 온전한 사람이 하는 말입니까? 우리 누이동생은 대일본제국을 하늘루 아는, 빈틈없는 '황국 신민'이었거든요! 정치적 안광이란 게 꼬물두 없었단 말입니다."

오무라 부부는 이 단락에서 서로 마주 보고 혼연해하는 웃음을 웃었다.

나의 이야기는 다시 원줄기로 돌아온다. 해군 소위 스기우라와 내가 감옥 병원에서 환난을 같이 겪던 데로 돌아온다.

"야, 인제 우리가 정말 나가게 됐다!"

"집에서들두 아마 굉장히 좋아할 게다."

"넨장할, 난 인제 다시는 군복을 안 입겠다. 그 지긋지긋한 놈의 군복!"

"군복은 안 입더라두…… 상선 같은 거야 탈 수 있잖니."

스기우라와 나는 흥분하여 이런 말을 주고받았다. 우리들의 마음은 벌써 감옥의 높은 담을 거침새 없이 날아 넘고 있었다. 그러던 어느 날 스기우라가 와서 나를 들여다보고 킥킥거리며 말하는 것이었다.

"야, 네 그 다리 묻어 놓은 걸…… 개들이 들어와 싹 다 파헤쳤다. 서루 물어 가겠다구 쌈질하는 걸…… 내가 마구 때려 쫓았다. 묻을 때 아마 너무 옅게 묻었나 봐. ─네 뼈다귀…… 한번 보겠니?"

나는 들었다 보았다 하고 "오냐오냐." 그를 재촉하였다.

"빨리 가서 가져오나! 어디 좀 보자. 개한테 또 뺏기진 말아!"

스기우라는 해군 소위식 동작으로 민첩하게 행동하여 불과 몇 분 후에 내 그 백골화한 다리를 새끼오래기에 매어 들고 신바람이 나서 돌아왔다. 무슨 보물이라도 발굴해 낸 것 같았다. 뼈는 희지 않고 거뭇거뭇하였다. 옅게 덮인 흙으로 노상 빗물이 스며들어서 썩은 모양이었다. 그래도 무릎마디와 복사뼈와 발가락들은 다 깔축없이 고스란하고 온전하였다. 나는 제 해골의 일부를 눈앞에 보는 것이 신기해서 웃고,

스기우라는 나에게 희한한 구경을 시켜 준 것이 대견해서 웃고……
민족이 다른 두 젊은 친구는 잠시 옥중인 것도 잊어버리고 유쾌하게
웃음통을 터뜨렸다…….

나의 이야기가 이 단락에 이르렀을 때 오무라 부부의 얼굴에는 다
같이 처참한 빛이 떠올랐다.

"그런 짓궂은 짓을……." 하고 오무라 선생이 말끝을 흐리어서, 나
는 "다들 청춘 시절이었으니까요." 하고 한번 껄껄 웃고 다시 이야기
의 원길로 잡아들었다.

10월 9일, 일본 전국의 정치범들이 일시에 석방되었다. (도쿠다 큐이
치(德田球一), 시가 요시오(志賀義雄), 미야모도 겐지(宮本顯治) 등도 다 같은 날 석방되
었다.) 연합군 사령부의 명령이 떨어진 것이다. 나가사키 형무소의 근
2천 명 수용자들 가운데서 정치범이라는 것은 겨우 넷밖에 없었다. 그
넷 가운데서도 일본 사람은 하나밖에 없고 나머지 셋은 다 조선 사람
이었다. 그 조선 사람 셋 중에도 공산당원은 나 하나뿐이고 나머지 둘
은 다 민족주의자 김구 선생의 부하였다. (그중의 한 사람 송지영은 후에 한
국방송공사─KBS의 이사장으로 되었다.)

출옥할 때 신문기자들이 와서 취재를 하였는데 이튿날─10월 10일
〈나가사키신문〉에는 조선 독립의 투사 아무개가 어찌고어찌고 하는
기사가 실렸었다. 바로 어제까지도 '비국민'이라고 죽일 놈 살릴 놈 하
던 것이 하룻밤 사이에 '조선 독립의 투사'로 변하는 것을 보고 우리
는 쓴웃음을 웃었다. 일본 신문기자들의 손바닥을 뒤집은 것 같은 둔
갑술에 '경탄'을 한 것이다.

나는 극도의 영양 부족과 결핵균의 감염으로 수술한 자리가 몇 달이 되도록 아물지를 아니하여 출옥할 때 감옥 병원에서 임시 처치할 알코올 한 병과 탈지면 한 봉지를 얻어 가지고 나왔다. 스기우라는 간수 부장이 지켜보는 앞에서 알코올 병과 탈지면 봉지를 내 양쪽 호주머니에 하나씩 넣어 주었다. (나는 송엽장을 짚었으므로 아무것도 손에다는 들고 다닐 수가 없었다.) 그리고 눈물이 글썽하여 작별 인사를 하였다.

"몸조심…… 잘 가라."

그의 실심한 얼굴을 보자 (그도 나랑 함께 석방이 될 줄 알고 있었던 것이다) 나는 너무도 언짢아서 그와 함께 감옥에 떨어져 있을까 하는 미친 생각까지 났다. 나는 남을 동정하면 자기라는 것을 잊어버리는 성질이었다.

"너두 곧 풀려나게 될 거니까…… 안심하구…… 견지해!"

이것이 내가 스기우라에게 한 마지막 말이었다.

그때로부터 40년이 지난 오늘까지도 나는 옥고를 같이 치른 나의 친구 스기우라 슌스케가 어떻게 되었는지 그 소식을 감감히 모르고 있다.

감옥의 철문을 나서기 전에 저장고에 보관되어 있던 곰팡내 풍기는 보따리를 찾아서 펼쳐 보니 헌옷가지 속에 헌 신발 두 짝이 들어 있었다. 나는 그 필요 없게 된 한 짝을 콘크리트 바닥에 동댕이치고 나머지 한 짝만 발에 꿰고 나왔다.

오무라 부부는 나의 이야기가 끝이 나자 긴장감에서 풀려난 듯 가볍게 숨을 몰아쉬었다. 일본에는 내가 미워하는 원쑤도 있고 또 내가 사랑하는 벗도 있다는 것을 그들은 똑똑히 알았을 것이다.

내가 가는 인사하고 일어나니 오무라 선생은 얼른 앞서 나가 내 신발을 신기 좋게 돌려놓아 주었다. 그러나 신발이 한 짝만 있고 다른 한 짝은 보이지가 않아서 그는 어찌할 바를 몰라 하였다. 내가 웃으면서 "본래 한 짝뿐입니다." 하고 일깨우니, 오무라 선생은 비로소 깨도가 되어서 "오 참 그렇지!" 하고 내외 같이 거뜬한 웃음을 웃는 것이었다.

〈송화강〉 1985년 5월

극단 예술

지금으로부터 33년 전에 연변 문련(당시는 작가협회가 아직 성립되지 않았음)에서는 내가 쓴 소설 한 편을 합평한 일이 있었다. 문련이라야 호랑이 담배 먹을 적이었으므로 전원 여섯 명밖에 안 되었지만 그래도 합평은 합평대로 하였었다.

그 소설의 제목이 무엇이었던지는 강산이 서너 번씩 변하는 통에 까먹어서 생각이 나지 않으나 하여튼 합평의 결과는 아주 맥살이 나는 것이었다. 임효원(임호), 최현숙, 김동구, 차창준 등 여러 동업자들이 일치하게 부정적 반응을 보인 것이다. 그도 그럴 것이 작자는 동떨어진 수법, 즉 초특급 낭만주의적 수법으로 작품을 처리하였었기 때문이다. 왕가물이 든 농촌을 지원하려고 시내 사람들이 일떠나 각 집의 물 자아 먹는 펌프를 뽑아 들고 농촌으로 달려 나오는 기발한 화폭을 펼쳐 놓았던 것이다.

30여 년이 지난 지금도 간혹 그 초특급 낭만주의적 수법으로 처리하였던 작품에 생각이 미치면 나는 부끄러워서 겨드랑이 밑에 식은땀이 내돋곤 한다.

그런데 매우 불행하게도 우리 민족에게는 '세 살 적 버릇이 여든까지 간다'는 속담이 있다. 더욱 불행한 것은 그 속담이 왕왕 명사수의 명중탄처럼 잘 들어맞는 것이다.

유감천만한 일이기는 하지만 나의 경우에도 그 속담은 들어맞는 모양이다. 젊은 시절의 그 초특급 낭만주의가 환진갑이 다 지난 지금도 가끔 들먹들먹하여서 사람을 당혹하게 만드니까 말이다.

요즘 일부 자전거방들에서 '바람 한 번 넣는데 3전'이란 패찰을 내붙인 것을 보고 나의 소설가적 환상은 또 한번 훨훨 나래 쳤다.

그전에는 다 자전거방에를 가면 바람은 거저, 즉 무료로 넣기 마련이었다. 해방 후 북경에 있을 때의 일이다. 어떤 자전거방에서 밤에 빈지를 들인 뒤에는―자는데 바람 넣을 사람이 와서 문을 두드릴까 봐 그러는지―펌프를 쇠사슬에 매어서 밖에 내놓고 잘 보이라고 파란색의 전구를 낀 장명등까지 켜 놓는 것을 나는 보았다.

그러므로 그 '한 번에 3전'이라는 극단적 돈벌이주의의 상징도안 같은 패찰이 마음에 들지 않았다. 마음에 들지 않으니까 자연 직업적 본능으로 머릿속에 구상이 떠오를밖에.

어떤 사람이 자전거를 타고 가다가 뒷바퀴에 바람이 빠져서 탈 수 없게 된다. 자전거방에 들러서 바람을 넣으려 하니 3전을 내라고 한다. 그런데 공교롭게도 그 사람은 잊어 먹고 지갑을 집에다 두고 왔다. 사정을 말하니 자전거방 주인은 들어주지 않는다. 할 수 없이 그 사람은 바람 빠진 자전거를 밀고 터벅터벅 걸어간다…….

상상은 더 엉뚱한 비약을 한다―.

엄동설한, 눈에 덮인 무연한 벌판, 어떤 사람이 거의 얼어 죽게 되어서 천신만고로 삭정이는 긁어모았으나 성냥이 없어서 불을 피울 수가 없다. 이때 사람 하나가 지나간다. 얼어 죽게 된 사람이 지옥에서 부처를 만난 것같이 반가와하며 성냥을 좀 빌자고 하니 그 사람은 성냥값부터 내라고 한다. 귀한 물건은 비싼 것이 상품 판매 시장의 법칙이므로 10원을 내라고 한다. 그러나 얼어 죽게 된 사람은 10원은 고사하고 단돈 10전도 몸에 지닌 것이 없다.

"그렇다면 할 수 없지."

성냥 임자는 이렇게 한마디를 홀뿌리고 뒤도 돌아보지 않고 제 갈 길을 가 버린다…….

춘삼월 눈이 녹을 때 사람들은 얼어 죽은 시체 한 구와 삭정이 한 무더기를 그곳에서 발견한다.

'세 살 적 버릇이 여든까지 간다'는 전통적인 원리에 따라 나의 구상은 손오공처럼 거침새 없이 비약한다. 돈벌이에 눈이 어두워서 냉혈동물이 되어 버린 '돈벌이 극단 예술가'의 형상을 상상의 영사막에다 이와 같이 그려 본다. 이것은 물론 작품 창작 영역에서의 극단 예술이 낳은 산물이다.

50년 전에, 즉 본 세기 30년대에 상해에 있을 때, 나는 상해 명소의 하나인 대세계(상해말로는 따스까) 유락장에를 몇 번 드나들어 보았다. 10전 내고 입장권 한 장만 사면 하루 종일 시간의 제한을 받지 않고 들어가 놀고 구경하고 할 수 있었다. 영화건 연극이건 재담이건 가무건 마술이건 무엇이나 다 마음대로 돌아다니며 관람하게 되어 있었다. 웃음거울 같은 건 더 말할 것도 없는 일이다. 무엇을 사 먹는 외에는 모든 관람료가 다 포함되어 있다는 이야기가 되는 것이다.

그런데 우리 이곳 공원에서는 입장료 외에 웃음거울 관람표라는 것을 따로 받는다. 이것이 넓은 세상을 보아 온 내 마음에 들 리 없다. 그러니 자연히 또 직업적 본능으로 구상의 날개를 펼치는데 이번에는 역시 묵은 버릇으로 극단 예술적 표현 방법이 채용된다.

공원 책임자에게 한 '돈벌이 극단 예술가'가 헌책(獻策), 즉 계책을 드린다.

"……아니 그럴 것 없이 원숭이를 보는 데두 표를 사라구 합시다. 사자, 곰, 호랑이, 오소리, 여우…… 그리구 독수리, 공작, 물오리, 고니, 원앙, 사슴, 노루, 낙타, 미국 돼지…… 다 따루따루 표를 사라구 합시다. 꽃이나 금붕어를 보는 것두 물론 표를 따루 사야 하구, 그리구 장의자에 앉는 것두 한 시간에 30전씩 세를 받기루 합시다. 이렇게 하면 불과 몇 달 안으로 우리는 돈더미 위에 올라앉게 될 겁니다. 어떻습니까? 묘안이지요……. 그래 이게 신통한 고안이 아니구 뭡니까? 히히……."

유감스럽게도 나의 천재적 구상은 때 아닌 방문객─길림신문사 기자 양반의 내방으로 형체 없이 깨어지고 말았다. 젠장할!

<길림신문> 1985년 5월 14일

인육 병풍

사기(史記), 즉 역사적 사실을 적은 책들을 읽어 보면 재미나는 이야기가 많고도 많다. 어느 통치배가 인간의 호사를 다한 나머지에 ─ 그것만으로는 종시 성에 차지 않아서 ─ 마침내는 '인육 병풍'이라는 것을 고안해내 가지고 사람들에게 자랑을 하였다는 대목을 읽고 나는 기가 막혀서 벌린 입을 다물지 못하였다. 호사로 방 안에다 병풍을 둘러치는데 산수화를 그린 산수 병풍 대신에 젊고 고운 시녀들을 죽 둘러 세웠다는 것이다. 산 사람의 고기로 된 병풍이니까 인육 병풍이라는 것이다. 겨울에 찬 기운을 막는 데는 이보다 더 좋은 병풍은 없다고 호기를 부렸다니 사람이 하품을 아니 칠래야 아니 칠 수가 없다.

이왕 병풍 이야기가 난 김에 희한한 병풍 이야기 하나를 더 해 보자.

우리 작은 외할아버지란 이가 본 세기 20년대에 물상객주를 경영하여 천량을 좀 모았었다. 물상객주란 장사아치들의 거간 노릇을 주로 하는 객주를 말하는 것이다. 그 당시 러시아의 10월혁명으로 조선에도 적잖은 백파(白派), 즉 백계노인(白系露人)들이 몰려나와 갈팡질팡하고 있었다. 그자들이 당장 먹고 살기 위하여 걸머지고 나온 차르 러시아의 쌍독수리가 찍힌 지전들을 헐값에 파는데 분홍색의 10루블짜리는 1전씩에, 하늘색의 5루블짜리는 단돈 5리씩에 마구 팔았다.

볼셰비키가 망하면 도로 제값을 받는다고 그놈들이 드립다 불어 대는 바람에 행여나 해서 적잖은 사람들이 그 지전을 사들였다. 우리 그 작은 외할아버지란 양반도 그 소리에 귀가 솔깃하여 볼셰비키가 망하면 벼락부자가 되어 볼 생각으로 한 반 마대 착실히 사들였었다. 그런데 이제 곧 망할 거라는 그놈의 볼셰비키가 어디 생전 망해 줘야 말이지! 한 달을 기다리고 또 두 달을 기다려도, 일 년을 기다리고 또 이태를 기다려도…… 망할 기미는 전연 보이지를 않으니 사람이 속이 탈 노릇이 아닌가!

끈덕지게 10년을 기다린 끝에 마침내 우리 그 작은 외할아버지는 아주 체념을 하고 1928년 가을―내가 소학교 5학년 때―딱지 삼아 가지고 놀라고 일인당 150루블씩―10루블짜리 10장과 5루블짜리 10장씩―우리들에게 노나주었다. 종이의 질도 워낙 좋으려니와 인쇄도 아주 정교로와서 지전이자 곧 예술품인데 더구나 마음에 드는 것은 그 모두가 손이 베질 듯한 새 돈인 것이었다. 차르의 은행에서 무더기로 꺼내다가 한 번도 써먹어 보지 못한 것들이었다.

나는 15루블을 주고 2전짜리 깨엿 한 가락을―피동적으로―바꾸어 먹었다. 늙은 엿장수가 저의 손자 갖다주겠다고 청을 들어서 아깝기는 하지만 마지못해 1루블을 선사하였더니 그 사례로 깨엿 한 가락을 집어 주어서였다.

그 후 우리 그 돈밖에 모르는 작은 외할아버지는 천재적 영감에서 오는 기발한 착상으로 산수 병풍도 아니고 인육 병풍도 아닌 '지전 병풍' 즉 종이돈 병풍을 만들기로 하였다. 표구사를 불러다가 반달 걸려 만들어 낸 그 열두 폭짜리 병풍은 보고 혀를 내두르지 않는 사람이 없을 정도로 휘황찬란한 것이었다. 분홍색 10루블과 하늘색 5루블을 재치 있게 배합하여 꾸며 낸 걸작품이었다. 돈에 미친 인간들이 한번 해 봄 직한 장난이었다. 그런데 이것이 소문이 널리 나서 그 후부터는 동네에서 무슨 잔치가 있을 때면 의례건으로 이 지전 병풍을 빌어다가 둘러치게들 되었다. 재수 사망이 대천바다에 물밀듯 하라는 미신적 관념이 작용을 하였음은 더 말할 것도 없는 일이다.

위에서 서술한 것은 지금으로부터 반세기 이전에 있은 이야기다. 그런데 이 근년에 와서 나는 이따금 '이거 나두 무슨 병풍 같은 존재가 아닌가?' 하는 생각이 들곤 한다. 그도 그냥 무슨 보통 병풍이 아니라 인육 병풍 따위 심상찮은 병풍이 된 것 같으니 큰일이다. 젊고 예쁜 시녀들로 꾸며진 인육 병풍은 보기나 아름답지. 정년퇴직을 한 노인들로 꾸며진—전 부장, 전 국장, 전 주석 따위로 꾸며진—인육 병풍이야 무슨 볼품이 있을 거라구!

시내 어느 집에 무슨 잔치가 있을 때면 나도 포함된 이 노인들은 의례건으로 불리워 가서 경사스럽게도 상좌에 둘러앉아 빌어 온 병풍 노릇을 해야 하니, 이게 그래 딱한 노릇이 아니고 무언가! 물론 잔칫집 주인의 심정은 헤아리고도 남음이 있다. 모모한 명사들을 모셔다 앉힘으로써 경사로운 잔치가 보다 더 생광스러워지기를 바라는 마음에서 일 것이다. 그러나 이른바 명사로 된 덕에—우리 작은 외할아버지네 그 지전 병풍처럼—이리 불리워 가고 저리 불리워 가고 하는 명사 양반들의 속에는 다 남모르는 고통이 있다는 것도 좀 알아주어야 할 것이다.

청하는데 안 가면 섭섭해할거니와 일단 청하면 죽어도 아니 응하지 못하는 것이 우리 인간 세상의 불문율인즉 우리 늙은 인육 병풍들은 일반적으로 울며 겨자 먹기를 아니 할 수 없는 형편이다. 잔치의 범위를 줄여서 집안끼리 하는 것이 제일 이상적이고 그러지 못할 경우에는 당사자들의 소속한 부문에서 적당히 하는 게 좋지 않을까?

상술한 바와 같이 잔치 때 이른바 명사들을 모셔 가고 모셔 오고 하는 것도 사회적 폐단의 하나로 된 모양이니 역시 개혁의 손을 댈 필요가 있지 않을까?

앞으로 죽는 날까지 이런 인육 병풍 노릇을 얼마나 더 해야 할지 알수 없으니 "아이구, 답답한 이내 가슴이야!"

〈연변일보〉 1985년 7월 7일

나의 양력설

나는 열한 살이 되어서야 비로소 이 세상에 양력설이라는 것이 있다는 것을 알게 되었다. 그전에는 세뱃돈으로 딱총을 사다 터뜨리고 그리고 떡국을 먹는 설―음력설만이 인류의 유일한 설인 줄 알고 있었다.

내가 '우편'과 인연을 맺게 된 것도 바로 그때의 일이었다. 나의 '처녀 우편'은 심상찮게도 연하장으로 시작되었다. 당시는 엽서 한 장이 1전 5리―닭알 한 알 값이었으므로 3전―닭알 두 알 값을 주고 두 장을 사다가, 무슨 뜻인지도 잘 모르는 '근하신년' 넉 자를 한문자로 그려서 우체통에 갖다 넣었다. 단짝 친구 셋이서 서로 연하장을 내자고 한 약속을 이행한 것이었다. 그런데 뜻밖에도 내가 양력설날 받은 연하장은 두 장이 아니고 네 장이었다. 의아쩍게 여기며 찬찬히 살펴보니 두 장은 분명히 단짝들에게서 온 것이었다. 그러나 나머지 두 장은―하느님 맙소사―내가 '손수' 써서 '친히' 우체통에 갖다 넣은 것들이었다.

'이게 대체 어찌된 놈의 감투끈인가?'

정신을 수습해 가지고 사고의 원인을 면밀히 분석해 본즉―또 한번

하느님 맙소사―수신인과 발신인의 주소 성명을 바꾸어 적지 않았는가. (그러니 되돌아올 수밖에!)

나의 첫 양력설, 첫 우편은 이렇게 유쾌하게 유명짜하게 시작이 되었다.

중학생이 된 뒤에는 해마다 양력설에 대단한 결심을 내렸다.

'새해부터는 꼭 일기를 써야지.'

그래서 '웅변은 은이고 침묵은 금이다' 또는 '인생은 짧고 예술은 길다' 따위 격언들이 찍혀 있는 그럴듯한 일기장을 사다 놓고 양력설이 와 주기만을 고대하였다. 그러나 해마다 그 식이 장식으로 단 두 주일도 일기를 제대로 적어 본 적은 없었다. 그러니까 1년 365일에서 약 350일은 언제나 공백으로 남았다는 말이 되는 것이다.

'정월 초하룻날부터는 꼭 냉수마찰을 해야지.'

그러나 이것도 해마다 그 상이 장상으로 단 사흘도 견지해 본 적은 없었다. 심지어 어떤 해는 첫날 하루 하고 고만둔 일까지 있었다. 그러니까 무려 364일이―윤년이면 365일이―공백으로 된다는 말이 되는 것이다.

이와 같이 나는 항심(恒心)이 없는, 식은 조밥덩이 같은 푸실푸실한 소년 내지 청년이었다.

그러나 지금은 형편이 전연 다르다. 1년 365일을 거의 하루도 빼놓지 않고 공원 막바지에 가서 체조를 하니까 말이다. 영하 30도의 추위도 나를 막지를 못한다. 나의 이렇듯 강인한 의지력은 가열한 전쟁판과 감옥살이의 간난 속에서 단련이 된 것이다.

나는 해마다 연말에는 이듬해의 사업 계획을 세운다. 물론 그 계획이 100퍼센트로 다 완성이 되기는 어렵다. 왜냐면 계획과 실천 사이에는 언제나 일정한 거리가 있기 때문이다.

희망이란 무엇인가? 그것은 갈보다.
그녀는 누구에게나 추파를 던진다, 금시 모든 것을 다 내맡길 듯이.
하지만 그대가 가장 귀중한 것을 — 청춘을 — 다 바치고 나면
그녀는 그대를 툭 차 던지고 돌아보지도 않는다.

이것은 헝가리의 애국 시인 페퇴피 샨도르의 '희망의 노래' 중의 몇 구절이다. 그러나 시인은 또 잇달아 외친다.

하지만 절망이란 허망한 것, 희망처럼 허망한 것.

희망이 이루어지지 않는다고 절망을 하는 것은 어리석다는 뜻일 것이다.

매독의 특효약 살바르산을 속칭 '606호'라고 하는 것은 그것을 실험하는 과정에서 605번 실패하고 606번 만에 비로소 성공을 하였다고 해서이다. 피눈물 나는 실패를 605번을 거듭해 보라. 어떤가?

이 세상에 손쉽게 이루어지는 성과란, 거저먹기로 이루어지는 성과란 존재하지 않는다. 백절불굴(百折不屈)하는 정신이야말로 성공의 어머니다.

어느 과학자가 실험을 해 본 결과 다음과 같은 사실이 드러났다. 큰 어항에 꼬치고기를 잡아다 넣고 판유리로 간살을 지른다. 그런 연후에 간살 너머에다 먹이를 넣어 준다. 꼬치고기는 곧 먹이를 먹으러 가다가 판유리에 코를 부딪친다. 몇 번 해 보았으나 매번 다 코만 부딪치고

마니까 나중에는 아주 먹으러 갈 것을 단념한다. 이때 간살 지른 판유리를 살그머니 들어낸다. 그래도 꼬치고기는 여러 번 골탕을 먹은 까닭에 다시는 그 먹이를—거침새가 없는데도—먹으러 가지는 않는다.

우리는 이런 꼬치고기적 인간이 되지 말아야 할 것이다.

인생의 가치란 그가 또는 그녀가 사회에 얼마나 기여를 하였는가로 평가된다. 사회에 얼마나 이바지하였는가로 값 쳐진단 말이다. 일신의 안락만을 추구하는 인간은 개짐승 값에도 못 간다.

인류 사회의 진보를 위하여 전력을 다하는 인생은 보람찬 인생이고 자랑찬 인생이다.

버스를 놓치지 않겠다고 줄달음질치는 사람들을 볼 적마다 나는 약동하는 삶의 율동을 느낀다. 그러나 버스는 한 번 놓쳐도 또 다음 것을 바랄 수가 있다. 시간은 그렇지가 못하다. 시간은 한번 놓치면 영원히 사라져 버린다. 그러므로 젊은이들이 술을 마시고 트럼프놀이로 밤새움하는 것을 보면 나는 조급증이 나다 못하여 장탄식이 나온다. 남송(南宋)의 철학가이며 교육가인 주희(朱熹)의 글이 생각나서이다.

소년이로학난성 일촌광음불가경
少年易老學難成 一寸光陰不可輕
미각지당춘초몽 계전오엽이추성
未覺池塘春草夢 階前梧葉已秋聲

소년이 늙기는 쉬우나 학문을 닦기는 어려우니 일분의 시간도 헛되이 하지 말라. 못가의 봄꿈을 깨기도 전에 뜰 앞 오동나무 잎에는 벌써 가을바람이 분다는 뜻이다.

시대의 낙오자가 되지 않으려면—아는 것이 힘이니까—지식을 넓혀야 한다. 지식을 넓히려면 독서를 해야 한다. 되는대로 아무렇게나 흐리멍텅하게 일생을 보내지 않으려거든 아까운 시간을 살려야 한다. 바싹 다잡아야 한다.

〈길림신문〉 1986년 1월 1일

나의 처녀작

　나는 한평생 곡절 많은 길을 걸어온 사람이다. 그래서 그런지 나의 처녀작이란 것도 심상찮아서 육상 경기의 한 종목처럼 ―'삼단뛰기'로 되어 있다.

　서울서 중학교를 다닐 때 나는 〈조선문단〉이라는 잡지사에 '지원병'으로 참여하여 심부름을 다닌 일이 있었다. (물론 무보수다. 찻삯과 점심 값만은 나온다.) 동대문 밖 청량리 솔밭 속의 서양 별장으로 원고를 채근하러 가서 당시 신문 연재소설 〈마도의 향불〉로 유명하던 작가―방인근이 있어서 제 주제도 돌보잖고 나는 〈타락자〉라는 단편소설 명색 하나를 써서 '대담무쌍'하게 편집부에 한번 들여놓아 보았다. 그 결과는 예료(豫料) 이상으로 아주 간단명료한 것이었다.

　"이봐 총각, 이두 안 나서 뼈다귀 추렴부터 하겠나?"

　편집장 리학인 선생의 이 한마디 말씀으로 나의 처녀작 〈타락자〉는 보기 좋게 쓰레기통으로 직행을 하였다. 직행을 안 하면 도리어 괴변이지! 하지만 나는 지금도 그 편집장 리학인 선생을 대단한 인물로 평가한다.

이상이 나의 '처녀작 삼단뛰기'의 첫 단 뛰기이다. 다음은 둘째 단 뛰기다.

시간적으로도 공간적으로도 일대 비약을 하여 때는 1938년 가을, 곳은 일본 침략군의 폭격기 편대가 날마다같이 날아들어 폭탄을 퍼붓는 항전의 도시―무한.

민중의 항전 투지를 고무 격려할 목적으로 각 사회단체가 한구에 있는 청년회관에 모여서 연극 공연들을 하는데 우리 조선의용대에서도 단막극 하나를 올리기로 하였다. 헌데 불행하게도 그 각본을 맡아 쓰게 된 것이 다른 누가 아니고 바로 나였다. 당시 아마 우리 의용대에 인재가 씨가 졌던 모양이다. 그렇잖고서야 지도부에서 나를 지명하였을 리 만무하니까 말이다. 여자 하나도 등장하지 않는 순전한 '남성극'이었으나 그래도 '서광'―이름만은 그럴듯하였다. 극중에서 특무역을 담당한 사람을 물색하다가 중앙군교 광동분교 출신의 진경성이라는 친구를 골라잡았는데 이치가 대번에 "못 해, 못 해! 특무 역은 못 해. 용사 역은 해두 특무 역은 못 해. 죽어두 못 해. 못 한다면 못 하는 줄 알아!"하고 머리를 송충이 대가리 내두르듯 하여서 그것을 설복하느라고 숱한 사람이 입을 닳리기까지 하였다.

이런 장관의 연극을 무대에 올려 놓고 관객석에 쪼그리고 앉아서 보다가 나는 얼굴이 뜨뜻해나서 몸 둘 바를 몰랐다. 한마디로 말하여―형편이 없었다. 여럿 가운데 제일 못하였다. 문자 그대로 따라지였다. 그렇건만 항일 전쟁에 외국 벗들이 참전하였다는 정치적 의의를 평가해 주어서 이튿날 신문에 자그마하게 한 토막 좋다는 극평을 읽어 보고 우리는 다들 "야 그 잘난 연극을 또 괜찮다구 했다야. 희극이다!"

하고 계면쩍게 앙천대소를 하였다.

마지막 단, 즉 셋째 단 뛰기는 또 한번 시간적 공간적으로 일대 비약을 하여 때는 1945년 겨울, 곳은 해방이 된 지 겨우 서너 달밖에 안 되는 서울.

서술하는 순서가 좀 바뀌지만 이보다 앞서 나는 일본 감옥의 독감방 속에서 이 궁리 저 궁리가 많았었다.

'인제 다리가 한 짝 없어졌으니…… 나간대두 군인은 다시 못 할 게구. …… 어떡헌다?'

'에라, 모르겠다, 문학의 길루나 한번 나가 보자. …… 해서 안 될 일이 있을라구!'

이래서 나는—스물여덟 살의 젊은 나이였으므로—서울에 있는 누이동생에게, 철창 속에서 신음하는 오빠의 처참한 운명을 염려하여 비탄에 잠겨지는 누이동생에게, 호기스럽게 자신만만하게 편지를 띄웠다.

'사람의 정의는 '인력거를 끄는 동물'이 아니다. 다리 한 짝쯤 없어도 문제없다. 걱정 말아!'

여기서 서술의 순서가 다시 제대로 돌아온다.

서울에서 발간되는 반월간지 〈건설〉(주필 조벽암)에 실린 나의 단편소설 〈지네〉는 난생처음으로 활자화된 나의 처녀작이었는데, 그 내용인즉 군공을 많이 세운 어느 용사가 지네만 보면 무서워서 쪽을 못 쓴다는 우스운 이야기였다. 그것이 발표되자 작자인 나는 자아도취되어 대단한 걸작으로 생각이 들어서 아침부터 밤까지 구름을 타고 날아다니는 것 같은 기분이었으나 독자들의 반응은 그닥잖은 것 같았다. 까놓고 말하면 반응이 시들푸직하였다. 그때 나는 마땅찮아서 혼자 속으로 게두덜거렸다.

'눈은 있어두 망울이 없구나. 걸작을 몰라보고. 체, 가련한 인생들!'

이러나저러나 〈지네〉는 나의 40여 년에 걸친, 곡절 많고 풍파 많은 문학 항로의 첫 출범임에는 틀림이 없었다.

이상에 적은 것이 나의 심상찮은 처녀작이 삼단뛰기가 된 전말이다.

〈연변일보〉 1986년 1월 30일

강낭떡에 얽힌 사연

이 근년에 와서 우리 집은 물론이려니와 이웃에서들도 강낭떡을 쪄 먹는 것은 보지를 못하였다. 고마운 일이라 아니 할 수 없다. 아무리 '좋은 세상'이라고 아침부터 밤까지 염불 외우듯 외워도 실지로 배가 고프거나 또는 강낭떡 따위에 목을 매고 살아야 한다면 그런 공염불은 아무리 외워도 다 소용이 없는 법이다.

하지만 그렇다고 또 그 강낭떡을 무조건적으로 타박만 할 수는 없는 일이다. 경우에 따라서는 그 강낭떡이 생각 밖에 은을 내기도 하기 때문이다.

내가 강낭떡과 영광스러운 첫 대면을 한 것은 항일 전쟁 시기 태항산 항일 근거지에서였다. 난생처음 강낭떡이란 것을 멋도 모르고 한입 덥석 베물고 나는 곧 속으로 울부짖지 않을 수 없었다.

'아이구, 내 일생은 인젠 끝장이다! 이런 걸 먹구 사람이 어떻게 산단 말이!'

그러나 나의 이러한 비관주의는 오래지 않아 곧 시정이 되었다. 시정이라느니보다는 극복 또는 압도가 되었다. ― 끼니마다 통강냉이를 삶아 먹게 되었기 때문이다. 그제야 비로소 나는 전비(前非)를 톡톡히 뉘우쳤다.

'복에 겨워서 복을 몰랐었구나!'

지나간 한때 인위적인 재해로 우리들의 가정에 강낭떡이 등장을 하였을 때, 나는 가슴이 아파서 차마 보기 어려운 광경을 목도하였었다. 끼니마다 강낭떡을 들이대니까 철없는 어린아이들이 먹기 싫다고 밥투정을 하는데 엄마가 얼림수로 강낭떡을 가장 맛나는 체 떼 먹어 보이며 "아이고 맛있다! 아이고 맛있다! 요렇게 맛있는 걸 안 먹어? 어서 먹어라! 자 어서!" 이와 같이 아이들을 달래니, 어린것들이 "엄마는 제가 좋아하니까 우리한테두 밤낮 강낭떡만 쪄 준단 말이야!" 하고 그 엄마를 칭원(稱冤)하는 것을 보았던 것이다.

가엾은 엄마! 사랑하는 아들딸에게 먹이고 싶은 쌀밥을 먹일 수 없는 엄마의 안타까운 심정. ― 정직한 인간으로서는 차마 눈 뜨고 보기가 어려운 광경이었다. 이 세상에서 가장 고상하고 가장 희생적 정신이 강한 우리의 여성들은 이런 시달림 속에서 눈물을 속으로 흘리며 그 몇 해를 살아 나와야 하였었다.

내가 강낭떡을 크림빵보다도 증편보다도 카스텔라보다도 더 귀중하게 여기게 된 것은 그 유명짜한 무법천지 통에 추리구 감옥에 갇혔을 때의 일이다. 강낭떡을 아침에는 석 냥짜리 하나를, 그리고 점심과 저녁에는 각각 넉 냥짜리 하나씩을 먹고 살아야 하는데 부식물이라는 게 멀건 남새국 한 사발뿐이니까 양에 차지를 않아도 이만저만이 아니었다. 허구한 날 배가 차지 않는다는 것은 일반 사람으로서는 상상하기가 어려운 경지다.

배를 한번 잔뜩 불리워 보고 싶은 욕망이란 강렬하기가 짝이 없는 것이어서 그 무엇으로도 막아 낼 수는 없었다. 그래서 막다른 골목에 들어선 죄수들은 궁여지책으로 한 끼씩을 엇갈아 굶는 방법을 썼다. 즉 한 끼를 먼저 굶고 강낭떡을 남에게 꾸어 주었다가 나중에 받아서 한꺼번에 두 개를 먹거나, 아니면 먼저 두 개를 먹고 나중에 한 끼를 굶는 것이다.

미결 감방에서는 먼저 먹은 놈이 다음 때식때가 되기 전에 갑자기 이감(移監)이 되거나 석방이 되어서 꾸어 준 놈이 크게 낭패를 보는 수가 있지마는 기결수들 사이에는 그런 돌발 사건이 있을 수 없으므로 그 점만은 모두 안심들 하였다. 그렇지만 한 끼를 굶고 네 시간 동안 일을 하면서 다음 끼니때를 기다린다는 것은 결코 용이한 일이 아니었다. 허기증이 나서 나가너부러지는 놈까지 다 있었다. 더운물에서 건져서 찬물에 담그거나 찬물에서 건져서 더운물에 담그는 식으로 배를 불려 보았다 굶려 보았다 하는 것이 좋을 리가 없었다.

이 밖에도 또 여러 가지 방법을 시험들 해 보았으나 그 결과는 다 신통치가 못하였다. 워낙 절대량이 부족하기 때문이었다.

한번은 이른바 모범죄수들만 한 30명 골라 뽑아 데리고 돈화 거리로 공장 견학을 갔었다. 당일치기니까 점심 한 끼만 밖에서 먹으면 되었다. 겉치레 잘하는 감옥 당국에서는 바깥세상 사람들이 보는 데서 죄수들에게 식은 강낭떡을 먹이는 것은 볼품이 사납다고 떠나기 전에 미리 빵을 사다가 매 사람 두 개씩 노나주었다. 그리고 명백히 잘라 말하였다.

"점심시간에는 더운물만 공급할 테니까 다들 그런 줄 알라."

오전의 견학을 마치고 한낮 때가 되자 간수들은 죄수 견학단을 끌고 미리 교섭해 놓은 국영 식당에를 들어왔다. 한쪽 구석에 한 30명 앉을 자리가 마련되어 있었다. 다른 손님들이 구경스레 바라보는 가운데 죄수들이 자리잡아 앉자 곧 접대원들이 더운물 두 통과 빈 사발 서르나믄 개를 갖다주었다. 죄수들이 제각기 사발에다 더운물을 떠 가지고 상에 죽 둘러앉아 훌훌 마시기 시작하였다. 그러나 빵을 꺼내 먹는 놈은 하나도 없었다. 괴이쩍게 여긴 간수들이 구경하는 다른 손님들을 흘금흘금 곁눈질해 보면서 입속말로—도적놈 개 꾸짖듯—죄수들을 독촉하였다.

"무엇들 하구 있어? 어서어서 빵을 꺼내 먹지 않구!"

그러나 죄수들은 모두 고개를 숙이고 맹물만 마시고 있었다.

"어떻게 된 거야! 왜들 말이 없어?"

화증 난 간수가 어깨를 잡아 흔드는 바람에 할 수 없이 한 놈이 대답을 올렸다.

"저 아침에…… 다 먹어 버렸습니다."

간수들은 어이없고 기가 막혀서 서로 돌아보고 벌린 입을 다물지 못하였다. 단 한 놈의 예외도 없이 아침의 강냉떡 하나와 점심의 빵 두 개를 한꺼번에 다 먹어 버리고 그리고 모두들 빈손 털고 떠나왔던 것이다. 그러니까 속내 모르는 구경꾼들이야 감옥에서는 죄수들에게 점심을 먹이지 않고 맹물만 먹이는 줄로 알밖에! (정치적 영향이 얼마나 나쁜가!)

"죽일 놈들, 어디 보자!"

중인소시(衆人所視)에 핏대도 세울 수 없는 간수들은 모주 먹은 돼지 벼르듯 죄수들을 벼르기만 하였다.

그 10년 동안의 무법천지 통에 밖에 있는 사람도 갖은 곡경을 다 치렀는데 감옥 안에 갇힌 사람이야 더 말할 게 있을 건가!

감옥에서도 한 달에 두 끼씩은 쌀밥을 먹이는데 나는 매번 다 먹지 않고 다른 사람의 묵은 강낭떡과 맞바꾸어 먹었다. 쌀을 일지 않고 밥을 짓기 때문에 돌이 너무 많아서 먹을 수가 없어서였다. (이빨이 견뎌 내지 못하였다.) 밑바닥에서 푼 밥은—돌이 밑으로 가라앉기 때문에— 더 형편이 없었다. 혼강시에서 이감되어 온 정치범 하나가 성질이 워낙 깐깐한 까닭에 한 사발 밥에 돌이 대체 몇 개나 들어 있나 세어 본 즉…… 무려 127개! 그는 당장 감옥 당국에 이 '놀라운' 실정을 서면으로 보고하였다.—"이런 밥을 우리더러 어떻게 먹으랍니까!"

그러나 감옥 당국에서는 그의 보고를 무시해 버렸다. 모르기는 해도 아마 천 명 사람이 먹는 밥의 쌀을 인다는 재간이 없어서였을 것이다. 그 바람에 그에게는 공연히 별명만 하나 생겼다.—'이얼치(127)'. 그때부터 동료 죄수들은 그의 이름을 부르지 않고 "여보 이얼치, 그 삽 이리 좀 집어 주우.", "가루비누 남은 게 좀 없소, 이얼치?" 이렇게들 부르기 시작하였던 것이다.

감옥 안에서도 감동적인 장면은 없지 않았다. 설 같은 때 먹을 것이 푸짐하게 공급되면 그것을 먹지 않고—다른 중대에 있는 동생을 갖다주겠다고—싸들고 달려가거나 달려오는 죄수들이 있었다. 형제간에 또는 부자간에 같은 사건으로 들어오는 일이 더러 있었기 때문이다. 이것을 방지하기 위하여 감옥 당국에서는 그 후부터 혈족을 한 감옥에는 가두지 않기로 하였다.

나는 감옥 안에서 배고픈 세월을 보내면서 지나간 일들을 돌이켜 보고 쓴웃음을 웃지 않을 수 없었다.

30년대 중앙 육군 군관학교에서의 일이다. 3개 대대 천여 명 학생이 먼 행군길을 떠나게 되었다. 각 중대에서는 출발 직전에 매인당 군량

미 한 전대씩을 노나주었다. 총에 칼에 탄약에 수류탄에 외투에 탄자에…… 짐이 이만저만 무겁지가 않은데 거기다 또 쌀 전대까지 얹으라니 죽을 지경인 것은 사실이었다. 하지만 그렇다고 안 갖고 길을 떠나겠는가! 내가 전대를 배낭에 얹혀 놓고 어떡허다 보니 교정 끝에 있는 변소 뒤로 숱한 학생들이 들락날락하고 있었다.

'대체 무얼까?'

좀 이상한 생각이 들어서 슬렁슬렁 가 보니, 아 이런! 변소 뒤에 하얀 입쌀이 피라미드형으로 쌓였는데 숱한 녀석들이 거기다 제각기 전대의 쌀을 덜고 있지 않은가! 한 놈이 한두 근씩만 덜어도 사람의 수효가 워낙 많으니까 피라미드가 될밖에 없었다.

일생을 살아가자면 남아서 주체궂어하는 때도 있고 또 모자라서 허덕거리는 때도 있는 것이 아마 인생인 모양이었다.

만기출옥을 한 뒤에 감옥 안에서 그렇게도 먹고 싶던 강낭떡을 한번 좀 실컷 먹어 보려고 안해더러 강낭떡을 쪄 오랬더니―하나도 맛이 없었다. 차일시피일시(此一時彼一時)란 이를 두고 하는 말인가 싶었다.

강청이 일파와 더불어 강낭떡 시대는 인제 영영 가 버렸다. 지긋지긋한 강낭떡 시대는 영원히 가 버렸다.

〈송화강〉 1986년 1월

불합격 남편

유감스럽게도 나는 가끔 '불합격 남편'이라는 말을 듣는다. 매우 영예롭지 못한 일이기는 하지만 다들 그렇게 평가를 내리니 할 수 없다.

김영순(주덕해 부인)이 면대해서 그렇게 평가를 하는가 하면 한정희(문정일 부인)도 그렇게 평가를 하고, 또 정설송(정률성 부인)까지도 그렇게 평가를 한다.—내 이 입장이 곤란하겠는가, 안 하겠는가.

내가 그런 평가를 받을 적마다 우리 안사람은 사기가 올라서 뭐 막 야단이다. 제 편을 들어주는 우군이 생겼다고 말이다. 하지만 나를 불합격 남편이라고 평가하는 것은 현상만 보고 본질을 파고들지 못한 데서 오는 오해다. 우리 동양 사람들은 서양 사람과는 달리 사랑을 하는 데도 은근한 함축성이라는 것이 있어서 겉으로 드러나게 그러안고 입 맞추고 하지를 않는다.

홍명희 작《림꺽정》에서 주인공 림꺽정이와 서울 기생 소홍이가 주고받는 정 논란을 한번 들어 보기로 하자.

소홍이는 의관을 받아서 옷걸이에 갖다 걸고 꺽정이 옆에 와서 얌전하게 앉았다.

"오늘 어디 놀이 갔었나?"

"연못골 어 선전 댁에 사랑놀음 갔었에요."

"어 선전이란 자네 좋아하는 사람인가?"

"나는 지금 좋아하는 사람이 없에요."

"정말인가?"

"내 속을 속임 없이 말하면 지금 잊자 잊자 해두 못 잊는 양반이 꼭 한 분 있지요."

"그게 누군가?"

"그건 말씀 안 할 테요."

"누군지 좀 알세그려."

"알아서 무어 하시게."

"내가 그 사람보구 건강짜라두 좀 해야겠네."

"진강짜는 안 하시구 건강짜만 하신다면 진짜 그 양반은 아직 숨겨 두구 그 양반의 가짜 한 분 대드리지요. 자 저기 기십니다."

소홍이가 뒷벽에 비친 꺽정이의 그림자를 가리키니, "사람을 놀리지 말게." 꺽정이는 그림자 가리키는 소홍이의 손을 잡아서 품 안으로 끌어왔다.

"진정인가?"

소홍이는 대답이 없었다.

"자네 같은 일등 명기가 좋아하는 사람이 하나뿐일 리 있나."

"그게 사내 양반 말씀입니다. 사내의 정이란 건 들물과 같아서 여러 갈래루 흐르지만 여편네의 정은 폭포같이 외곬루 쏟칩니다."

"사내두 사내 나름이구 여편네두 여편네 나름이겠지."

"그야 그렇지요. 그렇지만 여편네는 대개 정으루 살구 정으로 죽습니다."

"자네가 사내가 아니라 사내의 웅숭깊은 정을 몰라서 사내 정을 타박하네."

"정이 불이면 불길이 솟아야 하구 정이 물이면 물결이 일어야 하지 그저 웅숭깊어 무슨 맛입니까."

"정 논란 고만하구 다른 이야기 하세."

"무슨 좋은 이야기가 있거든 하십시오."

위에서 보는 바와 같이 우리 여성들은 흔히 불같이 솟아 주기를 바라고 또 물결이 일어 주기를 바라는— 그런 일종의 경향이랄까, 편향이랄까가 있다. 그래서 무뚝뚝한 남자의 깊은 사랑을 몰라보고 언제나 좀 부족해하고 또 좀 야속스러워 한다. 이만하면 내가 불합격 남편 소리를 듣는 까닭을 짐작들 하실 줄 믿는다.

하지만 그렇다고 해서 나는 결코 자기를 '합격 남편'이라거나 '모범 남편'이라고 내세우려는 건 아니다. 그럴 자격이 없다는 것을 저 자신이 너무나 잘 알고 있기 때문이다.

내가 24년이란 긴 세월 정치 풍파를 겪는 동안 우리 안사람은 갖은 고생을 다 하며 살아왔다. 공동변소를 맡아서 청소하고 한 달에 10전씩 한 집 한 집 위생비를 거두러 다니지를 않았는가, 원예 농장의 임시공, 벽돌 공장의 임시공으로 온갖 신산을 다 맛보지를 않았는가……. 간난신고 20여 년에 머리는 허옇게 세고 연륜 같은 주름살이 졌다. 그러니 내가 어찌 안해에 대하여 미안한 마음이 없겠는가. 비록 그 정치 풍파는 내가 겪고 싶어서 겪은 것은 아니었지만서도.

50년대 말에 김옥렬(서헌 부인)이 세린하로 남편의 면회를 간 일이 있었다. 당시 서헌 선생은 '우파분자'로 몰리어 그곳에서 '개조' 즉 강제노동을 당하고 있었다. 젊은 안해가 면회를 온 것을 보고 숱한 '우파' 양반들이 다 부러워하는 마음, 공경하는 마음으로 열렬히 환영을 하는데 마치 무슨 명절이라도 맞은 것 같더라는 것이다.

알고 보니 그들은 대개 다 정치 난리로 안해에게 이혼을 당한 사람들이었다. 그래서 그들의 눈에는 면회 온 젊은 안해가─비록 자기하고는 아주 상관도 없는 남의 안해였지만─가장 고상하고 가장 아름다운 천사로 보였던 것이다.

하긴 이혼을 한 안해들도 그 동기가 다 동일하지는 않았다. 헌신짝 버리듯이 남편을 차 버린 여자도 물론 있었다. 하지만 대부분은 자식들의 장래를 고려해서─정치적인 영향이 미칠까 봐─울며 겨자 먹기로 이혼을 하였었다. 참으로 인간 비극이다. 이러한 판국에 우리 안사람은 24년 동안이라는 긴 세월을 끄떡없이 나 하나만을 믿고 살아왔으니 어찌 장하다고 하지 않으랴. 그러므로 내가 안해를 잘못 대한다는 것은 아무 근거도 없는 천만의 말씀이다. 단지 표현하는 형식이 담담하거나 좀 무뚝뚝하다는 것뿐이다. 나는 사내대장부라는 게 여자들 앞에서 체통 값을 못 하고 너절하게 노는 것을 아주 경멸한다. 그러기에 불합격 남편 소리를 들을지언정 시시껄렁한 짓은 아니 한다. 진정한 남성미란 수사자 같은 기백 또는 위엄과 갈라놓을 수 없는 것이다.

언젠가 서울에서 발간되는 어느 잡지를 뒤져 보니 다음과 같은 글이 실렸는데 그 내용인즉 시집온 지 20년이 넘도록 남편의 입에서 한 번도 사랑의 속삭임을 들어본 적 없는 여인의 술회였다. 단 한 번도 살뜰

한 마음씨를 보여 주지 않던 남편이 자기가 친정 나들이를 떠나는 날 아침에 비가 오니까 "고속버스 타지 말구 기차 타구 가." 한마디를― 지나가는 말처럼―던지더라는 것이다. 길이 미끄러워서 고속으로 달리는 버스가 사고를 일으키기 쉬우니까 안전한 기차 편으로 가라고 권하는 말이었다. 그 무뚝뚝한 말에서 은근한 부부의 정이 넘쳐나는 것이 너무도 대견하여 그 여인은 차창으로 밖을 내다보며 감격의 눈물, 행복의 눈물을 하염없이 흘렸다는 것이다.

평양에 란심이라는 유명한 기생이 있었다. 해방 후에 그녀는 림천규라는 내 친구와 결혼을 하여 희여멀끔한 아들까지 하나 낳고 부부 아주 화목하게 살았다. 우리는 그녀를 '강이 엄마'라고 불렀다. 아이의 이름이 강이었기 때문이다. 그들 부부가 한번은 무슨 날이라고 김사량과 나를 청하여 저녁 대접을 한 일이 있었다. 그때 주부의 신분으로 손님 시중을 들다가 토로한 진정은 참으로 뒷맛이 그윽한 것이었다.

"기생 노릇 말입니까? 인젠 생각만 해두 신물이 난다니까요. 기생방에 눌어붙어서 죽자 살자 하는 오입쟁이들두 진짬 좋은 건 다 본 마나님을 갖다주더라구요."

조강지처란 무엇하고도 바꿀 수 없는 귀중한 존재라는 것을 단적으로 보여 주는 기생의 숨김없는 고백이다.

이래도 어느 분이 또 나를 불합격 남편이라고 하시겠는지?

내가 소설에서 재현하는 남편들도 대개 그 불합격 남편 소리를 들을지언정 시시껄렁한 짓은 아니 하는 사내대장부들이다. 작자가 추구하는 남성미가 바로 거기에 있기 때문이다.

〈도라지〉 1986년 2월

세 악마의 죽음

    히틀러, 무솔리니, 도조 히데키(東條英機)― 이 세 20세기의 살인귀들― 전 세계에 악명을 높이 떨친 살인귀들이 어떻게 죽었는가를 한 번 살펴보는 것도 흥미가 바이없지는 않을 것이다.

    이 세 악마는 다 천인공노할 재난의 침략 전쟁을 발동한 원흉들로서 수천만의 인명을 초개와 같이 다룬 극악무도한 도살자들이다. 수백만의 육해공군을 기세 사납게 내몰아서 이웃 나라들을 불바다 속에 밀어넣을 때 그들의 기염은 참으로 무시무시하고 어마어마하였다. 아무도 감히 바로 볼 엄두를 내지 못할 만하였다. 열광적인 환호성과 만세 소리와 발 구름 속에 그들은 위세를 떨칠 대로 떨쳤다. 그들은 20세기의 항우(項羽)로, 알렉산더 대왕으로, 나폴레옹으로 자처하였다. 하건만 그들의 끝장은 개개 다 수치스러운 것이었다. 참으로 어처구니없을 정도로 수치스러운 것이었다.

    도조 히데키는 이른바 대화혼(大和魂)과 무사도 정신의 권화(權化)같이 행세하던 자다. 그러던 것이 일단 패전을 하자 전통적인 법식대로 일본도로 배를 가르고 죽기는 고사하고 권총으로 심장을 쏘아 자살을 한다는 것도 제대로 못 하여—자살 미수—실패를 하였다. 그래서 결국은 병원에 실려가 구급 치료를 받고 목숨을 일단 부지하였다가 나중에 다시 교수대에 올라가 데룽데룽 매달려 죽었다. 사전에 의사가 붓으로 심장이 있는 부위에다 동그라미를 그려 주었건만 손이 떨려서 고것 하나도 바로 맞추지 못하여 탄알이 빗나갔던 것이다. 사열대 위에서 기고만장하여 호통을 치던 때와는 이 얼마나 딴판인가! 이 얼마나 풍자적인 대조인가!

무솔리니란 자의 끝장은 도조 히데키보다도 더 수치스러웠다. 이 소문난 비곗덩이—이탈리아의 독재자는 목숨을 살리겠다고 변장을 하고 본국으로 철거하는 독일군의 트럭에 편승하였다. 그리고 적재함 구석에 헌 담요를 뒤집어쓰고 누웠다가 트럭의 행렬을 멈춰 세운 유격대의 검문에 걸려서 발각되었다. 유격대원이 담요를 떠들어 보다가 의외의 발견에 깜짝 놀라서 "아니, 여보 당신 '위대한 수령'이 아니요?" 하고 따져 물으니, 무솔리니는 "위대한 수령? 아니 아니, 난 아니요. 잘못 보셨소. 난 그저 보통 피난민이요." 하고 아닌보살하는 것이었다.

"왜 이러시오, 당신의 그 얼굴을 내가 설마 빗보았을라구? 전 이탈리아에 위대한 수령을 못 알아볼 사람이 어디 있을 거라구!"

"천만에 천만에…… 난 정말 아니요. 절대루 위대한 수령이 아니란 말이요."

이것이 그 호기등등하던 독재자가 체포되는 장면에서 유격대원과 주고받은 말이다.

'천하에 더러운 놈!'

그럼 그의 처단당하는 장면은 또 어떠하겠는가.

유격대 대장—육군 대좌가 부하들에게 무솔리니와 그의 요사스러운 첩—갖은 못된 짓을 다 한 파쇼분자를 담 밑에 끌어다 세우라고 분부하니 오히려 계집은 당돌하게 나서서 "우리 저이를 상해(傷害)해서는 안 돼요." 하고 서방을 감싸 주려 하는데, 무솔리니 당자는 비굴하기 짝이 없게 "여보시오 대좌 선생, 잠깐만 내 말을 좀 들어 주시오." 하고 비대발괄을 하는 것이었다.

여기 어디 사나이의 기개가 꼬물만큼이라도 있는가!

사정없는 유격대원들의 총탄에 맞아서 가로세로 쓰러진 계집 사내의 시체를 원한 맺힌 인민들은 즉시 끌어다가 길가 포도넝쿨 없는 덕대에 거꾸로 매달아 놓았다. 그 추악한 몰골은 여러 나라 기자들에게 당일로 사진 찍혀 전 세계에 공포되었다. (몇 해 전에 광서 어느 출판사에서 출판한 무슨 역사책에 그 사진이 거꾸로 실린 것을 보고 나는 하도 기가 막혀서 한동안 벌린 입을 다물지 못하였다.)

그럼 히틀러는 또 어떻게 죽었는가. 위대한 원수(元首)답게 영웅적인 장렬한 최후를 마치셨는가? 천만에!

여태까지 전해지기는 베를린 지하 수십 척의 대본영—방공 구조물 속에서 소련 군대의 포성을 들으며 첩하고 둘이서 자살을 한 것으로 되어 있었다. 첩은 음독자살을 하고 히틀러 본인은 권총자살을 한 것으로 되어 있었다. 여러 나라의 영화들에서도 다 그렇게 형상되었다. 그런데 이번에 영국의 어느 학자에 의해서 전혀 다른 사실이 드러났다. 기실 히틀러는 자살을 아니 하였다. 아니 한 것이 아니라 못 하였다. 히틀러는 권총을 손에 쥔 채 소파에 쓰러져 이미 숨져 버린 애첩의 둘레를 개미 채바퀴 돌듯 자꾸 에돌고만 있었다. 나중에 복도에서 총소리 나기를 기다리다 못한 부하가 문을 열고 들어와서 위대한 원수를 대신하여 자살을 시켜 드렸다. 쏴 죽여 주었단 말이다.

수천만 사람의 목숨을 파리 목숨만큼도 여기지 않던 위대한 원수에게는 제 목숨 하나 끊을 용기도 없었던 것이다!

이와 같이 세 악마의 죽음은 다 비겁하고 수치스러웠다. 겉보기와는 판이하게 너절하고 더러웠다. 소위 왈 원수, 수상이란 것들이 창피하기 짝이 없는 죽음들을 하였다.

그러므로 우리는 인물을 관찰할 때 버젓한 '겉보기' 따위에 현혹이 되지 말아야 할 것이다. '겉'과 '속'에다 같기표를 지르지 말아야 한다는 말이다.

눈이 부리부리한 장작개비 같은 리규(李逵) ─《수호전》에 나오는 호걸─식의 영웅 인물을 강청이는 그 이른바 '본보기극(樣板戲)'의 주인공으로 내세웠는데 그것은 '본질'과 '현상' 또는 '내용'과 '형식'에다 같기표를 지른 거나 마찬가지의 공식에 불과하다. 산 사람의 형상화가 아니란 말이다. 강청이의 논리대로 한다면 그럼 상술한 세 악마도 다 영웅적인 장렬한 최후를 마쳤어야 할 것이 아닌가!

나는 젊은 시절에 정치적 테러 활동에도 종사해 보고 또 여러 해포 간고한 전쟁도 치러 보았다. 그런데 위급한 경우에 부닥쳐서 놀랄 만한 용감성과 날파람을 보인 전우들이 왕왕 몸집이 가냘프고 또 평소에는 잔잔한 성격의 소유자들이었다는 것은 우리가 한번 음미해 볼 만한 일이다. 눈방울을 뒤룩뒤룩 굴리는 장작개비식 인물이 도리어 급한 모퉁이에서 뒤를 사리거나 꽁무니를 빼는 것을 나는 적잖이 보았다. 이것은 강청이식 영웅 인물이 실탄이 우박 치는 전쟁판에서는 반드시 영웅 인물이 아닐 수도 있다는 증좌이다.

그러므로 소설을 쓰는 우리는 인물을 관찰할 때 홑껍데기로 관찰하는 데 그치지 말고 웅숭깊은 속까지 꿰뚫어 보려고 노력을 해야 할 것이다. 인물을 입체적으로 부각하려면—죽은 인물이 아닌 산 인물을 그려 내려면—이러한 고심한 노력은 불가결적인 것이라고 보아야 할 것이다.

〈천지〉 1986년 2월

죄수복에 얽힌 사연

이전에 일본 감옥에서는 미결수에게는 하늘색의 죄수복을, 그리고 기결수에게는 붉은 벽돌빛의 죄수복을 입혔다. 기결수 중에도 하늘색 죄수복을 입은 것이 더러 있기는 하였는데 그것은 '모범 죄수'에게 한하여 베풀어지는 특전, 즉 '영예복'이었다. 그보다 더 높은 '최고 영예복'은 흑, 백 두 가지 실로 섞어 짠 '시모후리(霜降)'였다.

지난 60년대와 70년대의 그 유명짜한 무법천지 통에 내가 갇혀 있던 추리구 감옥에서는 일률적으로 회색 죄수복을 입히는데—일본 감옥에서 번호표를 다는 것과는 달리—거기서는 죄수라는 뜻의 '범(犯)'을 흰 뻥끼로 또는 붉은 뻥끼로 더덕더덕 찍은 것을 입혔다.

내복은 일 년에 러닝셔츠 하나와 빤쓰 하나밖에 내주지 않으니까 여벌은 다 집에서 갖다 입어야 하였다. 그러므로 옥바라지를 해 줄 사람이 있는 놈은 별문제가 없지만 옥바라지를 해 줄 사람이 없는 놈은 그 곤란이 말이 아니었다. 알몸뚱이에 헐렁헐렁한 죄수복을 그대로 걸치고 다니는 놈까지 있는 형편이었다.

감옥에서는 어쩌다가 영화를 돌려도 죄수의 탈옥하는 장면 같은 것은 으레 커트를 하기 마련이었다. (죄수들이 그 본을 따서 도망을 칠까 봐.) 〈꽃파는 처녀〉라는 영화를 나는 본 적이 없지만 거기에도 아마 탈옥하는 장면이 있는 모양이었다. 추리구 감옥에서 돌릴 때는 그 대목을 커트하였다고 선배 죄수들이 서로 지껄이며 비웃는 것을, 발언권 없는 후배 죄수인 나는 옆에 서서 마음을 가다듬고 삼가 들은 적이 있었기에 말이다.

그러나 아무리 커트를 하여도 탈옥 사건은 심심찮을 정도로 늘 있었다. 이것을 방지하기 위하여 감옥 당국에서는 대책을 강구하였다. (참으로 골머리 아픈 노릇이었다.) 죄수복과 내복들에 전부 뺑끼로 '범' 자와 입은 놈의 이름, 죄명, 형기 등을 밝혀 쓰기로 한 것이다.

범—현행 반혁명—10년—김학철

옥스포드대학의 명예 철학박사의 칭호도 이렇게 써 붙이고 다니면 그리 보기 좋을 것이 없겠는데 하물며 반혁명 운운을! 생각들 좀 해 보시라. 이 김학철이의 몰골이 어떠만 하였겠는가!

그런데 바깥 사회에서와 마찬가지로 감옥 안에서도 '극단주의'가 판을 치는 바람에 마침내는 러닝셔츠, 빤쓰 나부랭이에다까지 '범', '아무개', '현행 반혁명' 또는 '역사 반혁명', '19년' 또는 '20년'…… 이따위로 써 놓게끔 되었다.

말을 참지 못하는 나의 '동범(同犯)' 즉 '감옥 동창생' 하나가 이것을 못마땅하게 여겨서 "제기, 어느 미친놈이 맨 빤쓰 바람으루 도망질을 칠라구!" 한마디를 뇌까렸다가 '반개조(反改造)분자'로 몰리어 학질을 뗀 일까지 있었다.

〈장춘문예〉 1985년 3월호에 실린 졸작 〈죄수 의사〉의 주인공 '장춘생'이는 나의 '추리구 감옥 동창생'으로서 본명은 류사곤―구태현 사람이었다. 이 류사곤이도 속옷 형편이란 말이 아니어서 차마 눈 뜨고 보기가 구차할 지경이었다. 딱하게 여긴 나머지에 나는 여벌의 메리야스 내복 하나를 남모르게 넌지시 꺼내다 주면서 신신당부를 하였다.

"류사곤, 너 이거 속에다만 입어라. 아무한테두 보이지 말아. 알았니? 괜히 또 누구 벼락을 맞히지 말구."

감옥에서는 죄수끼리 무슨 물건을 서로 바꾸거나 주고받는 것을 엄금하였었다. 무슨 꿍꿍이를 할까 봐서였다.

하건만 워낙 정신이 부실한 류사곤이는 얼마 아니 하여 나의 그 신신당부를 까맣게 잊어버리고 말았다. 어느 날 수십 명의 죄수들이 움을 파는 작업을 하는데 개밥에 도토리로 류사곤이 녀석도 끼어들었다. 그런데 한바탕 신이 나게 삽질을 하다가 땀이 나기 시작하니까 그 녀석은 겉에 입었던 죄수복을 훌러덩 벗어 버리는 것이었다. 멀찌감치에서 그 자식의 하는 꼴을 바라보다가 나는 대번에 숨을 들이그었다. 왼새끼를 꼬았다. 손톱여물을 썰었다.

'아이구 하느님 맙소사! 저런 망할 자식 좀 봤나!'

그 녀석이 입은 남색 메리야스 내복에는 흰 뺑끼로 뚜렷하게 '범―현행 반혁명―10년―김학철' 이렇게 씌여 있지 않은가!

눈치 빠른 간수가 이것을 발견하기가 무섭게 외마디소리를 냅다 질렀다.

"도대체 이 중대엔…… 김학철이가 몇 개야!"

류사곤 이놈은 끝내 내게다 벼락을 맞혀 주고야 말았다.

나는 톡톡히 야단을 맞고 그리고 시말서까지 써 바쳤다.—"다시는 안 그러겠습니다."

류사곤이는 본시 누구나 다 호외로 치는 인간이었으니까 꾸지람 한 마디도 듣지 않았다. 뿐만 아니라 그때부터는 도리어 드러내 놓고 그 '김학철 또 하나'의 메리야스 내복을 입을 수 있게 되었다. 그것을 몰 수하면 류사곤이가 알몸이 된다는 것을 간수도 다 알고 있었으므로 크게 선심을 써서 그대로 눈감아 주었던 것이다.

이듬해 봄, 새 죄수복들을 타는데 류사곤이한테도 물론 예외 없이 한 벌이 차례졌다. 그 녀석은 새 옷 한 벌을 얻어 입고 좋아서 입이 함박만 큼이나 벌어졌었다. 그런데 어떡허다 호주머니에 손을 들이밀어 보더 니 그 녀석은 "이?" 하고 괴상한 얼굴을 하면서 손에 집히는 종이쪽지 하나를 꺼내 드는 것이었다. 네모나게 접은 것을 펼쳐 들고 들여다보 니 무슨 글자가 적혀 있기는 하나 워낙 까막눈이라 알 수 있어야지!

"여보 김학철, 이거 좀 봐 주우⋯⋯. 뭐라구 적혀 있소?"

류사곤이는 내가 신문을 보는 것을 여러 번 본 까닭에 나를 소학 졸 업 정도의 지식은 갖고 있는 사람으로 짐작하였었다. 내가 그 쪽지를 받아서 들여다보니 거기에는 그리 잘 쓰지 못한 한문 글자로 적혀 있 기를—

"친애하는 아들아, 이 엄마가 지어 보내는 이 옷을 입고 개조를 잘하 여라."

내가 그 쪽지를 손에 든 채 앙천대소를 하니 다른 죄수들이 무슨 일 이 났나 하고 모여들면서 "무슨 일이야?", "뭐라구 적혔기에?" 입입이 한마디씩 묻는 것이었다.

내가 웬 영문을 몰라서 어리둥절하는 류사곤이의 밤송이 같은 머리

를 한번 툭 때리고 나서,

"이 자식이 엄마가 생겼어. 수양엄마 하나가 생겼단 말이야."

하고 떠드니,

"엄마가 생기다니?"

"수양엄마? 무슨 수양엄마?"

"어디 그 쪽지 이리 좀 내라구. 대체 뭐라구 적혀 있기에?"

하고 다들 대들어 내 손에서 그 쪽지를 채어 가는 것이었다. 그리고는 머리를 한데 모으고 들여다보더니 곧 걷잡을 수 없이 웃음보들을 터뜨렸다.

"류사곤이 이놈아, 어서 한턱내 봐!"

"수양엄마가 생긴 턱을 내란 말이다……. 이 녀석아!"

"와하하!"

"멍청이 녀석 같으니라구!"

그들은 대들어 류사곤이를─추리구 감옥의 아큐를─한바탕 시달구어 주었다. 다들 동네북처럼 그 녀석의 머리를 툭툭 한 대씩 갈겨 준 것은 더 말할 것도 없는 일이다.

류사곤이는 갑자기 동네북이 되어 버린 머리를 싸안고 일변 피해 달아나며 일변 두 눈을 희번득거리며 투덜거리는 것이었다.

"먹은 밥알이 곤두서나? 왜들 지랄이야!"

그 쪽지는 죄수복을 만드는 감옥 공장에서 일을 하는 여죄수들이 심심풀이 장난으로 적어 넣어 보낸 것이었다. 새 죄수복에는 가끔 그런 것들이 들어 있곤 하였었다.

나는 '촉경생정(觸景生情)'이랄지…… 불현듯 집 생각이 간절해졌다. 그래서 안해에게 편지를 썼다. (한 달에 한 통씩 집안 식구에게만은 편지를 쓸 수 있었다.)

혜원:

삼십 년 전 이달 스무나흗날 대동강변 경제리에서 맺어진 인연은 곡절 많은 삶의 흐름을 이루고 때로는 흐려졌다 때로는 맑아졌다 꾸준히 또 줄기차게 흘러내렸습니다. 은혼의 여울목은 이미 지났고 금혼의 나루터는 아직 멉니다. 앳되던 당신의 얼굴에는 연륜의 거미줄이 희미하게 얽혔습니다. 하지만 우리는 눈앞에 푸르싱싱 자라나는 후대들을 봅니다. 부푼 희망 속에 기대에 찬 눈으로 푸르싱싱 자라나는 후대들을 봅니다. 삶의 흐름은 앞으로도 의연히 밤에 낮을 이어 흐르고 또 흐르고 자꾸만 자꾸만 흐를 겁니다.

이른 봄 종다리의 희열을
늦가을 기러기의 적막을
아울러 이 가슴에 안겨 주신 이
조선의 어엿한 딸 혜원 여사께
삼가 이 몇 줄 글을 바치옵니다.
삼가 이 몇 줄 글을 바치옵니다.

학철
일구칠칠년 사월 초하루
산에 둘린 물에 둘린 추리구에서

만기 출옥을 할 무렵쯤 되면 죄수들은 내복에 찍힌 '범' 자와 이름,

죄명 따위를 지워 버리기에 골몰들 하였다. 그대로 입고 나가기는 난감하고 창피해서였다. 털실 내복에 찍힌 글자를 지우려고 감옥 공장에서 독한 약을 훔쳐다 발랐다가 털실이 삭아서 문정문정 나가는 일까지 있었다. 그러나 나는 고스란히 그대로 다 입고, 갖고 나왔다.

'이런 훌륭한 기념품이 또 어디 있어!'

8년이 지난 지금도 나는 아직 그런 내복을 입고 있다. 암만 빨아도 지워지지를 않으니까 그대로 입고 있을밖에. 시인 임효원 님에게 나는 입은 것을 한번 보인 일까지 있다.

감옥 안에서 환갑, 진갑을 다 강냉떡과 시래깃국으로 잘 쇠고 나서 만기 출옥으로 집이란 데를 돌아와 보니 나 없는 사이에 집안에 식구 둘이 늘었는데 그 하나는 며느리이고 또 하나는 낳은 지 겨우 다섯 달밖에 안 되는 젖먹이 — 손자였다.

손자라는 것을 난생처음 안아 보는 할애비적 마음은 야릇하면서도 또 흐뭇하였다.

세월이 물같이 흘러서 어느덧 그 손자가 네 살이 되니까 이놈이 눈만 뜨면 아침부터 밤까지 별의별 말을 다 물어보기 시작하였다. 세상이 온통 알아보고 싶은 것뿐인 모양이었다. 이 세상에 나온 유일한 목적이 의문을 제기하는 데 있는 성싶었다.

'이놈이 나올 때 물음표를 한 억 개 달고 나온 놈이 아닌가?'

이런 의심이 갈 지경이었다. 그런데 이 녀석이 하루는 느닷없이 엉뚱한 말 한마디를 물어보는 것이었다.

"할아버지 축구 선숩니까?"

"축구 선수? 아니 왜?"

하고 내가 적이 괴이쩍어하니까, 그 녀석은 고 조꼬만 고사리 같은 손으로 내가 입고 있는 메리야스 내복을 가리키면서 "그럼 어쩌 이런 걸 입었습니까?" 하고 납득이 잘 안 가는 모양으로 되묻는 것이었다.

알고 보니 어린 무식쟁이 놈이 내 내복의 앞가슴과 등판에 찍혀 있는 '범' 자를 알아보지 못하는 까닭에 축구 선수들이 입는 운동복의 번호와 혼동을 한 것이었다.

집안은 또 한바탕 유쾌하고 번화한 웃음판으로 변하였다.

〈북두성〉 1986년 2월

나의 무대 생활

　소학교 초급학년 때의 일이다. 과외활동으로 연극을 노는데 대가리 큰 아이들이 왕이니 대신이니 장군이니 전령병이니 하는 따위의 좋은 역은 다 저희끼리 노나 맡다나니 내게는 차례질 역이 없었다. 내가 대번에 눈방울을 굴리며 "어째 나는 빼놓니?" 하고 대드니까, 그중 큰 녀석—우두머리 격이 잠시 생각해 보더니 가장 선심이라도 쓰듯이 기상천외의 엉뚱한 역 하나를 나에게 던져 주는 것이었다.

　"그럼 넌 대궐을 지키는 개 역을 맡아라."

　워낙 철이 없었던 까닭에 나는 그 잘난 배역을 아주 영예롭게 받아들여 지킴개 노릇을 충실히 잘하였다. 책상 밑에 엎드려 있다가 누구나 들어오기만 하면 얼른 네 발로 기어 나가 '왕왕!' 짖었던 것이다. 표준어로는 개 짖는 소리가 '멍멍'이지만 나는 당시 표준어를 몰랐으므로 '왕왕' 짖었다. 나중에 알고 보니 일본말로는 개 짖는 소리가 '왕왕'이었다. 중국말로도 역시 '왕왕'이었다.

　그 영예로운 지킴개 역을 맡은 뒤로부터 내 별명은 '왕왕'으로 변하여 소문이 널리 퍼졌다. 학교 밖에까지 퍼져서 '목동 아이'들까지 나를 보면 '왕왕!' 하고 놀려 대었다. 당시 우리 고장에서는 집안 형편이 구차하여 학교에 못 가는 아이들을 목동 아이라고 불렀었다. 나는 어려서부터 성질이 데설궂었던 까닭에 누구나 '왕왕!' 하고 놀리기만 하면 앞뒤를 재지 않고 불 맞은 멧돼지 모양 마구 덤벼들어 주먹 놀음을 하였다. 하지만 그 결과는 대개—열에 아홉은—나의 패전으로 끝이 났다. 나의 그러한 감투(敢鬪) 정신은 전투 기능으로 안받침되지를 못하였던 것이다. 그러니까 울뚝밸만 쓸 줄 알았지 쌈질하는 솜씨는 서툴렀다는 말이 되는 것이다.

중학교 때도 학생극에 참녜하여 하찮은 역을 더러 맡아보았는데 성공을 거둔 적은 한 번도 없었다. 한번은 철공장 노동자들이 임금 인상을 요구하여 공장주와 맞서서 파업 투쟁을 벌이는 내용의 연극을 무대에 올렸다가 완고파 교장 선생에게 흥이 깨지도록 혹평을 들은 일이 있었다.

"…… 학생이면 학생답게 학원 내의 사건을 취급할 게 아니라…… 뚱딴지같이 무슨 임금 인상이니…… 파업 투쟁이니…… 이게 그래 가당한가? 본 교장은 교내에 그런 불온한 좌익적 풍조를 끌어들이는 것을 절대루 허용하지 않는다!"

이튿날 학생들은 교장실에 돌입하여 교장을 끌어내다 학생들이 끌거니 밀거니 하는 인력거에 태워 가지고 서울 거리를 한 바퀴 회술레시킨 다음 동대문 밖 쓰레기 처리장에 내다 버렸다.

"교장을 쓰레기 취급."

"학원 소동 확대화?"

"학생극이 빚어낸 일장의 소요."

이런 표제로 각 신문에 보도 기사들이 실리자 쓰레기 취급을 당한 교장은 사람들 대할 면목이 없어서 당일로 사표를 내고 교육계를 아주 떠나 버렸다.

군관학교 시절에도 학생극에 참녜하여 웃음거리가 된 일이 있었다.

극중에 두 사람이 마주 앉아 술을 마시는 장면이 있는데 원래는 한 잔씩만 마시고 곧 다음 동작으로 넘어가게 되어 있었다. 술은—물론 맹물이다.

"맹물을 마시니까 기분이 나지 않아 틀려먹었어."

"진짜 술을 마시게 하자구, 포도주 따위."

"그게 어디 될 소린가!"

"그럼 하다못해 설탕물이라두."

"그거야 될 수 있겠지."

"설탕물? 예싱(也行)!"

무대 감독과 배우들 사이에 이런 대화가 있은 뒤부터 무대에서 술이라고 마시던 맹물은 달달한 설탕물로 승격을 하였다.

탈은 여기서 났다. 한 잔씩 대작을 하고는 곧 일어나서 다른 동작을 해야 할 두 배우 양반이 걸상에 엉덩이를 척 붙이고 앉아서 한 잔 또 한 잔…… 권커니 작커니…… 한 병 '술'이 다 들나도록 마셔 댄 것이다. 바빠난 것은 다른 등장인물들이었다. 주역 둘이 눌어붙어 있으니까 다른 사람은 이럴 수도 없고 저럴 수도 없는 궁지에 빠졌던 것이다.

나도 그 사고를 저지른 장본인의 하나였으므로 나중에 비판을 받은 것은 물론이다.

'술이 아닌 설탕물에 빠져도 제정신을 잃는 모양이지?'

이와 같이 나의 무대 생활은 소학교, 중학교, 군관학교를 통하여 다

곡절이 많았다. 실패의 연속이라고 해도 좋을 만하였다. 하지만 성공한 예도 아주 없지는 않았다.

항일 전쟁 시기 나의 무대는 전선으로 옮겨졌다. 상거가 불과 사오백 미터밖에 안 되는 일본군의 전호와 중국군의 전호 사이로 옮겨진 것이다. 대치한 양국 군대의 진지와 진지 사이로 옮겨졌단 말이다. 전방 150미터 거리에서는 일본 침략군들이 총가목을 틀어쥐고 대기하고, 그리고 후방 250미터 거리에서는 중국 군대가 총칼을 거머쥐고 경계하는 가운데 우리의 레퍼토리는 예정대로 진행이 되었다. 캄캄한 밤인데도 조명은 없었다. (일본 놈들이 쏘아 맞추기 좋으라구!)

무대장치도 없었다. (무대란 것이 도시 포탄 구뎅이 천지의 공지인데 무대장치가 왜 있을까!)

이런 유별난 무대에서 우리는 일본 침략군을 상대로 공연을 하였다. 반전(反戰)사상을 고취할 목적으로 심상찮은 공연을 하였다. 일본 포로들을 시켜서 일본 노래도 부르게 하고, 또 재미있는 재담도 피로(披露)하게 하였다. 그리고 우리가 직접 '함화(喊話)'도 외쳤다. 함화란 가까이 맞선 적군을 와해하기 위하여 큰소리로 들이대는 정치 선동 사업을 일컫는 것이다. 그들의 입장과 행동이 그릇됨을 깨우쳐 주고 옳은 길로 나가도록 적극 이끌어 주는 데 그 목적이 있었다.

개막을 알리는 징소리 대신에 수류탄을 터뜨려서 적군의 주의를 끄는 것도 '적전(敵前) 무대'가 아니고서는 볼 수 없는 기관(奇觀)이었다.

"일본 병사 형제들, 안녕히 주무십시오."

하고 인사할 대신에 어두운 밤하늘에다 대고 총 몇 방을 쏘는 것도 낭만적이었다. 좀 무시무시하긴 하지만 그래도 전장다운 낭만이 깃든 취침 인사였다.

나의 무대 생활은 이같이 다양하면서도 범상찮았다. 하지만 그 에필로그, 즉 종막은 더욱 극적이었다.

10년 대동란 시기에 나는 마지막으로 무대를 밟았다. 우리 시내에서는 가장 큰 건물의 하나인 문화궁전에서였다. 나의 최후의 무대는 목에다 무시무시한 죄명을 밝혀 적은 판대기를 걸고, 그리고 아갈잡이와 뒷결박을 당하고 천여 명의 관중들이 외치는 "타도하라!" 소리 속에 재판극을 노는 것이었다.

나의 무대 생활은 대궐을 지키는 지킴개 역으로 시작되어 사회주의를 반대한다는 '반혁명 현행범'으로 끝이 났다.

열 살에서 예순 살에 이르는 50년—장장 반세기에 걸친 나의 무대 생활은 제대로 엮는다면 그것 자체가 곧 훌륭한 연극이 될 만한 것이었다.

〈새마을〉1986년 4월

변천의 35년

〈천지〉가 걸어온 발자취를 한번 더듬어 보는 것도 흥미가 바이없지는 않은 일이다. 곡절 많은 그 여정에는 특기할 일들이 적지 않기 때문이다.

〈천지〉만큼 이름을 여러 번 간 잡지도 이 세상에는 그리 흔치 않은 것이다.

〈연변문예〉가 〈아리랑〉이 되었다가 다시 〈연변문학〉으로 변하였다가 다시 부정의 부정의 또 부정으로 도루메기 〈연변문예〉로 되었다가―일대 용단으로 단호히 묵은 테두리를 떨쳐나서 〈천지〉로 되었으니까 말이다.

이러한 이름의 변천은 그 대부분이 정치적 시후(時候) 소산으로써 극좌 노선의 발톱 자국이 역연히 남아 있는가 하면 또 개방적인 낙관주의의 어루만짐도―수목의 연륜마냥―뚜렷이 남아 있다.

김창걸 선생의 창의로 명명되었던 우리 민족의 냄새가 그윽한 〈아리랑〉은―그동안에 주인이 갈리어―현재는 총서《아리랑》에서 그

향화(香火)를 받들고 있다.

이러므로 〈천지〉는 '이름 갈기 대왕'의 칭호를 받더라도 부끄러울 것은 없을 것이다.

〈천지〉만큼 이사를 많이 한—사지(社址)를 여러 번 옮긴—간행물도 이 세상에는 그리 흔치 않을 것이다. 35년 동안에—잘 모르기는 해도—한 이삼십 번 자리를 옮기지 않았을까? 컴퓨터나 사용한다면 또 모를까, 그렇잖고서는 아마 정확한 숫자를 찾아내기는 좀 어려울 것이다. 달팽이처럼 편집부를 떠메고 다니면서 편집을 했다고 형용하여도 결코 과언은 아닐 것이다.

지난날 대한민국 임시정부가 보따리를 꾸려 가지고 자꾸 떠돌아다녔다고 하여 보따리 정부란 별명으로 불리웠었는데 〈천지〉도 그만 못지않게 부평초 살이를 해 왔다. 그러므로 〈천지〉는 '이사 대왕'의 영예로운 칭호도 아울러 받아 무방할 것이다.

〈천지〉가 걸어온 35년은 변천의 35년이고 전투의 35년이다. 금빛의 영광과 음산한 그림자가 엇갈린 35년이다. 고상한 민족의 얼을 구가하였는가 하면 또 민족의 유생 역량(有生力量)에다 토벌의 도끼질을 사정없이 가하기도 하였기 때문이다.

이 얼마나 풍자적인가!

당시의 작자들은 애당초에 '반동적 작품'이라는 것을 써낼 만한 '담보'가 없었다. 사실상 다들—혹시나 잘못될까 겁이 나서—지뢰원을 골라 디디듯 조심조심 발을 옮겨 놓았었다. 그런 데다 대고 무중생유(無中生有)로 생트집을 잡아 가지고 살기 어린 몽둥이를 내둘렀으니 참으로 가관이랄밖에 없다.

이와는 반대로 예술성이 형편없는 것들은 '안전 면허'를 받고 태평

성대를 누리었다. 초중학생의 작문으로 치더라도 75점 이상을 더 받기 어려운 이른바 '향화'들이 사회주의 문학이라고 행세를 하여도 이만저만하지 않았다. 곡식 낟가리에 올라서서 해에다 대고 담뱃불을 붙인다는 식의 '대포'가 '장원급제'를 하고 그리고 적나라한 사람잡이 '평론'(?)들이 '당성'이 강하다고 표창을 받았다.

문학을 정치와 갈라놓을 수는 없다. 그러나 문학은 역시 문학 나름으로의 특성을 갖고 있다. 예술성이 없는 이른바 작품은 정치 문건이지 문학작품이 아니다. 그런 것은 〈천지〉에 실을 게 아니라 〈붉은기〉 편집부에다나 돌려 보아야 할 것이다.

57년 이전의 〈천지〉와 80년대에 들어서는 〈천지〉는 우리 민족 문학의 '등대' 노릇, '봉화대' 노릇을 그럴듯하게 감당하였다. 특히 80년대에 들어서는 생기발랄한 국면을 조성하여 백화가 난만한 가운데 기꺼운 풍작을 해마다 거두었다.

새로운 역량이 자라나는 데, 연한 줄기들이 힘차게 뻗어 나가며 하루하루 굳건해지는 데—우리의 〈천지〉는 크게 기여를 하였다.

이상은 서른다섯 살 때부터 일흔 살이 되는 오늘에 이르기까지 〈천지〉와 더불어 파란중첩(波瀾重疊)한 여정을 꾸준히 걸어온 한 문학도의 숨김없는 술회다. 백발 장자의 장탄식이 아니다. 늙은 과부의 넋두리도 아니다.

〈천지〉 1986년 5월

한 여류 작가

3월 3일 밤저녁에 느닷없는 지급(至急) 전보 한 통을 받고 우리 내외는 불안스러운 얼굴을 마주 보았다. 밤에 들이닥치는 전보가 희소식일 리 없다는 속된 철학을 우리는 믿고 있었기 때문이다. 뜯어 보니 아니나 다를까 '정령 위독 진명(丁玲病危陳明)' 이런 여섯 글자가 마치 여섯 개의 송곳 끝처럼 우리의 눈 속으로 뛰어들었다. 정령의 남편 진명이 친 전보였다. 그리고 24시간이 채 못 되어 우리는 정령이 이 세상을 떴다는 것을 전파를 통하여 알게 되었다. (부고는 며칠 후에 받았다.)

그러고 보니 81년 여름 연길에서 가졌던 그녀와의 짧은 몇 차례의 접촉이 결국은 영원한 결별로 되어 버렸다. 그때 우리 집에서 정령 부부와 우리 부자는 스물몇 해 만에 마주 앉아 피차의 소경력을—겪어온 고난의 역사를—이야기하였다.

80년 12월에 내가 무죄 선고를 받고 명예 회복을 하기 전까지는—나의 의사를 존중하여—정령은 우리 아들 해양이하고만 서신 왕래를 하였었다. 그러므로 우리들 사이에는 하고 싶은 말이 쌓이고 또 쌓였었다.

정령은 우리가 북경에서 살 때, 당시 서너 살 먹었던 해양이를 안아 주면서 '샤오하이양(小海洋)'이라고 불렀었다. 그래서 그녀는 우리 손자 시월이를 보고도 웃음의 소리로 '샤오샤오하이양(小小海洋)'이라고 불렀다.

내가 정령더러 그동안 줄곧 모스크바방송이 정령, 애청, 풍설봉을 성원하는 것을 알고 있었느냐고 물어본즉 정령은 "알구 있었지, 라디오를 갖구 있었으니까. 하지만 그런 방송을 들을 적마다 난 가슴이 더 달랑달랑했었지 뭐야. '타먼짜이방다오망(他們在幇倒忙)'한다구 말이야." 하고 쓴웃음을 웃었다.

하긴 국외로부터의 성원이 그녀의 입장을 더욱더 곤란하게 만들어 주었을 가능성도 없지 않았다.

우리는 피차에 다 20여 년 동안의 고난 속에서도 반드시 인민의 품속으로 돌아가게 될 날이 오리라는 것을 믿어 의심하지 않았다는 것을 알고―새삼스레 마주 보며 장쾌한 웃음을 웃었다. 우리는 피차간 소식을 모르고 살면서도―견해만은 완전히 일치하게―당의 일시 비꾸러진 노선과 당 본래의 바탕을 혼동하지 않고 뚜렷이 갈라놓고 보았던 것이다. 우리는 다 같이 20여 년의 긴 암흑 속에서도 마르크스주의자로서의 방향을 잃지 않았던 것이다.

정령이 석후에 돌아갈 때 허리를 잘 구푸리지 못하므로 우리 해양이가 얼른 앞으로 나와 신발의 끈을 매어 드리니 정령은 "그전엔 내가 네 신끈을 매 주었는데…… 인젠 그 반대로구나." 하고 웃었다. 그 웃음은―아무리 감추려 해도 감추어지지 않는―허구픈 웃음이었다.

이튿날 영빈관 휴게실에 다시 모였을 때 정령은 동행인 루적이(樓適

夷, 인민문학출판사 고문)와 나를 번갈아 보면서 '두 사람에 여섯 다리'라고 놀려 주고 깔깔 웃었다. 연로한 루적이는 개화장(開化杖)을 짚어서 다리가 셋이 되고, 그리고 나는 외다리에 쌍지팽이를 짚어서 역시 세 다리가 되었기 때문이다.

이듬해 가을, 연변자치주 성립 30돐 때, 정령은 그 딸 조혜(祖慧)가 오는 편에 상하권으로 된《호야빈(胡也頻) 선집》과 '샤오샤오하이양'을 주라는 초콜릿 한 상자를 보내왔었다. 호야빈은 30년대에 국민당에게 체포되어 총살당한 좌익 작가로서 정령의 전남편이다. 그러니까 그 아들 조림(祖林)이의 생아버지인 것이다. 정령은 지난날의 동지이며 또 전우였던 전남편의 글들을 정성껏 정리, 출판하여 세상에 남긴 것이다.

1952년에 옹근 한여름을 정령 내외와 우리는 이웃하여 살았다. 당시 북경 이화원―서태후의 별궁―만수산 기슭에 전국문련의 별장 두 채가 있었는데 그 하나를 운송소(雲松巢)라고 하고 또 하나를 소와전(邵窩殿)이라고 하였다. (당시는 아직 작가협회가 성립되지 않았었다.) 정령 내외가 들어 있는 운송소와 우리가 사는 소와전은 자그마한 정자 하나를 사이 둔 아래윗집이었으므로 피차간 내왕이 잦았었다.

"인물을 써야 해, 인물을. 이야기를 엮지 말구…… 인물을 써야 해. 《홍루몽》에 나오는 그 숱한 인물들이 다 살아서 아직두 우리 눈앞에서 움직이구 있잖은가. 인물의 성격을 부각하잖은 소설은…… 실패작밖에 더 될 게 없어."
이와 같이 정령은 거듭거듭 나에게 강조하는 것이었다.

하루는 내가 무엇을 쓰다가 무심코 눈을 들어 창밖을 바라보니 우리 집 즉 소와전―아름드리 노목이 하늘을 가리는―마당에 웬 낯선 사람들이 여럿이 들어와 서성거리고 있었다. 공원 안에 있는 집이었으므로 유람객들이 일쑤 드나드는 까닭에 나는 예사로이 생각하고 다시 하던 일을 계속하였다. 한동안이 잘 지나서 또 어떡허다 밖을 내다보니 앞서 들어왔던 유람객들은 어느새 온데간데없이 다 사라지고 그 대신 만면에 웃음을 띤 정령 부부가 우리 집 마당으로 들어오고 있었다. 운송소의 정문은 있어도 쓰지 않고 다들 옆문으로 드나드는 까닭에 자연 우리가 사는 소와전의 마당을 지나다니게 되었다.

내가 심심파적으로 마주 나가며…… 무슨 좋은 일이 있었느냐고…… 그저 지나가는 말로 물어보았더니, 정령은 "고대 우리 집에 오셨던 손님을 바래구 들어오는 길이야." 하고 새삼스레 남편하고 둘이서 즐거운 웃음을 웃었다.

"어떤 손님인데요?"

하고 내가 채쳐 물은즉 정령은 상글거리며 무슨 비밀이라도 가르쳐 주듯이 목소리를 푹 낮추어 가지고 내게다 귀띔해 주는 것이었다.

"모 주석, 모 주석…… 모 주석이 오셨댔어. 지금 곤명호에 배를 타러 나가셨으니…… 빨리 나가 봐요. 해양이랑 해양이 엄마랑…… 얼른요!"

'그러구 보니 조금 전에 소와전 마당에 들어와 서성거리던 사람들은 유람객이 아니구 모 주석의 경호원들이었구나!'

나는 들었다 보았다 하고 안해와 아들을 불러내는 즉시 세 식구 함께 엎드러지며 곱드러지며 락수당(樂壽堂) 앞 배 닿는 곳으로 달려갔다…….

56년 가을 내가 북경에 갔을 때 초대소에서 정령의 집—다복항(多福巷) 16호로 전화를 걸었더니 통신원 소하(小夏)가 대번에 내 목소리를 알아듣고 "김학철 동지가 아닙니까? 언제 오셨습니까?" 하고 되묻는 데는 놀라지 않을 수 없었다.

정령 부부는 마침 사천을 가고 부재중이어서 섭섭하지만 나는 그냥 귀로에 올라야 하였다.

달포가량 지나서 북경으로 돌아온 정령에게서 편지가 왔는데 해양이 앞으로 그림책 한 소포를 부쳤다는 사연이 적혀 있었다. 그리고 이듬해 봄에 온 편지에는 그 늙으신 어머니가 세상 뜨신 것을 슬퍼하는 절절한 사연이 적혀 있었다. (우리는 다들 정령의 모친을 포포(婆婆)"라고 불렀었다.)

그로부터 29년이 지나서 나는 그 '포포'의 딸—정령 본인의 슬픈 소식을 그 남편—진명에게서 받았다.

정령은 더운 사람이었다. 강인한 의지의 소유자였다. 중국 인민의 충직한 딸이었다.

〈천지〉 1986년 6월

맛이 문제

어린아이들에게 쓴 약을 먹이기가 그리 쉽지 않다는 것은 우리 누구나가 다 잘 아는 터이다. 그러나 단 알약이나 단 물약은 아이들이 싫다 않고 납작납작 잘 받아먹으니까 문제가 또 다르다. 쓰건 달건 그 약은 아이들에게 꼭 필요하기 때문에 — 병을 고치거나 또는 몸을 튼튼히 하기 위하여 — 먹이는데 아이들이 그것을 받아들일 때의 반응은 각기 다르다. 어른이 두셋씩 달려들어 싫다는 놈의 코를 쥐고 우격다짐으로 쓴 약물을 떠 넣다가 사레가 들리어 난리를 겪는 광경을 우리는 대개 다 목도하였고 또 직접 겪어 보기도 하였다.

달면 삼키고 쓰면 뱉는 것은 — 일반적으로 말하여 인지상정이니까 억지로 그러지 못하게 하기도 좀 어려운 일이다.

여기서 문제로 되는 것은 '맛'이다. 다냐 쓰냐 하는 맛이 문제로 되는 것이다. 그러니까 제일 좋은 방법은 약의 맛을 달게 하는 것이다. 그렇게 하면 억지다짐할 필요도 없고 또 사레들릴 염려도 없다. 손쉽게 치료 또는 보신 강장(補身强壯)의 목적에 달할 수 있다. 이렇게 말하면 "저게 노망이 나잖았나? 우릴 소학교 1학년생으루 아는 모양이지…… 저따위 헌 설교를 늘어놓게!" 이렇게 나를 비웃을 분도 계실 것이다. 그런 분들은 너무 결론부터 서두르지 마시고 담배 한 대 피울 동안만 참고 끝까지 내 말을 들어 주시기 바란다.

한때 우리 이 고장에서는 외국에서 들어온 노래들이 판을 쳐서 본고장 노래들은 겨울을 만난 개미 새끼들처럼 다 어데론가 피신을 하여 아주 종적을 감추었다. 그러던 것이 이 근래에 와서는 세상이 또 바뀌어서 그 외국의 권위들이 싹 다 어데론가 '추방'을 당하고 말았다. 그와 갈아들어서 또 판을 치기 시작한 것은 '눈물 젖은 두만강', '황성 옛터', '나그네의 설움', '목포의 눈물', '방랑자의 노래', '꿈꾸는 백마강' 따위 따위 따위다.

이 새 권위들은 기실 뭐 별로 생소한 것도 없는, 말하자면 오래간만에 다시 만난 구면이다. 40년 동안 피차 격조히 지내 온 옛 친구들이다. 예전에는 조선 팔도와 우리 이 고장을 거침새 없이 넘나들던 그들이었건만 그 후 모종의 인위적인 장벽으로 하여 38선 이남(후에는 군사 분계선 이남) 지역에서만 생존의 권리를 보장받아 왔던 것이다. 그러던 것이 시대의 변천에 따라 생존 공간을 좀 넓힌 것이 이번의 기이한 교체 현상을 빚어낸 것이다.

그렇다면 이러한 자연 발생적인 교체 현상은 어찌하여 일어나는가? 한마디로 말하여 밀려 나온 것의 '맛'이 갈마드는 것보다 좀 못해서라고밖에는 달리 더 어떻게 해석할 방도가 없다. 맛이 못한 것을 버리고 맛이 나은 것을 좇는 것은 인지상정이니까 억지로 그러지 못하게 하는 것은 흐르는 두만강의 물을 막아 보겠다는 거나 마찬가지다.

아무리 건전하고 순수하고 고상하고 혁명적이고 인민적이고 진보적이고 좌익적이고 프롤레타리아적인 노래라 하더라도 '맛', 즉 예술성이 부족하면 얼굴이 정원의 괴석같이 밉게 생긴 딸을 시집보내기만큼이나 애를 먹어야 할 것이다. 인민대중 속에 펴 먹이기가 어렵다는 말이다. 도태의 운명을 면치 못한다는 말이다.

지난겨울 나는 새로 나온 고서점에를 몇 번 들러 보았다. 의심할 바 없이 이런 서점의 출현은 아주 좋은 현상이다. 그 서점에는 소규모이기는 하나 '세놓이책'도 마련되어 있었다. 일정한 액수의 보증금을 들여놓고 책을 빌려다 보는 데 하루에 2전인가 3전인가 세를 내면 되었다. 그런데 우리같이 소설 쓰기를 업으로 삼는 족속들을 무색하게 만드는 것은, 빌려 가는 책들이 모두 《수호전》, 《홍루몽》 따위 고전 작품들인 것이었다. 현대 작품을 빌려 가는 것은 하나도 못 보았다. 더더구나 본 지방 작품들은 애당초부터 '세놓이책' 행렬에 끼지도 못하였었다. 그러니 그렇다고 그 사람들을 붙잡고 "여보 당신 왜 우리 책은 좀 빌려 가지 않소? 무슨 원쑤 졌소?" 시비를 붙을 수도 없는 일이 아닌가?

이러한 입이 쓴 현상은 어떻게 해석을 해야 옳은가? 이 역시 '맛', 맛이 문제다. 예술성이 문제란 말이다. 그 고전 작품들에는 풍부한 예술성이 있는 데 비하여 우리 작품들에는 그것이 못하거나 퍽 못하다는 말이 되는 것이다.

봄날 들놀이를 가는데 일반적으로 과자, 사탕, 과일, 사이다, 술, 통졸임 따위 맛있는 것들을 싸 갖고 가는 것은 많이 보았어도—내가 보고 들은 것이 적어서 그런지—무슨 '육미환', '십전대보환', '녹용토니쿰', '종합비타민 젤리' 따위를 싸 갖고 가는 놈은 하나도 못 보았다. 아무리 영양가가 높아도 맛이 없으니 안 된다는 또 하나의 예를—나는 이렇게 들었다(예술적으로 형상화한답시고).

우리의 점령당한 '노래의 진지', '소설의 진지'에서 다른 세력을 밀어내려면 '지금은 남의 땅, 빼앗긴 들에도 봄은 오는가!!!' 하고 비분강개만 할 것이 아니라 제가 쓰는 작품에다 '맛'을 가미하기에 골몰해야 할 것이다. 우리 작품의 예술성이 그것들을 능가하거나 대등한 수준에 이르기 전에는 아무리 10만 명의 군중대회를 열고 '물러가라!' 하고 외치고 부르짖어도 그것들은 물러가지를 않을 것이다.

소설은 치료제도, 보신강장제도 다 아니다. 소설은 사과, 귤, 카스텔라, 초콜릿 같은 것이어야 한다. '맛'이 있어서 소비자의 식욕을 돋우어 군침을 꿀꺽꿀꺽 삼키게 만들어야 한다. 우격다짐을 아니 하여도 그러는 동안에 일정한 영양은 저절로 보충이 되는 것이다.

소설가는 당학교의 교원이 아니다. 따라서 소설책도 정치학교의 교과서는 아니다. 물론 설교로 가득찬 성경책은 더군다나 아니다.

〈은하수〉 1986년 7월

민족의 얼

항일 전쟁 시기 태항산에서의 일이다. 팔로군의 한 부대가 행군을 하다가 우리 조선의용군이 설영(設營)하고 있는 부락에 들러 점심참을 쉬게 되었다. 우리들이 조선말로 서로 지껄이는 것을 들은, 그 부대의 한 군인이 신기스러운 듯이 쫓아와서 우리를 살펴보았다. 그 입은 군복에 호주머니가 달린 것으로 보아 전사가 아니고 간부인 것을 알 수 있었다. 이윽고 그는 입을 열더니 "당신들 혹시 조선 사람이 아니시우?" 하고 묻는데 그것은 틀림없는 조선말―평안도 사투리가 알리는 조선말이었다.

"네, 그렇소이다만……."

"아, 이거 참 반갑소이다. 나두 조선 사람이외다."

"그렇습니까? 그러세요. 아닌 게 아니라 참 반갑습니다."

이리하여 우리는 1대 6인가 1대 7인가로 반가운 악수를 열렬히 나누었다.

알고 본즉 그 사람(성이 렴씨였던 것만 생각나고 이름은 생각나지 않는다)은 그가 현재 소속되어 있는 여단 수천 명 인원 중에 단 하나밖에 없는 조선 사람이었다.

"단 혼자 너무 고적해서 어떻게 지내시겠소. 우리하구 같이 일합시다. 우리 여긴 전부가 다 조선 동무들이지요."

"우리가 오늘 여기서 만나길 잘했구먼."

"우리 영도(領導)에서 조직적으루 교섭하면…… 넘어오는 건 문제두 없지요."

우리가 중구난방으로 이렇게 권유한즉, 뜻밖에도 그 렴씨는 대번에 왼고개를 틀며,

"아니 아니, 난 민족 혁명은 안 해요. 싫습니다, 싫습니다."
하고 방색(防塞)을 하는 것이었다.

"민족 혁명은 안 하신다구요? 그럼 댁은 무슨 혁명을 하시우?"

"그야 물론 국제 혁명이지요."

우리는 어안이 벙벙하여 한동안 벌린 입을 다물지들 못하였다.

'국제 혁명 전문가' 렴씨는 우리의 권유를 뿌리치더니 총총히 일어나 저의 부대로 돌아가 버렸다. 그의 서두는 품이 마치 간사한 무리들의 꾀임에 하마 빠질 뻔한 정인군자(正人君子)가 대로행(大路行)을 하는 것 같아서 우리는 서로 돌아보고 앙천대소를 하였다.

그 렴씨가 사람만은 의심할 바 없이 좋은 사람이었다. 손색이 없는 프롤레타리아 국제주의 전사였다. 하지만 사람이 너무 좀 유치하였다. 국제 혁명과 민족 혁명의 관계를 전면적으로 이해하지 못하고 편면적으로 이해하기 때문에 양자를 대립시키는 결과를 빚었다.

한데 문제는 그 렴씨의 유령이 태항산에서 그대로 사라져 버리지 않고 아직까지 ─살아남아서 우리의 머리 위를 배회하고 있는 것이다. 누

가 '민족의 얼'이란 말만 하면 거의 조건반사적으로 "부르주아 민족주의?" 하고 두 귀를 쭝긋 세우는 양반들이—토끼 같고 말 같고 당나귀 같고 또 무엇 같은 양반들이 우리 주변에는 아직도 계시단 말씀이다.

민족의 전통이나 민족의 역사를 연구하고 정리하고 그리고 민족의 자랑스러운 얼을 발양하고 선양하는 것은 사회주의와 하등의 모순도 없는 아주 정정당당한 일이다.

이런 의미에서 송정환 님의 네 권으로 된《조선사화총서》는 좋은 본보기로 되는 것이다. 그가 기울인 심혈에 대하여 우리는 높은 평가를 해야 마땅할 것이다.

《총서》는《삼국사기(三國史記)》에 기초하여 신라, 백제, 고구려의 역사를 사화(史話)의 형식으로 흥미 있게 엮는 데로부터 시작하여 1929년의 광주학생사건으로 일단 끝을 맺었다.

저자는 감정이 없이 사무적으로 역사적 사실만을 나열하고 기록한 것이 아니라 자기의 뜨거운 애국, 애족의 정을 그 속에 쏟아부었다. 그리고 민족의 역사를 얄팍하게 분식하거나 동기가 불순하게 왜곡하거나 어벌쩡한 수단으로 날조하거나 하지 않았다. 미국 해적선 셔먼호를 불태운 사건에서 평안도 관찰사 박규수, 서윤 신태정, 철산 부사 백락연 등 실재한 인물만을 역사적 위치에 놓아 주고, 그리고 얼토당토않은 인물은 주인공이라고 억지로 쑤셔 놓아서 천하의 웃음거리를 만드는 식의 너절한 손재주를 피우지 않은 것만 보아도 알 일이다.

조선의 첫 비행사 안창남에 대하여는 필자도 잘 알고 있다. 우리가 어렸을 때 부르던 동요 가운데 '하늘에는 안창남이 땅에는 엄복동이'라는 구절이 있었다. 엄복동은 당시 자전거 경주에서 일본 선수들을 누르고 우승한 조선 청년이었다. 그래서 우리들의 눈에 안창남과 엄복동은 자랑스러운 민족 영웅으로 비치었다.

필자는 영광스럽게도 중학교 1학년―열세 살―때 서울에서 전국을 휩쓴 광주학생사건에 휘말려들어 동맹휴학에 가담하였었다. 그리고 '제국주의'라는 것이 무슨 뜻인지도 잘 모르면서―일본 경찰과 기마 헌병들이 학교를 포위한 가운데서―상급생들을 따라 "일본제국주의를 타도하자!", "식민지 노예 교육 제도를 철폐하라!" 하고 외쳤었다. 그러므로 《총서》는 필자에게는 더욱 의의가 있으며 또 흥미도 더하다.

송정환 님의 《총서》는 자랑스러운 우리 민족의 얼을 현재의 독자들에게 일깨워 주고 또 후대의 독자들에게 남겨 주었다.

〈길림신문〉 1987년 3월 10일

경사로운 날에

민족 색채가 강렬할수록, 지방 색채가 농후할수록 세계적이라는 말을 어디서 보았는지 들었는지 한 것 같다. 지당한 말이라고 생각한다.

《춘향전》에서는 이조 중엽의 전라도 남원의 풀냄새와 꽃향기가 물씬 풍긴다.《아Q정전》에서는 청말(淸末)의 강남의 운하를 오르내리는 '항촨(航船)'의 사공의 노질하는 모습이 눈앞에 선하다.《고요한 돈》에서는 질주하는 돈 카자크 기병대의 지축을 울리는 말발굽 소리가 귀청을 때린다.

'민족'과 '사회주의 대가정' 또는 '민족'과 '프롤레타리아 국제주의'를 대립시키는 경향이 있는데 그것은 변증유물론의 대립물의 통일 법칙에 대한 천식(淺識), 무식 또는 문맹의 표현이다.

료녕인민출판사 조선문 편역실에서는 지난 10년 동안에 우리 민족 문화의 간선도로에 의욕적이고 야심적인 이정표를 적잖이 세워 놓았다. 그중에서도《김지하 시선》은 특히 이채를 띠는 것으로서 영웅적 광주 인민 봉기에 대한 강유력한 성원으로 되었다. 그것은 '전두환 찢어 죽여라'를 봉기자들과 함께 외친 거나 마찬가지다.

해실(該室)이 장차 민족 출판사로 발전하면 보다 더 큰 일, 많은 일을 해내리라는 것은 의심할 바 없다. 사회주의 시대의 민족 문학을 가꾸기에 힘쓰는 한 문학도로서 그 무궁한 발전과 번영을 충심으로 기원하는 바이다.

《김학철 작품집》1987년 6월

나의 동범

　‘동지’, ‘동창’, ‘동향’ 따위 말을 모르는 사람은―보고 들은 것이 적어서 그런지―나는 아직까지 보지 못하였다. 그러나 이와 반대로 ‘동범(同犯)’이란 말은 아는 사람을 별로 보지 못하였다. 그도 그럴 것이 우리 이 사회에 사는 사람치고 감옥살이를 해 본 경험이 있는 사람은 극히 드물 것이기 때문이다. ‘동범’이란―현재 중국에서―감옥 안의 죄수들이 서로를 부를 때 쓰는 말이다. 같은 범죄자, 즉 죄수라는 뜻이다.

　“여보, 김 동범, 이걸 저리 좀 옮겨 놓으시오.”

　“네, 그러리다, 리 동범.”

　이런 식으로 쓰는 것이다. 하긴 저희끼리 시룽거리느라고―남들이 안 듣는 데서는―이런 말을 쓰기도 한다.

　“요새 어떻게 지내나, 연길 망나니?”

　“아, 화룡 망나닌가? …… 그저 쓸쓸하게 지내네.”

　물론 이런 말이 공식적 용어가 아니다.

　‘문화혁명’ 기간에 나는 백토광(白土礦)으로 소문이 난 추리구 감옥에 갇혀 이른바 날창 밑의 강제 노동을 여러 해포 하였다. 그런데 그 추리구 감옥에서 나는 '총리대신' 출신의 손가 성 가진 '동범' 하나를 사귀게 되었다. 여러 해포 같이 먹고 같이 일하고 또 같이 '비림비공(批林批孔)', '왕장강요(王張江姚)' 따위를 학습하였다. 그런데 나이 70을 바라보는 손'총리'—손'동범'은 두 주일이 걸려도 '왕홍문', '장춘교', '강청', '요문원' 네 인물의 성명을 바로 외우지 못하였다. 그것 때문에 학습 시간마다 비평을 받았으나 종시 못 외우고 말았다. 그는 소학교 4학년의 문화 정도밖에 갖고 있지 못한 데다가 나이까지 먹어서 노망이나 안 부리면 다행일 형편이었다. 그가 무엇을 좀 잘못하였다고 내가 눈방울을 굴리며 딱딱거리면 그는 위압에 눌리어 감히 대들지는 못하면서도 속은 살아서 "제기, 제나 내나 다 같은 징역꾼인데…… 우쭐해서……." 볼멘소리로 이렇게 투덜거리곤 한다.

그도 나도 다 정치범—현행 반혁명, 즉 반혁명 현행범이었으나 그의 형기는 나보다 5년이 더 길어서—15년이었다. 그는 길림성 휘남현 사람인데 감옥에 들어오기 전에는 반동적 종교 단체—무슨 도문(道門)의 '총리대신'이었다. 그의 상급인 '황제'는 총살을 당하였고 '황후'는 여자라고 가볍게 처리되어 7년 징역형에 처리해졌다는 것이었다. 나는 77년 12월 19일에 만기 출옥을 하였지만 그는 나보다 반달가량 뒤늦게 78년 정월 초순에 출옥을 하였을 것이다. (출옥한 뒤에는 서로 만나 보지 못하였으므로 꼭은 모른다.)

판결을 받고 감옥에 들어온 죄수들에게는 다 '판결서'라는 것이 따라다닌다. 본인에게는 부본이 교부된다. 판결서에는 전부의 범죄 사실이 간단명료하게 타이프라이터로 찍혀 있다. 그래서 그러한 판결서를 죄수끼리 서로 돌려 가며 보아서는 안 된다는 것이 옥칙(獄則)에는 명

기되어 있다. 그러나 나는 글을 좀 안다고 해서 가끔 불리워 나가 등기 사무를 도왔으므로 숱한 판결서들을 뒤져 볼 기회를 가졌었다.

나의 '동범' 손가는 그 무어라나 하는 '도문'을 꾸려 놓고 교도라는 명목의 어리석은 백성들을 숱하게 속여먹었는데 그 방법인즉 대개 아래와 같았다.

'순성(順姓)'이라는 명칭의 종교의식을 치르고 입회를 하는데 그 회비가 일인당 3원 60전. 다시 36원을 내고 '성미(聖米)' 한 주머니씩을 타는데 그 속에는 차좁쌀 3냥 6돈이 들어 있다. 이 '성미'를 먹으면 모든 재앙을 면할 수 있고 또 무병장수할 수 있다는 것이다. 그러니까 10전어치도 못 되는 차좁쌀을 36원에 팔아먹는 것으로 된다. '황제'는 '황후' 외에 '랑랑(娘娘)'이 넷이 있는데 이것은 다 신도들의 딸 중에서 골라 뽑은 것이다.

'총리대신'은 '황제'보다 급이 좀 낮으므로 그런 명목의 첩은 둘밖에 못 두었다. 그러나 수시로 젊은 여교도들을 불러다 '선도(善道)'할 수 있었으므로 드러나지 않은 첩은 사실상 기수부지(其數不知)였다.

그들이 선전하는 것은 공산당이 꼭 망한다는 것과 하늘에 계신 '상천왕성노모(上天王聖老母)'의 극락세계, 지상낙원이 멀지 않아 이룩된다는 것이었다.

피땀 흘려 모은 천량을 터무니없이 사취당하고 또 고이 기른 딸자식까지 제물로 내어 바친 교도들(그 대부분이 농민)의 처지야말로 가긍한 신세라 아니 할 수 없다.

그런데 더욱 엄중한 것은 이 신화 같은, 옛이야기 같은 일이 백년 전이나 천년 전에 있은 것이 아니고 해방 후—바로 1962년에 있었다는 것이다.

1946년 8월 28일, 해방된 하얼빈에서는 한 차례의 폭동이 일어났었다. 수천 명의 교도들이 일으킨 그 폭동 사건의 주모자는 나이 겨우 스무 살밖에 안 되는 리명신(본명 리중량)이라는 '도문'의 우두머리였다. 그자는 교도들을 훈련시킬 때 "너희들은 모두 '천병천장(天兵天將)'이니까 공산당의 총알이 절대루 너희들의 살가죽을 뚫지 못한다.—자, 봐라!" 하고 하나하나 실험을 해 보이는데 거기에 사용된 탄알은 모두 진짜 탄두를 뽑아 버린 연습용 탄알이었다. 그러니 암만 맞아도 죽지 않을밖에! 어리석은 교도들은—총소리는 분명히 났는데도 저는 죽지 않았으니까—정말로 자기가 탱크의 철갑판 같은 살가죽을 가진 천병천장이 된 줄만 알았다. 그래서 총알을 업신여기고 '용감무쌍'하게 들이덤비다가 개죽음, 무리죽음을 하였으니 이 또한 비극이 아니고 무엇이랴!

그 '도문'의 우두머리—리명신은 폭동을 일으킨 지 불과 13일 후인 9월 10일에 벌써 인민 법정의 판결을 받고 총살을 당하였다. 그러나 그가 죽기 전에 신도들에게서 사취한 금액은 무려 50여 만 원에 달하였다. 그리고 또 공개적으로 얻은 두 '랑랑' 외에 드러나지 않게 정조를 '선도'—유린당한 젊은 여교도가 10여 명이나 되었다.

역대적으로 종교는 죄악과 갈라놓을 수 없는 것이었다. 그것은 언제나 죄악을 가리는 면사포적 역할을 놀아 왔었다. 종교와 죄악을 갈라놓으려는 것은 지구를 수박처럼 두 쪽으로 갈라놓으려는 거나 마찬가지의 헛수고일 것이다.

보카치오(1313—1375)는 이탈리아 문예부흥기의 걸출한 작가로서 그가 쓴 《데카메론》은 600년이 지난 지금도 세계 각국에서 계속 번역 출판되고 있다. 중국에서는 《십일담(十日譚)》이라고 번역하였는데 그것은 그 책의 내용이 신사 숙녀 열 사람이 한자리에 모여 앉아 하루에 한 마디씩 돌림으로 이야기를 하여 열흘 동안에 모두 백 마디를 한 형식으로 되어 있기 때문이다. 그중의 하나를 줄거리만 추려서 소개하면 대개 아래와 같다.

로마 어느 귀족의 딸―순결하고 어여쁜 아가씨가 천당에 올라가는 비결을 배우려고 경건한 마음을 안고 유명한 천주당으로 덕망 높은 신부를 찾아간다. 아가씨는 천주당에 묵으면서 신부님의 가르치심을 받게 된다.

"사람들이 천당에를 못 올라가는 것은 다 그 뱃속에 악마가 들어 있기 때문이니라."

아가씨는 이런 가르치심을 받고 깜짝 놀라 여쭈어 본다.

"거룩하신 신부님, 그럼 제 뱃속에두 악마가 들어 있습니까?"

"암, 들어 있구말구."

아가씨는 갑자기 뱃속이 구질구질해나는 것 같아서 울상이 된다. 제 뱃속에 악마가 들어 있는 줄은 여적 모르고 살아왔던 것이다.

"그럼 이걸 어떡하면 좋습니까, 거룩하신 신부님?"

"내가 잡아 줄 테니…… 걱정할 것 없어."

"아이 고마와요, 신부님. 그럼 어서 좀 잡아 주세요."

"아 그러지. 하룻밤에 하나씩 잡아 줄 테야."

"하룻밤에 하나씩이요? 그럼 며칠이나 걸리면 다 잡아낼 수 있을까요, 신부님?"

"좀 많이 들어 있으니까…… 한 달포 걸리겠지."

"달포두 좋아요. 그런데 신부님, 그 악마만 다 잡아 버리면 저는 곧 천당에를 올라가게 됩니까?"

"그야 물론이지."

이리하여 신부는 밤마다 아가씨 뱃속에서 악마 한 마리씩을 잡아내게 되었는데 그 잡아내는 방법이란 곧 아가씨와 한 번씩 같이 자는 것이었다. 순결한 아가씨는 기분이 곧 날 것만 같았다. 정말 천당으로 올라가는 도중인 것만 같았다.

한 달 후에 천당으로 올라가는 비결을 다 배운 아가씨가 경사롭게 귀가를 하니 집에서는 대대적으로 축하연을 베풀고 로마 시내의 청년 남녀 귀족들을 다 청하였다. 그 석상에서 손님들의 간절한 요청을 받고 순결한 아가씨는 기쁘고도 경건한 마음으로 천당에 올라가는 비결을—덕망 높은 신부한테서 배운 그대로—피로(披露)하였다.

"친애하는 여러분, 우리가 천당에를 못 올라가는 것은 다 뱃속에 악마가 들어 있기 때문입니다. 그 악마만 잡아내면 누구나 다 천당에를 올라갈 수 있습니다. 네, 이제 그 방법을 제가 배워 온 대루 다 말씀드리겠습니다.—먼저 입은 옷을 다 벗어야 합니다. 알몸이 돼야 합니다. 그런 연후에 침대에 누워서⋯⋯."

연회장에서는 폭소가 터졌다. 연회는 망태기판이 되었다.

600년 전에 벌써 보카치오는 종교가 쓴 위선의 탈을 이렇게 벗겨 놓았다.

종교를 믿으려거든 차라리 산의 바윗돌이나 하늘의 별 따위를 믿으라. 그렇게 하는 것이 해를 입어도 덜 입게 될 것이니까.

《김학철 작품집》1987년 6월

발가락이 닮았다

항일의 봉화가 타오르는 태항산에서의 일이다. 우리 조선의용군의 한 부대는 팔로군과의 협동작전으로 침략군의 거점 ― 보루 하나를 공격하여 이를 점령하였다. 교전하는 쌍방에 다 사상자가 난 것은 더 말할 것도 없는 일이다. 화약내와 피비린내가 코를 찌르는 보루 안에 뛰어들어 보니 가로세로 나가너부러진 적병들의 시체가 낭자하였다. 의전례(依前例)하여 몸뚱아리가 아직 다 식지 않은 송장들의 몸 뒤짐을 하다가 나는 한 놈의 잡낭(즈크로 만든 멜가방) 속에서 책 한 권을 뒤져내었다. 태항산 항일 근거지는 책이 매우 귀한 곳이다. 그래서 나는 '이게 웬 떡이냐!' 금시계라도 하나 뒤져낸 것처럼 대견해하며 그 책을 다시 본즉 손바닥만 한 수진본인데 앞뒤 뚜껑이 다 떨어져 나가서 누가 지은 무슨 책인지를 알 수 없는 것이었다. 그런데 나를 깜짝 놀라게 한 것은 그 책이 일본글로 된 것이 아니라 우리 한글로 된 거라는 것이었다.

'그렇다면?'

다음 순간 나는 속이 찡하여 어찌할 바를 몰랐다. 그러니까 분명…… 내 발밑에 죽어 넘어져 있는 것은 일본 놈이 아니고 우리 조선 사람이었다. 조선 청년이었다. 조선에서 끌려 나온 희생물―학도병이었다!

'만리이역에서―아무리 모르고 한 일이라도―동포를 죽이다니!'

나는 한동안 그 시체 앞에 멍하니 서 있다가 "아 뭘 하구 있어, 학철이? 빨리 나오잖구!" 하는 어느 전우의 재촉하는 소리를 듣고 비로소 제정신이 돌아서 "아 이제 나가." 일변 대답하며 일변 그 학도병의 뜨고 죽은 눈을 감겨 주었다.

전투가 끝난 뒤에 뒤적거려 보니 그 노획품 수진본은 단편집인데 누가 쓴 것인지는 몰라도 거기 수록된 10여 편의 단편이 모두 시시껄렁한 것들뿐이었다. 그중 한 편의 제목이 눈을 끌어서 맨 먼저 읽어 보았는데 그 제목은 기발하게도 〈발가락이 닮았다〉였다. 그 줄거리를 대강 적어 보면 아래와 같다.

어느 (조선의) 인텔리가 오입질이 심하여 성병(임질)에 걸렸다. 후에 다행히도 완치는 되었으나 그 후유증으로 생식적 기능은 영영 파괴되고 말았다. 그의 친구인 한의사가 검진을 해 보고 내린 진단이었다. 그는 매우 실망하였으나―누구를 탓하랴―할 수 없는 일이었다. 그 후 결혼은 하였으나 아이가 생기기를 바라지는 못할 형편이었다. 그러던 중 뜻밖에도 그의 안해가 임신을 하였다. 물론 그 안해는 남편의 생식적 기능이 아주 파괴된 것을 모르고 시집을 왔었다. 남편은 가슴이 뜨끔하지 않을 수 없었다.

'이 여편네가?'

아무리 안해의 행실을 의심하지 않을래야 않을 재간이 없었다. 남편은 이 충격적인 의문을 한시바삐 풀기 위하여 친구 의사를 부랴부랴 찾아갔다.

"여보게 대체 이게 어찌된 일인가? 자네가 분명히 말해 주지 않았었
나……. 나는…… 인제…… 안 된다구. 그런데 여편네가 아이를 배
었으니…… 이게 그래?"

"너무 흥분하지 말게. 어디 한번 다시 진찰을 해 보세."

그 친구 의사가 다시 면밀히 검진을 해 본 결과 자기가 전에 내린 바
있는, 생식적 기능이 완전히 파괴되었다는 진단은 틀림이 없었다. 그
러니까 뒤집어서 말하면 그 친구의 안해가 행실이 부정하여 사잇서방
의 아이를 배었다는 것을 의학적으로 증명한 것이 되었다. 그러나 능
란한 그 의사는 잔뜩 의심을 품고 있는 친구를 안위하기 위하여 "거
참, 기적적일세. 자네 생식적 기능이 어느새 아주 제대루 회복이 됐네
그려. 희한한 일일세. 반갑네, 정말…… 축하하네." 이렇게 얼렁뚱땅해
넘겼다.

제가 오쟁이를 진 줄도 모르는 사나이는 좋아서 입이 함박만큼이나
벌어져 가지고 집으로 돌아왔다.

그 후 몇 달이 지나서 안해가 아이를 낳았는데 그게 또 마침 옥동자
라. 이런 경사가 또 어디 있으랴! 그런데 한 달이 지나고…… 돌이 지
나도…… 아이가 아버지를―법률상의 아버지 즉 본남편을―조금이
라도 닮은 데가 있어야 말이지! 저와 모습이 팔팔결 다른 아이를 오랜
동안―여러 달을 두고―의혹에 찬 눈으로 이리 살펴보고 저리 뜯어보
고 하던 본남편 아버지는 끝내 닮은 데를 찾아내고야 말았다.

"발가락이 닮았다! 발가락이 닮았다! 신통히 닮았다!"

그는 이렇게 환성을 지르는 것이었다.

일제의 철제하(鐵蹄下)에 신음하는 민족의 고난에 외면을 하고 이따

위 소설을 써서 민족의 반항 정신을 마비시키는 그 이름도 모르는 너절한 작자에게 나는 침을 칵 뱉어 주고 싶었다.

몇 해 후, 일제가 무조건 항복을 한 뒤에 나는 약 1년 동안 해방된 서울에서—독립동맹 서울시위원회에서—일하였다. 그러다 보니 자연 남조선의 많은 문인들과도 접촉할 기회를 갖게 되었다. 진보적인 작가들의 조직인 문학가동맹의 기관지 〈문학〉 편집부에서 한번은 무슨 좌담회를 개최하였는데 나도 초청을 받아서 참석을 하였다. 그 석상에서 나는 들떼어 놓고 한번 물어보았다.

"내가 전에 〈발가락이 닮았다〉라는 단편소설을 하나 읽어 본 적이 있는데…… 그 작자가 누구인지는…… 아직두 모르구 있습니다. 그게 대체 누굽니까?"

좌석은 삽시에 웃음판으로 변하였다.

"김동인이가 쓴 겁니다. 김동인이가……. 지금 '문필가협회'라는 우익 단체를 꾸리느라구 열을 올리구 있지요."

'오, 그러니까 그게 김동인이의 단편집이었구나!'

나의 오랜 궁금증은 드디어 풀리었다. 어처구니없이 풀리었다. 서울서 중학교에 다닐 때 나는 신문에 연재되는 김동인의 역사소설 《운현궁의 봄》을 읽어 본 적이 있었다. 그래서 그런지 나는 한동안 허전한 느낌에 사로잡혔다. 이름 못 할 비애 같은 것을 느꼈다.

재능 있는 한 작가의 타락상을 눈앞에 보는 슬픔이었을까?

《김학철 작품집》 1987년 6월

역시 아편

우리 어머니는 스물여덟에 홀로 되어 가지고 바느질품을 팔아서 우리 삼 남매를 겨우겨우 키웠다. 그러자니 살림 형편이 오죽하였으랴! 그때부터였다. 우리 어머니가 '나무아미타불, 관세음보살'을 외우기 시작한 것은. 부처님을 지성껏 믿으면 살길이 열릴 것으로 알았던 것이다. 그러다나니 자연 또 외아들인 나의 수명장수를 빈다고 불공도 드리게 되었다. 불공을 안 드리면 아무 탈 없이 편편하던 내가 갑자기 요절을 하거나 비명횡사라도 할 것 같아서였다. 이미 반세기가 지난 지금도 그때의 일만 생각하면 나는 슬그머니 밸이 나곤 한다.

우리 집에서 10여 리 떨어진 산꼭대기에 상운암이라는 암자 하나가 있었다. 글자 그대로 '상운암' 즉 구름 위의 암자였으므로 가파른 오솔길을 돈우밟자면 중턱도 채 못 올라가서 숨이 턱에 닿았었다. 이런 상운암에다 쌀 서 말, 참기름 뒤 되를 수명장수할 당자가 갖다 바쳐야 하는데 정성이 부족하면 부정이 든다고 중도에서 짐을 벗어 놓고 쉬지 말고 곧바로 가야 한다는 것이었다. 그때 내 나이 벌써 열일곱 살이었건만 위인이 워낙 어리석었던 탓으로 부처님의 버력을 입을까 봐 겁이 나서 고지식하게도 쌀 서 말은 질빵을 해서 어깨에 지고 참기름이 든 두 되들이 큰 병은 끈으로 얽어서—개피처럼—목에다 걸고 그리고 두 손으로는 칡덩굴, 다래덩굴을 엇갈아 부여잡으며 땀범벅이 되어서 톺아 오르고 또 기어올랐다. 엉뎅이를 땅바닥에 조금이라도 붙였다간 큰일 나는 줄 알았으므로 기를 쓰고 무착륙 강행군을 하였던 것이다.

중놈 좋은 노릇 하느라고 옥백미, 참기름을 이렇게 갖다 바치고 집에서는 네 식구 조밥과 토장국으로 배들을 채워야 하였다. 불쌍한 우리 어머니가 뼈 빠지게 일해서 번 돈이 그렇게 보람 없이 허비된 것을 생각하면 나는 지금도 우리 어머니를 속여먹은 그 중놈들이 괘씸해서 가까이 있으면 귀싸대기를 올려 주고 싶은 충동을 느낀다.

항일 전쟁 시기 태항산에서 일본군과 교전하다가 중상을 입고 내가 일본 감옥으로 끌려갔을 때의 일이다. 감옥 당국에서는 나를 대일본제국에 대항하는 적대분자—비국민이라고 수술을 해 주지 않아서 곪은 상처는 날로 달로 썩어만 갔다. 이것을 알게 된 우리 어머니는 속이 달아서—외아들이 감옥 속에서 사경을 헤매는데 어찌 그 어머니의 속이 달지 않으랴—나에게 편지를 써 보냈는데 거기에는 적혀 있기를 '수리수리 마하수리…… 옴 도로도로 지미 사바하……' 그것은 범어(梵語)로 된 경문이었다.

"아들아, 이 경문을 날마다 백여덟 번씩만 정성들여 외우면 네 그 상처가 꼭 아물 것이니 이 어미의 말을 명심하여라."

나는 독감방 속에서 너무 기가 막혀서 한 손에 그 편지를 든 채 혼자 어이없이 나오는 눈물을 흘렸다. 나는 분명히 마르크스주의자였다.

"종교란 압박받는 피조물의 탄식이며 심장 없는 세계의 영이며 생기 없는 침체의 시대의 혼이다. 그것은 인민의 아편이다."

종교에 대한 마르크스의 이 논단을 완전히 신봉하는 젊은, 굳건한, 충성스러운 마르크스주의자였다. 불교, 예수교, 천주교, 이슬람교…… 무슨 교 무슨 교 할 것 없이…… 다 나는 인민의 아편으로밖에는 보지 않는 사람이다. 나의 이러한 종교관은 그때나 지금이나 시종일관 매일반─추호의 변화도 없다.

일본이 무조건 항복을 하여 다른 정치범들과 함께 감옥에서 나올 때 나는 다리 한 짝을 감옥 묘지에 묻고 나왔다. 그러나 다른 전우 하나는 하반신불수로 아주 걷지 못하므로 들것에 실려 나와야 하였다. (몇 해 후에 그는 종시 자리에서 일어나 보지 못하고 그대로 죽었다.) 그 후 둘이 같이 병원에 입원하였을 때의 일이다. 하루는 내가 그의 병실에를 가 보니 그는 귓속말하듯 나에게 소곤소곤 말하는 것이었다.

"글쎄, 우리 어머니가 속이 달아서 요새 문복(問卜)을 한다, 푸닥거리를 한다, …… 바삐 돌아다니시지 뭐요. 그래 어쩌겠소. 좋다구 자꾸 해 보라구 부추겼지. 노인이 그렇게 해서라두 마음을 달래야지……. 내 이 병이 불치의 병이란 걸 우리 어머닌 아직 모르시거든. 하하, 어떻소 학철 동무? '미신을 권장하는 마르크스주의자'─소설 재료루 훌륭하잖아?"

이렇게 자조하듯 말하고 그는 서글픈 웃음을 웃는 것이었다. 나도 할 수 없이 따라 웃었다. 역시 서글픈 웃음이었다.─그와 나는 똑같이 철저한 무신론자였다.

종교와 미신이 사람을 어떻게 그르치는가를 나는 어려운 고비에서 여러 번 뼈에 사무치게 겪어 왔다. 그러므로 종교, 미신이라면 나는 치를 떠는 사람이다. 그런데 일전에 어느 신문에서 보니까 어떤 알뜰한 양반이 '종교를 인민의 아편이라고만 보는 것은 좀 고려해 볼 필요가 있다'는 논조를 들고 나와 횡설수설한 것을 읽어 보고 나는 부아통을 터뜨리지 않을 수 없었다.

'아편이 아니면 그럼 인삼 녹용이란 말인가? 비타민 에이비시디이 에프지란 말인가?'

나는 '조반파(造反派)'도 '홍위병'도 다 아니다. 교회당을 짓부수고 목사, 신부를 사방으로 끌고 다니며 회술레를 시키는 따위의 야만적 행동은 절대로 반대하는 사람이다. 종교 신앙을 포기하도록 강박을 해서는 안 된다는 것을 잘 아는 사람이다. 더구나 《세계지식화보》에 실린 몇 폭의 사진을 본 뒤부턴 종교라는 것이 이 지구상에서 완전히 사라지는 것은 아주 요원한 장래의 일이란 것을 통감하였다.

메카는 이슬람교의 교주 마호메트의 탄생지로서 이슬람교도들이 신성시하는 이른바 성지다. 매년 수십만의 순례자가 불원천리 찾아와서 참배를 하는 곳이다. 그런데 나는 《세계지식화보》의 그 사진들을 보기 전에는 메카를 이렇게 생각하였었다.

거치른 황무지에 보잘것없는 흙무덤 하나가 있다. 그 무덤 위에서는 빼빼 마른 풀 몇 대가 바람에 나붓기고 있다. 낙타를 타고 온, 또는 당나귀를 타고 온 초라한 옷차림의 순례자가 땅바닥에 엎드려서 경건하게 어리석게 참배를 한다…….

이것이 수십 년 동안 내 마음눈 속에 정착되었던 메카 풍경이다.

그런데 위에서 말한 그 사진들을 통하여 내 눈앞에 펼쳐진 것은 아주 전연 다른 광경 — 딴 세상이었다.

올림픽 경기장을 연상케 하는 굉장한 건축물, 그 주위에는 현대식 건물들이 꽉 들어찼는데 사통오달한 큰길들에는 수천 대의 수를 헤아릴 수 없이 많은 승용차들이 서로 붐비며 강물처럼 흐르고 있다. 주차장은 이 역시 수없이 많은, 성냥갑 같고 물매미 같은 승용차들로 가득 찼다. 10만 명씩, 20만 명씩 밀려드는 순례자들을 수용할 백색의 일매진 천막들은 교외의 들판을 메웠는데 그 수가 천인지 만인지 아무튼 끝 간 데 없다. 마호메트의 유골이 안치되어 있다는 석곽은 네모난 층집 모양인데 그 규모가 또한 어마하다. 백차일 치듯 한 사람들의 좁은 틈을 비집고 들어와 겨우 그 석곽의 검은 대리석 벽을 어루만져 보는 순례자들은 개개 다 벅찬 감격에 목이 메어 울음을 터뜨린다. 방성통곡을 아니 하는 사람은 하나도 없다.

이러한 광신적이고 광란적인 광경을 사진을 통하여 지켜보는 나의 넋은 크게 뒤흔들렸다.

'이 지경 깊이 박힌 뿌리가 그렇게 쉽사리 빠져? 어림없는 소리!'

그러므로 우리는 무신론으로 젊은 세대를 각성시키는 사업을 쉬임 없이 줄기차게 밀고 나가야만 할 것이다. 종교와 미신의 독기를 발산하는 흐리멍텅한 구름이 인류의 머리 위에서 말끔히 걷히지 않는 한 인류의 진정한 해방, 진정한 행복은 있을 수 없다.

나는 다시 한번 외친다.

"누가 무어라든 종교는 역시 인민의 아편이다!"

《김학철 작품집》1987년 6월

연극에 얽힌 사연

1941년 이삼월경, 양자강 남북안 각 전장에 분산되었던 조선의용대의 각 지대들이 황하를 북으로 건너서 태항산 항일 근거지로 들어가려고 육속(陸續) 락양에 집결하였다. (당시 조선의용대 락양 분대의 분대장은 스물일곱 살의 문정일이었다.)

한번은 오래간만에 한데 모인 각 지대가 어우러져 축구 대항전을 벌였는데 내가 자기의 소속한 제2지대 팀을 응원하다가 보니 제1지대 팀에 낯선 친구 하나가 끼어 있었다. 안경을 쓴 말라쟁이인데 볼을 차지도 못하는 주제에 이리 뛰고 저리 닫고 갈개기는 홀로 갈개었다. 내가 옆에 서서 구경하는 심성운에게 "저기 저 안경쟁이⋯⋯ 어디서 난 뻐꾸기야?" 하고 입을 삐쭉하였더니 심성운은 "상해에 있는 황⋯⋯ 알지? 그 형이래." 하고 대답해 주었다.

"어느? 촬영소에 가 있다던?"

"응."

"흠⋯⋯ 그치야?"

나는 흥미를 갖고 새삼스레 그 안경 쓴 말라깽이를 여겨보았다. 황은 내가 심성운이랑 같이 상해에서 지하 활동을 할 때 안 사람인데 그의 아버지는 독립운동에 헌신한 노혁명가였다.

"형하구 동생이 아주 팔팔결 다르군그래."

"왜…… 그래두 어떻게 보면 모습이 좀 비슷한 데가 있지."

저녁녘에 그 황의 형이라는 친구와 통성명을 하게 되었는데,

"나는 김학철이라구 하우."

"나는 최채요."

황씨가 어느 틈에 최씨로 둔갑을 하였었다.

최채와 나는 다 자기를 대단한 예술가로─거의 천재적인, 스타니슬랍스키적인 예술가로─자처하고 있었다. 그러한 제멋에 사는 유사점으로 하여 그와 나는 곧 사귀어 의기상투(意氣相投)하는 친구로 될 수 있었다.

문정일이 제1전구 장관 사령부에 조선의용대 대표로 주재하고 있으면서 교묘한 수단을 써서 상장(上將) 참모장 곽기기(郭寄崎)를 업어 넘겨 준 덕에 우리는 피 한 방울 흘리지 않고 무사히 황하를 건너서 태항산으로 향할 수 있었다. 당시 황하를 항행하는 일체 선박은 다 국민당 군대의 통제하에 있었다. 그러므로 맹진나루를 건너는 데도 장관 사령부에서 직접 발급한 도하증이 절대로 필요하였었다. 조선의용대가 팔로군에 합류하자면 반드시 거쳐야 하는 그 맹진나루 도하 작전에서 문정일은 역사에 남을 공훈을 세웠다. 춘추시대의 탁월한 군사 전략가 손무도 '싸우지 않고 적병을 굴복시키는 것이 상수 중의 상수'라고 말하지 않았던가.

우리 부대가 태항산록에 주류하고 있을 때의 일이다. 나는 창작 의

욕이 불타서 상당히 어려운 환경임에도 불구하고 희곡, 즉 각본 하나를 써내었다. 제목은 〈등대〉이고 줄거리는 탈옥을 한 정치범이 등대지기 하는 형을 찾아오는 이야기를 엮은 것이었다. 나는 당시 그것을 탈고해 놓고 '이거 내가 셰익스피어, 입센을 능가하지 않았나?' 의심을 하였다. 아무리 보아도 내 그 〈등대〉가 〈햄릿〉이나 〈민중의 적〉보다 더 멋이 있어 보였기 때문이다. 아마도 머리가 너무 뜨거워져서 눈에 무엇이 씌웠던 모양이다. 개구리가 캥거루를 보고 "너두 나처럼 이렇게 도랑을 뛰어넘을 만하니?" 묻는 거나 무엇이 다르랴! 하룻강아지 범무서운 줄 모르던 시절의 한 토막 웃음거리였다.

그런데 그 유명짜한 〈등대〉의 연출을 담당한 것이 다름 아닌 바로 최채였다. (그는 영화배우 출신이었다.) 더구나 기이한 것은 작자인 나와 연출자인 최채가 다 무대에 올라가서 주역 노릇을 하는 것이었다. 최채는 등대지기를 하는 형, 나는 탈옥수인 그의 동생…… 아마도 채플린의 자작자연(自作自演)에서 계발을 받았던 모양이다. 채플린의 〈모던 시대〉는 1936년에 나오고 우리의 〈등대〉는 1941년—5년 후에 나왔으니까. 최채의 안해 역, 그러니까 내 형수 역을 담당한 것은 더더구나 기발하게 데라모토 아사코(寺本朝子)란 일본 여자였다. 그녀의 조선 이름은 권혁(權赫)이라고 하였는데 조선의용대대의 유일한 일본 여자로서 조선말, 중국말을 다 잘하였다. (그녀는 해방 후 나와 이웃하여 살면서 우리 젖먹이 아들 해양이를 업고 좋아라고 돌아다녔다. 그녀는 아이낳이를 못 하였다.)

〈등대〉의 무대장치를 담당한 것은 박무이고 효과를 담당한 것은 리명선이었는데, 박은 그 후 어느 통신사의 사장으로 되고 리는 조선전쟁 때 부대를 지휘하다가 인천에서 전사하였다. 박무는 광동 중산대학에서 중앙 육군 군관학교로 전학을 해 왔던 사람인데 무대장치를 어찌나 잘하는지 아무 데 내놓아도 손색이 없는 전문가의 솜씨였다. 그러하기에 나중에 마덕산이란 친구가 나를 보고 그 메기입을 실룩거리며 비웃었지.

"임마, 네 그것두 연극이야? 무대장치가 하두 볼만하기에 그걸 보느라구 끝까지 앉아 있었지…… 그렇잖았더면……."

마덕산이는 그 후 일본 군법회의에서 총살형을 언도받았다. 그는 12명의 총수로 편성된 행형대 앞에서 눈을 싸매는 것을 거절하고 오연히 버티고 서서 죽음을 맞이하였다.

효과를 담당한 리명선의 파도 소리는 고리짝 뚜껑에다 녹두를 담아가지고 이쪽저쪽으로 기울여서 내는데 아주 진짜 파도 소리 같아서 그윽한 항구의 정취를 자아낼 정도였다.

총탄이 우박 치는 전장을 이리 닫고 저리 닫고 하던 시절에 이런 연극을 상연하였던 일을 생각하면―아득한 옛날 젖먹이 시절의 엄마의 자장가가 은근히 귓전을 감도는 것처럼―나는 지금도 이름할 수 없는 향수에 잠기곤 한다.

해방 후 최채는 연변에서 일하며 〈혈투〉라는 각본을 써서 잡지에 발표하고 또 상연도 하였다. 그것은 조선의용군(이때는 '대'가 아니라 '군')의 유명한 전투―호가장 전투의 정경을 묘사한 것으로써 그 주요 인물 김철은 바로 나 이 김학철이었다. 재작년인가 최채가 연변에 왔을 때 연변대학 도서관에서 빌어다 주어서 나는 그 각본을 처음 읽어 보았다. 그 잡지의 이름은 잊어버렸는데 거기에는 정명석, 채택룡, 홍성도 등 여러 사람의 글도 실려 있었다.

최채가 성으로 올라가기 전에 그와 나는 여러 해 이웃하여(바로 앞뒷집) 살았는데 그때 틈만 있으면 우리는 장기를 어울렸었다. 둘의 장기

재주도 연극 재주만큼이나 없어서 먹이나 겨우 아는 정도였으나 둘이 다 성질이 가랑잎에 불붙기였으므로 옻진애비 모양 한곬으로 파고들며 기들을 썼었다. 누가 찾아올까 봐 문을 잠그고 또 전화가 걸려 올까 봐 수화기를 벗겨 놓고 그리고 맞달라붙어서 결판을 내었다.

최: "아뿔싸! 이제 그건 잘못 썼으니…… 한 번만 물리라구."

김: "한번 썼으면 고만이지 물리는 건 다 뭐야."

최: "아차실수루 그런 건데…… 좀 못 물릴 것 뭐 있어?"

김: "한번 안 된다면 안 되는 줄 알아. 개코같이!"

결국은 양편이 다 두 볼에다 밤을 물고 시무룩해서 갈라진다. 적어도 한 주일가량은 피차에 발을 끊는다. 그러나 한 주일이 지나면 궁둥이에 좀이 쑤셔서 견뎌 배길 재간이 없다. 결국은 최채가 어슬렁어슬렁 찾아와서 "학철이 있나? 뭘 해?" 하고 아무 일도 없었던 것처럼 안락의자에 엉뎅이를 내려놓는다.

"어때…… 한판 어울려 보까?"

"좋겠지!"

밤낮 이것을 되풀이하며 우리는 살았었다.

태항산에서 연극을 상연하는 때로부터 45년이 지난 지금도 최채와 나는 일을 하고 있다. 기력이 좋아서 끄떡없이 일을 하고 있다는 말이다.

《김학철 작품집》 1987년 6월

아름다운 우리말

 전에 내가 김승옥, 허분숙 두 분과 이웃하여 살고 있었을 때의 일이다. 그 두 댁의 막내아들들인 해민이와 동찬이는 나하고 어찌나 잘 사귀었던지 노상 우리 집에 와 살다시피 하였었다. 둘이 다 너덧 살씩 먹어서 데리고 놀기 딱 좋았으므로 우리 내외에게는 아주 좋은 심심풀이로 되었다.

 내가 놀리느라고,

 "해민이 좋은 놈이야, 나쁜 놈이야?"

물어보면 해민이는 언제나 서슴없이,

 "좋은 놈!"

하고 잘라 말하는 것이었다.

 "그럼 동찬이는? …… 좋은 놈? 나쁜 놈?"

 "좋은 놈!"

 두 놈이 다 '좋은'과 '나쁜'을 분간하는 데만 정신이 팔려서 그 밑에 '놈'이 붙은 것은 미처 생각들 못하였다. 우리 내외가 "그래그래, 좋은 놈! 좋은 놈!" 하고 하하 웃으면, 철없는 두 놈은 무슨 영문도 모르면서 제 딴엔 우습다고 손뼉들을 치면서 덩달아 캐들캐들 웃는 것이었다.

우리말의 '놈'은 본시 남성을 지칭하는 것이지만 귀여운 처녀아이들에게도 겸용되어 어른들이 그 딸애기나 손녀애기를 보고 "요놈." 또는 "아 요런 깜찍한 놈 좀 봤나!" 하는 것을 우리는 듣게 된다. 이런 경우에 '놈'은 애칭으로 되는 것이다. 바꿔 말하면 '좋은 놈'으로 되는 것이다.

"댁의 따님은 어디서 일하지요?"

"선생질한답니다."

"그럼 저 댁 아드님은요?"

"의사질한답니다."

이런 대화를 들을 적마다 나는 세상이 딱 귀찮은 생각까지 들곤 한다.

'어쩌면 저다지도 말의 교양들이 없을까!'

도적질, 협잡질, 행악질, 화냥질 등등등등…… '질'은 부정적 행위와 연결되는 수가 많은 말이다. 그런 말을 하필이면 싱싱하고 점잖은 직업 같은 데 갖다붙여서 말씨에 꾀까다로운 사람들―김학철이 같은 사람들―이 듣고 세상이 다 귀찮아지게 만들어 줄 것은 무엇인가? 정 할 수 없으면 '노릇'으로 대체라도 할 것이지! '선생 노릇', '의사 노릇'―이렇게.

나는 자기 남편을 '동무'라고 부르는 여자를 보면 얼른 귀를 틀어막고 오금에서 비파 소리가 나게 도망질을 쳐 버리는 성질이 있다. 그리고 자기 안해를 '동무'라고 부르는 남자를 보면 대번에 손이 근질근질해나는 성질도 있다.―귀싸대기를 한 대 갈겨 주고 싶어서 말이다.

우리 안사람에 대해서도 나는 차차 불만이 커 가는 중이다. (이 불만이 언제 일대 폭발을 일으킬는지는 물론 하느님만이 알고 계신다.) 시집을 갓 왔을 당시에는 고운 서울 말씨로 댕갈댕갈 지껄여서 내 귀에 음악적인 희열을 갖다 주던 것이 이제 와선 아주 글러 먹었으니까 말이다. 그전에는 내가 저녁때 늦게 돌아오면 으레 고운 서울 말씨로 "진지는요?" 물으며 부지런히 일어나 행주치마를 두르곤 하였었다. 그러던 것이 이 근년에 와서는 그 아름다운 말씨 — '진지'를 도태하고 시금털털한 말투로 "식사?" 하고 — 그 무거운 엉덩이를 방바닥에 붙인 채 — 물어보기가 일쑤이니…… 이게 그래 현저한 퇴보가 아니고 무어란 말인가! ('식사' 밑에 '는요'마저 생략된 데 유의하시라.)

'식사'는 일본말의 '쇼쿠지'를 직역한 것으로서 우리 민족 고유의 말인 '진지'에 비하면 기품이 퍽 떨어지는 말이다. 억하심정으로 이렇게 내리먹기를 좋아들 하는지. 제 좋은 비단옷을 마다하고 남의 나라에서 들여온 마대옷을 걸치기를 좋아들 하시는지. 이것도 하느님만이 알 노릇이다.

홍명희 선생의 《림꺽정》에서는 전라도 기생 계향이도 서울말을 하고, 평안도 기생 초향이도 서울말을 하고, 그리고 서울 기생 소홍이도 역시 서울말을 한다. (이것은 물론이다.) 리기영 선생이 그 작품들에서 서울말과 지방의 사투리말을 놀랄 만큼 능숙하게 구분하여 구사하는 데 비하면 이것은 의론의 여지가 없는 부족점이다. 그렇기는 하지만 《림꺽정》의 인물들이 쓰는 말은 참으로 아름다운 우리 민족의 말 — 자랑스러운 말이다.

《림꺽정》에는 남북조선 어느 사전에서도 찾아볼 수 없는 멋진 어휘들이 거의 무진장으로 들어 있어서 우리말의 '어휘 대사전'이라고 하여도 과언은 아닐 것이다.

지난번에 내가 어느 졸작 소설에서 "저는 이미 마음속에 정한 사람이 있에요"라는 말을 썼더니 편집자는 친절하게도 '있에요'를 '있어요'로 고쳐 놓았었다. 물론 '있에요'와 '있어요'는 같은 말이다. 그러나 '있에요'에는 아름다운 여자의 '맛'이 들어 있다. 이것은 여자뿐만이 아니다. 남자도—젊은 남자가— '네, 제가 그랬에요' 하는 것이 '네, 제가 그랬어요' 하는 것보다 훨씬 '감칠맛'이 있는 법이다.

내 말이 미덥잖거든 《림꺽정》을 한번 뒤져 보라. 맨 '에요'투성일 테니. 《림꺽정》에서는 황천왕동이의 안해—스물몇 살 먹은 옥련이가 "제가 무슨 생각이 있에요."라는 말을 하는가 하면 옥련이의 남편—서른몇 살 먹은 황천왕동이도 "제가 무슨 재주루 그걸 알아내겠에요."라는 말을 한다. 책을 뒤져 보기가 귀찮거든 그럼 서울 방송을 한번 귀담아 들어 보라. 거기서 '했에요', '있에요'를 쓰는가, 안 쓰는가.

아름다운 우리말은 작자, 역자만이 배워야 할 것이 아니라 편집자도 역시 배워야 할 것이다. 최소한으로 남의 이미 써 놓은 아름다운 말을 애써 깎거나 고쳐서 밉게 만들지는 말아야 할 것이니까 말이다. 예컨대 우리 편집자가 '아차실수'란 우리의 말을 몰라서 '아차, 실수'로 고쳐 놓는다면 이것도 유감스러운 일이 아니겠는가.

연변에서 번역 제작한 일본 텔레비전 영화 〈오신〉에서 며느리를 '마님'이라고 하고 시어머니를 '큰마님'이라고 하였는데 이것도 잘못이다. 이런 경우에 며느리는 '아씨', 시어머니는 '마님'이 되어야 할 것이다. 그리고 딸은—어려서는 '애기'라고 부르고 커서는 '아가씨'라고 불러야 할 것이다.

이 〈오신〉에 사람을 크게 웃기는 웃음거리가 또 하나 있는바 그것은 어린 여주인공 오신이 부잣집에 가 드난살이하는 것을 '머슴살이'를 한다고 한 것이다. 머슴은 남자가 사는 것이다. 여자가 드난살이하는 것은 '안잠'을 잔다고 해야 한다. 남자는 '머슴꾼', 여자는 '안잠자기'—이것은 우리말의 최저한의 상식이다.

《김학철 작품집》1987년 6월

부록

김학철 연보

김학철 작품 연보

김학철 연보

1916년

11월 4일, 함경남도 원산에서 누룩 제조업자의 아들로 태어남, 당시 이름은 홍성걸. (식민지 조선 함경남도 덕원군 현면 용동리, 현재 원산시 용동.)

1917년 (1세)

11월, 러시아사회주의 10월혁명 일어남.

1919년 (3세)

3월, 조선 3·1운동. 5월, 중국 5·4운동.
11월, 김원봉 길림성에서 의열단 조직.

1922년 (6세)

아버님 홍두표의 타계로 홀어머니 김상련(28세) 슬하에서 삼 남매가 자람. 여동생 성선, 성자.

1924년 (8세)

4월, 원산제2공립보통학교 입학.

1929년 (13세)

1월, 원산총파업. 3월, 원산제2공립보통학교 졸업. 서울 외갓집(관훈동 69번지) 도움으로 서울 보성고등학교 입학.

11월 3일, 광주학생운동.

1931년 (15세)

9월, 중국 9·18사변. 일본, 중국 동북3성 점령.

1932년 (16세)

4월, 윤봉길 상해 홍구공원 의거에 큰 충격을 받음.

1934년 (18세)

서울 보성고등학교 졸업. 이상화의 〈빼앗긴 들에도 봄은 오는가〉와 입센의 《민중의 적》 영향으로 빼앗긴 땅을 총으로 찾으려 결심. 문학지 〈조선문단〉에 소설 한 편 써냈다가 퇴짜 맞음. 다시는 소설을 안 쓰기로 결심함.

1935년 (19세)

상해 임시정부를 찾아 중국 상해로 망명. 상해에서 심운(일명 심성운)에 포섭되어 의열단에 가입. 석정(본명 윤세주)의 영도 아래 반일 지하 테러 활동 종사. 상해에서 리경산(일명 리소민)과 친해짐.

7월, 조선민족혁명당 성립.

1936년 (20세)

조선민족혁명당 입당. 당시 조선민족혁명당 중앙 본부 소재지는 남경 화로강(花

露崗). 행동대 대장은 로철룡(일명 최성장), 대원으로는 서각, 라중민, 왕극강, 안창손, 김학철 등. 행동대는 상해에서 반일 테러 활동 전개. 조선민족혁명당 김원봉의 편지를 가지고 김구 선생을 만남. 화로강의 동료로는 반일 애국자 최성장, 반해량(리춘암), 로철룡, 문정일, 정율성, 로민, 김파, 서휘, 홍순관, 한청, 조서경, 리화림, 안창손, 라중민 등. 루쉰 선생을 몹시 숭배하여 리수산과 함께 여반로(呂班路) 루쉰 선생 저택 문앞까지 갔다가 용기 부족으로 돌아옴.

1937년 (21세)

7월, 중국 호북 강릉 중앙육군군관학교(황포군관학교, 교장 장개석) 입학. 당시의 교관으로는 김두봉(호 백연), 한빈(일명 왕지연), 석정, 왕웅(본명 김홍일), 리익성, 주세민. 김두봉, 한빈, 석정의 진보적 사상 영향으로 마르크스주의자가 됨. 동창생으로는 문정일, 리대성, 한청, 조서경, 홍순관, 리홍빈, 황재연, 요천택, 리상조 등.

7월 7일, 노구교사건 중일전쟁 발발.

1938년 (22세)

7월, 중앙육군군관학교 졸업하고 소위 참모로 국민당 군대에 배속.

10월, 무한에서 조선의용대(조선의용군의 전신, 총대장 김원봉) 창립, 창립 대원으로 제1지대 소속. 조선의용대 창립 대회에는 무한 팔로군 판사처 책임자 주은래와 국민혁명군사위원회 정치부 제3청 청장 곽말약 참석.

화북 항일 전장에서 분대장으로서 활약, 전우로는 김학무, 문명철, 문정일 등.

1939년 (23세)

상반년, 호남성 북부 일대에서 항일 무장 선전 활동 전개.

하반년, 호북성 제2지대로 옮겨 중국 국민당 제5전구와 서안 일대에서 교전.

1940년 (24세)

8월 29일, 중국공산당에 가입.

1941년 (25세)

연초, 조선의용대 제1지대원으로서 락양 일대에서 참전.

여름, 화북 팔로군 지역으로 들어가 조선의용군 화북 지대 제2분대 분대장으로 참전.

12월 12일, 하북성 원씨현 호가장 전투에서 일본군과 교전 중 부상, 포로가 됨.

태항산 시기 항전 일선에서 가사, 극본 등 창작. 김학철 작사, 류신 작곡 〈조선의 용군 추도가〉, 김학철 극본, 최채 연출 〈등대〉 등.

1942년 (26세)

1월부터 4월까지 석가장 일본 총영사관에서 심문받음. 당시 '일본 국민'으로 10년 수감 판결, 죄명은 치안유지법 위반.

5월, 북경에서 열차로 부산까지, 부산에서 다시 배를 갈아타고 일본으로 연행. 일본 나가사키 형무소에 수감. 단지 전향서를 쓰지 않는다는 이유로 총상당한 다리를 치료받지 못함. 옥중에서 같이 수감된 송지영(KBS 전임 이사장)과 알게 됨.

1943년~1944년 (27세~28세)

일본 나가사키 감옥 수감.

1945년 (29세)

수감 3년 6개월 만에 왼쪽 다리 절단.

8월 15일, 일본 항복.

10월 9일, 맥아더사령부의 정치범 석방 명령으로 송지영 등과 함께 출옥. 송지영과 함께 서울로 감. 송지영의 소개로 소설가 리무영을 알게 됨. 리무영은 김학철의 문학 '계몽 스승'이 됨.

11월 1일, 조선독립동맹 서울시위원회 위원으로 좌익 정치 활동을 하면서 소설 창작 활동. 문학가동맹에서 조벽암, 리태준, 김남천, 리원조, 안희남 등을 알게 됨.

12월 1일, 처녀작 단편소설 〈지네〉를 서울 〈건설주보〉에 발표.

1946년 (30세)

서울서 창작 활동. 〈균렬〉(〈신문학〉 창간호), 〈남강도구〉(〈조선주보〉), 〈아아 호가장〉(〈신천지〉), 〈야맹증〉(〈문학비평〉), 〈밤에 잡은 부로〉(〈신천지〉), 〈담뱃국〉(〈문학〉 창간호), 〈상흔〉(〈상아탑〉), 그 밖에 〈달걀(닭알)〉, 〈구멍 뚫린 맹원증〉 등 십여 편 단편소설을 서울에서 발표.

11월, 좌익 탄압으로 부득이 월북.

1947년 (31세)

로동신문사 기자, 인민군 신문 주필로서 창작 활동.

경기도 인천시 부평 사람 김혜원(본명 김순복) 여사와 결혼.

단편소설 〈정치범 919〉, 〈선거 만세〉, 〈적구〉, 〈똘똘이〉, 〈꼼뮨의 아들〉 등을 신문, 잡지에 발표. 중편소설 〈범람(氾濫)〉 조선문학예술총동맹기관지 〈문학예술〉에 발표.

1948년 (32세)

2월, 외아들 김해양 출생, 인천 부평.

외금강휴양소 소장 맡음. 이때 김일성이 어린 김정일을 데리고 수차 찾아옴.

고골의《검찰관》번역 출판, 시나리오로 개편. 황철, 문예봉 등 연출 준비 완료, 전쟁으로 중단. 정율성과 합작하여 〈동해어부〉, 〈유격대전가〉 등 창작.

1950년 (34세)

6·25 한국전쟁 발발.

10월, 압록강을 건너 중국행, 국경에서 문정일의 도움을 받음.

1951년 (35세)

1월부터 중국 북경 중앙문학연구소(소장 정령)에서 연구원으로 창작 활동.

1952년 (36세)

10월, 주덕해, 최채의 초청으로 연변에 정착.

연변문학예술계연합회 주비위원회 주임으로 활동.

중편소설《범람》(중문), 단편소설집《군공메달》(중문) 인민문학출판사 출판. 루쉰 단편소설집《풍파》번역, 연변교육출판사 출판.

1953년 (37세)

6월, 연변문학예술계연합회 주임직 사퇴하고 전직 작가로 창작 활동.

단편소설집《새집 드는 날》연변교육출판사 출판. 정령 장편소설《태양은 상건하를 비춘다》번역. 루쉰 중편소설집《아큐정전》번역, 연변교육출판사 출판.

1954년 (38세)

장편소설《해란강아 말하라》(상, 중, 하) 연변교육출판사 출판.

1955년 (39세)

루쉰 중편소설집 《축복》 번역, 연변교육출판사 출판.

1957년 (41세)

반동분자로 숙청당해 24년 동안 강제노동에 종사.

단편소설집 《고민》 북경민족출판사 출판. 중편소설 《번영》 연변교육출판사 출판.

1961년 (45세)

북경 소련대사관 진입 시도 사건.

1962년 (46세)

주립파 장편소설 《산촌의 변혁》(상) 번역, 연변인민출판사 출판.

1964년 (48세)

주립파 장편소설 《산촌의 변혁》(하) 번역, 연변인민출판사 출판.

1966년 (50세)

중국 문화대혁명 시작.

7월, 홍위병의 가택수색으로 개인숭배, 대약진을 비판한 장편소설 《20세기의 신화》 원고 발각, 몰수.

1967년 (51세)

12월부터 《20세기의 신화》를 쓴 죄로 징역살이 10년.

연길 구치소(미결), 장춘 감옥, 추리구 감옥 감금, 복역.

1977년 (61세)

12월, 만기 출옥. 향후 3년간 반혁명 전과자로 실업.

1980년 (64세)

12월, 복권. 24년 만에 64세의 나이로 창작 활동 재개.

1983년 (67세)

전기문학《항전별곡》흑룡강조선민족출판사 출판.

1985년 (69세)

11월, 중국작가협회 연변 분회 부주석으로 당선.

《김학철단편소설집》료녕민족출판사 출판.

1986년 (70세)

중국작가협회 가입.

장편소설《격정시대》(상, 하) 료녕민족출판사 출간.

전기문학《항전별곡》한국 거름사 재판.

1987년 (71세)

《김학철작품집》연변인민출판사 출판.

1988년 (72세)

장편소설《격정시대》(상, 중, 하),《해란강아 말하라》(상, 하) 한국 풀빛사 재판.

1989년 (73세)

1월 29일, 중국공산당 당적 회복.

9월 22일~12월 18일, 월북 후 첫 서울 나들이. 12월, 부부 동반 일본 방문.

보고문학《김일성의 비서실장 고봉기의 유서》한국 천마사 출판. 단편소설집
《무명소졸》한국 풀빛사 출판. 산문집《태항산록》한국 대륙연구소 출판.

1991년 (75세)

6월 21일~7월 3일, 서안 옛 전우 서휘, 강진세 등을 방문.

1993년 (77세)

5월~7월, 부부 동반 일본 방문.

1994년 (78세)

3월, KBS해외동포상(특별상) 수상. 2월~4월, 부부 동반 한국 방문.

산문집《누구와 함께 지난날의 꿈을 이야기하랴》한국 실천문학사 출판.

1995년 (79세)

자서전《최후의 분대장》한국 문학과지성사 출판.

1996년 (80세)

산문집《나의 길》북경민족출판사 출판. 장편소설《20세기의 신화》한국 창작
과비평사 출판.

12월, 창작과비평사 초청으로 한국 방문 출판기념회 참석.

1998년 (82세)

4월, 장춘 〈장백산〉 잡지사 방문.

6월, 우리민족 서로돕기 운동본부 초청으로 서울 방문.

10월, 서울 보성고교 초청으로 한국 방문. '자랑스러운 보성인' 수상.

《무명소졸》 료녕민족출판사 재판. 〈김학철 문집〉 제1권 《태항산록》, 제2권 《격정시대》 연변인민출판사 출판.

1999년 (83세)

10월, 우리민족 서로돕기 운동본부 초청으로 서울 방문.

〈김학철 문집〉 제3권 《격정시대》, 제4권 《나의 길》 연변인민출판사 출판.

2000년 (84세)

5월, NHK 서울지사 초청으로 서울 방문.

2001년 (85세)

한국 밀양시 초청으로 한국 방문. 석정(윤세주 열사) 탄신 100주년 기념 국제학술회 참석. 서울 적십자병원 입원.

2001년 9월 25일 오후 3시 39분, 연길시에서 타계. 유체는 화장하여 두만강에 뿌려짐. 일부는 우편함에 담아 동해바다로 보냄. 우편함에는 '원산 앞바다 行 김학철(홍성걸)의 고향 가족, 친우 보내 드림'이라고 씀.

산문집 《우렁이 속 같은 세상》 한국 창작과비평사 출판.

2005년

8월 5일, '김학철·김사량 항일문학비' 중국 하북성 호가장 옛 전투장에 세움.

2006년

11월 4일, 중국 연변 도문시 장안촌 용가미원에 '김학철문학비' 건립.

장편소설 《격정시대》(1·2·3) 한국 실천문학사 출판.

2007년

《김학철 평전》(김호웅, 김해양) 한국 실천문학사 출판.

2009년

중국 내몽골사범대학 내 중국소수민족문학관에 '김학철 동상' 건립.

2014년

중문 〈김학철 문집〉 제1집 출판.

2020년

일문 〈김학철 선집〉 제1집 출판.

2022년

《격정시대》(상, 하), 《최후의 분대장》(〈김학철 문학 전집〉 1~3권) 한국 보리출판사 출판. 이후 〈김학철 문학 전집〉 4권~12권(보리출판사) 순차로 출판 예정.

김학철 작품 연보

소설

이렇게 싸웠다, 〈한성시보〉 1945년 10월.

지네, 〈주보 건설〉 1945년 12월.

남강도구, 〈조선주보〉 1946년 4월.

균렬, 〈신문학〉 1946년 4월.

아아, 호가장, 〈신천지〉 1946년 5월.

달걀, 〈민성〉 1946년 6월.

야맹증, 《문학비평》 1946년 6월.

밤에 잡은 부로, 〈신천지〉 1946년 6월.

담배국, 〈문학〉 1946년 7월.

상흔, 〈상아탑〉 1946년 7월.

안개 낀 아츰, 〈우리 문학〉 1947년 3월.

구멍 뚫린 맹원증, 미확인, 1940년대.

고향의 상공에서, 〈연변문예〉 1951년 4월.

피 흘린 기록(상, 하), 〈연변문예〉 1951년 5-6월.

송도(松濤, 솔바람), 《군공장》 1952년.

군공장(軍功章, 군공 메달), 《군공장》 1952년.

在嚴峻的日子裏(준엄한 나날에), 《군공장》 1952년.

새집 드는 날, 〈동북조선인민보〉 1953년 5월 27일.

맞지 않은 기쁨, 〈동북조선인민보〉 1953년 6월 12일.

지나온 다리, 〈동북조선인민보〉 1953년 6월 26일.

늪 임자, 〈동북조선인민보〉 1953년 7월 10일.

뿌리박은 터, 〈동북조선인민보〉 1953년 7월 17일.

물방울 한 알에도, 《새집 드는 날》 1953년.

탈곡장에서, 《새집 드는 날》 1953년.

승리의 기록, 《새집 드는 날》 1953년.

전우, 《새집 드는 날》 1953년.

돌배나무골 사건, 《뿌리박은 터》 1953년.

삐오네르, 〈연변문예〉 1954년 3월.

싸움은 이제부터, 〈연변문예〉 1954년 8월.

눈보라와 더불어, 〈연변문예〉 1954년 11월.

호박 물부리, 〈연변일보〉 1955년 8월 26일.

내선 견습공, 〈연변문예〉 1956년 8월.

시공 검사원, 〈연변문예〉 1956년 10월.

현장에서 온 편지, 〈연변청년〉 1956년 10월.

귀향, 〈연변문예〉 1956년 12월.

괴상한 휴가, 〈아리랑〉 1957년 1월.

질투, 〈연변청년〉 1957년 1월.

봄은 아직 이르다, 〈연변청년〉 1957년 2월.

고민, 《고민》 1957년 4월.

구두의 력사, 《고민》 1957년 4월.

내선 견습공, 《고민》 1957년 4월.

질투, 《고민》 1957년 4월.

현장에서 온 편지, 《고민》 1957년 4월.

호박 물부리, 《고민》 1957년 4월.

서리(희곡), 〈아리랑〉 1957년 5월.

다리발, 〈연변일보〉 1957년 5월 7일~5월 8일.

싸움 끝에 드는 정, 〈아리랑〉 1957년 9월.

무명용사전, 미확인, 1957년.

번영, 미확인, 1957년.

군공 메달, 〈대중문예〉 1981년 1월.

우정, 〈천지〉1981년 3월.

인간 세상, 〈대중문예〉1981년 3월.

두름길에서, 〈아리랑〉1981년 4월.

고뇌의 표준, 〈천지〉1981년 5월.

담배국, 〈송화강〉1982년 3월.

쌍둥이 자매, 〈천지〉1982년 11월.

작은 아씨, 《항전별곡》1983년.

맹진나루, 《항전별곡》1983년.

항전별곡, 《항전별곡》1983년.

부재 증명, 〈도라지〉1983년 2월.

신랑감, 〈송화강〉1983년 2월.

네 번째 총각, 〈천지〉1983년 3월.

무한 춘추, 〈장춘문예〉1984년 1월.

남경 춘추, 〈장백산〉1984년 2월.

주둔 춘추, 〈송화강〉1984년 2월.

상해 춘추, 〈아리랑〉1984년 15호.

모험 세계, 〈은하수〉1985년 1-2월.

죄수 의사, 〈장춘문예〉1985년 3월.

매복전, 〈흑룡강신문〉1985년 4월 6일.

문학도, 〈도라지〉1985년 5월.

전란 속의 녀인들, 〈료녕조선문보〉1985년 8월 30일.

짓밟힌 정조, 〈천지〉1985년 9월.

苦惱人的尺度(中文), 〈金達萊〉1985년 9월.

새암, 《김학철 단편소설선집》1985년.

송도(松濤, 솔바람), 《김학철 단편소설선집》1985년.

구두의 력사, 《김학철 단편소설선집》1985년.

고민, 《김학철 단편소설선집》1985년.

격정시대(상·하), 1986년.

무명소졸, 〈길림신문〉1986년 8월 18일.

이런 녀자가 있었다, 〈아리랑〉 1986년 24호.

밀고 제도, 〈천지〉 1987년 2월.

종횡 만리, 〈천지〉 1988년 1월.

반역자, 〈천지〉 1988년 10월.

세방살이, 〈천지〉 1989년 5월.

20세기의 신화, 〈천지〉 1989년 8월.

열병, 《태항산록》 1989년 12월.

태항산록, 《태항산록》 1989년 12월.

우정 반세기, 〈천지〉 1990년 12월.

죄수 의사, 〈천지〉 1995년 5월.

균렬, 〈장백산〉 1997년 2월.

무명소졸, 〈장백산〉 1997년 3월.

죄수 의사, 〈천지〉 1998년 4월.

자서전과 전기문학

최후의 분대장, 〈천지〉 1994년 9월 / 1995년 4월.

無名勇士傳(中文), 〈芙蓉〉 1982년 1월.

少奶奶(中文), 〈金達萊〉 1982년 1월.

산문

문화 정책과 중국 공산당, 〈예술〉 1946년 1월.

랭정, 〈신세대〉 1946년 3월.

시인의 사명, 〈현대일보〉 1946년 5월 8일.

민족문화의 계급성, 〈예술신문〉 1946년 6월.

헌법 만세, 〈동북조선인민보〉 1953년 9월 23일.

심각하라!, 〈연변문예〉 1954년 9월.

긴 것이 순가?, 〈동북조선인민보〉 1954년 9월 14일.

위대한 문호 로신을 따라 배우자, 〈동북조선인민보〉 1954년 10월 19일.

20년, 〈연변일보〉 1956년 10월 16일.

한약과 소설, 〈연변일보〉 1956년 12월 4일.

말츠의 단편소설 '도적질'에 대하여, 〈아리랑〉 1957년 2월.

교조주의와 종파주의를 제거해야 한다, 〈연변일보〉 1957년 5월 24일.

소위 "소위 '란숙기'", 〈연변일보〉 1957년 6월 23일.

遠方來信(中文), 〈百花園〉 1982년 1월.

형상성과 유모아, 〈장춘문예〉 1984년 1월.

위덕이 엄마, 〈연변녀성〉 1984년 6월.

생각이 나는 대로, 〈아리랑〉 1984년 16호.

전적지에 얽힌 사연, 〈천지〉 1984년 10월.

궁녀, 〈천지〉 1985년 1월.

한담설화, 〈연변일보〉 1985년 1월 24일.

작가 수업, 〈장백산〉 1985년 2월.

편집자는 박식가로, 〈문학과 예술〉 1985년 4월.

그리운 프로필, 〈연변일보〉 1985년 4월 11일.

원쑤와 벗, 〈송화강〉 1985년 5월.

극단 예술, 〈길림신문〉 1985년 5월 14일.

인육 병풍, 〈연변일보〉 1985년 7월 7일.

간판왕, 〈은하수〉 1985년 10월.

또 뒤걸음질?, 〈연변일보〉 1985년 10월 24일.

종교만필, 〈청년생활〉 1985년 11월.

나의 양력설, 〈길림신문〉 1986년 1월 1일.

나의 처녀작, 〈연변일보〉 1986년 1월 30일.

역시 공식화, 〈아리랑〉 1986년 27호.

강낭떡에 얽힌 사연, 〈송화강〉 1986년 1월.

청년 시절의 추억, 〈청년생활〉 1986년 1-2월.

세 악마의 죽음, 〈천지〉 1986년 2월.

불합격 남편, 〈도라지〉 1986년 2월.

죄수복에 얽힌 사연, 〈북두성〉 1986년 2월.

'천지' 문학상, 〈천지〉 1986년 3월.

나의 무대 생활, 〈새마을〉 1986년 4월.

변천의 35년, 〈천지〉 1986년 5월.

시인의 품격, 〈도라지〉 1986년 5월.

밤의 단상, 〈북두성〉 1986년 5월.

쌍년이—우리 어머니, 〈연변녀성〉 1986년 5월.

한 녀류 작가, 〈천지〉 1986년 6월.

'맛'이 문제, 〈은하수〉 1986년 7월.

닭알 파문, 〈길림신문〉 1986년 7월 12일.

'짓밟힌 정조' 후일담, 〈천지〉 1986년 8월.

자비출판, 〈천지〉 1986년 8월.

심상찮은 소경력, 〈청년생활〉 1986년 8월.

덧붙이기, 〈연변일보〉 1986년 9월 27일.

동서남북풍, 〈연변일보〉 1986년 10월 12일.

민족 형식, 〈길림신문〉 1986년 10월 18일.

로신의 방향, 〈길림신문〉 1986년 11월 4일.

고통의 심도, 〈문학과 예술〉 1987년 1월.

한 되들이 알단지, 〈문학과 예술〉 1987년 1월.

정률성을 추억하여, 〈청년생활〉 1987년 1월.

오고가는 정, 〈길림신문〉 1987년 1월 13일.

우리 외삼촌, 〈도라지〉 1987년 2월.

뽑히고서, 〈북두성〉 1987년 2월.

횡설수설, 〈북두성〉 1987년 2월.

호상 승인, 〈갈매기〉 1987년 2월.

평론 앞으로 갓, 〈연변일보〉 1987년 2월 7일.

민족의 얼, 〈길림신문〉 1987년 3월 10일.

《해란강아 말하라》의 력사적 진실성, 〈문학과 예술〉 1987년 3월.

《격정시대》의 창작 과정, 〈갈매기〉 1987년 4월.

소설 언어, 〈중국조선어문〉 1987년 4-5월.

건망증, 〈은하수〉 1987년 5월.

수양 문제, 〈도라지〉 1987년 6월.

소년 김학철—모순당착적 성격, 〈북두성〉 1987년 6월.

조선말—불사조, 〈중국조선어문〉 1987년 6월.

아름다운 우리말, 《김학철 작품집》 1987년 6월.

경사로운 날에, 《김학철 작품집》 1987년 6월.

발가락이 닮았다, 《김학철 작품집》 1987년 6월.

역시 아편, 《김학철 작품집》 1987년 6월.

나의 '동범', 《김학철 작품집》 1987년 6월.

연극에 얽힌 사연, 《김학철 작품집》 1987년 6월.

리화림—반세기, 〈천지〉 1987년 7월.

부작용, 〈연변일보〉 1987년 8월 13일.

'반달'에 얽힌 사연, 〈천지〉 1987년 10월.

진실성 문제, 〈길림신문〉 1987년 11월 14일.

전화에 얽힌 사연, 〈아리랑〉 1987년 30호.

룡—상상의 동물, 〈길림신문〉 1988년 1월 1일.

나의 전우들, 〈길림신문〉 1988년 1월 5일.

후보 '불고기', 〈연변일보〉 1988년 1월 10일.

사색하는 동물, 〈장백산〉 1988년 1월.

취미의 력사, 〈은하수〉 1988년 1월.

랑만의 세계, 〈천지〉 1988년 2월.

청첩 공포증, 〈연변일보〉 1988년 2월 24일.

황혼의 단상, 〈문학과 예술〉 1988년 3월.

그 모습 그 인끔, 〈송화강〉 1988년 3월.

주택 사정, 〈북두성〉 1988년 3월.

비굴한 몰골, 〈중국조선어문〉 1988년 3월.

다 못 가고……, 〈연변일보〉 1988년 3월 12일.

인간 문정일, 〈도라지〉 1988년 4월.

미적 감수, 〈문학과 예술〉 1988년 4월.

위대한 삶, 〈천지〉 1988년 5월.

비지떡 작가, 〈송화강〉 1988년 5월.

주견 없는 사람, 〈갈매기〉 1988년 5월.

십자거리, 〈연변일보〉 1988년 5월 14일.

문학도끼리, 〈천지〉 1988년 6월.

수양 문제, 〈도라지〉 1988년 6월.

민족의 치욕, 〈문학과 예술〉 1988년 6월.

가랑잎 경기, 〈송화강〉 1988년 6월.

교묘한 형벌, 〈천지〉 1988년 9월.

김창걸 선생, 〈연변일보〉 1988년 9월 8일.

군웅할거, 〈연변일보〉 1988년 9월 28일.

녀성의 아름다움, 〈연변녀성〉 1988년 10월.

뢰물 론난, 〈길림신문〉 1988년 10월 1일.

잡문 진화론, 〈연변일보〉 1988년 10월 6일.

부의 범람, 〈길림신문〉 1988년 10월 29일.

뜻깊은 례물, 〈연변일보〉 1988년 11월 10일.

숙제 지옥, 〈길림신문〉 1988년 12월 8일.

신세타령, 〈연변일보〉 1988년 12월 18일.

오염된 량심, 〈흑룡강신문〉 1988년 12월 24일.

양력설, 음력설, 〈연변일보〉 1989년 1월 1일.

고상한 넋, 〈천지〉 1989년 1월.

20세기의 신화, 〈도라지〉 1989년 1월.

100만 대 1, 〈문학과 예술〉 1989년 1월.

복잡한 심정, 〈문학과 예술〉 1989년 1월.

고운 말 미운 말, 〈중국조선어문〉 1989년 1월.

련애지남, 〈길림신문〉 1989년 1월 19일.

이상 현상, 〈장백산〉 1989년 2월.

원로 편집인, 〈연변일보〉 1989년 2월 18일.

세월과 더불어, 〈북두성〉 1989년 3월.

같은 값이면, 〈중국조선어문〉 1989년 3월.

나의 실패작, 〈연변일보〉 1989년 3월 11일.

소묘 시대, 〈료녕조선문보〉 1989년 3월 28일.

숭고한 인상, 〈갈매기〉 1989년 3-4월.

훈수군, 〈길림신문〉 1989년 4월 1일.

야릇한 인연, 〈문학과 예술〉 1989년 4월.

결초보은, 〈송화강〉 1989년 4월.

천양지차, 〈연변일보〉 1989년 4월 13일.

결핵 현상, 〈연변일보〉 1989년 4월 25일.

뒤지는 원인, 〈길림신문〉 1989년 4월 27일.

괴상한 현상, 〈길림신문〉 1989년 5월 9일.

곡절 49년, 〈은하수〉 1989년 6월.

성격 형상, 〈장백산〉 1989년 6월.

반풍수, 〈갈매기〉 1989년 6월.

울지도 웃지도 못할 일, 〈중국조선어문〉 1989년 6월.

송지영—나의 벗, 〈길림신문〉 1989년 6월 3일.

젊어진 넋, 〈연변일보〉 1989년 6월 17일.

소박의 미, 〈길림신문〉 1989년 6월 22일.

화로강 사화, 〈천지〉 1989년 7월.

가련한 인생, 〈은하수〉 1989년 7월.

이름 가지가지, 〈연변일보〉 1989년 8월 3일.

중고품 총각, 〈길림신문〉 1989년 8월 10일.

미이라, 〈연변일보〉 1989년 8월 20일.

신문만필, 〈길림신문〉 1989년 9월 5일.

봉사성 문제, 〈연변일보〉 1989년 9월 9일.

나의 실련, 〈길림신문〉 1989년 9년 19일.

나의 참회, 〈장백산〉 1990년 1월.

남녀 불평등, 〈연변녀성〉 1990년 2월.

가시밭길, 〈문학과 예술〉 1990년 4월.

기쁨과 근심, 〈연변일보〉 1990년 4월 8일.

조정래, 〈도라지〉 1990년 5월.

동심란만, 〈연변일보〉 1990년 6월 3일.

인격 문제, 〈연변일보〉 1990년 6월 8일.

시비 박물관, 〈길림신문〉 1990년 6월 26일.

원인과 결과, 〈료녕조선문보〉 1990년 7월 7일.

미이라, 〈천지〉 1990년 9월.

졸작과 걸작, 〈연변일보〉 1990년 9월 11일.

입의 재난, 〈은하수〉 1990년 10월.

알고도 모를 일, 〈연변일보〉 1990년 11월 21일.

고향이란 무엇이길래, 〈료녕조선문보〉 1990년 12월 1일.

비석 론난, 〈압록강〉 1990년 12월 15일.

문학과 나, 〈료녕조선문보〉 1990년 12월 22일.

이 생각 저 생각, 〈장백산〉 1991년 1월.

동추하춘, 〈문학과 예술〉 1991년 1월.

도덕 문제, 〈송화강〉 1991년 1월.

론난 '한번만', 〈천지〉 1991년 2월.

사형 집행 끝났나, 〈중국조선어문〉 1991년 2월.

내리사랑 치사랑, 〈연변일보〉 1991년 3월 26일.

수상 후유증, 〈연변일보〉 1991년 3월 30일.

과잉보호, 〈청년생활〉 1991년 4월.

공식 세계, 〈장백산〉 1991년 4월.

유감천만, 〈문학과 예술〉 1991년 4월.

미학의 빈곤, 〈장백산〉 1991년 5월.

구태의연, 〈장백산〉 1991년 5월.

공정가격, 〈연변일보〉 1991년 5월 15일.

참배 풍파, 〈천지〉 1991년 6월.

황포동학회, 〈연변일보〉 1991년 6월 7일.

벤츠는 달린다, 〈천지〉 1991년 8월.

소음공해, 〈청년생활〉 1991년 8월.

투구 사건, 〈연변일보〉 1991년 8월 3일.

6월 31일, 〈길림신문〉 1991년 8월 8일.

걸어 다니는 백과사전, 〈길림신문〉 1991년 9월 7일.

화제거리, 〈료녕조선문보〉 1991년 9월 11일.

맨발 출연, 〈연변일보〉 1991년 9월 28일.

닭 한 마리로 일어난 풍파, 〈길림신문〉 1991년 12월 12일.

판도라의 궤, 〈장백산〉 1992년 1월.

너구리 현상, 〈길림신문〉 1992년 1월 23일.

고문 바람, 〈장백산〉 1992년 2월.

제1부인, 〈도라지〉 1992년 2월.

거장의 손, 〈문학과 예술〉 1992년 2월.

'거지'의 뿌리, 〈연변일보〉 1992년 2월 15일.

반디불 남편, 〈연변일보〉 1992년 2월 23일.

독서삼매, 〈천지〉 1992년 3월.

담근 날자, 〈장백산〉 1992년 3월.

성장 과정, 〈도라지〉 1992년 3월.

고혈압병, 〈문학과 예술〉 1992년 3월.

인습 타파, 〈문학과 예술〉 1992년 3월.

문객 문학, 〈송화강〉 1992년 3월.

추운 물, 〈연변일보〉 1992년 3월 20일.

비교봉사학, 〈길림신문〉 1992년 3월 24일.

비유와 직설, 〈장백산〉 1992년 4월.

제2차 공판, 〈송화강〉 1992년 4월.

영웅 론난, 〈청년생활〉 1992년 4월.

담배대 승차, 〈연변일보〉 1992년 4월 3일.

수필 산책, 〈송화강〉 1992년 5월.

아, 태항산, 〈길림신문〉 1992년 5월 19일.

과잉 찬사, 〈료녕조선문보〉 1992년 5월 23일.

산문 수업, 〈장백산〉 1992년 6월.

한 소송 사건, 〈장백산〉 1992년 6월.

소문난 녀자들, 〈도라지〉 1992년 6월.

보물찾기, 〈문학과 예술〉 1992년 6월.

혼자말 중얼중얼, 〈송화강〉 1992년 6월.

코끼리띠, 〈연변일보〉 1992년 6월 26일.

동물 성격, 〈연변일보〉 1992년 7월 2일.

나의 필기장, 〈길림신문〉 1992년 7월 18일.

녀류 작가 리선희, 〈천지〉 1992년 8월.

나의 판단력, 〈길림신문〉 1992년 8월.

속도 문제, 〈길림신문〉 1992년 9월 1일.

바람과 기발, 〈연변일보〉 1992년 9월 8일.

서울 나들이, 〈두만강〉 1992년 10월 창간호.

수상 거절, 〈길림신문〉 1992년 10월 8일.

계주자 정신, 〈료녕조선문보〉 1992년 10월 17일.

호박 엮음, 〈천지〉 1992년 11월.

전설 정조대, 〈연변녀성〉 1992년 11월.

소리의 세계, 〈연변일보〉 1992년 11월 5일.

작품 본위, 미확인, 1992년.

나의 길, 〈도라지〉 1993년 1월.

집사람과 나, 〈연변녀성〉 1993년 1월.

보내며 맞으며, 〈연변일보〉 1993년 1월 1일.

전화 문화, 〈연변일보〉 1993년 1월 20일.

락양—서울, 〈청년생활〉 1993년 2월.

이 녀성들, 〈길림신문〉 1993년 2월 11일.

얼굴 없는 작가, 〈료녕조선문보〉 1993년 2월 27일.

통한, 〈장백산〉 1993년 3월.

이 사람들, 〈도라지〉 1993년 3월.

유리 밥그릇, 〈송화강〉 1993년 3월.

닭알 폭탄, 〈송화강〉 1993년 3월.

신판 림꺽정, 〈길림신문〉 1993년 3월 4일.

련금술, 〈연변일보〉 1993년 3월 30일.

고찰과 장미, 미확인, 1993년 3월.

만장일치, 〈천지〉 1993년 4월.

나의 젊은 시절, 〈도라지〉 1993년 4월.

명언 가지가지, 〈아리랑〉 1993년 4월.

꼬리 수술, 〈연변일보〉 1993년 4월 17일.

일그러진 상, 〈천지〉 1993년 5월.

량처와 악처, 〈연변녀성〉 1993년 5월.

만신창이, 〈연변일보〉 1993년 5월 19일.

타부와 십계명, 〈천지〉 1993년 6월.

부도수표, 〈천지〉 1993년 7월.

오동나무의 고향, 〈연변일보〉 1993년 8월 22일.

망루 풍경, 〈연변일보〉 1993년 8월 28일.

빠찌프로, 〈연변일보〉 1993년 8월 29일.

덕담 신문, 〈천지〉 1993년 9월.

사통오달, 〈길림신문〉 1993년 9월 11일.

고운 일본 미운 일본, 〈연변일보〉 1993년 9월 12일.

견묘 미용원, 〈연변일보〉 1993년 9월 19일.

김희로 사건, 〈연변일보〉 1993년 9월 26일.

불효자, 〈연변녀성〉 1993년 11월.

너무 이르오, 〈연변일보〉 1993년 12월 11일.

나의 동기생, 〈천지〉 1994년 2월.

너절한 사내들, 〈연변녀성〉 1994년 3월.

폭죽 놀이, 〈연변일보〉 1994년 3월 1일.

"장기 휴식", 〈천지〉 1994년 5월.

나의 옷차림, 〈료녕조선문보〉 1994년 5월 21일.

도덕불감증, 〈도라지〉 1995년 1월.

민족의 치욕, 〈연변녀성〉 1995년 1월.

차렷과 쉬엇, 〈연변일보〉 1995년 1월 28일.

복 백만 톤, 〈연변일보〉 1995년 2월 19일.

청춘이여 안녕!, 〈장백산〉 1995년 6월.

서안 나들이, 〈연변녀성〉 1995년 6월.

홍타령, 〈연변일보〉 1995년 7월 21일.

8.15 전후, 〈천지〉 1995년 8월.

기자 정신, 〈연변일보〉 1995년 8월 2일.

잊혀진 사람들, 〈길림신문〉 1995년 8월 12일~24일.

친일파이신, 〈연변일보〉 1995년 9월.

구걸, 〈연변일보〉 1995년 9월 29일.

남경과 히로시마, 〈연변일보〉 1995년 10월 7일.

사실과 달라요, 〈료녕조선문보〉 1995년 10월 14일.

파뿌리가 되도록, 〈연변녀성〉 1995년 11월.

한 친일파의 아들, 〈연변일보〉 1995년 11월 4일.

거부권 선생, 〈연변일보〉 1995년 12월 8일.

돈봉투, 〈연변일보〉 1995년 12월 21일.

20세기의 전설들, 〈천지〉 1996년 1월.

시인―조룡남, 〈도라지〉 1996년 1월.

녀성 찬가, 〈연변녀성〉 1996년 1월.

만원 상금, 〈연변일보〉 1996년 1월 16일.

대도공화국, 〈료녕조선문보〉 1996년 2월 17일.

지는 별과 뜨는 달, 〈연변일보〉 1996년 2월 18일.

바깥바람은 차지만, 〈길림신문〉 1996년 2월 27일.

부부지간, 〈연변녀성〉 1996년 3월.

전태균 방향, 〈연변일보〉 1996년 3월 9일.

애꾸눈이 늙은 말, 〈길림신문〉 1996년 3월 21일.

에누리, 〈천지〉 1996년 4월.

한 총리와 두 대통령, 〈장백산〉 1996년 4월.

아Q 형상, 〈도라지〉 1996년 4월.

짐승의 세계, 〈도라지〉 1996년 4월.

호화판 생고생, 〈연변녀성〉 1996년 4월.

전사든 자살이든, 〈연변녀성〉 1996년 5월.

거짓말쟁이의 아버지, 〈장백산〉 1996년 5월.

봉건적 륜리, 〈송화강〉 1996년 5월.

옹졸한 위선자들, 〈송화강〉 1996년 5월.

벌거벗기기, 〈연변녀성〉 1996년 5월.

작가와 조방구니, 〈장백산〉 1996년 6월.

'체'의 일생, 〈료녕조선문보〉 1996년 6월.

왔노라, 봤노라, 이겼노라, 〈길림신문〉 1996년 6월 13일.

〈도라지〉 3총사, 〈연변일보〉 1996년 6월 27일.

쓰딸린의 딸, 〈연변녀성〉 1996년 7월.

어디다 보낼건가, 〈길림신문〉 1996년 7월.

이래도 괜찮을가, 〈길림신문〉 1996년 7월.

력사에는 주해가 필요하다, 〈천지〉 1996년 8월.

녀자에게 맞아낸 남자, 〈연변녀성〉 1996년 8월.

가해자와 피해자, 〈연변녀성〉 1996년 9월.

쉰들러의 명단, 〈연변녀성〉 1996년 10월.

호박이 수박으로 변한 이야기, 〈길림신문〉 1996년 10월.

강자와 약자, 〈연변일보〉 1996년 10월 8일.

길한 일과 언짢은 일, 〈연변일보〉 1996년 10월 31일.

나의 길, 〈천지〉 1996년 11월.

나의 하루, 〈천지〉 1996년 11월.

나의 생일, 〈천지〉 1996년 11월.

정문이, 잘 가오, 〈료녕조선문보〉 1996년 11월 23일.

녀성 순례, 〈연변녀성〉 1996년 12월.

가면무도회, 〈장백산〉 1997년 1월.

또 별 하나, 〈연변일보〉 1997년 1월 7일

죽음은 급살이 제일, 〈도라지〉 1997년 2월.

타부와 십계명, 〈은하수〉 1997년 2월.

우리의 외사촌, 〈연변일보〉 1997년 2월 14일.

하루강아지, 〈길림신문〉 1997년 2월 15일.

로신 위대, 〈장백산〉 1997년 4월.

결혼은 애정의 무덤이다, 〈연변녀성〉 1997년 4월.

홍명희 문학, 〈장백산〉 1997년 5월.

'회귀'는 '귀속', 〈은하수〉 1997년 5월.

대낮 잠꼬대, 〈은하수〉 1997년 5월.

나의 요즈음, 〈연변일보〉 1997년 5월 23일.

벼락 이야기, 〈길림신문〉 1997년 5월 29일.

이와의 전쟁, 〈장백산〉 1997년 6월.

베푸시노라, 〈료녕조선문보〉 1997년 6월 21일.

로신의 고녀, 〈천지〉 1997년 7월.

리임과 취임, 〈료녕조선문보〉 1997년 8월 2일.

연길의 인디언족, 〈천지〉 1998년 1월.

오래 살자는 목적, 〈연변일보〉 1998년 1월 1일.

활동 자금, 〈장백산〉 1998년 1월.

우리 손녀, 〈장백산〉 1998년 1월.

학도병 아저씨, 〈장백산〉 1998년 1월.

드레퓌스 사건, 〈장백산〉 1998년 1월.

가서 15행, 〈장백산〉 1998년 1월.

악마 부스, 〈장백산〉 1998년 2월.

층층시하, 〈장백산〉 1998년 2월.

쎈다피, 〈장백산〉 1998년 2월.

구팽, 〈은하수〉 1998년 2월.

사은 기도, 〈장백산〉 1998년 3월.

려포 현상, 〈장백산〉 1998년 3월.

1표 반대, 〈장백산〉 1998년 3월.

주어진 공간, 〈장백산〉 1998년 4월.

들을 이 짐작, 〈장백산〉 1998년 4월.

작품도 상품, 〈장백산〉 1998년 4월.

독불장군 앞, 〈천지〉 1998년 5월.

창발력 만세, 〈장백산〉 1998년 5월.

해동 년대, 〈장백산〉 1998년 5월.

사또님 말씀이야 늘 옳습지, 〈장백산〉 1998년 5월.

벼슬 중독자, 〈장백산〉 1998년 6월.

나의 고뇌, 〈장백산〉 1998년 6월.

돌베개와 벽돌베개, 〈장백산〉 1998년 6월.

과장법 가지가지, 〈장백산〉 1999년 1월.

층층대 풍경, 〈연변일보〉 1999년 1월 12일.

얼음장이 갈라질 때, 〈장백산〉 1999년 2월.

길이란 본래 없었다, 〈연변일보〉 1999년 2월 4일.

류행병 시대, 〈장백산〉 1999년 3월.

'통치'와 벌금, 〈도라지〉 1999년 3월.

이젠 제발 그만, 〈연변일보〉 1999년 3월 6일.

빈궁감과 부유감, 〈연변문학〉 1999년 4월.

렴치와는 담 쌓으신 분들, 〈장백산〉 1999년 4월.

유감 성명, 〈도라지〉 1999년 4월.

손녀와 더불어, 〈연변일보〉 1999년 4월 6일.

력사 비빔밥, 〈장백산〉 1999년 5월.

꽁지 빠진 수꿩, 《나의 길》 1999년 5월.

"그놈이 그놈", 《나의 길》 1999년 5월.

날조의 자유, 《나의 길》 1999년 5월.

참매미, 《나의 길》 1999년 5월.

할애비 감투, 〈장백산〉 1999년 6월.

도마뱀은 꼬리가 살린다, 〈연변문학〉 1999년 9월.

천당과 지옥 사이, 〈장백산〉 2000년 1월.

흙내와 분내, 〈장백산〉 2000년 2월.

활동사진관식 수필, 〈장백산〉 2000년 3월.

밀령주의라는 유령, 〈장백산〉 2000년 4월.

시효도 국경도 없다, 〈연변문학〉 2000년 4월.

이른바 삼천 궁녀, 〈장백산〉 2000년 5월.

맹견주의, 〈장백산〉 2000년 6월.

매질군의 넉두리, 〈연변문학〉 2000년 9월.

미움을 받으며 크는 사람들, 〈장백산〉 2001년 1월.

'우표' 좀 더, 〈장백산〉 2001년 2월.

길이란 본래 없었다, 〈장백산〉 2001년 3월.

장기쪽 인생, 〈장백산〉 2001년 3월.

집중 포격은 금물, 〈장백산〉 2001년 4월.

벽, 〈장백산〉 2001년 4월.

골라잡으시라, 〈장백산〉 2001년 4월.

영예시민 귀하, 〈연변문학〉 2001년 5월.

위 선생과 유 선생, 《우렁이 속 같은 세상》 2001년 6월.

왕개미가 정자나무를 흔들면, 《우렁이 속 같은 세상》 2001년 6월.

우렁이 속 같은 세상, 〈연변문학〉 2001년 11월.

두 명의 김학철, 〈연변문학〉 2001년 11월.

고추장볶이, 《천당과 지옥 사이》 2002년 8월.

나의 20세기, 《천당과 지옥 사이》 2002년 8월.

산 사람과 죽은 사람, 《천당과 지옥 사이》 2002년 8월.

노루 친 막대, 《천당과 지옥 사이》 2002년 8월.

언어생활, 《천당과 지옥 사이》 2002년 8월.

오래 살자는 목적, 《천당과 지옥 사이》 2002년 8월.

일본 친구, 《천당과 지옥 사이》 2002년 8월.

잡필인지 잡탕인지, 《천당과 지옥 사이》 2002년 8월.

집들이, 《천당과 지옥 사이》 2002년 8월.

리상각 선생에게 보내는 서신, 〈연변문학〉 2003년 11월.

* 연변인민출판사에서 간행한 《김학철 전집 4 태항산록》에 전정옥, 강옥이 김학철 작품 연보 정리한 것을 소설과 전기문학, 산문으로 나누어 실었다.

김학철 문학 전집 제5권
태항산록

2023년 7월 17일 1판 1쇄 펴냄

글쓴이 김학철
편집 김누리, 김성재, 박은아, 이경희, 임헌 | **디자인** 서채홍, 이종희
제작 심준엽 | **영업마케팅** 나길훈, 양병희, 조진향 | **영업관리** 안명선
새사업부 조서연 | **경영지원실** 신종호, 임혜정, 한선희
인쇄와 제본 (주)상지사P&B

펴낸이 유문숙 | **펴낸 곳** (주)도서출판 보리 | **출판등록** 1991년 8월 6일 제9-279호
주소 (10881)경기도 파주시 직지길 492
전화 031-955-3535 | **전송** 031-950-9501
누리집 www.boribook.com | **전자우편** bori@boribook.com

ⓒ 김해양, 2023

보리는 나무 한 그루를 베어 낼 가치가 있는지 생각하며 책을 만듭니다.

ISBN 979-11-6314-316-1 04810
      979-11-6314-244-7 04810(세트)